Ulrike von Bienenstamm

Die Fäden
des Joss

Ulrike von Bienenstamm

Die Fäden des Joss

Bibliografische Information der Deutschen Nationalbibliothek
Die Deutsche Nationalbibliothek verzeichnet diese Publikation in der
Deutschen Nationalbibliografie;
detaillierte bibliografische Daten sind im Internet über
http://dnb.d-nb.de abrufbar.

Bildquellen:
Umschlag Vorderseite unter Verwendung
von © Javen, fotolia.com

1. Auflage 2018
© Copyright bei der Autorin
Alle Rechte vorbehalten
Korrektorat: Renate Maier, Frankfurt
Umschlagfoto: Constantin von Bienenstamm
Satz und Layout: Nadine Gast, Brachttal, www.sawosch-media.de
Vertrieb: TRIGA – Der Verlag UG (haftungsbeschränkt),
GF: Christina Schmitt, Leipziger Straße 2, 63571 Gelnhausen-Roth
www.triga-der-verlag.de, E-Mail: triga@triga-der-verlag.de
Druck: Druckservice Spengler, Bruchköbel
Printed in Germany
ISBN 978-3-95828-143-1

Inhalt

Vorwort	11
Ein Heiratsantrag	15
Eheschließung und Leben in Malaysia	17
Leben im Camp	20
Ausflüge mit Motoryacht und Segelboot	24
Penang – Tempel der Azurwolke, Schlangentempel	27
Singapur	29
Eine alte Chinesische Oper, Singapur, das Thaipusam-Fest und zurück in die Eintönigkeit des Camps	33
Das Leben im Camp	37
Penang - Pläne schmieden	40
Hongkong 1966	42
Freundschaft knüpfen und Bummel durch Hongkong	44
Inselrundfahrt auf Hongkong Island	48
Die letzten Wochen im Camp – und die Riesenschildkröten in Malaysia	51
Neubeginn in Hongkong	54
Drachenbootfest	61
Gesellschaftliches Leben in Hongkong	64
Der Wirbelsturm über Hongkong – glimpflich davongekommen	65
Ein herrlicher Sommer	66
Spielregeln beachten	67
Auf der berühmten Ikebana-Schule in Tokio und der Beginn einer Freundschaft	69
Kyoto	82

Zurück in Tokio – Itsuko, eine japanische Freundin	92
Besuch im Buddhisten-Tempel	96
Letzte Tage in Tokio	99
Bunraku im Nationaltheater – Puppenspieltheater	105
Das Ikebana-Diplom	109
Abschied von Kyoto und Freunden	111
Zurück in Hongkong	114
Aberdeenmarkt	123
Gäste am Abend	129
Hongkong und der Luxus	142
Hongkongs Bevölkerung und die Armen	151
Ein interessanter Mann und seine Jadesammlung	168
Siedlungsbau in Hongkong	175
Ein Flirt	180
Zukunftspläne und ein Ausflug mit der Yacht	186
Zurück in den Alltag	200
Thailand	225
Eine Reise in die Heimat	236
In den Dolomiten	238
Ein Abstecher nach Venedig	243
Wieder in den Bergen	247
Guangzhou/Kanton	249
Die Volkskommune in Rotchina	256
1969 – Denise wird geboren – Das Jahr des Affen	259
Der Führerschein	261
Ein Geldtransport nach Tokio	263
Wieder in Hongkong	268
1971 – Afrika	271

Kilimanjaro	277
Madrid	279
New York	284
Broadway/Hawaii	286
Cleveland - Kanada	288
Hawaii	290
Hongkong	292
1972 – Alexander kommt auf die Welt	294
1976 – Constantin kommt auf die Welt – Scheidungsabsichten	301
Bali	308
Noch ein Scheidungsgrund	310
1979 – Ein eigener Laden mit Antiquitäten aus Silber – Scheidung	313
Hongkong 1979-1981	320
Antiquitäten und das Ende einer Ehe – Rückkehr in die Heimat	325
Dank und Anerkennung	333

Vorwort

Als Vermächtnis hat unsere großartige Mutter Ulrike nach ihrer Rückkehr von Hong Kong nach Deutschland in den Achtzigerjahren ein Buch über ihre erste Lebenshälfte verfasst. Es gab ihr die Möglichkeit, ihre sehr intensiven Lebensphasen, die von Glückseligkeit aber auch von viel Traurigkeit geprägt waren, zu verarbeiten. Es war zunächst gar nicht ihr Ansinnen, ein Buch zur Veröffentlichung zu verfassen, sie wollte vielmehr die Last der Gedanken durch die Niederschrift verarbeiten. Immer wenn sie sich danach fühlte, schrieb sie weitere Zeilen nieder. Im Verlauf mehrerer Jahre entstand dieses Lebenswerk unserer lieben Mutter - in Lindau am Bodensee, wo sie nach den Jahren in Hong Kong mit uns drei Kindern lebte und wo wir aufwuchsen. Erst Jahre nachdem sie ihre Aufzeichnungen beendet hatte, wuchs der Wunsch in ihr, diese als Buch verlegen zu lassen. Die Erinnerungen an die Vergangenheit waren verblasst und berührten sie nicht mehr so emotional wie zuvor, weshalb ihr dies leichter fiel.

Die Original-Niederschriften - teils in Handschrift, teils mit einer alten Schreibmaschine geschrieben - ließen sich aber nicht so leicht von einem Verlag digitalisieren. Es hätte enorme Kosten mit sich gebracht. Sie ließ das Thema Buch zunächst ruhen. Erst gute zwei Jahrzehnte später ließen ihre Kinder Denise, Alexander und Constantin ihr Buch digitalisieren, von einer kleinen Buchbinderei binden und schenkten ihr das erste gedruckte und in Leder gebundene Exemplar zu Weihnachten 2015. Ihre Freude darüber war kaum auszudrücken. Die etwa 30 Exemplare verschenkte sie an ihre Liebsten und Wegbegleiter. Es erfüllte sie und uns Kinder mit größtem Stolz – unsere Mutter hielt ihr erstes Buch in der Hand! In den Folgemonaten schöpfte sie allen Mut und alle Energie und ging das Thema »verlegen« wieder an. Sie schrieb verschiedene Verlage an und fand sehr rasch einen Verlag, der ihr Buch verlegen wollte. Ihre Freude und ihr Stolz über diesen Umstand machte uns alle so glücklich, dass wir es kaum fassen konnten. Der Lebenstraum unserer Mutter, ihr Lebenswerk zu verlegen, sollte wahr werden - sie hatte den Mut aufgebracht, Teile Ihres Lebens zu »veröffentlichen«. Mit diesem Selbstvertrauen begann sie bereits ein weiteres Buch über Ihren Lebensabschnitt in Griechenland zu verfassen, wo Sie 13 Jahre lebte, nachdem die Kinder Lindau verlassen hatten, um zu studieren.

Leider verstarb unsere geliebte Mutter einige Monate vor der Veröffentlichung ihres Lebenswerkes überraschend, so dass sie diese nicht mehr erleben durfte. Unsere geliebte Mutter wird ewig in uns Kindern weiterleben und wir sind sehr stolz auf dieses Werk.

Wir wünschen allen Lesern dieses Buches ganz viel Freude und Spaß am Lesen und freuen uns, wenn ihnen dieses Buch ein wenig helfen kann über die wichtigen Dinge im Leben nachzudenken, den Sinn des Schicksals zu verstehen und auch die Werte, die dieses Buch vermittelt, zu sehen und zu verstehen. Denn Werte sind Dinge, die unsere Gesellschaft nie verlieren sollte, egal wie sehr sich alles weiterentwickelt und schneller wird im Leben, das hat uns unsere Mutter bis zu ihrem Tode gelehrt.

In ewiger Liebe,
deine Kinder Denise, Alexander und Constantin.

Ulrike von Bienenstamm, Weihnachten 2015,
als sie das ledergebundene Buch geschenkt bekam.

Ein Heiratsantrag

In Augenblicken der Ruhe und Einsamkeit versuche ich immer wieder, mein bisheriges Leben an mir vorbeiziehen zu lassen. Ich begreife erst heute, nach all den Jahren der Unruhe, wie närrisch ich herumgehastet bin. Meine Wünsche waren die eines kleinen Kindes, je mehr ich ihnen nachgab, umso anspruchsvoller wurden sie.

Mein Leben verlief bis zu meinem 17. Lebensjahr normal. Ich bin aufgewachsen in einem bürgerlichen Heim, wurde umsorgt von den Eltern und trotzdem mit einer gewissen Strenge und Moralprinzipien erzogen. Dieses »verflixte 17. Lebensjahr« wie ich es heute nenne, schien für mich die große Schicksalswende zu bringen. Während ich damals immerfort davon träumte, einmal ein außergewöhnliches Leben zu führen, hatte ich nur den einen großen Wunsch, Leute kennenzulernen, die in der Welt herumgereist waren und die mit ihren Erzählungen meine damalige Traumwelt unterstützen würden. In diesem Alter konnte ich natürlich noch nicht erkennen, dass ein Mensch, der in seinem Leben genug hat, glücklich sein kann und dass der Wunsch, mehr als genug zu haben, unheilvolle Folgen mit sich bringen konnte. In dieser Situation lernte ich Eduard, einen um einige Jahre älteren Mann kennen und lieben, der es fertigbrachte, meine Traumwelt in die Wirklichkeit zu versetzen. Er erzählte mir von seinen Erlebnissen und Erfahrungen, die er zum größten Teil in der Türkei, Ägypten und Afrika gesammelt hatte. Seine Berichte versetzten mich in heftige Erregung und in mir kam der Wunsch auf, mit ihm die Welt kennenzulernen. Dann kam der Tag, an dem meine Pläne von einer gemeinsamen Weltreise zerschlagen wurden. Als Bauingenieur wurde Eduard im Auftrag großer deutscher Baufirmen nach Malaysia geschickt, um dort ein Wasserkraftwerk mit aufzubauen. Die Nachricht von der bevorstehenden Trennung von dem Mann, den ich bewunderte, traf mich wie ein Blitz aus heiterem Himmel. Nach seiner Abreise war ich niedergeschlagen. Um auf andere Gedanken zu kommen, entschloss ich mich, meine Französischkenntnisse zu verbessern, und zwar in Zürich bei einer Tante, die fließend und akzentfrei französisch sprach. Dort versuchte man alles, um mich aufzuheitern, aber die Traurigkeit in mir wollte nicht weichen, denn ich hatte das starke Verlangen, an der Seite dieses Mannes zu leben. Heute weiß ich, dass es das Verlangen einer unreifen jungen Person war, die sich der ganzen Welt widersetzen wollte. Doch mein Wunsch sollte schon recht bald in Erfüllung gehen.

Nach etwa drei Monaten Aufenthalt in Zürich kam ein Brief aus Malaysia an, mit wunderbaren, interessanten Briefmarken beklebt und mit einem Heiratsantrag. Er war von Eduard. In diesen Tagen glich ich einem Wirbelwind. Ich reiste sofort zurück nach Deutschland in mein Elternhaus, überbrachte meinen Eltern die enorme Nachricht und erklärte ihnen, dass ich im kommenden Monat nach Malaysia fliegen würde, um dort zu heiraten. Meine Eltern waren entsetzt, da ich gerade erst 18 Jahre alt geworden war, und wollten ihre Einstimmung zu diesem befremdlichen Unternehmen nicht geben. Aber es gab für mich kein Aufhalten mehr, niemand hätte mich in meiner jugendlichen Unbesonnenheit an meinem Vorhaben hindern können oder dazu bringen, meine Pläne umzuwerfen. So stand es also fest, dass ich im September 1964 mit der Lufthansa nach Malaysia fliegen würde. Der Abschied von meinen Eltern auf dem Frankfurter Flughafen verlief sehr traurig. Meine Mutter weinte bis zur letzten Minute, da sie nicht begreifen konnte, dass sie bei der Hochzeit ihrer jüngsten Tochter nicht dabei sein sollte. Ich muss eingestehen, dass ich damals nicht erkannte, wie sehr traurig sie war, denn ich sah nur meine Zukunft vor mir. In heftiger Erregung bestieg ich dann zum ersten Mal eine große DC10. Die Passagiere waren unterschiedlicher Nationalitäten, ein kleiner Vorgeschmack auf die fremde Welt, von der ich noch so gut wie nichts wusste. Die Flugroute führte über Karachi und Ceylon in meine neue Heimat Malaysia, Heimat für mindestens drei Jahre!

Während des Fluges unterhielt ich mich mit meinem Sitznachbarn, einem indischen Sikh, so gut ich es eben vermochte mit meinen geringen Englischkenntnissen. Ich fand sehr schnell heraus, dass er in

Kuala Lumpur lebte und hatte natürlich tausend Fragen zu dem Land, in dem ich von nun an leben sollte. Mit seiner asiatischen Geduld beantwortete er sie auch alle so gut er konnte und lächelte dabei fortwährend. Der Flug dauerte damals fast 24 Stunden, aber die Zeit verging schnell, denn ich erhielt sehr viele neue Eindrücke und sammelte Informationen.

Eheschließung und Leben in Malaysia

Der Anflug auf Kuala Lumpur war für mich mit gemischten Gefühlen verbunden. Hatte ich ein wenig Angst vor Unerwartetem, vor der Einführung in eine mir fremde Welt? Doch die Neugierde nahm mir diese Spur von Angst recht bald. Nach den Passformalitäten wurde ich von einem Inder, einem Angestellten der Lufthansa, in Empfang genommen. Er wirkte furchtbar nervös und meinte, ich würde meine standesamtliche Trauung verpassen, wenn ich mich nicht beeilen würde. Mein zukünftiger Mann und der Trauzeuge, Herr Dr. Bothe vom Goethe-Institut, empfingen mich in der Wartehalle des Flughafens. Wie froh war ich, meinen Zukünftigen zu sehen. Doch es war keine Zeit. Es stand schon ein Auto bereit, das uns unmittelbar zum Standesamt nach Kuala Lumpur bringen sollte. Dort, in einem spartanisch eingerichteten Büro, wurden wir von einem malaiischen Beamten getraut. Der allerdings war, im Gegensatz zum Büro, sehr farbenprächtig ausgestattet mit seinem Batik-Sarong. Zwischen Ankunft und Trauung hatte ich sehr wenig Zeit, neue Eindrücke aufzunehmen, alles geschah so furchtbar schnell. Nach der Trauung fuhren wir durch Kuala Lumpur zum Hotel Merlin in der Sultan-Ismail-Straße, doch etwas außerhalb des brodelnden Kessels in einem wunderschön gepflegten Garten gelegen. Das Hotel war im Kolonialstil gebaut. Meine Koffer wurden von zwei indischen Boys in ein geräumiges Zimmer getragen. Von der dortigen Terrasse aus warf ich einen Blick auf den Park. Der war bedeckt von üppiger, grüner Tropenvegetation, hohen

Banyan-Bäumen, unendlich vielen Hibiskus-Blüten, blühenden Hecken und Blumenrabatten. Nun erst wurde mir bewusst, wie enorm schwül es war und ich tauschte meine recht warme Reisekleidung gegen ein luftiges Sommerkleid aus.

Für diesen Abend hatte mein Mann im Garten des Hotels ein Essen mit Herrn Dr. Bothe, unserem Trauzeugen, geplant. Der Abend wurde unvergesslich für mich. In dieser fremdartigen Umgebung zu sitzen, unter dem dichten Labyrinth aus Blattwerk, Zweigen und mannsdicken Ästen des Banyan-Baumes, dazu das erste malaiische Essen, serviert auf einem hölzernen Tragegestell, dekoriert mit exotischen Blumen und Früchten, all das empfand ich als wunderbar und unvergleichlich schön. Herr Dr. Bothe, der schon einige Jahre in Malaysia verweilte, erklärte mir den Namen »Malay«. Es wäre der ethnische Begriff für den muslimischen Bevölkerungsteil, der etwa die Hälfte der Einwohner ausmache. Das »sia« stünde für die weiteren sechs Millionen Einwohner, die Chinesen, Inder, Ureinwohner und Eurasier. Er führte aus, dass Malaysia ein Staatenbund aus dreizehn Staaten sei, die sich 1963 zu einer politischen Einheit verschmolzen hätten, vorher sei es ein Sammelsurium britischer Kolonien gewesen. Trotz der interessanten Erzählungen wurde ich bald von einer großen Müdigkeit überfallen. Die ersten Eindrücke in meiner neuen Heimat waren so überwältigend, dass ich einfach nichts Neues mehr aufnehmen konnte. Doch was würde der folgende Tag bringen?

In dieser Nacht schlief ich sehr unruhig, bedingt durch die ungewohnte Schwüle, das Insektennetz über dem Bett, das Summen der Moskitos und die kleinen Eidechsen an den Wänden. Frühmorgens kam die Sonne hervor und beschien die hohen Palmen, deren Kronen ich von meinem Bett aus sehen konnte, mit goldenen Strahlen. Eine junge Malaiin servierte kurz darauf ein typisch englisches Frühstück auf der Terrasse. Während wir uns an diesem ausgiebigen Frühstück erfreuten und ich den Duft der tropischen Luft einsog, besprachen wir unter anderem den Tagesplan. Den Vormittag wollten wir damit verbringen, die Sehenswürdigkeiten von Kuala Lumpur zu besuchen. Am Nachmittag sollte mir dann das Geheimnis unseres ersten gemeinsamen Heims enthüllt werden. Der Bummel durch Kuala Lumpur steckte voller Überraschungen. Mein erster Eindruck war, dass ich mich in einer muslimisch geprägten Welt befand, aber bald darauf sollte ich feststellen, dass sie ebenfalls sehr chinesisch war, zudem vermischt mit indischen Farben und Gerüchen und durchwachsen mit der typisch englischen Atmosphäre von Ordnung und Gepflegtheit. Die Markisen vor den Läden trugen Aufschriften in Englisch, Tamil, Malaysisch und Chinesisch. Wir passierten das Postamt mit seinen Minaretten, direkt daneben stand ein altviktorianisches Haus. Durch den Einfluss des Islam glich Kuala Lumpur einer Stadt aus einem arabischen Märchen, mysteriös und verwegen. Im Zentrum bemerkte ich die schon damals fortschrittliche, zeitgemäße Architektur; moderne Regierungsgebäude, Banken und einige Apartmenthäuser standen neben Bauten der alten maurischen Art. Alle meine Sinne und meine Phantasie wurden angeregt durch die romantische Atmosphäre der Stadt. Bei unserem Bummel hatten wir das Glück, auf dem Rasen des »Padang« ein Kricketspiel beobachten zu können. Die Spieler waren zusammengewürfelt, da spielten ein Chinese, ein Sikh mit Turban und ein Malaie. Mein Erstaunen darüber, dass diese Menschen verschiedener Herkunft dem gleichen Hobby nachgingen, war groß. Wir besuchten danach die »Masjid Jamek«, die berühmte Moschee, erbaut im traditionell arabischen Stil, deren Altar nach Mekka ausgerichtet ist. Diese Moschee war für alle Besucher geöffnet, eine friedvolle Oase inmitten der Stadt. An diesem Tag sollte ich auch noch die exotischen Merkwürdigkeiten der Stadt zu sehen bekommen, nämlich die »Jalan Petaling«, eine Straße voller Kuriositäten und Raritäten. Da waren Stände mit Trockenfrüchten, chinesischer Medizin und Kräutern. Mit lauten Stimmen machten die Händler, Straßenverkäufer, Wahrsager und Schlangenbeschwörer auf sich aufmerksam, feilschten und verkauften. Es schien mir eine orientalische Rumpelkammer, vollgestopft mit Schätzen aus aller Herren Länder. Mein Eindruck wurde bestätigt, jeder Asiate stöberte nach günstigen Angeboten. Wir bogen ab in die kleinen Nebenstraßen und fanden unzählbar viele kleine Geschäfte mit indischen Seidenstoffen, persischen Teppichen, handgearbeiteter Batik, Saris, indonesischem Kunstgewerbe, Jasmin, malaiischen Krisen (Dolchen) und nicht zuletzt Plastikspielzeug aus China. Der Duft von Räucherstäbchen hing in der Luft, für mich zuerst unerträglich fremdartig, aber später eine Gewohnheitssache. Nach unserem dreistündigen Rundgang wurde ich hungrig und wir nahmen zum Abschiednehmen von dieser faszinierenden Stadt unser Mittagessen im »Le Coq d'Or« ein. Mein Mann hatte es schon einige Male vorher besucht; dieses Essen wurde für mich zum unvergesslichen Erlebnis, so, wie er es erwartet hatte. Eine prächtige viktorianische Villa mit großen Portalen und Veranden. Das Essen, serviert von Asiaten auf der Veranda im englischen Stil, etwas total Faszinierendes. In dieser Stunde hatte ich Europa weit hinter mir gelassen und wendete mich dem Kommenden zu. Ich sollte noch oft die Gelegenheit haben, Kuala Lumpur zu besuchen.

Leben im Camp

Am späten Nachmittag dieses Tages begann die abenteuerliche Fahrt zu unserem neuen Heim. Mein Hochzeitsgeschenk, ein MGB GT Cabrio, wurde zum ersten Mal ausprobiert. Ich hatte keine besonderen Vorstellungen von dem, was mich auf dieser Fahrt erwarten würde. Nur der Name des Ortes, zu dem wir fuhren, war mir bekannt, nämlich Batang-Padang, nahe Tapah, im Bundesstaat Perak. Wir fuhren bei glühender Hitze los und verließen Kuala Lumpur und die Fernstraße. Ich hatte recht bald das Gefühl, auf einer Entdeckungsreise zu sein. Soweit mein Auge blicken konnte, bedeckte grüne, üppige Tropenvegetation die Landschaft. Wir fuhren an malerischen Kleinstädten vorbei, von Zeit zu Zeit tauchten kleine, braungebrannte Gestalten auf, nur mit einem Lederschurz bekleidet. Sie trugen Bambusbehälter mit Giftpfeilen, ein Blasrohr und ein »Parang«, ein langes Messer. Das war meine erste Begegnung mit den Eingeborenen, den »Sakheis«. Ich sollte sie von nun an noch sehr oft zu Gesicht bekommen. Wir hielten zwischendurch an, um die tropischen Früchte zu bewundern oder auch zu kosten. Bei diesen Gelegenheiten kamen die Eingeborenen dann aus ihren Hütten gelaufen und bestaunten unser Auto und uns selbst, denn es kam sicherlich nicht sehr oft vor, dass Europäer in ihrer »Welt« zu Gast waren. Unser Ziel war Tapah, wir erreichten es am späten Abend. Von hier aus zweigte eine Landstraße in Richtung Gebirge ab. Am Fuße des Gebirges lag das Camp der Firma meines Mannes, bestehend aus circa 20 Holzhäusern auf Pfählen, eine angelegte Oase inmitten des Dschungels. Eduard trug mich über die Schwelle unseres Heims und ich war überrascht, wie nett er es eingerichtet hatte. Spartanisch und einfach, der Umwelt entsprechend. Die Fenster waren alle mit Fliegengittern aus Edelstahl bedeckt, um die Moskitos fernzuhalten. Es gab sogar einen kleinen Garten mit Palmen, Bananenbäumen und Bambussträuchern, den ich allerdings kaum benutzen konnte, wie sich später herausstellte. In dieser Nacht konnte ich besonders gut schlafen, denn es war die erste Nacht in meinem eigenen Heim. Mit Beginn des nächsten Tages wurde ich in die Gesellschaft des Camps eingeführt. Zuerst lernte ich den Bauleiter Dr. Paul und dessen Frau kennen, dann den kaufmännischen Leiter und viele der dort tätigen Ingenieure. An diesem Tag fand auch unsere kirchliche Trauung statt, in Tapah. Wir wurden von einem amerikanischen Geistlichen getraut, in einer sehr hübschen Kirche, auf den Anhöhen Tapahs gelegen. Ich kann mich noch heute gut daran erinnern, dass ich ein dunkelblaues Kostüm trug und sehr traurig darüber war, dass es kein weißes, langes Hochzeitskleid war. Zum ersten Mal seit meiner Abreise vermisste ich meine Familie. Ich bekam während der Trauung entsetzliches Heimweh, doch es gab nun kein Entrinnen mehr. Ich wusste noch nicht, dass ich einen Weg gewählt hatte, der mein ganzes weiteres Leben beeinflussen sollte. Dieses Heimweh sollte mich in den ersten Jahren noch sehr oft überkommen. Nach der Trauung gab es ein Hochzeitsessen im »Tapah Rest House«, dem einzigen Restaurant in diesem Dorf. Eingeladen waren zum größten Teil die Ingenieurskollegen meines Mannes, also ebenfalls Deutsche. Ich sehe diesen Raum mit der gedeckten Tafel noch vor mir. Was mich damals besonders beeindruckte, war das riesige Bild des Sultans von Perak, dessen dunkle Augen mich nicht mehr loslassen wollten. Doch während des Essens erzählten mir die Damen von ihrem Leben im Camp und so wurde ich sehr schnell dort eingeführt, sie gaben mir Ratschläge und boten mir ihre Hilfe an, die ich sehr zu schätzen lernte.

Das Leben im Camp verlief in den ersten Wochen für mich noch einigermaßen interessant, aber ich bemerkte natürlich recht bald, dass es ein sehr eingeschränktes Leben werden würde. Es waren immer die gleichen Leute, mit denen man zu tun hatte und mit denen man sich verstehen musste. Einen einzigen kleinen einheimischen Laden gab es dort, in dem man nur die notwendigsten Lebensmittel einkaufen konnte. Es gab so gut wie keine Wurst oder brauchbares Fleisch, nur einheimische Gemüsesorten und viele tropische Früchte. Aber ich bemühte mich, aus den Lebensmitteln, die vorhanden waren, etwas Essbares zu kochen, was mir oft schwerfiel.

In diesen Tagen hatte ich sehr oft Heimweh nach meinem Elternhaus und ich sehnte mich nach einem gutbürgerlichen Essen. Aber es gab kein Entrinnen, wir waren vom Dschungel umgeben und mussten innerhalb dieses Kreises mit allem und jedem fertig werden. Innerhalb des Camps hatten wir nur eine tägliche Abwechslung: den Swimmingpool, an dem sich alle Damen des Camps trafen. Wir hatten nicht einmal Zeitschriften, die uns auf dem Laufenden hielten. Ich erwartete immer schon sehnlichst die Päckchen von meinen Eltern mit Konserven und Magazinen. Es kam immer häufiger vor, dass ich dachte, an der Eintönigkeit dieses Lebens irgendwann einmal ersticken zu müssen. Aber das war nicht nur mein Problem. Ich kann mich erinnern, dass viele der Frauen schon morgens anfingen, Alkohol zu trinken. Damals hatte ich noch sehr viel Glück, denn ich traf meine Freundin Gabi. Wir verstanden uns sehr gut und unternahmen gemeinsame Fahrten in die Außenwelt. Unser erster Ausflug führte uns nach Ipoh, eine Autostunde von unserem Camp entfernt, eine größere Stadt, die Kapitale von Perak, vorwiegend von Kantonesen bewohnt. Perak hatte einen großen bunten Markt, auf dem wir von rotchinesischen Handtüchern (die ich noch heute, nach 22 Jahren, benutze) bis zu Geschirr unter

Feilschen viele Dinge erstanden. Es wurde für uns eine Art Sport, Gegenstände auf diese Art und Weise zu kaufen. Etwas außerhalb Ipohs befanden sich mehrere merkwürdige Bauwerke, chinesische und hinduistische Tempel. Einer der größten Tempel war der »Perak Tong«, in einer Kalksteinhöhle gelegen, sechs Kilometer nördlich der Stadt. Wir fanden dort den größten sitzenden Buddha, der unerbittlich auf uns herunterschaute. Der Geruch der brennenden Räucherstäbchen verlieh dem Tempel eine weihevolle Atmosphäre. Die Tempelgebäude waren umgeben von Teichen mit Wasserlilien und Ziergärten. Wir entdeckten in der Nähe Ipohs noch zahlreiche weitere Kalksteinhöhlen, umgeben von wilden Feigen und Banyan-Bäumen.

Ich freute mich immer sehr auf die Wochenenden, die ich mit meinem Mann verbringen konnte. Sie boten die Gelegenheit, dem Camp zu entfliehen. Ich erinnere mich besonders an unsere Ausflüge ins Gebirge, in die Cameron Highlands. Von unserem Camp aus fuhren wir auf einer sehr engen, kurvigen Landstraße circa 80 km bis zum »Dach« des Gebirges, wie wir es damals nannten. Je höher wir kamen, desto stärker sank die Temperatur und die Palmen und Bananenbäume wichen dichtem Dschungel. Riesige Baumfarne überschatteten die Straße. Hunderte von blühenden Orchideen verschiedener Arten wuchsen auf dem hügeligen Gelände entlang der Straße. Ein Traumbild, unvorstellbar und doch Wirklichkeit. Sakheis im Lendenschurz und mit Blasrohren wanderten am Straßenrand. Die erste kleine Stadt, die wir passierten, war Ringlet und nach weiteren 15 km erreichten wir Tanah Rata, die größte Gemeinde des Bezirks. Die Szene war herrlich, in frischer, klarer Luft bot sich der Blick auf Gebirgsbäche, Seen und auf grüne Berge, die am Horizont mit dem Grau des Himmels verschmolzen. Was mir besonders auffiel war, dass in diesen Höhen sehr viel Tee und Gemüse angebaut wurde. Auf dem »Dach« des Gebirges fanden wir viele Wochenendhäuser reicher Familien aus Kuala Lumpur. Entlang der einzigen Straße von Tanah Rata befanden sich einige chinesische Hotels und Läden. Es wurden Erzeugnisse der Highlands verkauft, lange Skorpione, behaarte Spinnen oder die Blasrohre der Eingeborenen. In den Cameron Highlands angekommen, fiel unser Blick zuerst auf den viel gerühmten Golfplatz. Besucher, die in die Cameron Highlands kamen, so wie wir es taten, wollten sich vom tropischen Klima erholen. Sie suchen die Kälte der Berge. Wir übernachteten im »Smokehouse«, einem Hotel, geführt im englischen Landhausstil. Man saß abends am Kamin und, was ich nie vergessen werde, es gab eine Wärmflasche in jedem Bett. Was für eine Welt, zwei komplett verschiedene Klimata in einem Land. Die Dschungel um die Cameron Highlands sind gefährlich dicht. Wir hörten vom Besitzer des Hotels, dass Jim Thompson, der berühmte Seidenfabrikant aus Bangkok, ein Amerikaner, einen Dschungelspaziergang unternahm, dann vermutlich vom Weg abkam und nicht mehr gesehen wurde. Das war gerade ein paar Tage vor unserer Ankunft passiert. Jim Thompson würde nie mehr gesehen werden. Es war ein unnahbarer und unheilvoller Dschungel. In diesen oberen Regionen soll man sogar noch schwarze Panther sowie Leoparden und Tapire sehen können. Es passierte uns einmal, dass wir auf der Fahrt von Tanah Rata über eine riesige, dicke Python fuhren, die die ganze Länge der Straße einnahm. Eduard fuhr sogar mehrere Male hintereinander über diese Riesenschlange, aber das Gewicht des Autos machte ihr überhaupt nichts aus und wir konnten beobachten, wie sie langsam weiterkroch. Die Python - ein unheimlich kraftvolles Tier, wenn es diese Größe erreicht hat. Einheimische erklärten uns später, dass eine Python dieser Größe leicht zehn Schweine verschlucken kann und zwei Wochen davon zehrt.

Ausflüge mit Motoryacht und Segelboot

Unsere Wochenenden in den Cameron Highlands waren immer sehr erholsam und erlebnisreich. Doch es gab auch andere Orte, an denen wir uns gerne aufhielten. Dazu gehörte Panghor Island. Wir verlebten unser erstes gemeinsames Weihnachtsfest dort, zusammen mit Freunden. Die Insel war von Ipoh aus in relativ kurzer Zeit zu erreichen. Die Fahrt von Ipoh nach Lumut dauerte etwa 1 ½ Stunden, von dort aus gab es eine Fährverbindung zur Insel. Wir wohnten in einem Bungalow mit kleiner Veranda und Blick auf den Strand. Die Insel war fast unbewohnt und der weiße Sandstrand war nur für uns da. Wir verbrachten unsere Zeit mit Wasserskilaufen, Tiefseetauchen und Segeln.

Wenn ich an Lumut denke, habe ich zwei gravierende Erinnerungen. Mein Mann hatte sich eine eigene kleine Motoryacht gekauft, mit der wir auch Wasserski laufen konnten. Wir hatten damals Freunde an Bord, die das lernen wollten. Der Startpunkt war weit draußen auf dem Meer. Einer unserer Freunde stand auf den Skiern, als plötzlich eine Haifischflosse hinter ihm auftauchte. Er bemerkte dies nicht, doch wir konnten die Situation von Bord aus genau beobachten. Wir behielten aber die Ruhe und ließen den Läufer in dem Glauben, alles sei in bester Ordnung, damit er nicht in Panik geriet. Mein Mann steuerte das Boot auf den Strand zu. Nach zehn Minuten erreichten wir niedriges Gewässer, sodass der Hai von der Verfolgungsjagd abließ, denn Haie, ließ ich mir später erklären, schwimmen kaum in die Nähe des Strandes. Es war ein Nervenkitzel und das Unternehmen hätte gut ins Auge gehen können. Ein anderes Mal befanden wir uns früh morgens auf einem Segelboot weit draußen auf dem Meer. Plötzlich kam ein Sturm auf. Wir waren nicht mehr fähig, das Boot zu lenken. Die Segel zerrissen und das kleine Boot schwankte so sehr, dass wir fast immer halb im Wasser lagen. Ich hatte Todesangst. Wir waren der Macht der Wellen und des Sturms ausgesetzt und ich wusste, dass jeden Moment Haie auftauchen konnten. Doch zu unserem großen Glück ließ der Sturm nach und wir kamen irgendwie an Land. Seit dieser Zeit habe ich nie wieder einen Fuß auf ein kleines Segelboot gesetzt.

Trotzdem zog uns diese kleine Insel immer wieder an und wir besuchten sie so oft wir konnten. Die Inselbewohner lebten vorwiegend vom Fischfang. Die beiden größeren Dörfer Panghor und Sunghai waren auf Pfählen sehr romantisch weit in die Bucht hinaus gebaut. Doch immer wieder mussten wir zurück ins Camp-Leben, das weiterhin sehr eintönig verlief. Ich hatte dort aber auch unvergessliche Erlebnisse. So zum Beispiel mit unserem alten indischen Gärtner, der die Aufgabe hatte, alle Gärten im Camp zu versorgen. Ich sah ihn eines Tages blanke Holzstöcke in die Erde stecken und wunderte mich darüber. Dann, zwei Wochen später, kamen daraus herrliche Hibiskus-Blüten zum Vorschein. In dem tropischen Klima wuchs und gedieh alles. Mein Garten war sehr hübsch angelegt und ich hatte die Angewohnheit, mich zuweilen dort hinaus zu setzen. Der Bananenbaum trug Früchte und jeden Tag kamen dieselben kleinen Äffchen, um sie abzupflücken. Riesige Bambussträucher standen überall, ein ewiges Grünen und Erblühen. Leider hielten sich in diesen wunderbaren Sträuchern die grünen Bambusschlangen auf, deren Biss absolut tödlich ist. Es kam der Tag, an dem ich eine in meinem Garten entdeckte. Ich konnte sie kaum von dem Strauch unterscheiden, denn sie hing darin ruhig wie ein Ast und wartete. Mich überkam eine sehr große Furcht und ich ging danach kaum noch in den Garten. Doch diese Schlangen sollten mich auch weiterhin verfolgen. Es geschah einmal, dass ich morgens in die Küche kam und eine Bambusschlange entdeckte, die auf meiner Gardinenstange lag. Ich weiß heute noch nicht, wie sie dahin kam. Mein alter Gärtner tötete sie mit einer Eisenstange. Es kam auch sehr oft vor, dass ich bei einem Spaziergang durch das Camp schwarze Skorpione und auch Königskobras sichtete. Die griffen aber niemals an, weil sie sich ganz einfach nicht bedroht fühlten.

Von September bis Dezember hatten wir Monsunzeit. Es war verblüffend, denn es regnete jeden Tag um die gleiche Zeit, wobei es dann nach einer Stunde auch schon wieder wolkenlos sein konnte. Die Erde dampfte nach dem Regen, ein unvergessliches Schauspiel. Das Wetter war ansonsten im Allgemeinen das ganze Jahr über warm, feucht und sonnig mit Temperaturen von 25-30 °C. Die Nächte waren erfrischend kühl, was mir auch bald Malaysias lebhaftes Nachtleben außerhalb der Häuser erklärte.

Penang – Tempel der Azurwolke, Schlangentempel

Im März 1966 heiratete unser Freund Stefan in Penang seine deutsche Freundin. Da er uns als Trauzeugen auserwählt hatte, kam es bei dieser Gelegenheit zu unserem ersten Ausflug nach Penang, der Insel mit den vielen Gesichtern. Das Paar wurde von einem dort ansässigen katholischen Pater getraut. Die Braut kam frisch aus Deutschland angeflogen und wirkte unter den vielen neuen Eindrücken eher verschüchtert. Sie wurde später eine sehr wertvolle und gute Freundin von mir. Die Trauung verlief für dortige Verhältnisse sehr europäisch, da sie in deutscher Sprache abgehalten wurde. Nach diesem Tag blieben wir alle noch eine Woche, um die Insel kennenzulernen. Wir wohnten während dieser Zeit in Georgetown, dem Zentrum der Stadt, im E&O Hotel, einem sehr alten Gebäude im Kolonialstil, mit großen Veranden und einem Patio am Strand. Am ersten Tag fuhren wir mit zwei Trishaws, also dreirädrigen Rikschas, durch das chinesische Viertel und unternahmen einen Spaziergang durch das Hafenviertel. Georgetown war unverkennbar chinesisch mit all den verwirrenden chinesischen Schriftzeichen bis ins Hafenviertel hinunter. Es lagen erstaunlich viele Fähren und Tanker im Hafen. Als er mein Erstaunen darüber bemerkte, erklärte mir Eduard, dass von hier aus der größte Teil des malaiischen Gummis und Zinns den Weg auf die Weltmärkte finden würde. An einem anderen Tag besuchten wir das Hinterland. Es war typisch malaiisch, wenige Kilometer außerhalb Georgetowns war vom Stadtlärm nichts mehr zu hören. Die Umgebung verwandelte sich in eine friedliche, dünnbesiedelte Gegend. In Penang bemerkten wir auch den indischen Einfluss. Currygerüche beherrschten den älteren Teil von Georgetown. Ein indischer Taxifahrer, der uns von Georgetown zum Tempel der Azurwolke – bekannter unter dem Namen »Snake Temple« (Schlangentempel) – brachte, sprach Tamil, Englisch, Malaysisch und ein wenig Hokkien. Meine erste Wahrnehmung in diesem reich verzierten Tempel war beeindruckend. Giftige Vipern ringelten sich im Altar, in den Schreinen, Räucherschalen, Kerzenleuchtern, auf dem Boden und an der Decke. Es gab sogar einen Säuglingsbaum, in dessen Zweigen sich neugeborene Schlangen, so groß wie Regenwürmer, ringelten. In einem der Nebenräume wartete schon ein Fotograf, der gerne ein paar Erinnerungsfotos für uns aufnehmen wollte, falls man den Mut hätte, sich ein paar Schlangen um Hals und Arme hängen zu lassen. Ich posierte wirklich für so ein Foto, nachdem man mir versicherte, dass die Schlangen keine Giftzähne mehr hätten. Ein unheimliches Gefühl hatte ich schon während der Aufnahme. Das Bild bewahre ich noch heute in einem meiner Fotoalben. Man erklärte uns dann, dass die Schlangen wegen ihrer Verwandtschaft mit den mythischen Drachen aus der chinesischen Überlieferung so verehrt werden. Am folgenden Tag unternahmen wir einen Einkaufsbummel durch die Jalan Pinang, die Haupteinkaufsstraße Penangs in Georgetown. Das Ganze schien ein riesiges Warenhaus zu sein, mit Läden, die frühmorgens öffneten und am späten Abend schlossen. Wir bestaunten Seiden aus Indien und Thailand und Brokate und Sarongs aus Malaysia. Interessant waren auch die kleinen Flohmärkte, auf denen man alles finden konnte, von alten buddhistischen Schrifttafeln bis zu einer herrlich bestickten chinesischen Robe. Der Spaziergang durch Georgetown war so fesselnd, dass wir die Entfernungen völlig außer Acht ließen. Wir liefen an malaiischen Moscheen, anglikanischen Kirchen und chinesischen Tempeln vorbei. Durch Zufall kamen wir an dem ältesten chinesischen Tempel in Georgetown vorbei, genannt »Kuan Yin«, in der Jalan Pitt (Pitt-Street). Dieser Ort gehört dem armen Mann der Straße, den Nudelverkäufern oder Trishaw-Fahrern. Die Göttin Kuan-Yin personifiziert die Barmherzigkeit gegenüber den einfachen Leuten. Sie soll auf die Gebete und Bitten dieser Leute hören. Der Tempel selbst machte einen sehr abgenutzten Eindruck. Die Hallen des Tempels waren voller Räucherschwaden, der Altar war überfüllt mit den Gaben der armen Leute als demütige Opfer für die Göttin der Barmherzigkeit. Der Manager unseres Hotels erklärte uns, dass wir uns unbedingt die »Pagode der Zehntausend Buddhas« ansehen sollten. Wir besuchten sie am nächsten Tag. Sie liegt auf dem Penang Hill.

Singapur

Singapur. Verglichen mit unserem Camp war Chinatown ein Einkaufsparadies. Auf einem der Märkte erstand ich ein altes Paar Elfenbeinarmreife. Auch hier gehörte das Handeln und Feilschen zum alltäglichen Geschäftsleben. Es gab unzählige Angebote von Kameras, Uhren, Perlen, Seidenstoffen und Halbedelsteinen. Das und vieles mehr konnte man in Singapur zollfrei kaufen, da der Hafen Singapurs seit 1624 ein Freihafen war. Wir konnten alte chinesische Männer bewundern, Kalligraphen, die Briefe schrieben. Sie saßen am Straßenrand auf Stühlen und auf einem Tischchen neben ihnen lagen Papier, Tinte und Federhalter. Diese Leute verdienten sich ihr Brot, indem sie Briefe für Analphabeten schrieben. Von Zeit zu Zeit hörten wir den enormen Lärm, der von den Mah-Jongg-Spielern herrührte. Wir gingen an Jadehändlern und Goldschmieden vorbei. Mich faszinierte besonders der Besuch in einer alten Apotheke. Es gab unzählige Schubladen und Gefäße mit chinesischen Heilmitteln, mit Kräutern, Gewürzen und Früchten sowie getrockneten Eidechsen und Schlangenextrakten. Der Apotheker, ein sehr alter Chinese mit einem langen Bart, erklärte uns, dass die Medizin für jeden Patienten individuell zusammengestellt würde. Wir setzten unseren Weg fort. Ich hatte sehr viel von den »fortune-tellers« gehört, Wahrsager, von denen man sich für ein paar Cent die Zukunft lesen lassen könne. Da ich gerne etwas über mein weiteres Leben wissen wollte, suchten wir einen greisen Chinesen auf. Er hatte einen großen Vogel neben sich sitzen, ein Gefäß mit Bambusstäbchen und einen Stapel Karten. Was nun geschah war erstaunlich: Der Vogel pickte eine Karte aus dem Stapel und der Wahrsager las daraus meine Zukunft. Er deutete ganz klar, dass ich einmal drei Kinder bekommen würde und drei Männer würden in meinem Leben eine große Rolle spielen. Damals konnte ich daran noch nicht so recht glauben, aber seine Vorhersage wurde sehr viel später wahr. Wir bummelten danach weiter in die China Street und konnten den Nudelherstellern bei der Arbeit zusehen. In einer kleinen Gasse hatten wir die Gelegenheit, die Holzschnitzer zu beobachten. Sie schnitzten zum größten Teil buddhistische und taoistische Holzfiguren, die kunstvoll bemalt und zum Teil auch vergoldet wurden. Es war verblüffend, dass diese Leute komplett ohne Vorlage arbeiteten. Wir bummelten weiter durch die Orchard Road und Orwell Road und konnten dabei die Erzeugnisse der Volksrepublik China und Taiwans bewundern. Diesen Bummel beendeten wir mit einer Trishaw-Fahrt zum Raffles Hotel. Das Raffles Hotel gehörte zu den traditionsreichsten Hotels in Singapur. Nach unserem Nachmittagstee, dem afternoon-tea, spazierten wir über den Queen-Elizabeth-Walk zum Singapore River und von dort aus zurück ins Hotel. Dort bereiteten wir uns auf den Abend vor.

Es war mein erster großer Abend an der Seite eines Mannes, den ich sehr bewunderte und der mich sehr verwöhnte. Das neue Jahr sollte begrüßt werden. Ich trug zu diesem festlichen Anlass mein erstes langes Abendkleid. Ich sehe es noch heute vor mir liegen, auf meinem Bett im Hotelzimmer. Eduard hatte es als Überraschung für mich in Singapur gekauft, ein türkisfarbenes Kleid mit lauter aufgestickten Pailletten. Ein Traum von einem Kleid! Ich fühlte mich damals so außergewöhnlich und glücklich und konnte meine Gefühle kaum zügeln. Ich fühlte mich wie in einer Märchenwelt und konnte nicht begreifen, dass das Leben so schön sein konnte. Die Welt wurde mir von meinem Mann zu Füßen gelegt. Der Abend verlief wie im Bilderbuch. Der Ballsaal des Hotels Singapura war geschmückt mit bunten Lampions und Glitzersternchen, die Tische waren mit vielen, vielen Blüten dekoriert. Die Gäste, mindestens 300 Personen gemischter Nationalität, kamen in wunderbaren Abendroben, die Damen geschmückt mit glitzernden Diamantcolliers oder Jade-Gehängen; ein faszinierendes Bild des Reichtums, dem ich in den späteren Jahren noch oft begegnen sollte. In der Mitte des Saals war ein riesiges Buffet mit westlichen und asiatischen Spezialitäten aufgebaut. Welch große Unterschiede zwischen Menschen aus dem Osten und Westen dieser Erde auch immer vorhanden waren, an diesem Abend war die Begegnung von zusammengewürfelten Menschen unterschiedlicher Herkunft harmonisch und ein Erfolg. Wir rutschten in das neue Jahr hinein ohne zu ahnen, dass es voller unerwarteter Erlebnisse und Entdeckungen sein würde.

Der Tanz führte uns in den frühen Morgen hinein, die Zeit verging zu schnell. Wenn ich heute darüber nachdenke, vergingen alle wichtigen und schönen Momente meines Lebens zu schnell, doch habe ich sie als wunderbare Erinnerungen in mir behalten. Sie haben eine große Bedeutung für mich, sind etwas sehr Gravierendes in meinem Leben, etwas, das ich nie verlieren kann.

Nach diesem Abend verlebten wir noch einige Tage in Singapur und versuchten, neben dem Erledigen größerer Einkäufe einige der Sehenswürdigkeiten kennenzulernen. Zuerst kümmerten wir uns um die Einkäufe. Wir gingen zur Adresse eines Schneiders, der für Eduard mehrere Anzüge und Hemden anfertigen sollte. Singapurs Schneider waren für ihre Maßarbeit und ihre preiswerte Kleidung berühmt. Das Geschäft des Schneiders befand sich in einem schmutzigen kleinen Gebäude, der Meister selbst war ein winziger Chinese, der perfekt Englisch sprach. Ich erinnere mich daran, dass er es fertigbrachte, zwei Anzüge und einige Hemden innerhalb von 24 Stunden fertigzustellen. Danach besuchten wir das Nationalmuseum, ein interessantes Bauwerk, erbaut 1849 im neoklassizistischen Stil. Die Attraktion dieses Museums bestand aus einer großartigen alten Jadesammlung, einst im Besitz der berühmten chinesischen Familie Ao. Ich lernte meine kleine Lektion über Jade. Die Erkenntnis, dass es außer der grünen Farbe der Jade auch die weißliche, braune, violette, rötliche und schwarze gab, versetzte mich in Erstaunen. Aus einer Beschreibung, die zur näheren Erklärung dieser Jadesammlung dienen sollte, erfuhr ich, dass hochwertige Jadeite in Burma und China vorkamen. Ein chinesischer Führer erklärte uns, dass Konfuzius die Jade als Sinnbild der Tugend bezeichnete, ein Symbol des chinesischen Volkes. Dieser Museumsbesuch gab mir darüber hinaus den ersten Einblick in die Welt asiatischer Keramiken, Silber- und Bronzearbeiten sowie antiker Holzschnitzereien. Ich fing damals an, mich sehr für die asiatische Kunst zu interessieren und versuchte, mit den wenigen Mitteln, die uns zur Verfügung standen, kleinere Kunstgegenstände zu sammeln. Nach dem Nationalmuseum besuchten wir noch die Victoria Memorial Hall, die Anfang des 20. Jahrhunderts erbaut wurde. Der Uhrenturm dieses Gebäudes gehört zu den Wahrzeichen Singapurs. Die Melodie des Glockenschlags erinnerte mich an den Big Ben. Wir liefen an etlichen Gebäuden vorbei, die im Kolonialstil erbaut waren, dazu gehörten das Parliament House (Parlamentsgebäude) und die City Hall. Wie auch schon in Kuala Lumpur und Penang besuchten wir auch in Singapur verschiedene Tempel. Der Tempel, der mich persönlich besonders beeindruckte, war Singapurs größter buddhistischer Tempel, der Siong Lim Tempel. Man erzählte uns, dass fast das gesamte Baumaterial - wie Steine, Holz und Marmor - aus China per Schiff nach Singapur eingeführt wurde. Den großen architektonischen Gegensatz zu diesem Tempel fanden wir in der größten Moschee, der Sultan-Moschee, ein Zentrum der islamischen Malaien. Diese Moschee wurde, ähnlich wie die in Kuala Lumpur, von imposanten Kuppeln gekrönt.

Unsere Tage in Singapur waren voller interessanter Erlebnisse und Erkenntnisse, die wir jeden Abend bei einem ausgefallenen Essen besprachen. Wir versuchten, unsere Erfahrungen zu erweitern in Sachen asiatische Esskultur, jeden Abend probierten wir eine neue Küche aus. Oft waren es indische Currys, dann wieder Reisgerichte, auf einem Bananenblatt serviert. Besonders gerne hielten wir uns inmitten der Einheimischen auf, die ihr Essen an »Food Stalls«, einfachen überdachten Plätzen, einnahmen. Wir fanden eine unendliche Vielfalt an chinesischen Speisen, an malaiischen und indonesischen Spezialitäten. Bei einem Bummel durch einen Markt entdeckte ich eine Vielzahl von Früchten, die ich noch nie in meinem Leben gesehen hatte, zum Beispiel die Buah Duku, Jambu Ayer, Jackfruit, Starfruit und vor allem die Durianfrucht. Die Singapurer bezeichneten die Durian als die Königin der Früchte. Mein erster Versuch, diese Frucht zu essen, misslang, weil ihr Geruch so eigenwillig war und ihr Geschmack für meine Begriffe aus einem Gemisch von Käse und Parfüm herrührte.

Eine alte Chinesische Oper, Singapur, das Thaipusam-Fest und zurück in die Eintönigkeit des Camps

Die Woche in Singapur verging sehr schnell. Der Abschluss des Ausflugs wurde gekrönt durch unsere Autofahrt entlang der malaiischen Westküste zurück ins Camp. Unser erster Stopp war in Jahore Bharu, dann folgten Malakka, Port Dickson, Selangor, Telok Arison und Tapah. Während der Fahrt sahen wir riesige Gummi- und Ananasplantagen. Die Straße führte durch Reisfelder und sogenannte Rampongs, das sind kleine malaiische Siedlungen. Besonders in Erinnerung geblieben ist mir Malakka. Bei einem Bummel durch die Innenstadt konnten wir anhand von Bauwerken ganz deutlich die wechselreiche Geschichte sehen. Es gab holländische Backsteingebäude, eine portugiesische Festung und, nicht zu verleugnen, die Bauten aus englischer Kolonialherrschaft. Die Fahrt über Port Dickson war märchenhaft schön, der Blick durch Kokospalmen auf das einsame Meer beeindruckte mich sehr. Wir verweilten an einigen Stellen, um den kilometerlangen Strand mit dem feinen roten Sand und die tiefblaue See zu bewundern. Ich konnte dem mich einladenden Wasser einfach nicht widerstehen. Der langgestreckte Strand schien nur für uns da zu sein. Doch da Eduard noch an diesem Tag zurück ins Camp fahren wollte, hatten wir einfach nicht genug Zeit, diese Märchenwelt ausgiebig zu genießen. Unsere Fahrt ging weiter, entlang der Küstenstraße nach Selangor. Von hier aus fuhren wir ins Landesinnere und kamen durch die malaiische Kleinstadt Teluk Anson. Weiter ging es durch malaiische Dörfer und irgendwo auf dieser Route hatte ich zum ersten Mal in meinem Leben die Gelegenheit, eine chinesische Oper zu sehen. Es musste wohl ein malaiisches Fest sein, verbunden mit einer Chinesischen Oper.

Dieses Musikdrama war für mich so anders als eine deutsche Oper, es war ein musikalisches Ausdrucksspiel in den höchsten, tiefsten und schrillsten Tönen. Menschliche Gemütsregungen erreichten ihren Höhepunkt, ob es nun Liebe, Hass, Stolz, Habgier, Heldentum oder die

Selbstverleugnung war. Die gesungenen Verse, verbunden mit der Musik im Hintergrund, das Make-up der Schauspieler und die Kostüme faszinierten, es war beinahe übernatürlich, und dies wurde dem einfachen Volk im Dorf vorgespielt. Die Darsteller waren gleichzeitig Sänger, Tänzer, Mimiker und Komödianten. Jeder der Darsteller war tief versunken in seiner Rolle und das Publikum verhielt sich absolut ruhig. Ich beobachtete die Gesichter und konnte sehen, dass die Menschen total hingerissen waren vom Zauber auf der Bühne, hervorgerufen durch eine extreme Anstrengung der Darsteller. Für mich schien es eine Verbindung vom einigermaßen modernen Menschen mit den Helden der wiederauflebenden Legende zu sein, dem Volke serviert durch Zauberei mit Worten, Kostümen und einer theatralischen Bühnenausstattung. Wir blieben nicht bis zum Schluss der Vorstellung, weil wir unsere Fahrt fortsetzen mussten. Eduard erklärte mir während der Fahrt, dass die chinesische Oper so uralt wie China selbst sei und dass eine Aufführung mindesten fünf bis sechs Stunden dauern würde. Die Basis einer Aufführung könne Mythologie, Religion oder auch Geschichte sein. Ich konnte es kaum fassen, dass seit Jahrtausenden die Masken, Rollen und Legenden unverändert geblieben sind und dass diese den Künstlern in Broschüren anschaulich vorgegeben und dargelegt werden. Die Darsteller müssen diese Vorschriften strikt befolgen. Selbst beim Auftragen des grellen Make-ups auf die Gesichter wurde nie eine Neuerung erlaubt. Die Vorbereitungen zu so einer Aufführung nehmen seit jeher mehrere Stunden in Anspruch.

Als wir uns Tapah näherten, war der Weg zum Camp nicht mehr weit. Es folgten Tage, Wochen und Monate, in denen wir wieder umgeben waren vom stets gleichen Personenkreis und dem immergrünen unheimlichen Dschungel im fortwährend feuchtheißen Klima. Die Beziehung zu meinem Mann war sehr glücklich und wir unterstützten uns gegenseitig in der Einsamkeit. Dieses eintönige Leben wurde oft unterbrochen durch arrangierte Feste, die die Bauleitung ausrichtete. Ein Grillabend am Pool ist mir noch besonders in Erinnerung. Der Baudirektor hatte damals alle Ingenieure und Arbeiter eingeladen. Die Arbeiter kamen zum größten Teil aus dem hintersten Österreich und hatten keine besondere Schulausbildung. Bei solchen Festivitäten wurde viel getrunken. Einer der Bauarbeiter setzte sich volltrunken ans Steuer seines Autos und überfuhr seine Frau. Man munkelte, es sei Absicht gewesen, weil er eine malaiische Freundin gehabt haben soll. Er wurde von der Bauleitung konsequent nach Österreich zurückgeschickt, bevor er in Malaysia inhaftiert und verurteilt werden konnte. Bei diesem Vorfall erkannte ich, welch große Gefahr die Liebesbeziehung zu einer Asiatin für einen europäischen Mann bedeuten konnte.

Da am Wasserkraftwerk auch viele einheimische Tagearbeiter, sogenannte Kulis, beschäftigt waren, kamen wir in den Genuss der malaiischen, chinesischen, indischen und deutschen Feiertage. Einer der größten und eindrucksvollsten Feiertage der Hindus war das Thaipusam-Fest. Das Fest begann schon morgens um vier, alle Hindus aus der Umgebung des Camps waren gekommen. Sie säumten die Straßen, auf denen in gelbe Gewänder gekleidete Pilger zu einer kleinen Kalksteinhöhle liefen. Ein wahres Spektakel! Als die Sonne langsam aufging, versammelten sich die Ströme von Pilgern zu einem großen gelben Fleck. Gelb ist im Hinduismus die Farbe der Sonne und steht für Licht und Erkenntnis. Dieser Tag bedeutet für die hinduistischen Gläubigen einen Tag der Buße. Ich wurde in großen Schrecken versetzt, als ein großer Teil der Gläubigen in einen religiösen Trancezustand verfiel. Wir wagten uns etwas näher an die weltentrückten Büßer heran. Ihre Stirnen waren mit heiliger Asche bestrichen und ihre Wangen und Zungen wurden mit langen Speeren durchstochen. Man konnte eine verklärte Freude auf ihren Gesichtern erkennen, aber offensichtlich verspürte keiner von ihnen Schmerz. Ein dumpfes Gefühl der Angst durchlief meinen Körper, etwas so Unheimliches hatte ich noch nie in meinem Leben gesehen. Nach einer Weile waren die Büßer so erschöpft, dass man ihnen die Metallhaken wieder aus den Wangen und Zungen herauszog. Es folgte kein einziger Tropfen Blut und wir konnten nicht einmal die Einstichwunden sehen. Sie erwachten lange danach aus ihrer Trance und hatten somit das heilige Gelübde erfüllt. Ich war damals erschüttert über das, was ich an diesem Morgen miterlebt hatte.

Wieder in das eintönige Camp-Leben zurückkehren zu müssen, machte mich sehr traurig. Ich wusste noch nicht, dass wir die Gelegenheit haben würden, für drei Monate in Penang leben zu dürfen. Doch erst einmal ging es ins Camp zurück und ich fürchtete mich immer etwas vor der Einsamkeit dieses Lebens.

Als das Jahr 1966 sich dem Ende zuneigte, hatten wir schon wieder Pläne. Mein Mann und sein Kollege, Herr Koppler, sollten über die Weihnachtsfeiertage und über Neujahr einige Baumaschinen von Kuala Lumpur nach Singapur transportieren. Singapur befand sich damals im Aufbau und die deutsche Baufirma, bei der mein Mann tätig war, hatte dort zwei Aufträge zur Fundamentlegung mehrerer Hochhäuser bekommen. Mein Mann und ich planten, uns am Silvesterabend in Singapur zu treffen. Ich flog also mit Frau Koppler von Kuala Lumpur nach Singapur. Der Flug dauerte circa eine Stunde. Wir fuhren vom Flughafen aus mit einem Taxi ins Hotel Singapura. Unsere Männer sollten erst am späten Nachmittag ankommen und wir hatten noch genug Zeit, einen kleinen Bummel durch die City von Singapur zu unternehmen. Das Klima war ähnlich wie in Malaysia; feucht, tropisch, verbunden mit viel Sonnenschein. Auffallend war, verglichen mit Malaysia, die Sauberkeit in Singapur. In den Parks und Gärten fanden wir die verschwenderische Pracht der tropischen Blumenwelt: Bougainvillea, Hibiskus, Jasmin, Kamelie, Rhododendron und Oleander. Unser Bummel führte uns auch durch Chinatown. Es wurde für mich wieder ein besonderes Erlebnis, eine Stunde des Entdeckens in diesem faszinierenden Viertel, einem wahren Labyrinth von engen Straßen und Gassen mit alten Häusern. Unzählige Menschen drängten sich auf den Märkten. Mit lauten Stimmen boten Verkäufer ihre Waren an, dazwischen war das Kichern und Schwatzen der Einheimischen zu vernehmen. Wir trafen dort auf ein buntes Gemisch von Leuten, überwiegend Chinesen, Inder und Pakistani. Zuerst waren wir verwirrt von der Vielzahl der chinesischen Schriftzeichen, aber alle Straßenbezeichnungen und Hinweistafeln waren auch stets in englischer Sprache angegeben.

Das Leben im Camp

Ich sprach schon oft vom gleichen Personenkreis, auf den man im Camp immer wieder traf. Jetzt möchte ich die Personen, mit denen ich fast täglich zu tun hatte, etwas näher beschreiben. Meine direkte Nachbarin war Frau Till, eine typische Hamburgerin, verheiratet mit einem der Bauingenieure. Wir hatten einen netten Kontakt zu diesem jungen Ehepaar und unternahmen sehr viele gemeinsame Fahrten. Es tat mir darum besonders leid, dass die Ehe nach zwei Jahren geschieden wurde. Herr Till wurde nach Ablauf des dreijährigen Malaysia-Vertrages von der deutschen Baufirma als Bauleiter nach Saudi-Arabien versetzt. Seine Frau konnte es nicht ertragen, wieder in ein fremdes Land ohne die ihr vertraute Kultur gehen zu müssen, sie reichte die Scheidung ein.

Schräg gegenüber wohnte Herr Meier, der zweite Kaufmann des Projektes, mit seiner Gattin. Sie bekamen im Camp ihr erstes Baby, ein Mädchen. Es war das erste Kind, dass dort geboren wurde. Der Baudirektor, Herr Paul, und seine Familie wohnten natürlich im größten Bungalow auf Pfählen. Frau Paul erwartete ihr drittes Kind. Sie war eine bildhübsche und charmante Frau, aber nach dem dritten Kind wurde ihr das Dschungelleben unerträglich und langweilig. Ihr Mann, der wesentlich älter war als sie, ließ sie, bedingt durch seine Position, zu oft allein und sie begann eine Affäre mit unserem Camp-Arzt. Da wir alle von dieser Affäre wussten, kam Herr Paul nicht umhin, seine Frau mit den Kindern nach Deutschland zu schicken. Die Ehe wurde dann etwas später auch geschieden. Rechts von unserem Haus wohnte die Familie Rogers. Herr Rogers war der kaufmännische Direktor der Firma. In einem der Häuser wohnte auch meine Freundin Gabi mit ihrem Mann. Das waren die Personen, mit denen wir drei Jahre das Leben im Camp teilen wollten. Fast hätte ich vergessen, die Schule und das Krankenhaus zu erwähnen. Viele Familien aus dem Arbeitscamp hatten schulpflichtige Kinder, die hier die Schule besuchten. Sie wurde geleitet von einer deutschen Dame, deren Mann ebenfalls im Projekt beschäftigt war. Das Krankenhaus wurde geleitet von einem sehr charmanten Wiener Arzt, Dr. Kant. Er war circa 50 Jahre alt und hatte sein halbes Leben in Indonesien verbracht, denn seine sogenannte Frau war Indonesierin. Herr Dr. Kant, der »Playboy des Camps«, wie wir ihn nannten, konnte es einfach nicht lassen, sich den gutaussehenden Frauen zu nähern. Ich kann mich noch gut erinnern, dass der Tag kam, an dem er es bei mir versuchte, aber ich war glücklich verheiratet und wies ihn selbstverständlich ab. Damals musste ich seine Frau bewundern, die das Verhalten ihres Mannes gelassen hinnahm. Ich fragte mich: Ist das das typische Verhalten einer mit einem Europäer in wilder Ehe lebenden Asiatin - die finanzielle Unterstützung durch den Mann ist gegeben und Gefühle müssen an zweiter Stelle stehen?

Es fiel mir auf, dass alle jung verheirateten Ehepaare die Dschungeljahre gemeinsam zu bekämpfen wussten. Genau wie wir die Situation meistern konnten, verbunden mit dem Gedanken, uns in der gemeinsamen Zukunft etwas aus dem Nichts zu erschaffen und eines Tages eine Familie zu gründen. Wir hatten große Pläne, die uns das Vorwärtsgehen erleichterten. Gemeinsam fanden wir Genuss im Verzicht und sahen das Große im Kleinen. Unsere Tage verliefen fast monoton. Aufgestanden wurde gegen sieben Uhr. Eduard und ich frühstückten gemeinsam, dann fuhr er in ein separat eingerichtetes Büro-Camp. Das Mittagessen nahmen wir wieder gemeinsam ein, gegen ein Uhr. Mein Morgen war ausgefüllt mit der normalen Hausarbeit und dem Kochen. Ich wollte eine perfekte Köchin für meinen Mann werden, da er sehr gerne und gut aß. Meine ersten Kochversuche gestalteten sich folgendermaßen: Das Kochbuch lag immer rechts neben dem Herd und ich kochte genau nach Vorschrift. Mein Mann war ziemlich erfreut über meinen Ehrgeiz und er nahm tatsächlich innerhalb eines Jahres zehn Kilogramm zu. Nach dem Mittagessen hieß es für ihn, wieder zurück zur Arbeit zu gehen und ich selbst besuchte sehr oft meine Nachbarin oder ging zum Pool, wo ich mehrere Bewohner antreffen konnte. Um meine Englischkenntnisse zu verbessern, las ich in diesen Tagen sehr viel englische Literatur. An den Abenden setzten wir uns oft mit den anderen Ehepaaren zusammen. Unser beliebtestes Gesprächsthema war die ferne Heimat. Allerlei Erinnerungen wurden ausgetauscht, man sprach auch über Erfahrungen, die man irgendwann irgendwo einmal gemacht hatte. Alle freuten wir uns auf die Feiertage. Ganz besonders erinnere ich mich an das erste chinesische Neujahrsfest. Dieses Fest wurde von den chinesischen Einheimischen mindestens 15 Tage vorher vorbereitet. Die Chinesen, die in der Umgebung lebten, schmückten die Eingänge ihrer kleinen Hütten mit Glück bringenden roten Schriftzeichen, zudem sollten drachenverzierte Plakate jedem Besucher Glückwünsche entgegenbringen. Für die Chinesen war es ein Fest der Familie und Freunde. Eingeleitet wurde das neue Jahr mit allem, was positiv, mächtig und gut war. Man erklärte mir später, dass selbst die ärmsten Chinesen ihr weniges Geld sparen müssen, um dieses Fest ausgiebig genießen und ihre Familie und Freunde beschenken zu können. Kleine Mandarinenbäumchen wurden speziell für diese Festtage gezüchtet, die Glücksmandarinen wurden von guten Wünschen begleitet ausgetauscht. Die Kinder bekamen ihre »lai sees«, kleine rote Umschläge mit Geldscheinen. Da mein Mann einige chinesische Arbeiter unter sich hatte, passten wir uns der Sitte an und übergaben ihren Kindern auch diese kleinen roten Umschläge. Aus Dankbarkeit für diese Anerkennung luden diese einfachen Leute uns dann zu einem chinesischen Essen ein. Zu den Delikatessen gehörten verschiedene Arten von kandierten Früchten und eingemachte Lotusstängel, ebenfalls jene rundlichen Teigtaschen, die serviert wurden, um ein langes Leben zu symbolisieren. Der Glückwunsch »Kung Hei Fat Choy«, den man immer wieder hören konnte, bedeutet »Sei fröhlich und werde reich« und ich sollte ihn nie mehr vergessen. Das Essen war verbunden mit einem fantastischen Löwentanz. Der mythische Löwe gehört ganz einfach zu den Neujahrsfeierlichkeiten, denn er hat die Aufgabe, die bösen Geister zu vertreiben. Als besondere Attraktion wurde uns ein riesiges Feuerwerk geboten.

Jedem Jahr war eines der chinesischen Tierkreiszeichen zugeordnet: Ratte, Ochse, Tiger, Hase, Drache, Schlange, Pferd, Ziege, Affe, Hahn, Hund und Schwein. Wir hatten damals das Jahr des Hundes. Die altmodisch denkenden Chinesen fegten während der Festtage ihr Haus nicht, aus Angst, sie könnten das Glück, das ihnen für das kommende Jahr versprochen wurde, mit hinauskehren.

Penang - Pläne schmieden

Kurz nach den Feierlichkeiten des chinesischen Neujahrs wurde mein Mann nach Penang abberufen. Er sollte dort den Bauleiter vertreten, der aus familiären Gründen für drei Monate nach Deutschland zurückging. Nicht nur, dass ich mich persönlich auf diese Abwechslung freute, sie bedeutete auch für meinen Mann eine interessante neue Tätigkeit, die er gerne übernehmen wollte. Die Bauarbeiten in Penang, die er leiten sollte, waren Fundamentlegungen für einige Hochhäuser.

Dieser Wechsel bedeutete für uns den ersten Rutsch nach oben. Wir verließen das Camp im März und flogen von Ipoh nach Penang. Die Unterkunft dort war sehr viel besser als im Camp, wir bewohnten einen riesigen Bungalow in einem Villenviertel am Rande von Georgetown. Ich kann mich noch erinnern, dass ich beeindruckt war von der Architektur und dem Interieur des Hauses. Wir verfügten über einige Gästezimmer und zum ersten Mal bekam mein Mann in seiner nun höheren Stellung als Bauleiter eine Köchin, ein Dienstmädchen und einen Gärtner zugeteilt. Von da an konnte ich meine Kochkünste kaum noch ausführen, da die malaiische Köchin das Küchenreich regierte. Höchstens an ihren freien Tagen durfte ich es wagen, die Küche zu betreten. Meine Aufgabe bestand darin, meinen Mann bei der Repräsentation der deutschen Baufirma zu unterstützen. Es war unsere Aufgabe, mindestens einmal in der Woche die wichtigen Leute der Regierung und der Baufirmen einzuladen. Dazu kam noch meine Pflicht, mich um die Frauen der deutschen Arbeiter zu kümmern. Es wurden Essen arrangiert und ich musste immer wieder darauf achten, dass nur solche Gäste zusammen eingeladen wurden, die zueinander passten, um den Verlauf des Abends so interessant wie möglich zu gestalten. Dann waren noch die passende Kleidung und das ganze Setting zu beachten. Ich war damals selbst noch sehr jung, lernte aber durch den Umgang mit fremden Leuten täglich viel dazu. Es folgten Gegeneinladungen in höhere Kreise und ich wurde immer geübter darin, die richtigen Worte zu finden und die passende Kleidung zu tragen. Ich lernte ebenfalls, nie die eigenen Sorgen in den Vordergrund zu stellen. Damals wusste ich noch nicht, dass der größte Teil meines Lebens auf diese Art und Weise verlaufen sollte. Die wenigen freien Tage unseres Aufenthalts in Penang verbrachten wir sehr oft am Meer. Herrliche Badestrände umgaben die Insel. Es gab felsige Vorgebirge, die in das Meer hinausreichten und die Küstenlinie in kleine und größere Buchten unterteilten, jede mit einer eigenen Atmosphäre. Alle waren ausgezeichnet geeignet zur Entspannung, zum Entrinnen aus der täglichen Hektik, zum Schwimmen und Sonnenbaden. In Erinnerung blieben mir zwei ältere Hotels, das »Palm Beach« und das »Lone Pine«. Hier verbrachten wir oft unsere Wochenenden. Das Lone Pine hatte einige Bungalows direkt am Strand und wir frühstückten meistens unter hohen Palmen am Meer. Der Erinnerung an meinen ersten Besuch in diesem Hotel liegt noch ganz klar vor mir. In jedem Zimmer befand sich die Warnung vor giftigen Seeschlangen und ein Hinweis, dass man nicht so weit hinausschwimmen soll. Bei meinem ersten Schritt in das laue, seichte Meerwasser war ich noch sehr skeptisch, aber ich verlor die Angst recht bald. Bei weiteren Aufenthalten sah ich nur einmal eine giftige Seeschlange, als einheimische Fischer sie aus der See holten. Wir aßen meistens in Restaurants, die entlang des kilometerlangen weißen Strands lagen. Oft bestanden sie aus nichts weiter als einer Ansammlung von wackeligen Holzhäusern. Die malaiischen Kellner waren äußerst lässig gekleidet, dem Klima entsprechend, aber was sie zu bieten hatten, ließ uns oft das Wasser im Munde zusammenlaufen. Wir fanden köstliche chinesische Gerichte und eine ausgezeichnete malaiische Küche. Die Nordstrände von Penang wurden unser bevorzugtes Ziel zur Entspannung. Oft saßen wir versteckt zwischen den Felsen oder den hohen Palmen und ließen uns vom strahlend blauen Wasser des Indischen Ozeans benetzen. Wir besuchten auch des Öfteren Alor Star, die Hauptstadt von Kedah, ganz in der Nähe der thailändischen

Grenze gelegen. Alor Star lag sehr ungewöhnlich, es war von Reisfeldern umgeben und man sagte mir, dass dieser Platz die Reiskammer Malaysias genannt würde. Der dreimonatige Aufenthalt in Penang verging sehr schnell. Da wir uns gerade an das aufregende Leben gewöhnt hatten, fiel uns der Abschied schwer. Der Bauleiter kehrte aus Deutschland zurück und mein Mann wurde wieder nach Tapah zurückberufen. Doch für meinen Mann war die Arbeit am Wasserkraftwerk zu eintönig geworden, da es zu viele Abschnittsbauleiter gab und er nur einer von ihnen war. Diese Arbeit schien ihn nicht mehr zu befriedigen. Ich glaube, er fürchtete sich in diesen Tagen auch vor dem zu langsamen Vorwärtskommen oder sogar vor dem Stehenbleiben. Doch schon bald sollte er eine Möglichkeit finden, um aus diesem Vertrag herauszukommen. Dieser Schritt war sein erster Schritt zu der glänzenden Karriere, die vor ihm lag.

Hongkong 1966

An den Arbeiten des Wasserkraftwerks war auch eine amerikanische Baufirma beteiligt, die ihren Hauptsitz in Cleveland, Ohio, hatte, aber auch in Hongkong vertreten war. Wir lernten Mark Bay kennen, einen der Ingenieure dieser Firma, und der fragte meinen Mann, ob er nicht Interesse hätte, in Hongkong den Posten als technischer Direktor der Firma zu übernehmen. Es war ein sehr verlockendes Angebot. Wir bekamen zwei Freiflüge nach Hongkong, um die Situation dort kennenzulernen. Da die Bauleitung noch nichts von dem geplanten Stellenwechsel meines Mannes wissen durfte, sagten wir, dass wir eine Urlaubsreise an die Ostküste unternehmen wollten. So kam es dazu, dass wir zu Weihnachten 1966 zum ersten Mal von Kuala Lumpur nach Hongkong flogen. Der Flug dauerte circa drei Stunden. Unser erster Anflug auf Hongkong wird mir für immer unvergesslich bleiben. Langsam tauchte die Insel vor uns auf, umgeben von den blauen Wogen der chinesischen See und von den vielen kleinen Inseln und schroffen Felsen. Wir flogen entlang der atemberaubenden Silhouette von Hongkong Island, dem »Duftenden Hafen«, mit all den Wolkenkratzern. Mein Eindruck war, dass sie versuchten, sich gegenseitig an Höhe zu übertreffen. Auf der gegenüberliegenden Seite lag Kowloon, das Festland, ebenfalls dicht besiedelt. Die Landebahn zog sich weit hinaus ins Meer, ich hatte zuerst den Eindruck, wir würden im Meer landen, aber wir setzten im richtigen Moment auf der langen Betonpiste auf. Unser Ziel war erreicht: der Kai Tak Airport auf dem Festland Kowloon. Aus dem Lautsprecher des Flugzeugs tönte »Willkommen in Hongkong«. Die Türen der DC10 öffneten sich und langsam schoben wir uns zum Ausgang des Flugzeugs. Überraschenderweise kam uns eine ziemlich kühle Luft entgegen. Die Außentemperatur betrug circa 15 °C. bei niedriger Luftfeuchtigkeit, eine erfrischende Abkühlung nach dem feuchtheißen Klima in Malaysia. Nach der Passkontrolle befanden wir uns schon recht bald in der Aufenthaltshalle. Mark Bay wartete dort auf uns und nahm uns in Empfang. Wir verließen durch ein Gewimmel von Chinesen das Flughafengebäude und fuhren mit Marks Auto im Schritttempo durch die Millionen-Einwohner-Stadt zur Autofähre, die uns zur Kronkolonie Hongkong befördern sollte. Die ersten Eindrücke waren kaum zu verkraften. Kowloons Straßen waren ziemlich breit gebaut und die vielen Menschen überall auf den Bürgersteigen und an den Fahrbahnrändern erinnerten mich an einen Ameisenhaufen. Ich sah kaum eine freie Fläche, Kowloon schien dicht besiedelt zu sein, es war das Gegenteil von dem Ort, in dem wir in den letzten Jahren gelebt hatten. Alles schien zu leben und zu atmen, ein absolutes Chaos. Wir erreichten die Autofähre, parkten das Auto an Deck und stiegen aus, um die Skyline von Hongkong zu bewundern. Vor uns sahen wir den Naturhafen und die sich ständig verändernde Kulisse der City Victoria mit ihrem unüberschaubaren Häusermeer. Die Dämmerung brach langsam herein und Tausende von Lichtern wanden sich in glitzernden Girlanden um die Insel Hongkong. Eduard und ich waren so beeindruckt, dass sich unsere Blicke kreuzten, wir konnten unsere Gedanken lesen. Wir wussten schon, dass wir diese Insel eines Tages lieben würden. In Hongkong Island angekommen, fuhren wir kurz durch die Stadt und über die Wong Nai Chung Gap und Stubbs Road nach Shouson Hill. Dort bewohnte Mark Bay ein großes Apartment mitten im Grünen. Wir sollten während unseres Aufenthalts bei ihm wohnen. Ich ergriff gleich die Gelegenheit, mir etwas Wärmeres anzuziehen. An diesem Abend waren wir bei Debby und John Kamasoto zum Essen eingeladen. John war der eigentliche Chef dieser amerikanischen Firma. Er sei Japaner, erklärte uns Mark, aber in Amerika geboren, ebenso wie seine Frau. Wir waren sehr gespannt auf diese erste Begegnung.

Freundschaft knüpfen und Bummel durch Hongkong

John und Debby bewohnten ein riesiges Apartment in der South Bay. Das Haus lag auf einem hohen Hügel, umgeben von chinesischen Gärten. Der Altbau war im Kolonialstil gebaut und er war wunderschön in seiner Architektur. John und Debby waren sehr freundliche Menschen, typisch amerikanisch, sie hatten eigentlich nur ihr japanisches Aussehen behalten. Auch eingeladen waren einige Mitglieder der Firma: Mrs. Naser, die Chefsekretärin, dann eine arabische Chinesin und ihr Gatte, einige chinesische Ingenieure und zwei amerikanische Ehepaare. Das Essen verlief sehr angenehm und die Herren der Runde weihten meinen Mann in ihre Geschäftsmethoden ein. Die Damen erzählten mir viel über die Lebensgewohnheiten in Hongkong, über Unterkünfte und Einkaufsmöglichkeiten. Nach dem Dinner führte Debby uns auf die geräumige Terrasse, wo sie den »after dinner mocca« servierte. Unser Blick fiel auf die South Bay, eine kleine Badebucht im Schatten der Hügel. Die charakteristischen Segel einer Dschunke waren zu erkennen und die vielen Lichter der kleinen Fischerboote. Es war ein wunderbarer Abschluss, auf dieser Terrasse zu sitzen, umgeben von der subtropischen Atmosphäre, mit diesen Gästen, so unterschiedlich ausgestattet mit Witz und Charme. Der folgende Tag wurde für uns geplant. Mein Mann sollte sich das Büro anschauen und ich sollte von

Debby abgeholt werden, sie wollte mich zu einem Einkaufsbummel auf die Insel mitnehmen. Eduard und ich frühstückten noch gemeinsam, danach trennten sich unsere Wege für diesen Tag. Ich fuhr mit Debby über die Wong Nai Chung Gap nach Victoria, dem eigentlichen Einkaufszentrum. Zum ersten Mal erblickte ich Hongkong an diesem herrlichen Morgen mit ganz anderen Augen. Die Sicht vom Wong Nai Chung Gap hinunter auf den Hafen mit dem gegenüberliegenden Festland war einfach traumhaft schön. Ein gewaltiges Panorama tat sich vor uns auf. Da lag die City Victoria mit ihrem unüberschaubaren Häusermeer und die Farben im Hafen zogen sich im strahlenden Sonnenlicht zu einem tiefen Blau zusammen. Im Hafen herrschte eine außerordentliche Betriebsamkeit, ob Ozeanriesen oder Dschunken, alle waren daran beteiligt. Wir kamen auf dem Weg in die Stadt an wunderschönen Blumen und blühenden Sträuchern vorbei, die die gut ausgebauten Straßen säumten. Die Fahrt von Shouson Hill bis zum Zentrum dauerte circa 15 Minuten, dann befanden wir uns plötzlich inmitten einer explosiven und atemberaubenden Großstadt. Die Menschen drängten sich durch einen Strom von Fahrzeugen. Vereinzelt entdeckte ich Rikschas neben großen amerikanischen Straßenkreuzern. Debby parkte ihren Wagen im Zentrum und wir spazierten durch die Hauptgeschäftsstraße, die Queens Road, Central. Es prallten hier ungeheure Gegensätze aufeinander, gigantische Hochhäuser blühten auf neben der ursprünglichen, echten chinesischen Lebenswelt. Die Zahl der Geschäfte, die sich vor uns auftaten, war für mich nicht zu fassen. Es war kaum zu glauben, wie alle diese Geschäfte nebeneinander existieren konnten. Wir passierten Juweliere, Optiker, Kamera- und Uhrenläden, Porzellan- und Glaswarenhandlungen und die Werkstätten der berühmten Schneider der Kronkolonie. Debby erklärte mir, wenn man in Hongkong etwas kaufen wolle, müsse man unbedingt handeln, beim Feilschen könne man die meisten Händler so bis zu 30/40 % herunterhandeln. Wir gingen in ein chinesisches Kaufhaus und wurden mit asiatischer Höflichkeit begrüßt, verbunden mit einem nie versiegenden Lächeln. Debby war interessiert an einer kleinen blau weißen Ming-Vase. Das Handeln darum schien für den chinesischen

Verkäufer ein Spiel zu sein und Debby machte es mit freundlicher Miene mit. Sie merkte recht schnell, wie weit der Händler bereit war, im Preis nachzugeben, ohne sein Gesicht zu verlieren. Schließlich, nach einer halbstündigen Verhandlung, kam es zum Geschäftsabschluss, danach wurde uns noch heißer Chai-Tee serviert.

Nach dem Genuss dieser erfrischenden Köstlichkeit bummelten wir weiter. Wir kamen von der Queens Road ab und erstiegen eine malerische, enge Treppenstraße, die uns hoch hinauf auf die Hollywood Road führte. Debby erklärte, diese Umgebung sei das Antiquitätenzentrum von Hongkong. Wir spazierten durch eine Reihe kleiner, schmuddeliger Läden, die vollgestopft waren mit einer großen Auswahl von Kostbarkeiten: Elfenbeinfiguren, Jadeschmuck, goldenen Holzschnitzereien und altem chinesischem Porzellan. Schließlich trafen wir auf die Cat Street mit ihrem typisch chinesischen Diebesgutmarkt. Man konnte hier Gebrauchtwaren wiederfinden, die einem am Vortag abhandengekommen waren, erklärte man mir später. Das Wichtigste hier war, viel Zeit zum Feilschen zu haben. Beim Herumlaufen stießen wir immer wieder auf die berühmten Garküchen, bei denen sich der einfache Chinese zu einer Schale Reis mit gekochtem Fisch oder gedünstetem Gemüse oder auch zu Geflügel und Nudeln niederließ. Dazu servierte man einen sehr herb schmeckenden Kräutertee. Da wir den ganzen Vormittag verbummelt hatten, bekamen wir beide Appetit und Debby lud mich zu einem chinesischen Dim Sum im Central District von Hongkong ein. Das Restaurant schien vollkommen überfüllt zu sein. Wir warteten einige Minuten und bekamen dann einen Tisch. Ich beobachtete ein ständiges Kommen und Gehen, laute Gespräche, hauptsächlich von Chinesen, dazwischen ein paar vereinzelte Europäer. Nachdem Debby das Essen in ihrem guten Kantonesisch bestellt hatte, erklärte sie mir den Begriff Dim Sum. Es bedeute hier so etwas wie kleine Appetithäppchen oder Snacks, wörtlich übersetzt hieße es »das Herz berühren«, etwa so, wie wir Europäer den Ausdruck »Liebe geht durch den Magen« benutzen. Ich war so neugierig auf diese Dim Sums, dass ich es kaum erwarten konnte. Das Servierverfahren war ausgesprochen einfach. Es kamen chinesische Kellner vorbei mit kleinen Bambuskörben, auf denen die verführerischen Appetithäppchen angerichtet waren. Debby nickte nur, wenn es das war, was sie bestellt hatte und schon stand das duftende Körbchen oder der kleine Teller vor uns auf dem Tisch. Von diesem Tag an wurde das Dim-Sum-Essen für mich eine große Liebe. Besonders gern aß ich die kleinen Klöße, mit Shrimps oder Fleisch gefüllt, oder die gebratenen Frühlingsrollen. Während ich mit Debby dort die Speisen genoss, wusste ich noch nicht, dass das Luk Yu Tea House in den darauffolgenden Jahren eines meiner chinesischen Lieblingsrestaurants sein würde. Nach diesem ausgiebigen Lunch zeigte mir Debby noch einige Märkte. Es herrschte ein reger Betrieb, es wurde dort nahezu alles ver- und gekauft. Dieser Nachmittag verging blitzschnell und ich war voller neuer Ideen, die ich unbedingt meinem Mann mitteilen wollte. Debby fuhr mich zurück nach Shouson Hill und ich hatte das Bedürfnis, schnell noch unter die Dusche zu springen, bevor mein Mann von der Arbeit käme. Bald darauf kam er auch und er war ebenfalls überglücklich über seinen Tagesablauf. Es gab so viel zu erzählen und wir beide hatten nur den einen Wunsch: uns hier in Hongkong eine neue Zukunft zu schaffen. Dieser Tag sollte noch gekrönt werden von einem unvergesslichen Abendessen in einem der Floating Restaurants in Aberdeen. Wiederum luden Debby und John uns dazu ein. Wir brauchten von Shouson Hill aus circa zehn Minuten bis zum Fischerdorf Aberdeen. Schwerfällige Dschunken und Sampans schaukelten im Wasser der blauen Bucht. Wir nannten es die »schimmernde Stadt«, große chinesische Familien lebten auf kleinstem Raum friedlich nebeneinander auf Booten. Eine alte Chinesin ruderte uns zu dem schwimmenden Restaurant Tai Pak. Es bestand aus zwei Stockwerken und war dekoriert mit luxuriösen Holzschnitzereien. Man sagte uns, dass man hier besonders gut Fisch essen könne. John stellte unser Menü zusammen, verschiedene Arten von Meeresfisch, Krebsen, Muscheln und zum ersten Mal in meinem Leben kam ich in den Genuss einer Haifischflossensuppe. Alle Gerichte wurden nach alten chinesischen Rezepten zubereitet und serviert. Es wurde ein unvergesslicher Abend für uns beide. Ein Sampan-Boot brachte uns wieder an Land und der Blick zurück auf Aberdeen und die Floating Restaurants bei Nacht in dem einzigartigen Lichterglanz der vielfarbigen Lampen erinnerte mich an ein Märchen aus Tausendundeiner Nacht. Ich wurde plötzlich sehr müde, die vielen Eindrücke dieses Tages hatten mich total mitgenommen. Trotzdem konnte ich den folgenden Tag kaum erwarten.

Inselrundfahrt auf Hongkong Island

Mein Mann hatte für den nächsten Tag eine Inselrundfahrt vorgesehen. Nach dem Frühstück starteten wir mit Marks Wagen, einem Sportcabrio, zur Deep Water Bay. Die Küstenstraße war recht kurvig, rechts von uns lag das Chinesische Meer in seiner natürlichen Schönheit. Die Hänge über dem blauen Wasser oberhalb des Sandstrandes waren mit einigen Luxusvillen bebaut. Weiter führte uns die Straße nach Repulse Bay, offensichtlich der Ort, wo sich die wohlhabenden Europäer zur Sommerfrische aufhielten. Repulse Bay war eine friedliche Badebucht und wir sahen nur ein einziges Hotel, das extravagante Repulse Bay Hotel, erbaut im englischen Kolonialstil. Es hatte eine riesige Veranda, von der aus man im hellen Wintersonnenschein durch Palmen hindurch den Blick auf die sanften und glitzernden Wellen des Meeres hatte. Es ging weiter nach Südosten, auf das zackige Vorgebirge Stanley zu. Beim Anblick der stillen grünen Hügel vergaßen wir die Zeit. Unsere einzige Gesellschaft waren Wind und Wasser, die Wellen an den wunderschönen Sandbuchten. Wir bewunderten völlig ungestört die Bewegung und das Farbenspiel des Wassers. In der Ferne lagen die unberührten Inseln und kleine verschlafene Fischerdörfchen. Herrliche Blüten säumten die Küstenstraße und sanfte Ebenen lagen zwischen den grünen Hügeln. Es war erstaunlich, dass Hongkong nicht nur eine hektische Großstadt war, sondern auch eine Oase der Ruhe und der landschaftlichen Schönheit. Der Kontrast zu Victoria City war groß, zwei Extreme, so dicht beieinander. Wir spazierten kurz durch das Fischerdorf Stanley, es schien an diesem Morgen ruhig und verschlafen. Bei unserem Rundgang entdeckten wir einen chinesischen Markt. Die Luft duftete nach exotischen Lebensmitteln. Ein Verkäufer bot luftgetrocknete Würste an, eine Gemüsefrau wog einen Chinakohl, eine Straßenhändlerin schichtete Bananen in einen ihrer Körbe. Es wurden Fische aus der Region angeboten und selbst die Fischköpfe wurden verkauft. Inmitten des Sortiments fanden wir die berühmten »Tausendjährigen schwarzen Eier«, daneben die Spezialität der getüpfelten Wachteleier, niedlich aufgereiht in Bambuskörben. In Reih und Glied hingen glasierte Enten an den Ständen. Debby erklärte mir später, dass diese getrocknet würden und mindestens zehn Tage lang dem Winterwind ausgesetzt werden mussten, um sie schmackhaft zu servieren. Ich entdeckte chinesische Mütter beim Einkauf, sie trugen ihre Babys in einem Tuch auf dem Rücken. Zwischendurch kamen wir an fast zusammengefallenen Häusern vorbei, aus denen Bambusstangen herausragten, an denen die Bewohner ihre Wäsche trockneten. Mit der Erinnerung an ein buntes, verwirrendes Bild, das wir in uns aufgenommen hatten, verließen wir dieses kleine Fischerdorf direkt am offenen Meer und die Fahrt ging weiter über die Tai Tam Road und entlang der Tai Tam Bucht. Uns beeindruckte immer wieder die wilde landschaftliche Schönheit. Oft machten wir Halt und genossen dabei den Blick auf das blaue Meer mit den steinigen Felsen und die grünen Hügel ringsherum. Nicht ohne Grund lagen hier in dieser riesigen zauberhaften Landschaft ein paar Villen von Hongkongs Millionären. An der Ostküste fanden wir weitere bezaubernde Badebuchten. Hier lagen der kleine Ort »Shek O«, beherrscht von absoluter Ruhe und Einsamkeit, und ein Labyrinth von kleineren Inseln, die zum größten Teil zu Rotchina gehörten, umspült vom Südchinesischen Meer. Die Rundfahrt dauerte bis zum späten Nachmittag, wir fuhren wieder nach Shouson Hill zurück, um uns vor dem Abendessen ein wenig auszuruhen. Der leitende chinesische Ingenieur der amerikanischen Baufirma hatte uns zum Abschluss zu einem chinesischen Essen auf der Kowloon-Seite eingeladen. Mit von der Partie waren die Kamasotos und Mark Bay. Wir fuhren gegen sieben Uhr zum Star Ferry Pier und nahmen eine Fähre hinüber zum Festland. Die Dämmerung war schon hereingebrochen und die Überfahrt wurde ein Erlebnis für sich.

Die vielen Lichter der Schiffe, Dschunken und Sampans verwandelten das Wasser in ein gleitendes Wunderland. Riesige Neonreklamen, die den Hafen säumten, und die Reflexe der vielfarbigen Lichter machten mir klar, dass Hongkong als Hafenstadt einzigartig sein musste. In Kowloon angekommen führte Mark uns durch die Nathan Road. Ich fand, dass diese Umgebung, im Gegensatz zum westlich beeinflussten Stadtteil Victorias, sehr typisch chinesisch war. Wir fanden farbenprächtige Reklametafeln, unendlich viele Geschäfte und Geldwechsler, die hinter vergitterten Läden versuchten, den Wechselkurs der größeren Banken zu unterbieten. Schließlich erreichten wir das chinesische Restaurant und wurden wie immer mit asiatischer Höflichkeit empfangen. Mr. Mo hatte seine ganze Familie mitgebracht. Sie bestand aus drei Kindern und natürlich seiner Frau. Es wurde ein kantonesisches Menü serviert und wir bedienten uns mit Essstäbchen von der gemeinsamen Platte in der Tischmitte. Mr. Mo, ein Shanghainese, saß neben mir und erzählte mir im Laufe des Abends von den vielfältigen chinesischen Küchen. Man könne wählen zwischen der Kantonesischen Küche, der Fukien, der aus Shanghai, der Hunan, Peking, und der Szechuan, wovon die Szechuan-Speisen wohl die feurigsten wären. Aber die Kantonesische Küche sei die traditionelle in Hongkong. An diesem Abend wurden wir mit frischen Meeresfrüchten und Fisch verwöhnt. Es gab einige süßsaure Gerichte, eine Haifischflossensuppe und gegrillte Tauben, dazu servierte man, je nach Wunsch, chinesischen Tee oder Reiswein. Das Essen verlief harmonisch. Da es unser letzter Abend war, beschlossen unsere Freunde, noch mit uns auf den Peak zu fahren, die nächste Erhebung von Hongkong Island. Der erste Blick vom Victoria Peak herunter wird für mich unvergesslich bleiben. Er bot ein unvergleichliches Panorama, Tausende von Lichtern flimmerten und strahlten und beleuchtete Schiffe kreuzten im Hafen. Ich musste bei diesem Anblick an den nächsten Tag denken, denn er bedeutete Abschiednehmen von diesem faszinierenden Fleck Erde. Aber es sollte nur ein Abschied für kurze Zeit werden, denn mein Mann hatte bei der amerikanischen Baufirma schon einen Vertrag über eine

Zeitspanne von drei Jahren unterschrieben. So sollten wir Hongkong schon im Juni des Jahres 1966 wiedersehen und dort leben dürfen.

Die letzten Wochen im Camp – und die Riesenschildkröten in Malaysia

Am nächsten Morgen flogen wir vom Flughafen Kai Tak ab in Richtung Malaysia. Ich glaube, wir hatten beide gemischte Gefühle beim Anflug auf Kuala Lumpur. Jetzt, da wir die aufregende Luft von Hongkong geschnuppert hatten, konnten wir uns kaum noch im Camp, in dieser Einsamkeit des Dschungels wohlfühlen. Aber mit dem Gedanken, dass die Zeit unseres Aufenthalts im Camp begrenzt war, fanden wir uns wieder in das Leben dort ein. Mein Mann kündigte bei der deutschen Baufirma im März und zu diesem Zeitpunkt packten wir auch schon einige unserer Haushaltsgegenstände in einen Container, der per Zug und Flugzeug an Marks Adresse nach Hongkong geschickt wurde. Da wir die Ostküste von Malaysia noch nicht näher kennengelernt hatten, entschieden wir Anfang Mai, uns dort ein paar Tage aufzuhalten. Unsere Fahrt führte uns zuerst nach Kuala Lumpur und von dort aus schlugen wir die östliche Richtung ein. Die Fahrt ging durch den dichten Dschungel und vorbei an kleinen verträumten malaiischen Dörfern. Wir passierten Kuala Lumpur und entdeckten den Jelai River, hier lebten noch viele Familien auf Hausbooten. Die Strecke ging weiter nach Kuantan, von dort aus nahmen wir die Straße nach Norden, an der Ostküste entlang, vorbei an Badestränden und gemütlichen kleinen Mini-Chalets. Noch nie hatte ich so viele und so hohe Kokospalmen gesehen. In einem kleineren Ort legten wir eine kurze Rast ein, dort kletterte ein malaiischer Junge geschwind auf eine Kokospalme, holte zwei frische Kokosnüsse herunter und gab sie uns. Eduard gab ihm fünfzig Cent und der Junge war überglücklich. Nach dieser Erfrischung ging es weiter nach Kuala Dungun, einer kleinen Hafenstadt. Etwa drei Meilen nördlich von Kuala Dungun fanden wir unsere Unterkunft an einem malerischen, goldgelben Sandstrand. Wir spazierten an diesem Nachmittag noch am Strand entlang, fanden malaiische Fischer, die ihre Netze auf den hohen Bäumen trockneten und sahen den kilometerlangen Strand vor uns liegen, der überall zum Baden einlud. In der darauffolgenden Nacht würden wir kaum Schlaf finden, denn wir wollten. die Riesenschildkröten bei der Eiablage beobachten. Einheimische Malaien hatten uns deshalb in einer Hütte am Strand untergebracht. Die Schildkröten sollten nachts, besonders bei Flut, aus dem Meer herauskommen und ihre Eier in den flachen Gruben des Sandes ablegen. Junge malaiische Burschen suchten mit Taschenlampen den Strand ab und gaben uns ein Zeichen, als die erste Schildkröte auftauchte. Ich werde diesen Anblick nie in meinem Leben vergessen. Vor uns befand sich eine riesige Lederschildkröte, sie war circa drei Meter lang und die Einheimischen sagten uns, dass sie mindestens 700 kg wiegen müsse. Das Tier fing an, ein Loch zu graben und legte etwa 150 Eier hinein. Nachdem es seine Brut mit Sand zugedeckt hatte und wieder Richtung Meer kroch, begannen die Einheimischen auf dem Rücken des erschöpften Tieres zu reiten. Die Schildkröte verschwand wieder im Meer, ohne jemals wieder nach ihren zurückgelassenen Nachkommen zu sehen. Es wurde uns noch erzählt, dass ihre Jungen nach sechs bis acht Wochen aus den Eiern schlüpfen und sofort in Richtung Meer krabbeln würden. Der Schildkröte dabei zuzuschauen, wie sie ihre Eier ablegte, war schon Grund genug, die Ostküste zu besuchen.

Unsere Rückreise führte uns über Terengganu, die Stadt der Weber und Silberschmiede. Faszinierend war, dass fast jede kleine Hütte einen mechanischen Webstuhl besaß. Dieser stand meist zwischen den Pfählen, auf denen die Häuser standen. Wir hielten oft an, um den Webern bei der Arbeit zuzuschauen. An den Webstühlen arbeiteten sehr junge Leute, aber und auch die ältere Generation. Meistens waren es Familienbetriebe, die Heimarbeit schien ihr ganzer Lebensinhalt zu sein. Eine junge Malaiin erklärte uns in sehr gebrochenem Englisch, dass in ihrer Familie eine Person ein bis zwei Meter Seide pro Tag weben würde, und dies neben der üblichen Hausarbeit. Ich war begeistert von der Fingerfertigkeit dieser Leute und natürlich von den wunderbaren Seidenstoffen, die sie herstellten. Ein einziges Stück Stoff konnte unter Umständen die Arbeit von fünf Leuten erfordern. Von all den gewebten Stoffen gefielen mir am besten die mit Gold- und Silberfäden durchzogenen saphirblauen, urwaldgrünen, kastanienbraunen und purpurnen Seiden. Mein Mann kaufte mir hier meinen ersten tiefblauen Seidenstoff, genügend Material für einen Sarong, den ich mir zur Erinnerung an die Zeit in Malaysia nähen lassen sollte.

Unser Weg führte uns weiter. Wir kamen an kleinen Batikwerkstätten vorbei. Meine Neugierde war sehr groß, denn ich wollte unbedingt sehen, wie diese Batikstoffe hergestellt wurden. Überraschenderweise stellte man die Batiken ausnahmslos von Hand her. Mit Hilfe von Schablonen wurde heißes Wachs auf einen Baumwollstoff aufgetragen. Die mit Wachs bedeckten Flächen sollten keine Farbe annehmen. Dann wurde der Stoff in Farbe eingetaucht, bis sich nach mehreren solcher Arbeitsgänge ein buntes, interessant gestaltetes Muster ergab. Wenn man fertige Batiken kaufen wollte, hatte man eine riesige Auswahl an Motiven, ob sie nun mit Vögeln, Blüten oder Ranken verziert waren. Wir wollten uns noch eine kleine Erinnerung mitnehmen, aber die Entscheidung war schwierig. Ich entschied mich dann für eine rote Batiktischdecke, die mit kleinen Schmetterlingen abgesetzt war.

Wieder ging die Fahrt weiter, an kleinen Märkten vorbei, auf denen die Fischer ihre Fänge anboten und die Bauern ihre landwirtschaftlichen Produkte. Endlose Reihen von Gummibäumen zogen vorbei und frisch gepflanzte Ölpalmen zeichneten ein tiefgrünes Muster in die Landschaft. Ganz besonders beeindruckend waren die kleinen ländlichen Orte, durch die wir fuhren, mit den winzigen Holzhäusern unter den grünen Baldachinen der Kokospalmen und Papayabäume. Die Häuser waren zum Teil umgeben von überfluteten Reisfeldern. Wir beobachteten die Bauern, wie sie hinter den Wasserbüffeln durch den weichen Schlamm stampften. Ihre Frauen standen mitten in den Reisfeldern, sie trugen große Strohhüte auf dem Kopf, um sich so vor der brennenden Sonne zu schützen. Überall wurde uns freundlich zugelächelt, die Menschen schienen zufrieden, wenn auch arm und ohne

Schätze. Die Genügsamkeit dieser einfachen Leute wird mir immer in Erinnerung bleiben, es war bewundernswert, wie sie sich an den Kleinigkeiten ihrer Umgebung erfreuen konnten. Diese kleine Ferienreise entlang der Ostküste Malaysias stimmte uns etwas nachdenklich, denn wir wussten, dass unsere zukünftige Heimat Hongkong ein mehr oder weniger aufregendes Großstadtleben mit sich bringen würde. So genossen wir nach unserer Rückkehr das Dschungelleben im Camp bewusst sehr intensiv.

Neubeginn in Hongkong

Damals konnte ich noch nicht wissen, dass die drei Jahre in Malaysia die glücklichsten in unserer Ehe sein sollten. Unser gemeinsames Pläne schmieden, unseren Zusammenhalt, all das sollte ich in Hongkong nach und nach verlieren. Die letzten Wochen im Camp vergingen sehr schnell, man gab uns viele Abschiedsessen. Unsere Freunde versprachen, uns in Hongkong zu besuchen, und ich glaube, sie beneideten uns um diesen fantastischen Ortswechsel. Wir verkauften unser heiß geliebtes Cabrio und Haushaltsgegenstände, die wir nicht mitnehmen konnten. Die erste Etappe unseres Lebens im Dschungel wurde endgültig abgeschlossen. Es kam der Tag, an dem wir von Kuala Lumpur nach Hongkong flogen, das war Anfang Juni 1967. Der Abschied von meinen Freunden fiel mir doch unerwartet schwer. Ich hatte mir solche Mühe gegeben, sie kennenzulernen und musste sie nun wieder verlassen. Aber mit dieser Situation sollte ich in den späteren Jahren noch oft konfrontiert werden. Am 2. Juni landeten wir mit einer DC10 auf dem Kai Tak Airport. Während des Anflugs fragte ich mich immer wieder: Wie wird das Leben für uns hier wohl aussehen? Dazu hatte ich gemischte Gefühle, neben der Vorfreude auf einen neuen Lebensabschnitt war ich auch unsicher und ein wenig ängstlich.

Auf dem Flughafen erwartete uns Mark Bay, wir fuhren nach Shouson Hill in seine Wohnung, die wir übernehmen sollten, da Mark aufgrund seines Alters nach Amerika zurückkehren sollte. An diesem Nachmittag inspizierte ich unser zukünftiges Heim ganz genau. Dabei war ich überrascht wegen der riesigen Flächen der Wohnung, die ich bei unserem ersten Besuch gar nicht bemerkt hatte. Nach unserem kleinen Holzhaus in Malaysia bedeutete dieses Flat absoluten Luxus. Wir hatten vier große Schlafzimmer, zwei Bäder, eine riesige Küche und ein Ess- und Wohnzimmer, verbunden mit einem großen Balkon. Mein Kopf war schon an diesem Tag voll mit verwirrenden Ideen darüber, wie ich diese Wohnung noch zusätzlich verschönern könnte und in Gedanken hatte ich schon die Pflanzen auf dem Balkon stehen. Abends saßen wir bei einer Flasche Wein mit Mark auf der Terrasse. Ich werde diese Stunden nie vergessen. Unser Blick fiel in die Ferne, auf das Fischerdorf Aberdeen. Im Vordergrund lag der wunderbare Park, der das Haus umgab, mit seinen vielen hohen und alten Bäumen. Die feuchte Abendluft duftete nach Oleander und Magnolienblüten. Mark, der in den nächsten Tagen seinen Abschied von Hongkong nehmen sollte, gab uns noch einige Ratschläge und erklärte meinem Mann die Aufgaben, die ihn am nächsten Tag in der Firma erwarten würden. Zwischendurch servierte uns das chinesische Dienstmädchen mit einer tiefen Verbeugung das herzhafte Abendbrot. Meggy, so hieß das »Mädchen«, war Mitte Vierzig und wurde von uns übernommen. Sie wurde mir eine wunderbare Hilfe und war eine wirklich treue Seele, wie sich in den Jahren darauf herausstellte. Wir beschlossen, nicht zu spät ins Bett zu gehen, da mein Mann mit Mark am nächsten Morgen seinen neuen Aufgabenbereich kennenlernen sollte. Ich schlief in dieser Nacht ganz friedlich, trotz des ungewohnten Geräuschs der Klimaanlage. Der nächste Morgen begann mit einem sehr ausgiebigen Frühstück, serviert von Meggy. Danach verabschiedeten sich die Männer und ich versuchte, mich in der neuen Umgebung etwas zurechtzufinden. Die Wohnung war vollkommen ausgestattet mit Firmenmöbeln, aber es fehlten die persönlichen Dinge, die wir noch nach und nach ansammeln sollten.

Meggy war verantwortlich für den Haushalt und sie duldete keine Hilfe von meiner Seite. Ich bat sie, mit mir einkaufen zu gehen, so fuhren wir mit dem Bus nach Aberdeen. Die zehnminütige Busfahrt war ein Erlebnis für sich. Ich schaute zum ersten Mal in so viele chinesische Gesichter, nahm aufmerksam die unterschiedlichen Gesichtszüge wahr, so verschieden im Ausdruck. Ich wurde als Europäerin von diesen Leuten auch sehr bestaunt. Ein kleines chinesisches Mädchen kam zu mir und fasste eine Strähne meiner Haare an. Meggy erklärte mir, dass es meine Haarfarbe sei, die das Kind fasziniert habe. Meine europäische Kleidung wurde bewundert und ich war eigentlich froh, als wir in Aberdeen aussteigen konnten. Der Bus war vollkommen überfüllt und die Hitze – es waren mindestens 35 °C – und die Luftfeuchtigkeit von 90 % nahmen mir fast den Atem. Auf dem Marktplatz selbst konnte man fast alles finden: chinesisches Gemüse, getrocknetes Fleisch, ganze Schweine aus China, Geflügel, lebendige Gänse, einheimische Früchte, Gewürze, frisch gefangenen Meeresfisch ... Der Platz war überfüllt mit Käufern und Verkäufern, es herrschte ein unaufhörliches Gewühl. Viele chinesische Hausfrauen kauften für ihr Mittagessen ein. Es gab überall tastende Finger, die prüften, ob das lebende Geflügel fett und die verschiedenen Gemüsesorten frisch oder die Früchte reif waren. Außer den Marktständen bemerkte ich noch die fliegenden Händler, die ihre Körbe mit der Ware darin auf den Schultern trugen und ihr Frischgemüse auf diese Art und Weise verhökerten. Meggy erklärte mir, sie seien ein Beweis für die Liebe dieser Stadt zu gutem Essen. Sie hatte für den Abend ein Fischgericht vorgesehen und kaufte einen Garoupa ein, der zu den etwa zwölf wohlschmeckenden Fischarten gehörte, die man in den Gewässern um Hongkong fand. Dazu sollte es einen Chinakohl geben, den sie bei einer alten Gemüsefrau erstehen wollte. Der Austausch sehr schriller kantonesischer Argumente begleitete den Handel, da der Preis offensichtlich zu hoch war. Schließlich, nach einer fünfminütigen Preisverhandlung, wog die Gemüsefrau den Kohl mit ihrer einfachen Waage und akzeptierte den vorgegebenen Preis. Meggy war stolz auf ihren Erfolg und meinte in ihrem gebrochenen Englisch, dass eine europäische »Missie« hier nie einkaufen könne, denn man müsse doch auf Kantonesisch handeln können, sonst würde man überall zu hohe Preise zahlen. Von da an wusste ich, dass ich kantonesisch lernen sollte, um akzeptiert zu werden. Meggy erledigte alle Einkäufe und sie kam dabei nicht auf die Idee, mich nach meinen Wünschen zu fragen. Sie herrschte über den Haushalt und das damit verbundene Essen, ich durfte nur die Waren bezahlen. Sie war die absolut ergebene Dienerin, die mich beschützen und von jeglicher Arbeit fernhalten musste, sonst hätte sie ihr Gesicht verloren. Ihre Einstellung war für mich als Europäerin natürlich kaum zu verstehen, aber ich merkte, dass ich diejenige war, die sich anpassen musste.

Nachdem wir das Abendessen eingekauft hatten, führte das Mädchen mich zu einem chinesischen Blumenhändler. Die Gärtnerei glich einem riesigen Garten, es gab Rhododendron-Sträucher, Magnolienbäumchen, Eukalyptusbäume, Kampferbäume, viele Orchideen-Arten, weiße Lilien, Rosen und Kamelien. Meggy sagte mir, dass die Schnittblumen aus Taiwan und Japan mit dem Flugzeug frisch importiert würden. Ich suchte mir einige Blumenstöcke für die Terrasse aus und wiederum führte man eine endlose laute Diskussion über den Preis. Schließlich wurde der Preis festgelegt und die Blumen würden auch noch angeliefert werden.

Gegen Nachmittag nahmen wir den Bus von Aberdeen zurück nach Shouson Hill. Es gab keine direkte Haltestelle in Shouson Hill, wir mussten gegenüber des Hongkong Country Club aussteigen und von dort aus noch circa fünf Minuten laufen, bis wir unser Haus erreichten. Dort im Garten hörte ich eine deutsche Unterhaltung, es handelte sich meiner Meinung nach um ein deutsches Ehepaar. Ich war so froh, nach den schrillen chinesischen Tönen der letzten Stunden deutsche Stimmen zu hören. So kam es dazu, dass ich das Paar ganz spontan ansprach und mich vorstellte. Es waren Jan und Inge und sie bewohnten die Erdgeschosswohnung im gleichen Haus. Inge lud mich für den Nachmittag zum Kaffee ein. Ich nahm diese Einladung natürlich gerne an, da sie für mich den ersten Kontakt dort mit deutschsprachigen Personen bedeutete. Ich konnte es kaum erwarten und ahnte nicht, welch große Freundschaft aus dieser ersten Begegnung entstehen sollte. Das zweite Treffen mit Inge war faszinierend. Ich betrat eine Wohnung, die so ungewöhnlich dekoriert war, dass ich es kaum fassen konnte. Ein chinesisches Mädchen öffnete die Tür und ich stand in einem Apartment, das total afrikanisch eingerichtet war. Während ich auf Inge wartete, sah ich mich um. Die Wände waren mit Holz verkleidet, riesige Tiger- und Gazellen-Felle waren darauf angebracht, daneben verschiedene Speere mit Fellgriffen. Den Teppichboden im Wohnzimmer schmückte ein Zebrafell. Der Durchgang zum Wohnzimmer wurde gekrönt durch ein paar enorme Elfenbeinzähne. Afrikanische Holzschnitzereien in allen Größen standen auf den Naturholzregalen. Das Esszimmer war extrem indonesisch eingerichtet. An den Wänden sah ich wunderschöne alte Batiken und das Mobiliar bestand aus alten indonesischen Schränken und Truhen mit Schnitzereien. Was für eine Wohnungseinrichtung! Mein Interesse daran wuchs, die beiden Menschen kennenzulernen, die eine solch ungewöhnliche Atmosphäre in ihrem Heim schaffen konnten. Meine Gedankengänge wurden unterbrochen, Inge kam herein. Sie begrüßte mich, lud mich ein, Platz zu nehmen, und das chinesische Mädchen servierte den Kaffee. Eine gegenseitige Sympathie belebte unser Gespräch und so kam es dazu, dass Inge mir ihre Geschichte erzählte.

Sie hatte Jan in der DDR auf einem Kongress kennengelernt. Es war für sie Liebe auf den ersten Blick und sie wagte die ungeheure, gefährliche Flucht aus dem Osten, die von Jan arrangiert wurde. Von West-Berlin flog sie nach Frankfurt und von dort aus zu Jan nach Hongkong. Mit einem sehr traurigen Ton in ihrer Stimme sprach sie davon, dass sie selbst ihrem siebzigjährigen Vater nichts von ihren Fluchtplänen hatte erzählen dürfen. Es war zu riskant. All das war noch nicht lange her. Sie hielt sich erst seit drei Wochen in Hongkong auf und ich glaube, sie war über unsere Begegnung genauso glücklich wie ich. Wir spürten etwas von unseren Übereinstimmungen, ein gleichgerichtetes Streben, und dies führte uns im Laufe des Nachmittags zu einem wunderbaren einander Verstehen und im Einklang sein. Sie erzählte mir noch von ihrem Freund Jan, den sie in Kürze heiraten würde. Er stammte von holländischen Eltern ab, war aber in Indonesien geboren und verbrachte dort seine Jugend. Als niederländischer Staatsbürger verbrachte er fünf Jahre in japanischer Gefangenschaft. Danach versuchte er, sich ein

Leben in den USA aufzubauen. Er begann mit Aushilfsjobs - tatsächlich auch als Tellerwäscher - und arbeitete sich langsam hoch bis zur Position eines Bankdirektors einer bekannten amerikanischen Bank. In dieser Zeit heiratete er eine Amerikanerin und erhielt die amerikanische Staatsbürgerschaft. Seine erste Ehe wurde aber bald geschieden, da er die Glaubensrichtung seiner Frau nicht vertreten konnte. Dann wurde er nach Hongkong versetzt, um die Zweigstelle der amerikanischen Bank als Managing Director zu übernehmen. Seine zweite Ehe mit einer Schwedin wurde ebenfalls geschieden. Seine drei Kinder aus zweiter Ehe leben in Südafrika bei ihrer Mutter. Inge erklärte mir, dass Jan mindestens zwei Mal im Jahr nach Afrika auf Safari gehen würde, die Tierfelle an den Wänden hätte er selbst erjagt. Sein Lebenstraum wäre es, eines Tages eine eigene Farm in Südafrika zu besitzen. Diesen Erzählungen nach musste Jan eine sehr interessante Persönlichkeit sein. Mein Mann und ich sollten schon bald die Gelegenheit haben, ihn näher kennenzulernen. Mit Inge verband mich von diesem Tag an eine Freundschaft, die sich später sehr vertiefte, sie wuchs stetig im gegenseitigen Geben und Nehmen. Wenn ich heute zurückblicke auf die schönsten Tage in Hongkong, waren es die Stunden mit Inge und Jan, die mich am meisten beglückten.

Die neu gewonnene Freundschaft zu Inge gab mir das Gefühl innerer Zufriedenheit und ich fing an, mich in der fremden Umgebung heimisch zu fühlen. In diesen Tagen spürte ich zum ersten Mal, wie wichtig es für mich war, eine gute Freundin zu haben, einen Menschen, dem ich sehr nahestand.

Am Abend nach dem ersten Zusammentreffen mit Inge servierte Meggy meinem Mann und mir das Abendessen auf der Terrasse. Unsere Unterhaltung während des Essens verlief lebhaft und wir besprachen unsere Erlebnisse sehr ausführlich. Eduard hatte an diesem Tag ebenfalls enorm viele neue Eindrücke gesammelt. Er war fasziniert von den vielen tiefgreifenden Veränderungen, die die englische Regierung in der Kronkolonie herbeiführen wollte, insbesondere im Bausektor. Die Hauptaufgabe sollte darin bestehen, alte Bauten abzureißen und durch höhere und funktionalere Gebäude zu ersetzen. Die Aufgabe meines Mannes bestand darin, mit allen Mitteln so viele Aufträge wie möglich einzuhandeln, ob von der Regierung oder von den reichen chinesischen Grundbesitzern. Wir beide sollten recht bald erfahren, dass das Geschäftemachen die Hauptbeschäftigung in Hongkong war. Dies war die Religion der Kolonie: die Hingabe an das Geldverdienen. Nach dem köstlichen Fischessen unternahmen wir noch einen Bummel durch Wan Chai. Obwohl unsere Wohnung bereits mit Firmenmöbeln ausgestattet war, wollten wir uns doch noch einige chinesische Truhen anschaffen. In Wan Chai konnte man sehr viele Werkstätten mit handgeschnitztem chinesischem Mobiliar finden. Die Vielfalt der Auslagen war verschwenderisch und wir orientierten uns erst einmal an den Preisen. Wan Chai lag auf der Nordseite der Insel, es war das sogenannte Vergnügungsviertel von Hongkong. Wir fanden Massagesalons und eine Unzahl von Nachtlokalen, in denen sich offensichtlich sehr viele Offiziere amerikanischer Kriegsschiffe zwecks »Ruhe und Erholung« aufhielten, bei billigem Schnaps und willigen Mädchen. Hongkong-Ansässige erzählten uns später, dass Wan Chai auch ein Schlupfwinkel für Drogenhändler sei und dass dort sehr viele Europäer ihr Leben gelassen hätten durch Überdosen von Rauschgift. Die korrupten Beamten der Polizei würden die gefährliche Situation sogar zum Teil kontrollieren, um sich selbst durch Schmiergelder ein Vermögen zu ergaunern. Somit war Wan Chai die Goldgrube der Korruption und der Sünde. An diesem Abend konnte ich noch nicht ahnen, wie sehr ich dieses Viertel einmal hassen würde, denn es zerstörte sehr viele Ehen meiner Bekannten. Die europäischen Männer schienen immer wieder von den Asiatinnen dort angezogen zu sein. Obwohl diese Männer doch eigentlich erkennen mussten, mit welch schäbigen Mitteln diese Mädchen arbeiteten, konnte man sie nicht von dieser Sucht abbringen. Wir bummelten durch Wan Chai und seine Nebenstraßen, begegneten undurchsichtigen Gestalten. Neonreklamen warben grell und bunt für Bars und Nachtlokale. Ebenso grell und bunt bemalt waren die aufdringlichen Hostessen, die vor jeder Bar standen und um Kundschaft warben. Gegen 23 Uhr verließen wir das Suzie Wong Viertel, es herrschte immer noch ein nächtliches Treiben und die Geschäfte hatten noch geöffnet.

Drachenbootfest

Der kommende Tag war ein Feiertag, das chinesische Drachenbootfest wurde gefeiert. Die Kamasotos hatten uns auf die Firmenyacht »Uher« eingeladen. Von Bord aus sollten wir die Gelegenheit haben, die Drachenbootregatta in Aberdeen anzuschauen, die in jedem Frühsommer stattfand. Unser Treffpunkt war Deep Water Bay, wir wurden von einem kleinen Motorboot abgeholt und zu der schneeweißen Yacht gebracht. An Bord befanden sich schon John, Debby und Freunde, größtenteils Amerikaner, Manager großer Firmen. Nach der allgemeinen Vorstellung holte der chinesische Kapitän die Anker ein und wir fuhren in Richtung Aberdeen. Während der Fahrt wurden von den Bootsjungen kühle Drinks herumgereicht und man unterhielt sich über das Leben in Hongkong. Die See war etwas aufgewühlt, wir passierten einige Segelboote, die tief in den schaumgekrönten Wellen lagen. Kurz vor Aberdeen sah man ein buntes Durcheinander von Fischerdschunken und knallig lackierten Firmenbarkassen. An Land standen die Menschen in Scharen, um bei einer der ältesten und berühmtesten Regatten der Welt zuzuschauen. Die Regattaboote lagen schon im Wasser, es waren mindestens zwanzig Boote zu erkennen. Sie waren sehr schmal und etwa 30-40 Meter lang. Man erklärte uns, dass jedes Boot traditionsgemäß mit einem hölzernen Drachenkopf verziert sein musste. Um die Wassergeister fortzujagen, wurden vor Beginn des Rennens in Lotusblätter eingewickelte süße Reiskuchen über Bord geworfen. Nach einer kurzen Wartezeit begann der Wettkampf. Bei jedem Durchgang fuhren zwei oder drei Boote gegeneinander. Harte Trommelschläge bestimmten den Rhythmus der wilden, kreisförmigen Ruderschläge. Die schnellste Mannschaft wurde mit einem Pokal geehrt.

Jedes Fest in Hongkong war mit einer kulinarischen Spezialität verbunden, so auch das Drachenbootfest. Ah-Tian, unser Bootskapitän, ein junger Chinese, steuerte die Yacht nach der Regatta durch das Gewimmel von Sampans und Dschunken, die die »schwimmende Stadt« bildeten und hauptsächlich von Tanka und Hoklo bewohnt wurden.

Man konnte sich das Leben auf den Booten kaum vorstellen, es schien aber vollkommen organisiert zu sein. Die Mahlzeiten wurden dort an Deck der Boote zubereitet, die Wäsche und Fischernetze hingen ebenfalls zum Trocknen dort und auch die Kinder schliefen da in der Mittagshitze in den Hängematten und schienen sich nicht an den Geräuschen ihrer Umwelt zu stören. Am Ufer entlang befanden sich die schwimmenden Geschäfte und Schiffswerften. In den Werften wurden die Dschunken hergestellt und repariert. Sie dienten dem Fischfang, dem einzigen Lebensunterhalt der Fischervölker in Aberdeen. Wir fuhren an »schwimmenden« Friseuren, Ärzten und Schneidern vorbei. Dieses Leben auf dem Wasser war eine alt verwurzelte Tradition. Auf jedem Boot konnte man einen Altar erkennen, zu Ehren von Tin Hau, der Göttin des Meeres. Sie ist die Schutzherrin aller Fischer. Man verehrte sie mit Opfergaben, die aus Früchten, Blumen und Räucherstäbchen bestanden. Eine auszeichnende Qualität dieser Menschen war ihr Sinn für die Unabhängigkeit, außerdem hatten sie - anders als die Chinesen, die an Land lebten - ein tiefgründiges Empfinden für Duldsamkeit und Solidarität. Diese Charakterzüge mussten sich wohl aufgrund ihrer Lebensbedingungen im Lauf der Geschichte entwickelt haben, denn das Gemeinschaftsleben auf dem Wasser verstärkte und festigte sicherlich die Verbindung zur eigenen Familie und den Nachbarn, mit denen sie praktisch ihr ganzes Leben verbrachten. Ihr Leben auf dem Wasser blieb unverändert, man konnte die Boote nicht so leicht aufgeben oder wechseln wie eine Wohnung. Ich war zutiefst beeindruckt von dem einfachen Dasein dieser Menschen, sie hätten ihre Dschunke sicherlich nicht mit einem Palast tauschen wollen.

Ah-Tian, der Kapitän, der auch der Koch auf der Yacht war, hielt vor einem der riesigen schwimmenden Restaurants, um mehrere frisch gefangene Fische einzukaufen. Wir verfügten über eine Bordküche und Ah-Tian dünstete die Fische zusammen mit einer chinesischen Gemüsesorte, es wurde uns ein köstliches Mittagessen serviert. Die amerikanischen Gäste erzählten während des Essens von ihren Reiseerlebnissen. Es waren damals für uns wahnsinnig interessante Leute, sie hatten schon Jahre in Hongkong verbracht und fast alle benachbarten

Länder bereist, so Taiwan, Japan, die Philippinen und Indonesien. An diesem Nachmittag hatte ich wirklich das Gefühl, ein Neuankömmling zu sein, der noch sehr viel lernen und begreifen sollte. Nach dem Mittagessen steuerte Ah-Tian uns aus der hektischen Betriebsamkeit Aberdeens heraus. Die Yacht strebte südwärts, wir sollten an diesem Nachmittag noch einige der vielen kleinen Inseln Hongkongs besichtigen. Der größte Teil der Inseln, an denen wir vorbeifuhren, war nicht besiedelt, da die Inseln unfruchtbar waren. Die Landschaft schien bergig und war durch felsige Oberflächen geprägt. Wir durchquerten eine Meeresenge und erreichten die vorgelagerten Inseln Hongkongs, nämlich Lamma, Peng Chau, Lantau und Chau. Unterwegs begegneten wir Dschunken, die Frachten aus China in den Hafen von Hongkong brachten. Die Dschunke schien mir das Wahrzeichen der Händler und Fischer zu sein. Die Insel Lamma war beherrscht von dem hohen Mount Stenhouse, sie war eine der größten Inseln, ihre circa 3.000 Bewohner lebten vom Fischfang. Am späten Nachmittag erreichten wir die größte Insel Lantau, sie soll fast doppelt so groß sein wie die Insel Hongkong. Man sagte uns, dass diese Insel bis 1951 fast unbewohnt war, dann ließ sich eine Gemeinschaft von Trappistenmönchen nieder, viele von ihnen sollen vom chinesischen Festland gekommen sein. Sie bearbeiteten die Berge und legten Terrassenfelder an zum Anbau von Reis und Gerste. Diese Insel war wenig erschlossen und ihre ursprüngliche Naturschönheit war erhalten, Blüten säumten das Ufer. John und Debby meinten, dass wir unbedingt einmal einen ganzen Tag hier verbringen sollten und man sich dann das Kloster Po Lin mit der wertvollen Buddha-Sammlung ansehen sollte. Die Mönche seien sehr gastfreundlich.

Als die letzten Sonnenstrahlen am Horizont dahinschwanden, sahen wir in der Ferne die kleineren Inseln Cheung Chau und Peng Chau. Das Leben auf diesen Inseln spielte sich zum größten Teil auf Fischerbooten ab, die Inseln waren verschont geblieben vom Wachstum Hongkongs. Die Nacht verbreitete langsam ihren Zauber über die ungewöhnliche Seelandschaft. Den Schein der Sterne am tiefdunklen Nachthimmel konnte ich kaum wahrnehmen, denn zu hell leuchteten am Ufer die Illuminationen der Restaurants. Im Kontrast zu dieser elektrischen Extravaganz stand die still ruhende, schweigende Welt der Boote, auf denen die Lichter nach und nach erloschen. Es war die Zeit zum Nachdenken, die Zeit der Ruhe. Weiter draußen auf dem Meer erblickten wir noch hier und da Segel, die sich mit dem Wind neigten, die Fischer auf den Booten suchten sicherlich eine Stelle für einen guten Fang.

Gesellschaftliches Leben in Hongkong

Gegen Mitternacht wurden wir wieder in Deep Water Bay abgesetzt. Diese erste Ausfahrt mit der Firmenyacht war sehr beeindruckend. John hatte meinem Mann das Angebot gemacht, die Yacht samt Besatzung jedes zweite Wochenende zu benutzen, um Geschäftsleute einzuladen und somit geschäftliche Kontakte zu pflegen. Außerdem bekamen wir Firmenmitgliedschaften für die berühmtesten Clubs von Hongkong überlassen, dem Cricket-Club, dem Hongkong Country Club und dem Royal Hongkong Yacht-Club. Wie ich später erfahren sollte, waren die Firmenmitgliedschaften personengebunden und konnten nur beim Ausscheiden einer Person auf eine andere übertragen werden. Wir bekamen unsere von Mark Bay, der nach Amerika zurückgekehrt war. Ansonsten gab es Wartelisten auf Jahre hin. Diese Clubmitgliedschaften waren von größter Bedeutung für Direktoren und leitende Mitarbeiter wichtiger Firmen. Während des Gesprächs sprach mein Mann davon, dass er beabsichtige, auch in den Lions Club und den Rotary Club einzutreten. John versicherte ihm, ihn in den nächsten Tagen dort einzuführen. Als ich meinem Mann zuhörte, erkannte ich, wie kolossal sein Ehrgeiz war und hatte zum ersten Mal das Gefühl, dass sein Geltungsdrang und Ehrgeiz unsere so gute Beziehung irgendwann einmal zerstören könnte. In dieser Nacht hatte ich Angstträume, denn ich begann zu begreifen, dass ich mein eigenes Leben aufbauen musste.

Da mein Mann zu sehr mit seiner gesellschaftlichen Karriere beschäftigt war, konnte ich ihn nicht mit den alltäglichen Dingen belasten. So kam es dazu, dass meine Verbindung zu Inge sehr eng wurde. Sie fühlte wohl sehr ähnlich wie ich, denn Jan hatte ebenfalls eine Top-Position und sehr wenig Zeit für sie. Unsere Haushalte wurden von den chinesischen Amahs (Hausangestellten) geführt und die normale Aufgabe einer Hausfrau entfiel vollkommen. Wir hielten uns sehr oft schon morgens im Country Club auf, der nur ein paar Schritte von unserem Haus entfernt lag. Er bot einen wunderbaren Swimmingpool und einige Tennisplätze. In diesen Tagen fingen wir an, bei einem jungen chinesischen Tennislehrer Stunden zu nehmen.

Der Wirbelsturm über Hongkong – glimpflich davongekommen

Es stürmte draußen. Wir fingen an, Möbelstücke, die in der Nähe des Fensters standen, in eine geschützte Ecke zu stellen, denn die Glasscheibe krümmte sich und konnte jeden Moment in Stücke zerplatzen. Wir hatten eine unendlich lange Nacht vor uns, der Sturm tobte zuweilen mit Geschwindigkeiten von 160 bis 180 km/h. Gegen drei Uhr morgens wurde es von einer Sekunde auf die andere sehr ruhig, das bedeutete, das Auge des tropischen Wirbelsturms lag genau über uns. Nach zehn Minuten drehte es sich und der Sturm war auf seinem Höhepunkt. Wir hörten übers Radio, dass bei dem Sturm, der übers Land raste, Windgeschwindigkeiten von 200 km/h gemessen wurden. Am frühen Morgen war der so gut angelegte Park, der das Haus umgab, total verwüstet. An den steilen Bergen gab es Gebäude, die eingestürzt waren. Autos wurden vom Wind weggetragen und die Klimaanlagen aus ihren Schächten gezogen. Menschen, die ihre ärmlichen Hütten nicht rechtzeitig verlassen hatten, lagen verschüttet unter den Trümmern. Die Insel befand sich in einem totalen Chaos, Aufräumkommandos benötigten Tage und Wochen, um die Straßen zu räumen. Der

Taifun Kate hatte riesige Schäden verursacht und in jedem weiteren Sommer hoffte ich, dass kein Taifun mehr die Insel direkt treffen würde. Unser Schaden war gering, wir fanden nur ein paar Risse in den Fensterscheiben.

Ein herrlicher Sommer

Nach diesem niederträchtigen tropischen Intermezzo hatten wir wieder den herrlichsten Sommer. Ich richtete meinen Tag meistens so ein, dass der frühe Morgen voll ausgelastet war, denn am Mittag wurde die Sonne so stark, dass ich es vorzog, mich in einem klimatisierten Raum aufzuhalten. Am späten Nachmittag ließ die Hitze dann nach und ich ging oft an den Strand in Deep Water Bay, um dort im Meer Abkühlung zu finden. Damals war der Strand fast leer, es lagen nur ein paar Europäer in der »schädlichen« Sonne. Bessergestellte Chinesen hätten es nie gewagt, ihre vornehme Blässe aufzugeben, denn nach alter chinesischer Tradition sollte nur ein armer Kuli, der den ganzen Tag unter der tropischen Sonne arbeiten musste, eine dunkle Hautfarbe haben. Die reichen Chinesen sah man immer nur unter einem Sonnenschirm versteckt, damit kein einziger Sonnenstrahl ihr so feines Gesicht berühren konnte.

Mir fiel auf, dass das Leben am Abend bis in die späte Nacht hinein sehr ausgeprägt war. In der etwas kühleren Abendluft waren die Straßen meistens überfüllt von farbenfrohen Einheimischen. An diesen lauen Sommerabenden kam es oft vor, dass wir uns unter die Einheimischen mischten. Die meisten Einkäufe wurden am Abend erledigt, fast alle Geschäfte waren bis in die späte Nacht hinein geöffnet. In vielen Hausgängen standen Händler, um ihre Waren anzubieten. Die Auswahl der Artikel war reichlich, es wurden Korbwaren, Schuhe, Gürtel, Schmuckstücke, Spielzeug und Kleidung angeboten. Zwischendurch stießen wir auf kleine chinesische Verkaufsstände mit Früchten und chinesischen Süßigkeiten. Oft nahmen wir unseren Nachtisch in Form einer Frucht oder eines köstlichen Reiskuchens inmitten der Menschenmenge im Stehen zu uns. Eine besondere Attraktion war für uns der »Arme Leute Nachtklub«, ein Straßenmarkt am Macao-Fähr-Pier gelegen. Hier herrschte immer reger Betrieb, es wurde gekauft und verkauft, Musikanten, Wahrsager und Mah-Jongg-Spieler belebten das Bild. An den beleuchteten Ständen wurden Waren aller Art angeboten. Entlang der von Lärm und Musik erfüllten Gassen hingen goldbraune, geröstete Enten. Unter freiem Himmel wurden frisch gekochte Meeresfrüchte serviert. Wie auf fast allen Märkten in Hongkong konnten wir auch hier die sogenannten »Hundertjährigen Eier« nicht übersehen. Ich erinnere mich noch sehr genau, dass mein Mann darauf bestand, mir eine Kostprobe zu geben. Gleichzeitig erklärte er mir die Zubereitung dieser chinesischen Kuriosität. Die rohen Eier wurden monatelang in gewürzte Asche eingelegt und konnten dann, ohne jegliche Spur von Fäulnis aufzuweisen, Monate und Jahre später gegessen werden. Die Schalen der Eier waren markiert mit schwarzen Streifen und das Innere des Eies glich einer Geleemasse. Zu meinem großen Erstaunen war der Geschmack der behandelten Eier sehr delikat. Ich gab natürlich meine vorgefasste Meinung auf, die besagte, dass Eier für den menschlichen Verzehr sehr frisch sein müssten. Unsere kleinen nächtlichen Ausflüge inmitten des einfachen Volkes waren oft sehr erfrischend.

Spielregeln beachten

Ich bemerkte 1967 schon den verblüffenden Gegensatz zwischen Arm und Reich. Obwohl die vier Millionen Einwohner fast auf Tuchfühlung leben mussten, gab es eine kolossale wirtschaftliche Kluft in der Bevölkerung, die so groß war, dass die Kolonie praktisch in zwei Welten geteilt wurde. Während für viele Einwohner Hongkongs selbst das Allernötigste schwer zu beschaffen war, wie zum Beispiel Trinkwasser und ein Dach über dem Kopf, pflegten die reichen Chinesen, deren Vermögen sich oft auf Hunderte Millionen Dollar belief, einen sehr mondänen Lebensstil. Wir als Europäer wurden ständig mit diesen zwei so unterschiedlichen Welten konfrontiert.

Sehr oft hatte ich Schwierigkeiten, diese kolossalen Klassenunterschiede zu akzeptieren. Aber da wir uns in Hongkong eine Zukunft aufbauen wollten, mussten wir gewisse Spielregeln beachten, sonst konnte es zu einem hoffnungslosen Unterfangen werden. Zu den Spielregeln gehörte an erster Stelle, Einladungen anzunehmen oder auszusprechen, um so gesellschaftliche Kontakte zu pflegen. Erfolgreich zu sein oder es zu werden war immer damit verbunden, die richtigen und wichtigen Beziehungen zu knüpfen und zu pflegen. So kam es dazu, dass ich mich bald in der misslichen Lage befand, große Essen zu geben für Menschen, die ich zum größten Teil als Persönlichkeiten nicht einmal akzeptierte, sondern die ich aus geschäftlichen Gründen einladen musste. Es entstand eine Kettenreaktion in Form von Gegeneinladungen zu ebenso großen Essen, zu denen wir gehen mussten, auch wenn ich oft die Lust verspürte, die Einladungen nicht anzunehmen. Schon im ersten Jahr meines Aufenthalts in Hongkong lernte ich, meine wahren Gefühle nicht mehr zu zeigen, sondern mir den Schutzmantel der ewigen Freundlichkeit und Höflichkeit anzulegen. Ich erkannte damals recht bald, dass ich begann, einen großen Teil meiner Persönlichkeit zu untergraben, indem ich versuchte, mithilfe einer Maske zur Idealperson dieser Gesellschaft zu werden. Diese erzwungene, antrainierte Verwandlung meiner Persönlichkeit in noch jungen Jahren beanspruchte oft meine ganze Kraft. Es kam so weit, dass ich mich täglich verleugnen und total auf meine Mitmenschen einstellen musste. In den späteren Jahren war dieses neue Ich so tief in mich hineingedrungen, dass ich oft nicht mehr erkennen konnte, wer ich eigentlich war.

Doch im tiefsten Innern erhielt ich mein natürliches Wesen, ich hielt es immer für ein paar nahe Freunde bereit - und vielleicht auch für mich selbst. Auch wenn mir der gesellschaftliche Zwang widerstrebte, lernte ich ihn doch recht bald zu schätzen. Aber nie vergaß ich, dass eine persönliche, echte Freundschaft über all dem steht. So kam es, dass ich mich immer mehr Inge anvertraute. Wir hatten so viele gemeinsame Interessen. Eduard verstand sich gut mit Jan, sodass wir oft gemeinsam der lokalen Gesellschaft entflohen. Ich traf Inge fast täglich und wir schmiedeten Pläne und führten sie gemeinsam aus.

Als Erstes meldeten wir uns bei einer Amerikanerin, die in Stanley an der Südküste der Insel lebte, zu einem Ikebana Kurs mit abschließender Zertifizierung an, denn wir hatten beide den Wunsch, etwas Kreatives zu erschaffen. Wir trafen in diesem wöchentlichen Kreis auf Damen verschiedener Nationalitäten, mit denen wir zum Teil auch Freundschaft schlossen. Mrs. Johnson, unsere Lehrerin, hatte Ikebana an der Sogetsu-Schule in Tokio studiert. Nach einem halben Jahr empfahl sie uns, an dieser Schule in Tokio einen vierwöchigen Lehrgang zu machen, um das Lehrerinnen-Zertifikat schneller zu erhalten.

Auf der berühmten Ikebana-Schule in Tokio und der Beginn einer Freundschaft

Anfang des Jahres 1968 flogen Inge und ich nach Tokio, um an diesem Kurs teilzunehmen. Wir konnten ruhigen Gewissens nach Kai Tak Airport in die DC10 der Japan Airlines steigen, denn unsere Männer waren so tief verstrickt in ihr Geschäftsleben, dass sie uns kaum vermissen würden. Sie wurden von den chinesischen Amahs versorgt und uns war es möglich, dem Alltag zu entfliehen, um etwas Neues kennenzulernen. Der fast vierstündige Flug verlief angenehm, freundliche japanische Stewardessen versorgten uns mit kleinen Snacks und wir erkundigten uns nach Sehenswürdigkeiten, die wir auf jeden Fall besichtigen sollten. Kurz bevor wir in Tokio landeten, konnten wir den höchsten und heiligsten Berg Japans sehen, den Fuji (Fujiyama), oder Fuji-san, wie ihn die Japaner nennen. Es war ein gewaltiges Erlebnis für uns, unser Blick fiel auf die mit Schnee bedeckte formvollendete Vulkankugel. Eine sehr nette japanische Dame erklärte uns, dass wir ein unwahrscheinliches Glück hätten, schon beim ersten Anflug auf Tokio Japans Wahrzeichen in seiner makellosen Schönheit zu sehen.

Diese Sicht hätte man sehr selten, der 3.776 Meter hohe Berg wäre an nur etwa 80 Tagen im Jahr in Gänze zu bewundern, ansonsten würde die Spitze sich in Wolken und Dunstschleier hüllen. In späteren Jahren besuchte ich Tokio noch öfter, hatte aber nie mehr das Erlebnis, den Mount Fuji in seiner vollkommenen Schönheit zu sehen. Kurz nach diesem so überwältigenden Anblick erreichten wir Haneda Airport in Tokio. Auf dem Flughafen wurden wir von Mr. Okamura, einem japanischen Geschäftsfreund meines Mannes, abgeholt, der uns ein Zimmer im Hotel Okura besorgt hatte. Der internationale Flughafen lag circa 65 km außerhalb von Tokio-City. Die grünen Erdflecken in der Umgebung von Haneda waren bald verschwunden und wir fuhren über gut ausgebaute Straßen in die Stadt. Während der langen Autofahrt versuchte ich, mir ein Bild auszumalen vom Stadtbild Tokios. Ich dachte an viele Grünflächen mit japanisch angelegten Gärten und sah in Gedanken viele blühende Bäume. Doch diese Träume musste ich sehr bald begraben, die Realität sah sehr viel anders aus. Wir verließen die letzten Grünflächen und befanden uns plötzlich mitten in einer Betonlandschaft. Es ging über graue Betonbrücken, vorbei an Wohnsiedlungen, an manchen Gebäuden blätterte der Putz ab und die vom Erdbeben verursachten Risse auf den Gemäuern glichen Spinnweben. Zwischen dem Beton leuchteten marktschreierische Reklameschilder mit verwirrenden japanischen Schriftzeichen. Unaufhörlich schwappte der Lärm über die Straßen, der Krach der Autos war allgegenwärtig. Kein Sonnenstrahl schien an diesem Spätnachmittag die Betonmauern zu durchdringen. Je mehr wir uns dem Zentrum Tokios näherten, desto langsamer quälte sich die Autoschlange vorwärts. Auf den Dächern der Wolkenkratzer aus Stahlbeton erkannten wir angelegte Flächen. Mr. Okamura erklärte uns in einem sehr guten Englisch, dass dies eingezäunte Golfübungsplätze seien, denn selbst während ihrer Mittagspause würden die Japaner gern ihrem Lieblingssport nachgehen. Das Stadtbild wurde von farbenfrohem Leben erfüllt, ich sah nur Menschen, Menschen, Menschen. Die Einwohnerzahl Tokios musste bedeutend höher sein als die von Hongkong. Wir beobachteten Massen von Menschen, die sich in reibungsloser Bewegung befanden, es fehlte hier fast der Platz zum Durchatmen. Inge und ich waren recht froh, als wir das Hotel erreichten, wir waren beide etwas schockiert von diesem Beton-Albtraum. Das Hotel lag in dem Viertel des Shiyoda Parks. Zu unserer großen Freude war es umgeben von grünen Flächen. Wir bewohnten ein sehr nettes Zimmer mit Blick auf einen japanisch angelegten Garten von der Terrasse aus. Mr. Okamura lud uns, bevor er sich verabschiedete, für diesen Abend zu einem typisch japanischen Essen ein. Wir waren etwas ermüdet von den vielen neuen Eindrücken und entschieden uns zunächst für ein heißes Bad. Kurz vor dem Abendessen meldeten wir ein Gespräch nach Hongkong an, um unseren Männern die sichere Ankunft in Tokio zu vermelden. Als wir dann in die Hotellobby gingen, erwartete uns Mr. Okamura schon. Mit seinem Toyota ging die Fahrt eine Weile durch das abendliche Tokio.

Tokio war beherrscht von einer ungeahnten Vitalität, die ganze Stadt schien sehr lebendig. Nach etwa einer halben Stunde Autofahrt hielten wir vor einem der traditionellen japanischen Häuser. Es war aus Holz gebaut. Beeindruckend war die elegante Schlichtheit und die ästhetische Harmonie der Inneneinrichtung. Wir waren verwundert, denn die Räume schienen fast leer, sie waren nicht mit Möbelstücken überfüllt, wie es unserem westlichen Stil entsprach. Der Boden war mit Reisstrohmatten ausgelegt, sogenannten Tatami. Die Wände bestanden aus leichten Holzrahmen, die mit Reispapier bespannt waren. Sie konnten hin und her geschoben werden. Ein einziges Rollbild hing als Schmuck an der Wand, auf einem Sockel stand ein wunderbares Ikebana-Gesteck. Durch diese sparsame Möblierung wirkten die Räumlichkeiten des Restaurants sehr großzügig. Zwei junge Japanerinnen in farbenprächtigen Kimonos wiesen uns einen Tisch zu. Wir zogen unsere Schuhe aus, sie wurden durch japanische Strohschuhe ersetzt. Zum Glück hatten wir an diesem Abend weite Röcke angezogen, sonst wäre das Sitzen auf dem Fußboden recht bald ungemütlich geworden. Zu Anfang hatten wir Schwierigkeiten, unsere Beine unter den Tisch zu schieben; ich beneidete Mr. Okamura, wie er sich so elegant auf dem Boden niederließ. Vor dem eigentlichen Essen wurden mit formvollendeter Höflichkeit kleine Schälchen mit Tee serviert, dazu reichte man feuchte Tücher. Unser japanischer Gastgeber hatte das Menü für uns bereits festgelegt. Zuerst wurde Sashimi gebracht, für uns etwas Außergewöhnliches, ich hatte selbst in Hongkong noch nie rohen Fisch gegessen. Der rohe Thunfisch wurde in mundgerecht zerlegten Happen gereicht. Mr. Okamura erklärte uns, dass wir diese rohen Happen in die von der Konsistenz her senfähnliche grüne Meerrettichsoße tunken müssten. Zu meinem großen Erstaunen schmeckte der rohe Fisch sehr delikat, Inge konnte sich nicht überwinden, diese Speise zu probieren. Doch während unseres Japanaufenthalts lernte sie diesen kulinarischen Genuss noch zu schätzen.

Unser japanischer Freund, ein kleiner Mann mittleren Alters mit unwahrscheinlich schönen, mandelförmig gezogenen braunen Augen, fragte uns, ob wir schon einmal vom Kugelfisch, japanisch »Fugu«, gehört hätten. Dieser Fisch besäße eine tödlich giftige Galle. Obwohl das allgemein bekannt wäre, würden doch einige seiner Landsleute ihn als Sashimi-Delikatesse roh zu sich nehmen. Dabei würden sie immer die Gefahr eingehen, dass Reste des Giftes aus der ausgenommenen Galle im Fisch verblieben sind. Nach dieser gruseligen Geschichte meinte er, wir könnten unser Essen ruhig genießen, er habe den Fugu nicht für den heutigen Abend vorgesehen. Unser zweiter Gang wurde serviert, es war Sushi. Sushi waren kleine, kalte Klößchen aus gekochtem Reis, garniert mit vielen Arten von Fisch, außerdem Seepolypen, genannt »tako« und Tintenfisch, genannt »ika«. Da man Sashimi und Sushi nicht als volle Mahlzeit ansehen konnte, sondern nur als kleine delikate Snacks, reichte man uns danach zum Sattwerden noch Okonomiyaki. Dieses Gericht sah aus wie ein Eierpfannkuchen, belegt mit Krabben, Fleisch und gekochten Gemüsesorten. Dazu tranken wir »Sake«. Dieser wasserklare Reiswein wurde warm in sehr kleine Becher aus Ton eingeschenkt. Mr. Okamura erklärte uns, dass man Sake nie zu Reisspeisen trinken würde. Nachdem wir alle drei einige Sakes getrunken hatten, wurde das Gespräch etwas lockerer und unser Gastgeber wurde zugänglicher, er verlor zum Teil seine japanische Förmlichkeit. Wir ließen ihn wissen, dass wir von Tokio ziemlich enttäuscht wären, da wir es für eine totale Betonlandschaft hielten. Doch er lächelte nur dazu und meinte, dass die Japaner sehr stolz wären auf Tokio, ihre östliche Hauptstadt, und wir sollten doch daran denken, dass Tokio in diesem Jahrhundert fast zwei Mal völlig vernichtet wurde. Zum ersten Mal sei das am 1. September 1923 gewesen, als ein furchtbares Erdbeben die Stadt in Stücke riss. Bei dieser Naturkatastrophe seien Zehntausende von Menschen gestorben, aber innerhalb von siebeneinhalb Jahren hätten seine Landsleute es fertiggebracht, Tokio wieder aufzubauen. Im Jahr 1945 habe die Menschen in der Stadt noch einmal ein ähnliches Schicksal getroffen, dieses Mal nicht von einer Naturkatastrophe herrührend, sondern von amerikanischen Bomben. Auch nach dieser Bombardierung hätten die Japaner nicht aufgegeben, sondern ihre Metropole als moderne Hauptstadt in kürzester Zeit wiederaufgebaut. Für die zwölf Millionen Einwohner sei Tokio Heimat. Mr. Okamura schlug uns an diesem Abend vor, in Kyoto die alte Kultur Japans zu erleben. Er versprach uns, dass wir in Kyoto den Gegensatz zu Tokio finden würden und erklärte sich sogar bereit, uns dorthin zu begleiten. Dieser erste Abend in Tokio verlief mit seinen vielen neuen Eindrücken wahnsinnig interessant für uns. Nachdem Mr. Okamura uns ins Hotel zurückgefahren hatte, saßen Inge und ich noch einige Zeit zusammen und besprachen unseren ersten Tag in dieser verglichen mit Hongkong so anderen Welt. Wir wussten, dass wir in den Wochen, die wir hier verleben sollten, jeden Tag etwas dazulernen würden.

Am nächsten Morgen sollten wir unseren Kurs an der Sogetsu-Schule beginnen. Der Gedanke war sehr aufregend, da wir noch nicht wussten, was auf uns zukam. Während unseres japanischen Frühstücks, das aus etwas kaltem Fisch, einer heißen Suppe und natürlich Tofu, dem Sojabohnenquark, einer Schale Reis und Tee bestand, hatten wir die Gelegenheit, unsere Mitmenschen etwas näher zu betrachten. Die Hotelgäste waren eher international als japanisch, eine gemischte, interessante Gesellschaft von Leuten, die wahrscheinlich zum größten Teil geschäftlich hier zu tun hatten. Wir bemerkten eine große Anzahl von Amerikanern, die das Frühstück lieber vom typisch amerikanischen Frühstücksbuffet genossen. Mein Blick fiel auf den wunderschön angelegten Steingarten. Ich bemerkte zum ersten Mal, dass diese so kunstvoll angelegten japanischen Gärten mit ihren kleinen Wasserteichen, wunderbaren Schilfgräsern, großen Steinen und Steinlaternen etwas sehr Friedliches und Beruhigendes vermittelten. Der Garten, von Menschenhand angelegt, wirkte wie eine Naturerscheinung, und doch war es das Werk eines Künstlers. Im weiteren Verlauf meines Aufenthalts sollte ich deutlich erkennen, wie gerne die Japaner die Grenzen zwischen Natur und Kunst verwischten. Während des Frühstücks hatten wir Gelegenheit, mit unserem japanischen Tischnachbarn zu plaudern, einem Geschäftsmann aus Osaka. Der meinte, wenn wir das japanische Leben wirklich kennenlernen wollten, sollten wir bei unserem nächsten Besuch in einem japanischen Hotel, einem Ryokan, wohnen. Ryokans seien meistens gastliche kleine Familienbetriebe, in denen man schnell Kontakt mit der Gastfamilie bekommen könne. Leider mussten wir dieses Gespräch abbrechen, da unser Kurs auf uns wartete. Den Hotelportier fragten wir nach dem Weg zur Schule, der wiederum gab die Adresse an einen Taxifahrer weiter. Nach kürzester Zeit waren wir in Akasaka an der Sogetsu-Schule angekommen, viele Menschen gingen durch den Haupteingang des ziemlich modernen Gebäudes, darunter nur wenige Europäer.

Wir wurden von der Tochter des Direktors, Miss Kasumi Teshigara, empfangen. Miss Kasumi bot uns zur Begrüßung einen heißen grünen Tee und Kekse an, dann führte sie uns zur Einführung durch das ganze Gebäude. Sie zeigte uns mit großem Stolz die prächtig aufgebaute Ausstellung von Skulpturen, Gemälden und Kalligrafien ihres Vaters, des berühmten Sofu Teshigara. Während des Rundgangs erzählte sie uns alles über den Werdegang der Sogetsu-Schule. Mr. Sofu gründete sie im Jahr 1926, er versuchte, die klassischen Ikebana-Arrangements umzustellen und neue Formen zu schaffen, um die natürliche Linienschönheit der Blumen wiederkehren zu lassen. Seine unbegrenzte schöpferische Vorstellungskraft durchbrach alle Barrieren und er wurde der erste Meister, der die Kunstform Ikebana in den Proportionen erweiterte. Mit massiven Strukturen von ganzen Bäumen, riesigen Steinen und Mengen von Blumen erreichte er einen unerwarteten Erfolg. Er fühlte, er könne auf der Grundlage der seit der Antike überlieferten Geschichte seine modernen Ideen vermitteln. Wir betrachteten seine merkwürdigen und faszinierenden abstrakten Skulpturen, sie bewahrten die urtümliche Qualität des Erscheinens von Erde und Meer. Auf uns wirkten seine Skulpturen sehr modern, dennoch zeigte sich die zeitlose Ewigkeit der Natur in ihnen. Besonders beeindruckend war seine gigantische Holzskulptur, teilweise mit Kupfer überzogen, und ein Gemälde von roten und weißen Kamelien, dargestellt auf einem alten goldenen Wandschirm. Miss Kasumi meinte, dass viele der Werke ihres Vaters von berühmten Galerien erworben würden, auch von Museen und Botschaften, verteilt über die ganze Welt. Eine der berühmtesten Privatpersonen, die seine Skulpturen besäße, sei Salvador Dali. Nach der Besichtigung der Schule wurden wir in das eigentliche Klassenzimmer geführt, es war ein riesiger Raum, in dem sich viele japanische Schüler aufhielten. Miss Kasumi sollte uns durch den vierwöchigen Kurs führen. Dieser erste Morgen wurde von ihr dazu genutzt, uns in die Vorgeschichte der Blumenkunst einzuführen.

Ikebana entwickelte sich im 16. Jahrhundert aus einem Brauch, der mit Blumenopfergaben an Buddha verbunden war. Als der Buddhismus Japan erreichte, wurde von den Japanern die Idee dieser Opfergaben schnell akzeptiert und geschätzt. Man erkannte die mysteriöse Lebenskraft der Pflanzen. Die Vorstellung war, dass jede Pflanze etwas ausdrückt. Als der Buddhismus blühte, im 17. Jahrhundert, wurde diese Sitte in allen Tempeln Japans vorherrschend. In diesem Jahrhundert wurde der Lotus offiziell zur Blume der Buddhisten erklärt. Leute arrangierten sie in Körben und stellten sie unter den großen Buddha.

Miss Kasumi schien besonders darüber erfreut zu sein, dass viele Ausländer den Wunsch hatten, die Kunst des japanischen Blumensteckens zu erlernen. Sie erinnerte sich bei dieser Gelegenheit an das Ende des Zweiten Weltkriegs, als Tokio noch eine einzige Ruine war. Damals besuchte die Frau eines hohen amerikanischen Offiziers eine ihrer Vorlesungen. Während dieser Zeit sei es extrem schwierig gewesen, genügend Blumen für den Kurs aufzutreiben. Nach dem Krieg besuchte Kasumi viele Male Europa und Amerika und führte ihre Arrangements vor, um den Ausländern den Geist dieser Kunst nahezubringen. Die

Menschen reagierten enthusiastisch. Als Resultat ihrer Bemühungen wurden in Europa und in den USA japanische Blumen-Arrangement-Center gegründet. Miss Kasumi glaubte, dass sich mit der Zeit eine neue Art von Ikebana entwickeln würde, ein einzigartiges System als Produkt der Talente und Ideen ausländischer Studenten, vermischt mit dem Geist der japanischen Geschichte. Zum Schluss legte sie uns noch den Unterschied zwischen dem Blumenstecken und dem Ikebana dar. Sie verglich Ikebana mit einer Form kreativer bildender Kunst und sagte, die Bedeutung von Ikebana gehe weit über das einfache Blumenstecken hinaus. Die von ihr geschaffenen Arrangements seien Skulpturen unter Verwendung von Blumen. Jeder ihrer Studenten könne seinen Individualismus auf diesem Wege ausdrücken. Wir würden während dieses Kurses noch erkennen, dass man mit frischen Blumen Skulpturen kreieren könne, die den Atem des Lebens deutlich erkennen lassen würden.

Dieser erste Unterrichtsmorgen verging sehr schnell. Nach der ausführlichen Einführung in die Vorgeschichte sollten wir an den folgenden Tagen mit Hölzern und frischen Blumen arbeiten. Unsere Tage waren so eingeteilt, dass wir von 10-13 Uhr den Kurs besuchten und den Nachmittag zur freien Verfügung hatten. Schon nach dem ersten Unterricht bemerkten wir, dass das Aufnehmen dieser fremdartigen Eindrücke sehr anstrengend war. Wir entschieden, uns im Hotel ein wenig auszuruhen und Inge schlug vor, den Nachmittag auf der Ginza zu verbringen. Die Ginza musste wohl die prachtvollste Ladenstraße Tokios sein. Wir kamen an riesigen Warenhäusern vorbei, bewunderten Perlenauslagen im Mikimoto-Haus und die wunderbaren japanischen Seidenstoffe. Der Bummel durch das Kaufhaus Matsuzakaya war ein Erlebnis. Zu bewundern waren dort Ausstellungsräume mit japanischen Töpfereien, Malereien und Blumengestecken. Jedes Kaufhaus verfügte über mehrere Restaurants, ob es die japanische, chinesische, französische oder italienische Küche war. Da wir etwas Hunger verspürten, aßen wir in einem der japanischen Restaurants. Wir bestellten Tempura. Eine Schönheit in einem wunderbaren Kimono bediente uns und wir kamen zum ersten Mal in den Genuss dieser typisch japanischen Mahlzeit. Krabben, Garnelen und japanisches Gemüse wurden in einem Eiermehlteig gewälzt, in heißem Öl gebacken und dazu servierte man uns eine Reiswein- und Sojasoße. Als Beilage wurden Nudeln gereicht. Inge, die nicht sehr begeistert von den vorhergehenden Fischgerichten war, konnte sich endlich einmal satt essen. Für mich persönlich bedeutete Tempura eine kleine Köstlichkeit und wir versuchten während unseres Japanaufenthalts, es so oft wie möglich zu essen. Neben den köstlichen Gemüse- und Fischsorten gab es hier auch eine Auswahl sehr exotischer Zutaten sowie in Öl gebackenen Seetang, Wurzeln, Gräser, Blüten und Zweige. Für uns als Europäer gehörten die Pflanzen eher in ein Gesteck oder in eine Vase, aber wir versuchten sie gebraten und es schmeckte gar nicht so schlecht. Als Nachspeise bekamen wir gefüllte Brötchen mit süßer Bohnenpaste. Wir sollten eigentlich recht bald merken, dass japanische Süßigkeiten nicht abwechslungsreich waren. Wie man uns später erklärte, war der Grund dafür, dass der Zucker erst spät ins Land kam, und zwar mit den Europäern. Bei allen Gelegenheiten versuchten wir, mit Freunden zusammen die japanische Lebensweise zu entdecken, dazu gehörte ganz offensichtlich der Genuss von japanischen Speisen. In der Präsentation und der Zubereitung der Gerichte erkannte man immer wieder die Bemühungen der Japaner um Schönheit. Einer ihrer Grundsätze war wohl, dass das Essen mindestens so gut aussehen sollte wie es schmeckt. Die jeweils dazu ausgewählten bemalten Schalen hatten immer eine Bedeutung für das jeweilige Gericht. Das Essen war erstaunlich preiswert, an unserem ersten Nachmittag auf der Ginza schlemmten wir, die Rechnung bezahlten wir natürlich mit der japanischen Landeswährung, dem Yen. Nach dieser kleinen erfrischenden Pause schlenderten wir weiter durch dieses schickste und zweifellos bekannteste Viertel Tokios. Es bot sich die beste Gelegenheit, die Einwohner zu beobachten. Wir bemerkten, dass der westliche Einfluss doch schon sehr stark war. Flotte junge Burschen und Mädchen wagten es, Arm in Arm über die Ginza zu schlendern. Die Kleidung bestand bei der jüngeren Generation meistens aus T-Shirts, Jeans und sogar Lederjacken. An den älteren Leuten sahen wir sehr oft das traditionelle Gewand des Kimonos.

Besonders fasziniert waren wir immer wieder von der japanischen Begrüßung. Die Verbeugungen als Zeichen der Ehrerbietung gegenüber einer anderen Person waren für uns doch sichtbare Zeichen einer sehr alten Tradition. Während wir die Vielfalt der japanischen Erzeugnisse bewunderten, packte uns plötzlich die reine Kauflust. Ich kaufte als Mitbringsel wunderbare schwarze Lack-Suppenschälchen, die mit verschiedenen goldenen Blumenmotiven bemalt waren. Inge dagegen fragte sich, ob ihr ein Kimono stehen würde, und sie konnte nicht widerstehen, sich diese faszinierenden Gewänder näher anzusehen. Die Auswahl dieser Damen-Kimonos war enorm, ob sie aus gemusterter Seide oder Satin waren. Zusammengehalten wurden sie von einem wunderbaren breiten Gürtel, dem Obi. Die Verkäuferin überredete Inge zu einem prächtigen Seidenkimono, sie meinte aber, dass man die passenden Seidenpantoffeln dazu tragen müsse. Als wir unsere aufregenden Einkäufe erledigt hatten, war es schon 20 Uhr geworden. Viele Geschäfte waren noch geöffnet, selbst die Straßenhändler, die typisch japanische Reiseandenken verkauften, waren noch zu bestaunen. Die Ginza verwandelte sich plötzlich in eine Schönheit der Nacht, wir befanden uns in einem glitzernden Meer von glühenden Neon-Lichtern.

Da wir diesen so wunderbaren Tag noch mit einem kulturellen Ereignis beenden wollten, besuchten wir das Kabuki-Theater in Ginza. Dort, im »Kabuki-za«, sahen wir eine japanische Volksoper. Vor einer herrlichen Theater-Kulisse agierten die Darsteller in aufwendigen und farbenprächtigen Kostümen, ähnlich wie bei der chinesischen Oper. Das Theater fasste mindestens zweitausend Menschen, es war ein ununterbrochenes Kommen und Gehen. Normalerweise dauert solch eine Oper mindestens fünf Stunden. Wir blieben aber nur für etwa zwei Stunden, um einen kleinen Einblick in dieses volkstümliche japanische Bühnenspiel zu bekommen. Da uns beide plötzlich die Müdigkeit überfiel, nahmen wir ein Taxi, das uns zum Hotel zurückbrachte.

Am nächsten Morgen gingen wir voller Erwartungen und Wissbegier zu unserem Kurs. Miss Kasumi begrüßte uns und nannte uns das Thema für das Gesteck dieses Morgens, es lautete »Ein Tag des Glückwunsches«. Jede Schülerin bekam das Material bestehend aus Pinie, roten Rosen, einer Stechpalme und einem Zweig der Maulbeere. Die Kombination von roten und weißen Farben war in Japan das Symbol der freudigen Ereignisse, die roten Rosen und der gebleichte Zweig der Maulbeere charakterisierten dies. Das tiefe Grün der Pinie vermittelte die Ruhe und die Tiefe in diesem Gesteck. Linie und Farbe wurden hervorgehoben. Das Resultat sah sehr einfach aus, und doch hatten wir das Gefühl, eine gewisse Eleganz hineingebracht zu haben. Ich bewunderte das Gesteck meiner Nachbarin und kam so mit ihr ins Gespräch. Sie war eine kleine, junge Japanerin mit dem Namen Itsuko Hottari. Itsuko erzählte mir, dass sie vor ein paar Jahren Deutschland besucht hätte und sie würde nie vergessen, mit welch einer charmanten Gastfreundlichkeit sie überall empfangen wurde. Sie hatte bei all den deutschen Leuten Wärme und ein wahres freundschaftliches Verständnis gefunden. Es wäre für sie eine große Freude, wenn wir sie nach dem Kurs in das Haus ihrer Eltern begleiten würden, um mit ihrer Mutter einen Tee zu trinken. Wir sagten natürlich nur zu gerne zu, es war eine Gelegenheit für uns, einen Einblick in das Leben einer japanischen Familie zu bekommen. Itsuko führte uns am Nachmittag durch ein Gewirr von Gassen und Sträßchen, wir verließen die Hauptstraßen und tauchten unter in diesem Gassenwirrwarr. Wir kamen an gemütlichen japanischen Häusern vorbei, an kleinen Kramläden und einigen Tempeln. Hier konnte man die moderne Hässlichkeit Tokios vergessen und die alte japanische Ästhetik finden, auch diese Atmosphäre gehörte zur Realität dieser großen Stadt. Hinter einer schützenden Mauer, die ein winziges Grundstück einzäunte, lag ein hübsches Holzhäuschen mit rotglasierten Ziegeln und papierbespannten Fenstern. Itsuko führte uns durch einen gepflegten Garten. In dem dort angelegten Teich schwammen ein paar Goldfische. Eine wunderschöne alte japanische Laterne hatte schon Moos angesetzt und es existierte sogar ein kleines Gemüsebeet. Mindestens ein Dutzend Blumentöpfe säumten den Wegrand zum Haus hinauf. Im Frühjahr würde es hier bestimmt grünen und blühen. Mrs. Hottari, Itsukos Mutter, empfing uns mit mehreren höflichen Verbeugungen und führte uns ins Haus. Der Wohnraum war spartanisch eingerichtet, ein paar Bonsaibäumchen schmückten diesen

Raum. Unsere Schuhe wurden gegen ein paar japanische Hausschuhe ausgetauscht. Die Mutter führte uns in den Teeraum, dieser war ausgelegt mit Tatami (Reisstrohmatten). Durch die mit Papier bespannten Fenster drang mattes Licht in den kleinen Raum. Itsuko kniete sich vor einen länglichen, flachen Tisch und wir folgten ihrem Beispiel. Nun begann die Teezeremonie, von der wir schon sehr viel gehört hatten. Zuerst wurden uns kleine Kuchen und blütenförmige Kekse gereicht, währenddessen begann die Gastgeberin, den Tee zuzubereiten. Itsuko erklärte uns den Ablauf dieser Zeremonie. Der Bewegungsablauf wäre schon seit Jahrhunderten vorgeschrieben. Angefangen habe es bei den buddhistischen Mönchen, die sich mit diesem bitteren grünen Getränk während ihrer Meditationen wachhielten. Ein berühmter Shogun, der sich vollkommen zurückzog, um den schöngeistigen Dingen nachzueifern, erhob das Teetrinken im 15. Jahrhundert zu einer Zeremonie. Itsuko meinte, das japanische Teetrinken bedeute nicht, den Tee wie nach westlicher Art einfach nur zu trinken, sondern es verkörpere die Zeit der Meditation, die Suche nach dem eigenen Ich. Diese Zeremonie solle die Ausgeglichenheit und innere Ruhe des Körpers herstellen. Itsukos Mutter, die nicht ein einziges Wort Englisch sprach, schüttete inzwischen etwas pulverisierten grünen Tee in eine Schale, dann goss sie zu meinem Erstaunen heißes und kühles Wasser gleichzeitig darüber. Diese grüne Flüssigkeit wurde nun von ihr mit einem kleinen Bambusbesen durch flinke Vor- und Rückwärtsbewegungen zu feinem Schaum geschlagen. Es entstand nach kürzester Zeit ein dickflüssiger Tee. Da Inge und ich die Ehrengäste waren, überreichte Mrs. Hottari zuerst mir mit einer förmlichen Verbeugung eine kleine Schale mit dem grünen, schaumigen Tee. Itsuko erklärte dazu, es wäre Sitte, den Tee entweder mit drei Schlucken auszutrinken oder die Schale nach einem Schlückchen weiterzureichen an den Nachbarn. So reichte ich die Schale weiter an Inge und Itsuko trank den Rest des Tees. Ich drückte meine Bewunderung über die raffinierte Einfachheit des Teegeschirrs aus. Itsuko erklärte, mit Freude würde sie uns in eine kleine Werkstatt führen, in der diese Keramiken hergestellt würden. Die Teezeremonie ging ihrem Ende zu und ich merkte, dass ich an diesem Tag den Alltag abgestreift hatte. Wir bedankten uns bei der Gastgeberin, Itsuko bot uns an, uns zum Hotel zu begleiten, aber wir wollten unseren Weg alleine zurückfinden. Sie verabschiedete sich von uns mit einer tiefen Verbeugung und nannte uns ihre neu gewonnenen »Freunde durch die Blumen«. Es war ein wunderschöner Nachmittag und als wir auf dem kleinen Pfad das Haus verließen, waren wir sehr glücklich und zufrieden. Es passierte ja nicht jeden Tag, von einer Japanerin zu einer japanischen Teezeremonie eingeladen zu werden. Unser Heimweg untermalte diesen Tag noch entsprechend. Wir sahen altmodisch anmutende Kimonogeschäfte und der eigentümliche bittere Duft des grünen Tees hing in der Luft. In einem japanischen Lebensmittelgeschäft erschnupperten wir die vielen fremden und exotischen Gerüche, es roch auch nach getrocknetem Fisch und eingelegtem Kohl. Inge machte mich auf die japanischen Badehäuser aufmerksam. Schon von Weitem hörte man das Trippeln der hölzernen Schuhe, die »geta« genannt wurden, denn Jung und Alt strebte mit Handtüchern und Seife im Arm diesen Badehäusern zu, offensichtlich hatten sie zu Hause keine ausreichende Waschgelegenheit. Später hatten wir das Gefühl, dass wir uns in diesen kleinen Gässchen verirrt hatten, wir fanden aber ein Taxi, das uns zum Hotel zurückfuhr.

Im Hotel wurde uns eine Nachricht von Mr. Okamura überreicht. Er hatte am Nachmittag angerufen und eine Einladung zum Abendessen hinterlassen. So hatten wir gerade noch Zeit, die Kleidung zu wechseln. Zwischendurch telefonierten wir mit Hongkong, um unseren Tagesbericht zu übermitteln. Kurz darauf trafen wir Mr. Okamura in der Lobby des Hotels. Er strahlte vor Freude, hastig meinte er, dass uns heute Abend etwas Besonderes geboten würde.

Dieses Mal fuhren wir Richtung Ginza, Mr. Okamura parkte das Auto und wir spazierten gemächlich über die Ginza Straße. Viele japanische Restaurants, Bars, Kabaretts, Nachtlokale, die dem Vergnügen dienen sollten, waren um diese Zeit geöffnet, und viele Japaner waren unterwegs und genossen ihren Feierabend. Vor einem Teppanyaki Restaurant blieb Mr. Okamura stehen und wir folgten ihm. Eine Japanerin führte uns zu dem reservierten Tisch. Zum Tisch gehörte ein eigener Koch. Die Vorrichtung zur Zubereitung der Teppanyaki, Teppan genannt, war das Originellste, was ich je gesehen hatte. Sie bestand aus einer beheizbaren Metallplatte, darum herum waren Holzteile, auf denen man das Essen serviert bekam. Der junge japanische Koch röstete das Essen auf der Metallplatte und wir konnten ihm bei seiner flinken Kochkunst zusehen. Das Menü bestand aus mehreren Gängen, zuerst röstete er einen frischen Lachs, zur Gemüseauswahl hatten wir Pilze und Sojabohnensprossen. Die besondere Attraktion aber bestand im Hauptgericht. Zum ersten Mal sollten wir in den Genuss des berühmten Kobe-beef kommen. Mr. Okamura meinte, jeder, der Japan besuchen würde, müsse dieses beste Filet vom Rind einmal versucht haben. Es sei das teuerste Essen Japans. Das Fleisch stamme von den weltberühmten Kobe-Rindern, die speziell im Hinterland von Kobe in der Nähe der Rokko-Berge gezüchtet würden. Die Züchter dieser Tiere würden einen enormen Aufwand betreiben, um dieses feinfaserige Fleisch zu erhalten. Die Rinder müssten jeden Tag Bier trinken und erhielten außerdem täglich eine liebevolle Massage mit Shoshu, dem japanischen Gin, damit sich die Fettschicht in den Muskeln gut verteile. Unser Freund bot uns an diesem Abend wirklich etwas Besonderes und wir genossen diese kulinarische Spezialität sehr.

Kyoto

Unser Gastgeber lud uns für das kommende Wochenende zu einer Zugfahrt nach Kyoto ein. Eine Fahrt mit dem Zug sei bequemer und schneller als mit dem Auto. Auf der Strecke Tokio–Osaka seien die schnellsten Züge der Welt in Betrieb gesetzt, die sogenannten Bullettrains. Für die Entfernung von 513 km würde man mit diesem Superexpress nur circa drei Stunden brauchen. So hätten wir genügend Zeit, uns die schönsten Überbleibsel des alten Japan in Ruhe anzuschauen. Mr. Okamura wollte die Fahr- und Platzkarten in einem der vielen Reisebüros für uns reservieren. So kam es, dass wir uns nach diesem wunderschönen Abend schon wieder auf ein neues Erlebnis freuen sollten. Dank unseres japanischen Freundes verspürten wir wirklich keine Langeweile. An dem lang erwarteten Samstagmorgen trafen wir ihn auf Gleis 18 des Hauptbahnhofs Tokio. Wir hatten Fensterplätze und unser Express verließ die Hauptstadt gegen 10 Uhr morgens. Unsere Route ging über Städte wie Atami, Hamamatsu, Nagoya, Gifu bis zu unserem Reiseziel Kyoto. Die Fahrt führte uns durch armselige Häuseransammlungen und Industriegebiete. Dann wiederum entdeckten wir ganze Anlagen von Kirschbäumen, die natürlich zu dieser Jahreszeit noch nicht blühten. Mr. Okamura schwärmte von dem Zauber der blühenden Kirschbäume im April. Diese rosa blühende Pracht war offensichtlich ein wichtiger Bestandteil des japanischen Lebens. Unser japanischer Freund meinte, wenn der Blütenschimmer der Kirschbäume länger währen würde als ein paar Tage, würde ihn das japanische Volk nicht so innig lieben. Endlich erreichten wir Kyoto. Wir waren sehr neugierig auf dieses Herz des alten Japan, den Inbegriff der japanischen Kunst, Geschichte, Religion und Kultur. Kyoto war von amerikanischen Bombenangriffen im Zweiten Weltkrieg verschont geblieben und die 1600 buddhistischen Tempel und 300 Shintō-Schreine, wovon viele einmalig und großartig waren, wurden nicht in Schutt und Asche gelegt. Nachdem wir unseren Zug verlassen hatten, waren wir erst einmal enttäuscht wegen der Hässlichkeit des Bahnhofs. Mr. Okamura bemerkte unsere Enttäuschung und sagte, wir müssten uns noch etwas gedulden, bevor wir die Schönheit dieser Stadt entdecken würden. Zuerst fuhren wir mit dem Taxi zu unserem Ryokan, die Zimmer waren schon von Tokio aus bestellt worden. Somit sollten wir nun doch noch in den Genuss kommen, einmal in einem japanischen Hotel zu übernachten. Das Hotelgebäude glich einem vornehmen japanischen Haus, umgeben von kleinen Gärten, verborgen hinter fernöstlichem Charme. Die Zimmer, die wir durch eine hölzerne, mit Reispapier bespannte Schiebetür betraten, waren wiederum mit Tatami ausgelegt. Inzwischen hatten Inge und ich nun schon begriffen, dass wir unsere Schuhe ausziehen mussten, so, wie es bei den Japanern üblich ist. Das Zimmer war spartanisch eingerichtet mit einem kleinen flachen Tisch und einigen seidenüberzogenen Sitzkissen auf den Tatami. Eine kleine Japanerin machte uns auf das Bettzeug aufmerksam, das in den Wandschränken versteckt war. Zur Begrüßung reichte man uns grünen Tee und ein paar Kekse. Wir fragten Mr. Okamura, wo sich das Bad befinden würde. Er erklärte uns, dass es in einem Ryokan zwei große Bäder gäbe, eines für Frauen und eines für Männer. Die Japanerin, die sich wohl um uns kümmern sollte, führte uns zum Frauenbad. Das hatte fast die Ausmaße eines Swimmingpools. Ich wollte mit der Hand die Wassertemperatur feststellen, schrak aber zurück, denn das Wasser hatte bestimmt fast 40 Grad. So erfuhren wir, dass die Japaner sich sehr gerne in einem sehr heißen Wasser einweichen lassen und darin ausruhen. Nachdem wir uns nun also umgesehen hatten in unserem gemütlichen Nachtquartier, schlug Mr. Okamura vor, dass wir uns erst einmal einige der Sehenswürdigkeiten alter japanischer Kultur anschauen sollten, wir könnten ja dann am Abend das Bad ausprobieren.

In der Nähe der Stadtmitte besichtigten wir zuerst das Nijo Schloss und den alten Kaiserpalast. Er war umgeben von wunderschönen Gärten. Mir fiel auf, dass der Palast von optischer Einfachheit war. In seiner edlen Schlichtheit gab er ein Beispiel, das die japanische Architektur beeinflusst hat. Wir nahmen uns vor, unsere Besichtigung an diesem Tag genau zu dosieren, sonst würden wir die vielen Eindrücke aus dieser alten Kultur nicht richtig aufnehmen können. So besuchten wir an diesem Nachmittag nur noch zwei der unendlich vielen Tempel. Um zum Kiyomi Tempel (Kiyomizu-dera) zu kommen, mussten wir zuerst einen Hügel besteigen. Nach einem zehnminütigen Aufstieg lag das stroh- und ziegelbedeckte Gebäude, das im 17. Jahrhundert neu aufgebaut wurde, vor uns. Die Tempelanlagen waren umgeben von dem leuchtenden, satten Grün der Bäume und Pflanzen. Als ich das sah, stellte ich mir vor, dass der Frühling mit all den rosafarbenen Kirschblüten hier ein herrliches Erlebnis sein musste. Wir wanderten zu der Haupthalle des Tempels und hatten von der Holzterrasse aus eine fantastische Aussicht über das Tal und hinunter auf die Stadt. Die Lage dieses Tempels in einer so wundervollen Landschaft verglich ich mit einem japanischen Rollbild. Es ging weitere Treppen hinauf und plötzlich entdeckten wir eine dreistöckige Pagode. Eine riesige orangefarbene Botschaft wies uns den Weg zum Heian-Schrein. Dieser Schrein wurde 1895 erbaut, verspielte Turmkonstruktionen standen rechts und links von der Halle. Wir bemerkten den unverkennbaren chinesischen Einfluss des grünen Drachens und des weißen Tigers. Die Hallen waren durch lange Korridore verbunden. Der Schrein wirkte elegant und prachtvoll, die orangeroten Säulen harmonierten mit den weißen Flächen und den grünen Dächern. Hinter dieser eindrucksvollen Kultstätte entdeckten wir wiederum einen wunderschön angelegten Landschaftsgarten. Wir schlenderten durch diese prachtvolle Anlage, ich verglich sie mit einem Gemälde: Kleine Hügel, Steine, Pflanzen und Gewässer waren zu einem Bild zusammengestellt. In einer abgelegenen Ecke des Gartens entdeckte Inge ein gemütliches kleines Teehaus. Hier genossen wir geruhsam einen japanischen Tee in einer unbeschreiblich zauberhaften Umgebung.

Wir waren ziemlich beeindruckt von der Unterschiedlichkeit der zwei Gesichter Japans, die wir bis jetzt kennengelernt hatten. Einmal das Supermoderne und dann das Gegenteil davon, der Tempelfrieden in Kyoto. Unserer Meinung nach versuchten die Japaner, das östliche Denken und das westliche Handeln miteinander in Einklang zu bringen. In der Stille des Tempelgartens erkannten Inge und ich, dass wir durch Mr. Okamura einen Hauch des wirklichen Japans kennenlernen sollten. Dieser Tag war gespickt mit Sehenswürdigkeiten und bei uns kam der Wunsch auf, das japanische Bad in unserem Hotel auszuprobieren. Wir verließen das kleine friedliche Teehaus und warfen dabei noch einen letzten Blick auf die Stadt unter uns. Der Sonnenuntergang war faszinierend und die alten Gebäude warfen scharfe Silhouetten in den glühenden Himmel. In unserem Hotel verabschiedeten wir uns für eine kleine Weile von Mr. Okamura. In dem großen heißen Bad ließen wir uns einweichen. Nach einer kurzen Zeit schon empfanden wir das heiße Wasser als sehr angenehm. Inge meinte, sie würde am liebsten den Rest des Abends so verbringen. Aber es war noch ein anschließender Bummel durch das abendliche Kyoto geplant. Unsere kleine Japanerin hatte uns inzwischen zwei bequeme Nachthemden im Kimonostil, sogenannte Yukatas, am Beckenrand zurechtgelegt. Ich glaube, wir boten einen komischen Anblick. Die Japanerin jedenfalls schien belustigt und kicherte, denn unsere Gesichter waren krebsrot, und dazu trugen wir noch den kurzen Kimono. Dieser außergewöhnliche Anblick von uns zwei Europäerinnen löste eine fröhliche Heiterkeit bei ihr aus. Nach dem Wärmeauftanken mussten wir uns noch etwas ausruhen, fühlten uns aber bald darauf schon wieder frisch genug, um den Rest des Abends zu genießen. Unser japanischer Freund hatte, wie schon früher, auch den Abschluss dieses wunderschönen Tages für uns bereits geplant. Er führte uns durch die alten Straßen der Innenstadt. Direkt am Ufer des Flusses Kamo fanden wir einen kleinen romantischen Bezirk mit vielen Lokalitäten, große rote Laternen mit schwarzen japanischen Schriftzeichen sorgten für eine gemütliche, schummerige Atmosphäre. Die Attraktion dieses Abends fanden wir in dem Geisha-Viertel Gion. Kleine Holzhäuser standen hier dicht beieinander. Das milchige Licht schien durch die papierbespannten Fenster und wir erhaschten einen Blick auf ein paar junge Geishas, ihre Gesichter waren weiß geschminkt. Mir fiel auf, dass die breiten Obis auf dem Rücken der Kimonos nicht verknotet waren. Unser japanischer Freund meinte, es sei ein Zeichen dafür, dass diese Geishas das 20. Lebensjahr noch nicht erreicht hätten. Etwas später sahen wir gepflegte und teuer gekleidete ältere Herren den Raum betreten. Entgegen unserer Vorstellung waren diese Geishas keine Vergnügungsdamen im westlichen Sinne, sondern, wie man uns belehrte, sehr kultivierte Personen, die ein ausgesprochenes Talent zum Singen, Schauspielern, Tanzen und Musizieren besaßen. Sie hätten sich einer jahrelangen mühevollen Ausbildung unterzogen, um eines Tages ihre edlen Künste darbieten zu können. Viele japanische Männer würden nach alter Tradition einen angenehmen Abend, fort von ihren Frauen, in einem eleganten Teehaus mit kultivierten Geishas verbringen. Allerdings müssten diese Herren ein dickes Portemonnaie haben, denn ein Abend mit einer hochkarätigen Geisha würde eine Menge Geld kosten. Wie wir dann später erfuhren, war die Teilnahme an einer solchen Geisha-Party offenbar kaum unter 1.200 DM pro Person zu bekommen. Eine sehr kostspielige Sache, beliebt unter den japanischen Geschäftsmännern mit einem enormen Spesenkonto. Eine alte und ehrwürdige Angelegenheit, die seit Jahrhunderten die Phantasie der Männer beflügelte. Inge und ich waren fasziniert von dem Vorgang in diesem kleinen Raum, den wir durch das Fenster beobachten konnten. Zuerst wurden die Gäste willkommen geheißen, die Geishas plauderten mit ihnen, zwischendurch wurde der Tee serviert und eine junge Schönheit sang ein altes Lied von der Kirschblüte. Eine zweite Geisha tanzte dazu anmutig in ihrem prachtvollen Kimono. Ich war damals total beeindruckt von der Ausstrahlung dieser kalkweiß geschminkten Gesichter. Die ganze Vorstellung verkörperte eine alte Tradition dieses fernöstlichen Inselreichs, ebenso erinnerte sie uns an Puccinis Oper »Madame Butterfly«. Wir verharrten vor diesem kleinen Teehaus mindestens für eine Stunde, bis Mr. Okamura plötzlich etwas ungeduldig wurde. Wir bummelten am anderen Ufer des Flusses Kamo weiter, kamen an kleinen Theatern und weiteren Teehäusern vorbei und fanden schließlich ein kleines japanisches Restaurant, in dem wir noch eine kleine Mahlzeit zu uns nahmen.

In diesem einfachen japanischen Restaurant fiel mir an diesem Abend auf, dass die Speisen mit sehr viel Sorgfalt und künstlerischem Gespür serviert wurden. Die Schönheit der Dekoration und des Porzellans schien ebenso wichtig zu sein wie der Geschmack der Speisen. Zu Beginn der Mahlzeit wurden uns Keramikschälchen serviert, alle in unterschiedlicher Glasur. Sie enthielten Gewürze und Pflanzen der Jahreszeit. Da gab es eingelegten Ingwer, dekoriert auf einer blauweißen feinen Schale, daneben eine grobe Keramikschüssel mit den frischen Scheiben einer Gurke, umlegt mit ihrer eigenen gelben Blüte, dann wiederum zarte Bambussprossen, das Porzellan dazu war so ausgewählt, dass es einen starken Kontrast zum Inhalt bildete und doch schien es eine Ergänzung dessen zu sein. Danach wurden Sashimi gereicht, schmackhafte rohe Fische in breiter Vielfalt mit einer pikanten Meerrettichsoße. Den nächsten Gang bildete eine Fischsuppe mit Sojapaste. Diese wurde in geschlossenen schwarzen Lackschalen serviert, deren Deckel mit Blumenmotiven der verschiedenen Jahreszeiten geschmückt waren. Diese Suppe erinnerte mich mit all ihren verschiedenen Farben und Schattierungen an die Tiefe des Meeres, mit dem Grün der Schalotten, den weißen Sojabohnenquarkwürfeln und den dunklen Muscheln. Die Speisen waren ungewöhnlich mild gewürzt. Inge hatte wohl das gleiche Empfinden, denn sie bediente sich des Salzes und der Sojasoße, Würzen, die neben anderen auf dem Tisch bereitstanden. Mr. Okamura, der dies bemerkte, versuchte, uns mit einem gewissen Stolz darzulegen, dass der Japaner strenges Aroma nicht schätzen würde, es wäre zu vergleichen mit der Wirkung greller Farben auf den Ästheten. Für japanische Feinschmecker gelte zu starkes Würzen als unkultiviert, denn es würde daran hindern, kleine Geschmacksunterschiede zu erkennen, zum Beispiel bei verschiedenen Pilzsorten oder rohem Fisch. Ein kultivierter Japaner wisse nicht nur, welche Art von rohem Fisch er gerade esse, sondern auch, wann dieser gefangen wurde. Das Wahrnehmen der feinen Geschmacksunterschiede entspreche in etwa dem europäischen Verkosten guter Weine. Die oberste Regel der japanischen Kochkunst sei, dass die Speisen natürlich bleiben sollten, denn die wirkliche Welt bestehe in ihrem Naturzustand. Unser japanischer Freund brachte uns an diesem Abend zum Nachdenken, denn für den Europäer bedeutete eine Mahlzeit doch nicht mehr als ein Sattwerden, verbunden mit einem gewissen Grad an Genuss. Für Mr. Okamura dagegen war eine zubereitete Speise eine Kunstform und zugleich Ausdruck einer Philosophie. Nach diesem beeindruckenden Abendessen kehrten wir in unser Hotel zurück. Im Hotel hatten die Hausbediensteten schon das Bettzeug aus dem Wandschrank geholt, das Matratzenlager auf den Tatami war vorbereitet. Inge und ich unterhielten uns noch recht ausgiebig über die vergangenen Stunden, es wurde uns damals klar, dass wir uns sehr angezogen fühlten von den Symbolen des Ostens und der damit verbundenen Philosophie. Wir verglichen die Einstellung der Japaner mit der der Hongkong-Chinesen und uns selbst. Dabei fiel uns auf, wie sehr wir den materiellen Werten nachliefen. Wie fehlte uns doch der instinktive Sinn für das Schöne. Wir beneideten die Japaner um ihre Fähigkeit, sich am Alltäglichen zu erfreuen, ihren Gefallen an der Natur, an Formen, und ihre einfache Eleganz. Dies waren die Gaben, über die wir nicht verfügten, die wir vernachlässigten. Ihr glücklicher Zustand in der Einfachheit Zufriedenheit zu finden, gab uns den Anlass dazu, einmal über unser eigenes Leben nachzudenken. Es war schon ein besonderer Tag für mich, denn wann hatte ich zum letzten Mal über mich selbst nachgedacht und bemerkt, dass ich unvollkommen war. Wie oft hatte ich versucht, andere Personen in ihrem Wesen zu erkennen, aber wie wenig hatte ich mich selbst erkannt. Mit diesen Gedanken fiel ich in einen tiefen Schlaf – bis ein Lautsprecher die Gäste des Hotels allesamt auf Japanisch weckte – gegen sieben Uhr in der Früh.

Unser letzter Tag in Kyoto war nun angebrochen, es tat uns eigentlich leid, das Herz des alten Japan verlassen zu müssen. Diese ehemalige Hauptstadt des Inselreichs würden wir nie vergessen, sie hatte uns geholfen, uns die Gegenwart dieses Landes durch die Vergangenheit näherzubringen. Aber noch hatten wir einen Tag hier vor uns. Während des Frühstücks besprach Mr. Okamura mit uns den Tagesablauf. Er schlug vor, dass wir uns noch den Goldenen Pavillon, genannt Kinkaku-ji, und den Silbernen Pavillon, den Ginkaku-ji-Tempel, anschauen sollten. Zwei weitere Höhepunkte, die wir auf keinen Fall versäumen dürften. Außerdem empfahl er uns, noch einige Landschafts- oder Zen-Gärten zu besichtigen. Doch erst einmal genossen wir unser japanisches Frühstück, das für alle Hotelgäste in einem Extraraum serviert wurde. Zu diesem Genuss brachten Inge und ich eine ganze Menge Mut auf, denn der gehörte dazu, wenn man die scharfen Pflaumen, den gesalzenen Fisch und die fein gepressten getrockneten Algen essen wollte. Mr. Okamura meinte, wir müssten diese exotischen Beigaben zumindest einmal probieren und wir wollten ihn natürlich nicht enttäuschen. Nach dem Frühstück liefen wir zum Hauptbahnhof von Kyoto und nahmen die U-Bahn in Richtung Norden. Der Goldene Pavillon lag im Nordwesten der Stadt. Nach der U-Bahnfahrt legten wir einen kleinen Fußmarsch ein, dabei durchquerten wir viele angelegte Gärten und unser Begleiter meinte, dass es sich lohnen würde, diese etwas näher zu betrachten. Bei der Betrachtung der Gestaltung der Gärten fiel uns auf, dass wir immer wieder auf unterschiedliche Ausführungen stießen. Mr. Okamura erklärte uns, dass das japanische Volk die Erde als einen großen Garten ansehen würde und man bei der Gestaltung eines Stückchens Erde zwischen drei möglichen Formen unterscheide: der kunstvollen, der schlichten und der nur angedeuteten Ausführung. Wir waren fasziniert von den sogenannten »flachen Gärten«, die den absoluten Höhepunkt der Zen-Gartengestaltung darstellten. Unser Blick fiel auf eine Anordnung von Steinen in weißem Kies und Sand. Endlich erreichten wir den Goldenen Pavillon, er war umgeben von einem kleinen See, der ein Drittel des Geländes einnahm. Der Pavillon stand am Rande des Sees. Wir spazierten durch den Garten und hatten eine wunderbare Aussicht auf eine beeindruckende Landschaft. Auf den kleinen Inseln, die über den See verstreut waren, wuchsen absichtlich klein gehaltene Pinien. Die Hügel ringsum waren mit Laub bedeckt. Dieser Garten des Goldenen Pavillons war wohl einer der schönsten Zen-Gärten, die je geschaffen wurden. Mr. Okamura erklärte uns dazu, dass die Wechselwirkung von Form und Raum der Schlüssel zum Verständnis der grenzenlosen Offenheit dieser Gartenanlage wäre und dass sich der Geist einer Person in dieser Umgebung nach allen Seiten hin entfalten könne. Der Goldene Pavillon selbst spiegelte sich im Glanz seines Blattgolddesigns auf dem ruhigen Wasser des Sees. Dieser Zen Tempel sollte von jeher die Schönheit und perfekte Harmonie symbolisieren. Im Jahre 1950 wurde dieser Tempel von einem jungen japanischen Priester in Brand gesteckt, der so viel Schönheit nicht ertragen konnte. Doch der Tempel wurde wieder originalgetreu aufgebaut, im Baustil des ursprünglichen Pavillons aus dem 14. Jahrhundert. Das Dach des dreistöckigen Gebäudes zierte die Figur eines Phönix, des ägyptischen Sagenvogels, der im Feuer verbrennt und aus seiner Asche verjüngt wieder emporsteigt. Bei unserer Besichtigung der Villa fanden wir alte Buddha-Statuen und japanische Malereien. Dieser Ort war von einer beeindruckenden Schlichtheit und konnte doch die luxuriöse Zuflucht zu Buddha sein, weg von den weltlichen Dingen. Wir hätten hier mehrere Stunden verbringen können, doch wir sollten zum Vergleich noch den Silbernen

Pavillon anschauen, der etwas weiter nördlich lag. Die Gärten des Silbernen Pavillons waren versehen mit auffällig kantigen Steinen, sie erinnerten uns mit etwas Phantasie an ein fernes Gebirge. Die Gärten waren in zwei Ebenen aufgeteilt. Im Hintergrund, aus den verborgenen Tiefen des Abhangs, schoss ein Wasserfall hervor, um dann unter kleinen Steinbrüchen hindurchzufließen. Ähnlich wie beim Goldenen Pavillon wuchsen auch hier kleine Zwergkiefern und die Oberfläche des Teichs wurde hier und dort von mächtigen Steinen unterbrochen. Der erste Besitzer, ein Schogun, so erklärte Mr. Okamura, wollte dem Erbauer des Goldenen Pavillons nacheifern und ließ sein Landhaus teilweise mit Blattsilber belegen, doch bald fehlte ihm das Geld dafür. So könne sich der Silberne Pavillon, der im Jahr 1489 erbaut wurde, nicht mit dem Goldenen Pavillon messen. In der Haupthalle des Hauses befand sich der älteste klassische Teeraum Japans, an diesem Tag war er leider für uns nicht zugänglich. Als wir auf der Terrasse des Pavillons standen und unsere Blicke auf die ruhigen Wasserflächen fielen, die von den Silhouetten der hochragenden Kiefern auf den entfernten Hängen umrahmt waren, konnten wir dank unserer Einbildungskraft den Mond aufgehen sehen, der dieses kleine Fleckchen Erde in Silber tauchte. Mit diesem Blick in die weite und tiefe Stille verabschiedeten wir uns innerlich von Kyoto.

Bevor wir ins Hotel zurückkehrten, führte uns unser Weg noch ein letztes Mal in einen japanischen Teeraum, den wir über Trittsteine eines Pfads erreichten. Durch die offene Tür erkannten wir die Matten, auf denen andere Gäste zum Tee niederknieten. Jeder Gast wurde gegen den bitteren Geschmack des grünen Tees mit süßem Kuchen versorgt. Die Gäste wirkten entspannt in dieser einfachen, natürlichen Atmosphäre. Jeder schien eins zu sein mit sich selbst, diesem Platz und seiner Umgebung. Ich bemerkte, dass ich noch nie den Sinn für das Schöne und Einfache so stark verspürt hatte wie in dieser Stunde. Alles Weltliche und Materielle wurde für einen kurzen Augenblick so gewichtslos wie ein Traum. Die Erkenntnis, dass die materielle Welt uns unseres wertvollsten Besitzes beraubt, nämlich der Natürlichkeit, der Einfachheit und der Selbsterkenntnis, war mir noch nie so stark zu

Bewusstsein gekommen. Durch den Aufenthalt in Kyoto und durch das Zusammensein mit unserem japanischen Gastgeber hatten wir uns ein wenig in die japanische Lebensphilosophie einfinden können. Wie anders war doch die Einstellung eines Europäers zu dieser Welt – trachteten wir nicht immer nur nach Vollkommenheit und versuchten wir nicht, die Unvollkommenheit auszumerzen? Mr. Okamura erklärte uns, dass sein Volk die Unvollkommenheit als ein Zeichen des menschlichen Wesens betrachte und das alle Dinge besser, schöner und liebenswerter würden durch die von Gott gegebene Unvollkommenheit.

Zurück in Tokio – Itsuko, eine japanische Freundin

Der Abschied von Kyoto fiel uns schwer. Da wir den Zug zurück nach Tokio am späten Nachmittag nehmen sollten, mussten wir ins Hotel zurück. Um unser Gepäck abzuholen. Während der Zugfahrt sprachen wir nur wenig, denn Inge und ich waren in Gedanken versunken und wir wussten beide, dass uns dieses Wochenende sehr viel gegeben hatte. In Tokio angekommen verabschiedeten wir uns von Mr. Okamura und dankten ihm für das herrliche Wochenende, das wir sicherlich nie vergessen würden. Danach fuhren wir zurück in unser Hotel, nahmen ein erfrischendes Bad und sanken in einen tiefen Schlaf.

Am nächsten Morgen gingen wir nach dem Frühstück wieder zu unserem Kurs in der Sogetsu-Schule. In den kommenden Stunden erläuterte uns unsere japanische Lehrerin die Stilformen des Ikebana, das »Rikka« (die früheste Form) und das »Nageire« (die später aufgekommene Form). Miss Kasumi demonstrierte beide Stilarten des Ikebana für uns. Das Blumengesteck im Rikka-Stil war asymmetrisch angeordnet und es sollte das natürliche Aussehen der Pflanzen herausbringen. Für das Nageire-Gesteck verwendete sie einfach nur ein paar Blütenzweige, die sie aber in eine Lage brachte, die die Zweige natürlich und direkt wirken ließen. Zu diesen beiden Stilformen erklärte Miss

Kasumi, dass sich ein Gesteck im Rikka-Stil als Geschenk für Buddha eignen würde, man fände diese Art von Blumengestecken sehr oft in den traditionellen Buddha-Tempeln. Dagegen sei das Nageire-Arrangement eine Verbindung zwischen dem japanischen Volk und seiner natürlichen Umgebung. Inge und ich konnten damals nur schwer begreifen, dass man hier in Japan das Blumenstecken als eine besondere und mit einer Philosophie verbundene Kunstform ansah, denn nach westlichen Vorstellungen betrachtete man eine Blume nicht als ein religiöses Grundsymbol und wir waren auch nicht mit der formalen Strenge des Steckens vertraut. An diesem Morgen wurde uns vermittelt, dass Blumen und Pflanzen den Geist des wirklichen Lebens darstellen, etwas sehr Fremdartiges für uns, wir hatten noch nie so sehr über unsere Pflanzenwelt nachgedacht und wir erkannten, dass eine ganze Philosophie hinter den Worten von Miss Kasumi lag.

An diesem Morgen trafen wir unsere kleine japanische Freundin Itsuko wieder. Mit ihren höflichen Verbeugungen zeigte sie uns, dass auch sie glücklich war, uns wiederzusehen. Wir bedankten uns noch einmal bei ihr für den wunderschönen Nachmittag, den wir in ihrem Heim verbringen durften. Itsuko erinnerte sich an ihr Versprechen, uns in eine Keramikwerkstatt zu bringen. Sie meinte, bei dieser Gelegenheit sollten wir uns noch einen Buddhisten-Tempel ansehen, der auf dem Weg lag. Ich war erstaunt, wie viel Mühe sie sich gab, uns in ihre Kultur einzuführen. Auf der anderen Seite war sie auch stolz darauf, europäische Freunde zu haben, die ihr die westliche Welt etwas näherbrachten. So kam es dazu, dass wir den Nachmittag mit Itsuko Hottari verbrachten. Unser kleiner Bummel begann mit einem gemütlichen Mittagessen nach den Schulstunden in einer kleinen Sushi-Bar. Wir nahmen an einer gemütlichen Theke Platz, von der aus wir die Zubereitung kleiner Leckerbissen miterleben konnten. Unsere japanische Gastgeberin hatte für diese Mahlzeit nur Fisch und Meeresfrüchte ausgewählt, dazu wurde, wie fast bei jedem japanischen Essen, der grüne Tee serviert. Mir fiel bei dieser Gelegenheit auf, dass die Speisen eher warm als heiß serviert wurden. Der dazu servierte Reis war, im Gegenteil zum chinesischen Reis, nicht völlig trocken gekocht, aber er war auch nicht pappig, sondern klebte nur ein wenig. Der Sushi-Koch, ein älterer Japaner, lächelte uns während der Mahlzeit unentwegt an. Ich konnte nicht umhin, Itsuko nach dem Grund seiner Freude zu fragen. Sie meinte nur, es sei für ihn eine besondere Ehre, uns diese Köstlichkeiten zuzubereiten und es käme nicht oft vor, dass sich Europäer in diese kleine Bar verirren würden. Das Essen wurde in der Tat besonders liebevoll angerichtet und wir genossen jede Minute in dieser fremdartigen Umgebung. Beim Verlassen des Restaurants fielen Inge die Nachbildungen von Esswaren auf, die in einem kleinen Schaufenster der Bar ausgestellt waren. Sie machte mich darauf aufmerksam. Itsuko bemerkte unsere erstaunten Blicke. Mit ihrer Erklärung, dass dies Kunststoff-Nachbildungen der Gerichte seien, die man in diesem Restaurant verspeisen könne, gaben wir uns dann zufrieden. Itsuko aber verschwand für ein paar Minuten und kam mit einem kleinen Andenken für uns zurück. Sie hatte doch tatsächlich eine solch fantastische plastische Speise aus Vinyl für uns erstanden, damit wir uns stets an die Mahlzeit hier erinnern konnten. Dieser Kunststoff-Augenschmaus hatte sie sicherlich mehr gekostet als das eigentliche Essen. Nach dieser freudigen Überraschung führte sie uns zu einer völlig überfüllten U-Bahn-Station und wir fuhren nach Hagi, dem Zentrum für Keramikwerkstätten. Wir verbrachten einige Zeit damit, den Töpfern bei ihrer hohen Kunst zuzuschauen. Es wurden hier sehr viele irdene Töpfe und Trinkgefäße für den alltäglichen Gebrauch geschaffen. Die Gefäße waren oft absichtlich unvollkommen in ihrer Form und die Glasuren bewusst willkürlich aufgetragen. Schalen waren oft nur zum Teil mit Glasur bedeckt oder man hatte die Glasur tropfen und laufen lassen wie sie wollte, so dass der braune Ton darunter an manchen Stellen herausschaute. Ein anderes Repertoire enthielt mit Mustern und Farbflecken verzierte Gefäße in einer doch schlicht gehaltenen Würde. Die Teeschalen wirkten zugleich primitiv und trotzdem sehr modern. Wir brauchten eine Menge Phantasie, um diesen Widerspruch begreifen zu lernen. Im Gegensatz dazu fanden wir ebenfalls Formen, die total vollendet und symmetrisch waren. Da wir selbst ein Teegeschirr kaufen wollten, fragten wir Itsuko, zu welcher Keramik sich ein Japaner entschließe würde. Ihre Antwort war, dass ein Japaner sich immer für das Unvollkommene entscheiden würde, auch bei der Keramik, da man mit dem Wunsch nach Vollkommenheit das Ziel der eigentlichen Kunst verfehlen würde. So kauften Inge und ich unregelmäßig geformte Schalen, die in der Glasur kleine Risse und Blasen zeigten. Itsuko beglückwünschte uns zu unserer Wahl, denn es sei wesentlich schwieriger, diese grobe Oberfläche auf einem Objekt zu schaffen als eine glatte, vollendet glasierte Schale herzustellen. Bei weiteren Rundgängen durch die einzelnen Töpfereien erkannten wir, dass die Töpfer alles taten, um ihren Gefäßen ein derbes, unebenes Aussehen zu geben. Sie verwendeten große Mühen darauf, den Eindruck der Mühelosigkeit zu vermitteln. Bei der stillen Betrachtung dieser Formen geriet ich in einen Zustand der Gedankenleere, der wie eine Ewigkeit anhielt. Die Erkenntnis, dass die Japaner die Töpferei ebenfalls als hohe Kunst betrachteten, war überraschend. Meine Bewunderung für das japanische Volk stieg immer mehr, die Japaner waren nicht nur Meister in der Blumenkunst, sondern auch erstklassig in Töpfereien und Holzschnitten.

Nach unserem Bummel durch die beeindruckenden Töpfereien besuchten wir einige Antikgeschäfte, die in der Nähe lagen. Unser großes Interesse war auf die alten Holzschnitte gerichtet. Ich hatte Eduard versprochen, einen alten Holzschnitt zu erwerben, als Mitbringsel. Aber auch hier wurde die Wahl zur Qual. Doch wiederum mit Itsukos Hilfe wählte ich einen Hokusei-Schnitt, der eine Teezeremonie in einem japanischen Teehaus andeutete. Diese Holzschnitt-Drucke konnten mit dem Ikebana, das Blumen zum Leben brachte, verglichen werden, denn sie brachten das einfache Papier zum Leben.

An diesem Nachmittag legten wir mehrere Kilometer zu Fuß zurück, wir passierten kleine Imbissstände, an denen man sich während eines Bummels stärken konnte. Es roch nach gebratenen Süßkartoffeln und Fleisch vom Rost. Jeder Stadtteil schien seinen eigenen Charakter zu haben, die Straßen waren mit farbenfrohem Leben erfüllt.

Besuch im Buddhisten-Tempel

Itsuko führte uns am späten Nachmittag zu ihrem Buddhisten-Tempel. Da sie Buddhistin war, besuchte sie diesen Ort mindestens einmal in der Woche. Eine riesige Laterne begrüßte uns, die über dem Eingangstor des Donners und des Blitzes hing.

Die stille und friedliche Welt Buddhas wurde unterbrochen durch japanische Besucher, die im Gebet zu Buddha ihre Zuflucht suchten. Itsuko führte uns zum Osttor des Tempels, es leitete uns zu einer großen Halle mit Hunderten von Buddha-Bildnissen. Die heiligsten Räume beherbergten verschiedene kostbare Reliquien, Spuren von Wohlgeruch lagen in der Luft. Parfümierter Weihrauch hing über den Altären und durch die Jahre hindurch hatten dessen Gerüche die Fasern der uralten Wandteppiche durchdrungen und hielten sich fest an den Wänden. Der Duft des vor Steinidolen frisch entzündeten Weihrauchs vermischte sich damit. Itsuko brannte ebenfalls ein Weihrauchstäbchen für ihren geliebten Buddha ab. Um diesen Weihrauch zu erzeugen, benutzte man das wohlriechende Holz des Sandelholzbaums. Wir bewunderten eine Reihe von Weihrauchschälchen, die ein Kunstwerk in sich zu sein schienen, ob sie in goldenem Lack oder geschnitztem roten Lack hergestellt waren. Die alten Weihrauchbrenner aus Porzellan und reich verzierter Bronze schienen in ihrer Form einzigartig zu sein. Unsere japanische Freundin erklärte uns, dass man in den japanischen Tempeln den Weihrauch in vielen abwechslungsreichen Formen vorfinden würde, man hätte die Wahl zwischen Weihrauchpuder, Pasten, Stäbchen (die meist benutzte Art), Kerzen oder dünnen Scheiben von Holzwaffeln. Für uns wurde es schwierig, die religiöse Seite des japanischen Volks richtig zu beurteilen, ohne dessen Ideale zu verstehen. Ich fragte Itsuko, warum sie Buddhistin sei und nicht dem ältesten Glauben ihres Landes, dem Schintoismus, angehöre. Ihre klare Antwort kam sehr direkt. Sie hielt den Buddhismus für die höher entwickelte Religion, der ihre Familie seit Generationen angehöre. Sie sagte, der Schintoismus vertrete keine Götter im religiösen Sinn, ganz im Gegenteil zum Wege Buddhas. »Shintō« bedeute wörtlich übersetzt »Weg der Götter«, diese Götter könnten aber die Gestalt von Bergen, Bäumen, Seen, Felsen, Erdbeben und Taifunen annehmen, es seien höhere Wesen im schlechten und guten Sinne. Ihr Hauptargument war, dass ein Schintoist nicht an das Leben nach dem Tod glaube, die Seele eines Menschen wäre nur solange unsterblich, wie die Nachkommen sich an den Verstorbenen erinnern würden. Sie versprach, uns während unseres Aufenthalts in Tokio noch zu den wichtigsten Shintō-Schreinen zu bringen, wir sollten ganz einfach einmal die Gelegenheit haben, das Tori, das Himmelsportal, zu passieren, das zu den Shintō-Schreinen führe. Itsuko erwähnte noch, dass sich die Buddhisten und Schintoisten nie in Glaubenskriegen bekämpft hätten, doch Shintō sei bis 1945 die Staatsreligion des japanischen Volks gewesen. Bei dieser Gelegenheit erzählte sie uns eine kleine Geschichte, die ihre Großmutter ihr erzählt hat, als sie ein kleines Mädchen war. Die Erzählung handelte von einem blinden chinesischen Mönch namens Ganjin (* 688; † 763), der nach Japan kam, um seinen frommen Bekehrungseifer zum Buddhismus dort fortzusetzen und um bei dieser Gelegenheit die wahre Priesterweihe einzuführen. Man sagte, dass Ganjin in seinem Gefolge ausgezeichnete chinesische Kunsthandwerker mitbrachte. Diese waren spezialisiert auf das Erschaffen religiöser Skulpturen, eine Kunst, die größte Unterstützung unter dem Herrscher der damaligen Tang-Dynastie fand. Die überzeugten Künstler waren verantwortlich für die hervorragenden, wunderschönen Körper der religiösen Standbilder, die für den neu gebauten Tempel kreiert wurden. Ganjin selbst war darauf bedacht, nur das beste Material für seine religiösen Stätten auszusuchen. Folglich importierte er wohlriechende Hölzer wie auch Harthölzer aus China und Indien. Die Legende sagt, dass aus dem Wieder-Emporkommen des Interesses für die wahrhaft schöne Bildhauerei durch Ganjins Wirken eine merkwürdige Umwandlung der Gestalt des indischen Bodhisattva, einem Wesen der frommen Erleuchtung, geschaffen wurde. Avalokitesvara wurde auf diese Weise erschaffen und wurde einer der meist verehrten Bodhisattvas, vielleicht wegen seiner großen Kräfte der Liebe, seinem Mitgefühl für die leidende

Menschheit und seinem Willen, ein Bodhisattva zu bleiben, um weiterhin den übrigen Lebewesen auf den Weg zur Erlösung zu verhelfen, wodurch er auf den Eintritt ins Nirvana, ins Paradies, verzichtete. Eine weibliche Form des Bodhisattva Avalokitesvara entwickelte sich. In China ist sie unter dem Namen Guānyīn bekannt, in Japan unter dem Namen Kannon, als mitleidige, elfköpfige Göttin Kannon. So war es der blinde Mönch Ganjin, der dem japanischen Volk den Buddhismus und diese beiden Bodhisattvas näherbrachte.

Inge und ich fanden Itsukos Erzählung rührend und sie gab uns die Basiserkenntnis, auf der der Buddhismus beruhte. Mich persönlich interessierten aber auch die später dazugekommenen Religionen. Itsuko musste wohl Gedanken lesen können, denn sie erwähnte plötzlich den Zen-Buddhismus, der im 12. Jahrhundert von Chinesen in Japan eingeführt wurde. Die Grundlage des Zen-Buddhismus lag in dem Glauben, durch strengste Meditation ins Nirvana zu gelangen. Das Wort »Zen« bedeute, sich in einem Zustand geistiger Konzentration zu befinden. Die Zen-Buddhisten vertraten die Meinung, jedes menschliche Wesen sei ein Buddha und man müsse die Buddha-Eigenschaften durch starke Meditationen in sich erwecken. Die Zen-Buddhisten hatten Japans Kunst im positiven Sinne sehr geprägt. Aus China wurden schwarzweiße Landschaftsmalereien und Landschaftsgärten importiert. Die berühmte Teezeremonie konnte man als eine früh entwickelte Form der Gruppentherapie auffassen. Das Zen brachte es fertig, dem japanischen Volk das Natürliche und Schlichte nahezubringen. Grundprinzip des Zens sei, bei jeder Handlungsweise, zum Beispiel beim Blumenstecken und bei der Teezeremonie, in eine Art von Meditation zu verfallen, sich selbst in einem Nichts zu verlieren. Für mich bedeutete dieser Zen-Buddhismus etwas Besonderes, es schien die immerwährende Schulung von Willen und Verstand zu sein, verbunden mit einer sehr starken Meditation. Ein erstaunliches Phänomen für uns Europäer. Wie verständlich war es doch, als Itsuko uns erzählte, dass das Christentum in Japan kaum hatte Fuß fassen können, weniger als ein Prozent der Gesamtbevölkerung würde sich dem Christentum zuwenden. Die Japaner schienen das Christentum als weltfremd zu betrachten, Itsuko selbst fragte mich, warum die Europäer solch einen großen Wert auf die strikte Trennung von göttlichen und menschlichen Wesen legten. In der japanischen Religion sei das eine mit dem anderen sehr stark verbunden. Dieser Nachmittag weihte uns tief in den Buddhismus ein und wir schämten uns eigentlich, dass wir uns noch nie mit diesem Thema beschäftigt hatten, besonders, da wir nun schon seit längerer Zeit in Hongkong lebten. Aber wir versprachen Itsuko, auch in Hongkong einmal die buddhistischen Stätten zu besuchen. Wir beendeten diesen Tempelbesuch mit einem Gang durch den außergewöhnlich angelegten Garten. Ein kleiner Teich erschien als ein Teil des Hügels im fernen Hintergrund. Trittsteine lagen um den gelassen wirkenden Teich, die die Gunst eines Bummelpfads ergaben. Ein flüchtiger Blick durch den Garten enthüllte den beeindruckenden Blick auf die östlich gelegene Pagode, aufsteigend gegen die nebligen Höhen.

Letzte Tage in Tokio

Es war schon am frühen Abend, als wir uns von unserer japanischen Führerin verabschiedeten. Welch ein Tag - und wie viel hatten wir dazugelernt. Bei einem kleinen Abendessen in unserem Hotel kam in mir plötzlich die Befürchtung auf, dass alle Erkenntnisse, die wir in den letzten beiden Wochen gewonnen hatten, wieder verschwinden könnten. Inge bemerkte meine Ängste, war aber sicher, dass wir das oberste Prinzip der Japaner nie vergessen könnten, nämlich das, alles natürlich zu lassen, um sich mit der wirklichen Welt zu vereinen. Es erstaunte uns an diesem Abend nicht, dass sich selbst gebildete Europäer von den geheimnisvollen Symbolen des Ostens angezogen fühlten. Liebten die Menschen aus dem Westen nicht immer das Schönste im Leben? Aber war es uns möglich, dabei schlicht und einfach zu bleiben? Gingen wir nicht oft an der wirklichen Wahrheit vorbei? Inge und ich diskutierten während des Essens die scharfen Gegensätze zwischen Ost und West. Nach dem Essen gingen wir auf unser Zimmer zurück und verweilten noch einige Zeit auf der Veranda. Es war eine wunderbare, mondhelle Nacht, das Vogelgezwitscher verstummte allmählich und wir genossen die stille nächtliche Einsamkeit. Wir waren beide etwas traurig darüber, dass unsere letzte Woche in Tokio angebrochen war, wie gerne hätten wir noch mehr Zeit hier verbracht. Unsere Wissbegierde war groß und steigerte sich immer noch. Wir nahmen uns vor, in den letzten Tagen, die uns noch übriggeblieben waren, dem japanischen Volk noch näherzukommen.

Am nächsten Morgen in der Schule demonstrierte der große Meister selbst, um uns Schülern die Feinheiten der Blumenkunst mitzugeben, die eine wahrhaft große Rolle spielten. Mr. Sofu arrangierte seine Gestecke in einer prächtigen Sammlung von einfachen Töpferwaren. Wir hatten somit das Privileg, eine wunderbare Ausstellung zu besichtigen, verbunden mit einer kunstvollen Vorstellung: harmonisch arrangierte Blumen, gesteckt in unbezahlbaren, antiken Gefäßen. Der große Meister hatte offensichtlich eine große Liebe und einen tiefgründigen Respekt für die Natur und die Schätze des vergangenen Zeitalters. Mr. Sofu erklärte uns an diesem Morgen, dass die Schönheit einer einzigen Blume als Symbol für die Natur stehe und dass ihr Duft den Kreislauf des Lebens verkörpere. Das Arrangieren der Blumen gehöre zum Alltag der Japaner, es verkörpere die ästhetischen Prinzipien einer Person und stelle Anforderungen an den Geschmack und das dazugehörige Feingefühl. Mich beeindruckte der große Meister, er schien so gefestigt in seiner Philosophie zu sein. Seine glückliche und zufriedene Erscheinung, die seine innere Zufriedenheit zum Ausdruck brachte, kennzeichnete wohl auch die große Bedeutung dieser japanischen Kunstform. Wir lernten an diesem Morgen, dass die Pflanze die Beziehung zwischen den Menschen und der Natur bedeutet und dass jeder Mensch ohne ein wahres Gefühl im Herzen stets ausgeschlossen würde von der japanischen Gesellschaft. Ich konnte nicht umhin, mir Gedanken um unsere westliche Welt zu machen. Wie lebte unsere Gesellschaft doch oft nach Hunderten von Regeln, ohne das Herz eine Rolle spielen zu lassen. Wie unterschiedlich diese beiden Welten doch zu sein schienen. Wir verlebten einen wunderschönen Morgen und wiederum erkannten wir, dass Ruhe und Frieden in einem Menschen selbst das Höchste bedeuteten. Wir beschlossen, unseren Nachmittag in einer grünen Umgebung zu verbringen und so fuhren wir von Akihabara weiter zum Ueno Park. Den öffentlichen Stadtgarten betraten wir durch den südlichen Eingang. Eine breite Treppe führte uns zum Park hinauf, die wuchtige Bronzestatue eines Führers der kaiserlichen Truppen, Saigō Takamor, begrüßte uns. Dieser Park, einer der ältesten Japans, wurde von dem weltberühmten Schweizer Architekten Le Corbusier im Jahre 1878 mitgestaltet. Unsere Blicke fielen auf wunderbar gepflegte Grünflächen, umgeben von kleinen Teichen. Einige Gruppen von Japanern saßen darauf und hielten ihr Picknick ab, das Bild demonstrierte totale Gelassenheit. Unser Hauptgrund, diesen Park zu besuchen, war wohl der, dass wir einige von den sechs Museen besuchen wollten, unter anderem das Tokio-Nationalmuseum. Dieses Museum galt als das größte und bedeutendste des Landes. Wir spazierten durch die grüne Parklandschaft und befanden uns recht bald auf einem großen Platz mit einem großen Springbrunnen und vor uns lag das Hauptgebäude des Tokio-Nationalmuseums. Im Museum gab es mehrere Galerien. Unter der Führung eines älteren Japaners konnten wir die 24 Ausstellungsräume der Japanischen Galerie besichtigen. Der Führer erklärte in seinem guten Englisch, dass das Hauptgebäude als Ersatz diene für das Kaiserliche Museum, das bei dem großen Erdbeben 1923 schwer beschädigt wurde. Das Museum beherbergte ausschließlich asiatische Kunstgegenstände. Wir waren fasziniert von den religiösen Gegenständen, die unmittelbar nach der Einführung des Buddhismus hergestellt wurden, wie buddhistische Kultgeräte und alte Buddha-Skulpturen. Andere Räumlichkeiten waren überfüllt mit alten Textilien, Waffen, Töpfereien aus China und Korea. Japanische Malereien aus dem 15. Jahrhundert. Meisterwerke der chinesischen und japanischen Lackkunst aus verschiedenen Zeitepochen bildeten den Höhepunkt der Ausstellung. Die Führung nahm circa zwei Stunden in Anspruch, danach unternahmen wir noch einen Rundgang durch die Asiatische Galerie, hier waren in weiteren 15 Räumen asiatische Kunstgegenstände ausgestellt. In einem daran anschließenden Flügel befand sich der

Schatz eines der ältesten buddhistischen Tempel Japans, dem Hōryū-ji-Tempel aus Nara. Wir hätten an diesem Nachmittag noch weitere Museen, die im Parkgelände lagen, anschauen sollen, aber die Führung und die dabei erhaltenen überwältigenden Eindrücke hatten uns ermüdet. So entschieden wir uns dazu, die Städtische Galerie der Schönen Künste und das Nationalmuseum für westliche Kunst bei einem unserer nächsten besuche in Tokio anzusehen, wobei das Museum für westliche Kunst ein Prachtgebäude war, wiederum erbaut nach den Plänen von Le Corbusier im Jahr 1959. Stattdessen spazierten wir durch einen typisch japanischen Landschaftsgarten, der hinter dem Hauptgebäude des Nationalmuseums lag.

Inmitten des Gartens stand ein altes Teehaus aus dem 17. Jahrhundert. Es verbarg eine Ausstellung mit Bildern berühmter japanischer Maler, ebenfalls aus dem 17. Jahrhundert. Inge und ich standen lange vor diesen Malereien und versuchten, sie zu analysieren. Es war uns damals nicht möglich, die Oberfläche der Kunstwerke zu durchdringen und die Wahrheit der Malerei unmittelbar zu erfahren. Konnte es daran liegen, dass unsere europäische Denkweise uns hinderte, das Wesentliche wahrzunehmen? Selbst bei der Betrachtung des Gartens kam ich in Verlegenheit, er schien nichts als Natur zu sein - und doch war er von Menschenhand angelegt. War dieses Stück Erde auch eine Aufforderung zur Wahrnehmung an den Einzelnen? Aber wofür? Sollten die japanischen Kunstwerke etwa dem individuellen Geist einen Anstoß geben? Ich kann mich noch ganz genaue an diesen Nachmittag erinnern, wie frustriert war ich doch, denn es war mir nicht möglich, die richtige Antwort zu finden.

Auf unserem weiteren Weg durch den Ueno Park entdeckten wir den Tōshō-gū-Schrein, der aus dem 16. Jahrhundert stammt. Der Schrein war umgeben von 256 japanischen Laternen, zum Teil aus Stein und Bronze, dieser Anblick wurde durch eine fünfstöckige Pagode gekrönt. Die Laternen boten eine Fülle an Pracht und Schönheit, eingeflochten in die Natürlichkeit des Gartens. Als wir durch den Garten spazierten, bemerkten wir die unendlich vielen hohen Kirschbäume, deren Blütenschimmer im Frühling eine Geborgenheit und eine Harmonie in der Stille der Natur widerspiegeln würden. Gleich hinter dem Tōshō-gū-Schrein entdeckten wir einen Tiergarten, dieser schien die Oase des Kulturzentrums zu sein. Eine besondere Attraktion waren die Pandabären aus China. Die Flächen des Grüns waren bepflanzt, mit gewundenen Bäumen, mächtigen Fichten und Zedern ausgestattet, eine malerische kleine Welt. Wir hatten uns einen kleinen grünen Flecken erobert und beobachteten das milde und luftige Licht des Himmels, das eine einzigartige Würde und Wichtigkeit ausstrahlte. Bis die Dämmerung hereinbrach saßen wir nur da und fanden, dass wir einen kleinen Teil der ostasiatischen Kultur entdeckt hatten, aber auch in den gewöhnlichsten Dingen der Natur mit wacher Aufmerksamkeit allerlei Schönheit erlebten. Mit anderen Worten: Inge und ich waren zufrieden mit uns selbst, dieser Park hatte unser Leben berührt. In dieser Stimmung und mit einer inneren Befriedigung kehrten wir ins Hotel zurück. Nach einem kleinen Nachtmahl und unserem täglichen Anruf in Hongkong gingen wir früh schlafen, um für den nächsten Tag genügend ausgeruht zu sein.

Da an diesem Morgen praktisch unsere letzten Tage in der Schule begannen, erklärte sich der berühmte Meister, Mr. Sofu, bereit, die Unterrichtsstunden selbst zu übernehmen. Er unterrichtete in einem seidenen Kimono und er war in Begleitung seines jüngeren japanischen Assistenten. Nach vielen offiziellen Verbeugungen und den Einleitungsworten wurde Platz genommen. Die Anzahl der Schülerinnen überwog bei Weitem die der Schüler, obwohl man uns sagte, dass die Blumenkunst ursprünglich von Männern ausgeübt wurde, von Männern, die in hohem Ansehen standen, so wie die Ritter und Samurai. Mr. Sofu erklärte uns an diesem Morgen mit wenigen Worten die Tugenden des Blumenweges. Diese Tugenden sollten den lebendigen Geist der Lehre übermitteln. Bevor wir mit unserem heutigen Gesteck begannen, sollten wir die Tugend Nr. 1 beachten und die hohen und niedrigen Weidenzweige sortieren, denn das Hohe und das Niedere würden beim Blumenstecken eine geistige Verbindung herstellen. Jedes Gesteck verlange nach einer ruhigen und klaren Gesinnung und vor allen Dingen nach dem sich selbst Freimachen von allen Sorgen.

Gleich zu Beginn der Stunde sollten wir das »nicht alles im Herzen tragen«. Beim Umgang mit den Pflanzen sollten wir - wie gegenüber allen Wesen der Natur - Hochachtung üben. Ein gutes Ikebana-Gesteck müsse Selbstverleugnung und Zurückhaltung ausdrücken. Außerdem solle man ein perfektes Gesteck so erschaffen, dass es wie eine Schöpfung der Natur selbst aussehe. Wenn wir auch Blumen und Sträucher benutzen würden, die abgeschnitten waren, so hieße das nicht, dass wir es nicht mit lebenden Wesen zu tun hätten. Es sei unsere Aufgabe, sie in einer Einheit zusammenzustellen, um ihre Natur zu bewahren. Ich fragte mich, ob solch ein Gesteck nun ein Gebilde der Natur oder Kunst sei. Für Mr. Sofu schien die Natur und der Geist, das Leben und die Kunst eine unauflösbare Einheit zu sein. Wie sehr wir diesen wahrlich großen Meister bewunderten. Seine Worte schienen so einfach und doch musste man es, wie so oft in Asien, verstehen, zwischen den Zeilen zu lesen. Sein Leben wurde offensichtlich von inneren Kräften geprägt, die sich in seinem Verhalten widerspiegelten. Nach seinen beeindruckenden Vorworten folgte eine beschauliche Betrachtung der losen Weidenzweige. Wir betrachteten die Neigung und Beugung jedes einzelnen Zweigs, um sie dann zu einem Gesteck zusammenzufügen. An diesem Morgen konnten wir nicht umhin, uns gegenseitig zu fragen, ob wir es jemals fertigbringen würden, zu erkennen, worin das Geheimnis des richtigen Gelingens lag.

Der große Meister hatte uns an diesem Morgen etwas sehr Gravierendes dargelegt, nämlich, dass eine Tätigkeit nicht nur durch das Ausführen und ins Auge fassen erlernt würde, sondern dass die tiefe innere Besinnung und Konzentration dabei die harmonische Linie zur Außenwelt schuf. Erst dann könne das Auge die Schönheit der vor ihm liegenden Sache ergreifen. Am Ende der Unterrichtsstunde verbeugte sich Mr. Sofu vor dem Blumengebilde, das er fertiggestellt hatte, und ebenfalls vor den Gebinden seiner Schüler, eher er sich nach eingehender Betrachtung entfernte. Ich würde diesen großen Mann in Hongkong sehr vermissen, der durch seine innere Kraft eine große Persönlichkeit darstellte. Er hatte den Anfang getan, mich in ein neues Leben hineinzuziehen und es in Zukunft vielleicht gestaltend zu bestimmen. Ich analysierte, warum er diese Wirkung auf mich hatte, es war nicht seine Lebensphilosophie oder seine Auffassung darüber, wie das Leben zu gestalten sei. Ich begann in diesen Tagen damit, kleine Teile der asiatischen Mentalität in mich aufzusaugen. Vor allen Dingen lernte ich sehr langsam das mich Freimachen von allen Sorgen. Diese Fähigkeit half mir später, Schicksalsschläge schonungslos hinzunehmen. Damals erkannte ich noch nicht, dass ich mit dieser geistigen Kraft schwere Zeiten überbrücken würde.

Bunraku im Nationaltheater – Puppenspieltheater

An diesem Nachmittag hatte uns Itsuko eingeladen, sie sagte, sie wolle unseren Japanaufenthalt noch etwas bereichern. Sie tat sehr geheimnisvoll, es sollte offenbar eine Überraschung werden. Nach dem Kurs führte uns Itsuko in ein kleines, preiswertes Restaurant, in dem man offensichtlich eine typisch japanische Hausmannskost serviert bekam. Über der Tür des Restaurants hing ein kleiner Stoffvorhang, der andeutete, dass das Geschäft geöffnet war. Im Schaufenster erkannten wir wiederum die täuschend echt nachgebildeten Plastikspeisen. Unsere kleine Japanerin hatte auch eine Freundin zu diesem Mittagessen eingeladen. Sie wurde uns als Naomi vorgestellt und wir wurden von ihr durch eine tiefe, höfliche Verbeugung begrüßt. Wir waren erstaunt darüber, dass Naomi uns mit einigen deutschen Höflichkeitsfloskeln ansprach. Miss Naomi bemerkte unser Erstaunen und meinte, sie arbeite als Übersetzerin an der deutschen Botschaft in Tokio und sie habe schon einige Deutschkurse hinter sich. Itsuko hatte inzwischen einen japanischen Eintopf bestellt, der aus einem Gemisch von Fisch, Eiern, Fleisch, Gemüse und Sojabohnen zusammengesetzt war. Dazu wurden Zucker und Sojasoße gereicht. Dieser Eintopf schien eine Kalorienbombe zu sein und wir konnten nicht viel davon verkraften. Die Tischkonversation verlief recht heiter, durchsetzt mit englischen und deutschen Phrasen. Während des Essens wurde unsere Neugier immer größer: Welche Überraschung hatten diese beiden Japanerinnen für uns an diesem Nachmittag geplant? Nachdem Itsuko als Gastgeberin bezahlt hatte, liefen wir in westlicher Richtung, vorbei am Parlament, einem hohen, älteren Gebäude. An der nächsten Straßenseite auf einem großen Platz stand das Nationaltheater. Das Gebäude sah recht mächtig aus in seiner altjapanischen Bauweise. Itsuko holte vier Eintrittskarten aus ihrer Handtasche, offensichtlich sollten wir uns eine Vorstellung anschauen. Recht bald befanden wir uns in einem riesigen Saal und der grünschwarze Vorhang wurde von rechts nach links gezogen. Auf der Bühne entdeckten wir zwei Japaner: einen älteren Herrn, der eine Geschichte erzählte, und einen jüngeren mit einem japanischen Musikinstrument, der offensichtlich für die Begleitmusik zuständig war. Beide Darsteller waren in weiße Seidenkimonos gekleidet. Unsere Begleiterinnen lüfteten nun endlich ihr Geheimnis: Wir waren im Begriff, das Bunraku zu sehen – Japans einzigartiges Puppentheater. Fasziniert sahen wir auf die Bühne, als die erste Puppe auftrat. Sie hatte eine halbe Lebensgröße. Diese Puppe war mit einem wunderschönen Kimono bekleidet und wurde von drei Leuten bedient. Der Hauptmanipulator meisterte den Kopf, indem er den Kopfstock und verschiedene Schnüre bewegte. Mit seiner rechten Hand schien er den rechten Arm der Puppe zu steuern und mit der linken den Kopf. Dieser Japaner erschien nur in einem einfachen Kimono und sein Gesicht war sichtbar. Ein zweiter Manipulator bewegte den linken Arm der Puppe. Er trug einen Kuromo, ein einfaches schwarzes Baumwollgewand, und eine schwarze Mütze bedeckte seinen Kopf und das Gesicht, außerdem trug er schwarze Handschuhe. Der dritte Mann war ähnlich gekleidet, er hatte die Aufgabe, die Beine zu bewegen und er war offensichtlich verantwortlich für die Haltung bei gewaltsamen und dramatischen Szenen. Diese drei Männer waren fähig, die Puppen in jeder Position zu bedienen. Glück und Eifersucht wurden dargestellt durch die Bewegung des Kopfes der Puppe. Der unpersönlich gehaltene Gesichtsausdruck des Hauptspielers erlaubte der Puppe den freien und natürlichen Ausdruck ihrer Gefühle. Der Tayū, ein Erzähler im Hintergrund, beschrieb während der Darstellung die Handlung.

Der Text schien im Bunraku von größter Wichtigkeit zu sein, sicherlich war er speziell geschrieben worden für dieses Puppenspiel. Der Erzähler schien die Gefühlsregungen der Charaktere zu beschreiben und rezitierte jede Zeile. Er trug die Erzählung in einem poetischen Singsang vor. Wir selbst waren fasziniert und sehr interessiert an der Mechanik der Puppen, die mit den mimischen Verzerrungen und Bewegungen zu tun hatte. Man konnte sich dieser Welt der Phantasie und Kunst nicht widersetzen, das Bunraku repräsentierte eine Kombination dreier ausgezeichneter Geschicklichkeiten: der Manipulation der Puppen, der Erzählkunst des Tayūs und der kunstvollen musikalischen Begleitung des Shamisen-Spielers. Die Hauptpuppen selbst waren 100-150 cm groß. Kopf und Schultern schienen aus edlem Holz geschnitzt zu sein. Später erfuhren wir von Itsuko, dass die Hüften aus einem Bambusring bestanden. Die Arme und Beine schienen locker zusammengehalten zu sein, die Köpfe waren mit echtem Haar geschmückt. Wunderbare Kimonos bedeckten die Konstruktion. Die Puppenspieler schienen in der Lage, die Puppen Gefühle ausdrücken zu lassen. Wir waren beeindruckt von diesem Spiel und den damit verbundenen Heldentaten und Liebesgeschichten. Es schien wie die Wiedergeburt vergangener Zeiten, man hatte sie aus ihrem Schlummer geweckt und verlieh ihnen nun durch die Puppen neue Lebenskraft. Die Wirkung dieser Puppen auf uns war einzigartig, denn obwohl die Spieler im Hintergrund sichtbar waren, verschwanden sie schnell aus unserer Wahrnehmung, da wir von der Handlung der Geschichte und den Bewegungen der Puppen so gefesselt waren. Itsuko hatte ihr Ziel erreicht, dieser Nachmittag war in der Tat eine Bereicherung für uns. Nach dieser beeindruckenden Vorstellung lud Miss Naomi uns in ein Teehaus ein. Wir wanderten durch den Wirrwarr der Stadt, um endlich auf einen Pfad zu gelangen, der uns zu einem einfachen Teehaus führte. Dieser Ort trug das Heimliche der Verschwiegenheit in sich. Das Teehaus war nach der Gartenseite hin geöffnet. Wir saßen auf aus Stroh geflochtenen Kissen, die auf den Tatami lagen. Von hier aus fiel unser Blick auf den herrlichen, fast wilden Garten. Dunkelgrünes Moos quoll aus alten Gemäuern hervor und im Wind bogen sich die Zweige uralter Kiefern. Hier und da ein anschmiegsamer Bambushain, kristallklare, schmale Wasserläufe, in denen sich das Sinnbild aller Vergänglichkeit widerspiegelte. Die Schönheit und Tiefe des Gartens ließ uns die Alltagswelt vergessen. Itsuko erklärte uns, warum sie ihre Freundin mitgebracht hatte. Naomis Onkel sei ein berühmter Puppenspieler gewesen, nämlich Kiritake Monjūrō. Naomi erzählte uns nun die wunderbare Geschichte ihres großen Onkels. Sie fing damit an, dass man ihrem Onkel die Kulturauszeichnung überreicht hätte und dass man ihn vor seinem Tode zu einem lebenden Volksschatz ernannte. Es existierten viele Geschichten über ihren gutaussehenden Onkel, aber wie auch immer, er hatte sehr viele Romanzen mit Geishas und anderen attraktiven Frauen. Er liebte es, in die Geisha-Häuser zu gehen, schien immer auf der Suche nach dem Besonderen zu sein. Eine besonders graziöse Frau mit kleinen eleganten Gesten hätte vielleicht gerade das sein können, was er für sein spezielles Puppenspiel brauchte, oder vielleicht auch die Art ihrer Verbeugung oder wie sie mit einer einfachen Handbewegung ihre Haare berührte. Ihr Onkel sei besonders für seine Zärtlichkeit berühmt gewesen, für seine Anmut und seine Gefühlsbewegungen, die er wirklichkeitsnah auf seine weiblichen Puppen übertrug. Er sei auch ein freundlicher, charmanter Mann gewesen, der sehr natürlich und bescheiden, sehr offen war. Sein besonderes Interesse galt den Personen, die sich zum Puppentheater hingezogen fühlten. Es sei faszinierend gewesen, zu sehen, wie sein Gesichtsausdruck und seine ganze Persönlichkeit sich veränderten, wenn er eine Puppe in der Hand hielt. In solch einem Moment wirkte er ruhiger und jünger, seine eigene Persönlichkeit schien sich zu verflüchtigen, er stellte sich selbst in den Schatten, um den Puppen in seinen Händen Leben zu geben. Als Monjūrō sterbend in einem Krankenhaus von Osaka lag, wirkte er ungewöhnlich fröhlich und machte Bewegungen mit seinen Händen, er bewegte die Finger, als ob er eine Puppe halten würde. Während seiner Beerdigung bewegte einer seiner besten Schüler seine Lieblingspuppe durch die ganze Zeremonie der Gebete und Weihrauchverbrennung hindurch. Naomi sagte nun etwas fast Unglaubliches, nämlich, dass sie dabei richtige Tränen in den Augen der traurigen Puppe entdecken konnte. Monjūrō-san hatte die einzigartige Fähigkeit, wie besessen seine Puppen zum Leben zu bringen, kein Wunder, dass seine Lieblingspuppe bei seiner Beerdigung weinte. Eine Ironie des Schicksals, dass gerade durch Monjūrōs Tod ein großes generelles Interesse fürs Bunraku aufkam. Geschichten über Naomis farbenfrohen Onkel bewirkten, dass das Volk neugierig wurde und sich wunderte über seine Welt der Puppen. Nach dieser Erzählung standen Naomi Tränen in den Augen und wir waren zutiefst berührt von der Geschichte dieses großen Puppenspielers. Er hatte es fertiggebracht, den Weg dieser Kunst zu begehen, das Puppenspiel in den Mittelpunkt zu stellen und als eine alte Tradition aufrechtzuerhalten.

Das Ikebana-Diplom

Dieser Nachmittag blieb Inge und mir immer in naher Erinnerung. Die wunderbare Geschichte von Miss Naomi, verbunden mit der herrlichen Komposition des stillen Landschaftsgartens, wurde ein unvergessliches Erlebnis und eine Bereicherung für Herz, Seele, Geist und Gemüt. Den Abend verbrachten wir sehr ruhig in unserem Hotel, unsere Gedanken wirbelten hin und her, wir sprachen kaum miteinander, denn was konnten Worte nach diesem wunderschönen Tag noch bewirken. Am nächsten Morgen besuchten wir zum letzten Mal unseren Kurs in der Schule, es sollte ein besonderer Tag für uns werden, denn wir bekamen das erste Lehrerinnen-Diplom der Ikebana-Kunst von Mr. Sofu persönlich ausgehändigt. Zum Abschied demonstrierte der große Meister selbst noch zwei Gestecke für seine Schüler. Er wies darauf hin, dass diese beiden Blumenarrangements nach und mit seinen eigenen Gefühlen gesteckt würden und nicht nach irgendwelchen Richtlinien. Das erste Gesteck bestand aus einem Weidenzweig, dessen Äste Mr. Sofu in unregelmäßigen Linien formte. Dann arrangierte er mehrere Stiele roter Orchideen, ein erlesener Kontrast, um den Rhythmus der Weidenzweige zu unterstützen. Gebogene Phönix-Blätter platzierte er in die Mitte der Schale, diese vermittelten eine fließende Bewegung zu den Orchideen. Durch eine Anzahl von niedrigen gelben Narzissen wurde das Arrangement in seiner Farbenpracht angenehm vervollständigt. Das Ganze wurde ein modernes Werk, verbunden mit der Harmonie der herankommenden, strahlenden Frühlingszeit. Das zweite Gesteck nannte Mr. Sofu »Ein Traum im Frühling«. Er arrangierte es in einem alten chinesischen Steingutgefäß. Das Material bestand aus Pfirsichzweigen und Pinien. Diese Komposition schien besonders einfach zu sein, nichtsdestotrotz erkannten wir die Eleganz in der absichtlich gehaltenen Schlichtheit. Es folgte nun seine beschauliche Betrachtung der beiden Gestecke. Jedes wurde von uns liebevoll betrachtet und ergründet. Ich hatte mich in den letzten Wochen daran gewöhnt, die Anwesenheit der anderen Mitschülerinnen als nicht störend zu empfinden und stellte an diesem Morgen mit Befriedigung fest, dass meine Konzentration, die während des Kurses sehr oft auf die Probe gestellt worden war, sehr tief zu wurzeln schien. Wie notwendig mir diese tägliche Konzentration doch schien, war es nicht ein erstaunliches Gegengewicht zum eintönigen Alltagsleben und zur Geschäftigkeit, die, statt zur Sammlung zu führen nur zerstreute. Die Höhepunkte dieses Vormittags wurden die Verteilung der Diplome und die beeindruckende und brillante Abschiedsrede des großen Meisters. Er verstand es wieder einmal, sich ganz gezielt mit dem westlichen und östlichen Geist dieser Schulklasse auseinanderzusetzen. Sein Empfinden war, dass seine westlichen Schüler sehr wohl die Technik des Ikebana erfasst hätten, aber dass sie den östlichen Geist, der vornehmlich mystisch sei und sich mit dem eigentlichen Geheimnis des Seins beschäftige, nicht innerhalb von ein paar Wochen aufnehmen konnten. Die westliche Einstellung, eine Meisterschaft aufgrund von Techniken zu erreichen, entspreche nicht der Auffassung der Japaner. Ein Japaner fühle, dass in der Tiefe seines Herzens etwas mehr zu erreichen sei. Lernen und Lehren alleine genügen nicht, um wirklich das große Geheimnis der Kunst zu entdecken. Alleine das Leben sei eine Art von Kunst. Welche Zeitspanne uns auch gegeben sei oder unter welchen Umständen man es auch führe, jeder Mensch solle das Beste daraus machen. Jegliche Art von Kunst sei für den Japaner eine Form der Schulung, ein Einblick in die Erkenntnis der Schönheit. Diese Erkenntnis der Schönheit übertreffe alles Verstandesmäßige, sie sei das große Geheimnis der Kunst selbst. Seine Schüler würden in jedem Kurs an zwei getrennten Spuren entlanggeführt. Die eine Spur wäre die äußere, sichtbare Tätigkeit, die zweite die stille Einkehr und Konzentration, um entspannt die Arbeit aufzunehmen und mit der inneren Besinnlichkeit dem Erschaffen einer Sache den wahren Ausdruck zu verleihen. Nur mit innerer Zufriedenheit könne man die Augen öffnen, um die Schönheit der Außenwelt zu erkennen, das Unendliche und das unsagbar Schöne. Mit dieser Erkenntnis solle jeder seiner Schüler in die Tiefe seines eigenen Ichs vordringen, denn nach östlicher Auffassung sei die Wahrheit und die Erkenntnis des eigenen Wesens der Quell jeglicher geistigen Kraft. In den letzten Wochen habe er versucht, uns durch diese geistige Schule zu führen, in der Hoffnung, dass wir mit der richtigen Lebensauffassung und durch das Ikebana den Weg zur Herzensbildung finden würden. Mr. Sofu verabschiedete sich mit tiefen Verbeugungen, es herrschte tiefstes Schweigen im Raum. Diesem Mann, reich an Erfahrung und innerlich gereift, war es gelungen, uns einen kleinen Teil seiner enormen schöpferischen Kraft zu übermitteln.

Abschied von Kyoto und Freunden

An diesem Vormittag sollten wir uns nun von unseren neuen Freunden und Bekannten, die wir während des Kurses kennengelernt hatten, verabschieden. Inge und ich hatten unser Ziel, das erste Diplom der Ikebana-Kunst zu erhalten, erreicht. Itsuko, die wir während dieser kurzen Zeit ja nun beide in unser Herz geschlossen hatten, lud uns ein letztes Mal zu einem kleinen japanischen Mittagessen ein. Sie erfüllte uns den Wunsch, einmal auf japanischem Boden Sukiyaki essen zu können. Während die dünnen Scheiben von zartem Rinderfilet in einer Pfanne über einer Gasflamme gebraten wurden, saßen wir sehr schweigsam da und spürten den Anflug einer leichten Wehmut in unseren Herzen. Ohne eine Verständigung erkannten Inge und ich, dass es uns sehr schwerfallen würde, diese Umgebung, vor allen Dingen unsere neu gewonnenen Freunde, wieder zu verlassen. Itsuko bemerkte unsere Schweigsamkeit und sie versuchte uns etwas aufzuheitern, indem sie über eine von ihr geplante Hongkong-Reise sprach. Sie sagte, dass sie uns dann auf jeden Fall besuchen würde. Zum letzten Mal beobachteten wir den freundlichen japanischen Koch, der das Fleisch in der Pfanne mit Glasnudeln, gehacktem Lauch, Pilzen, japanischem Gemüse und richtigen Chrysanthemen-Blüten vermengte. Wir hatten noch nie zuvor Chrysanthemen-Blüten gegessen, aber mit dieser Gemüse- und Fleischkombination erschienen sie uns als Delikatesse. Wie schon so oft gelang es Itsuko, uns aus der Stimmung des Abschiednehmens herauszuholen, indem sie uns ein kleines, bleibendes Geschenk überreichte. Sie gab uns zwei Päckchen mit den Worten, dass sie diese kleinen Objekte in ihrer privaten Sammlung gefunden habe. Unsere Neugierde war natürlich sehr groß und wir öffneten die Geschenke noch während des Essens. Wir wurden jeweils konfrontiert mit zwei Messinggegenständen, die wir noch nie zuvor gesehen hatten. Itsuko bemerkte unsere fragenden Blicke und erklärte, es seien Yatate, zwei antike Schreibgeräte mit Tintenbehälter. Weiter meinte sie, dass viele kleine Wertobjekte wie Netsuke, die kleinen geschnitzten Figuren, und alte japanische Spiegel und Kämme als Vertreter der weniger bedeutenden Kunstgegenstände in Japan anerkannt seien, doch ihrer Meinung nach hatten die Verehrer der japanischen Kunst und Kultur das Yatate unglücklicherweise fast übersehen. Sie selbst sammelte diese antiken Pinselsets, die traditionell aus zwei Teilen bestanden, einem runden, schüsselförmigen Tintenfass mit einem Scharnierdeckel und einer daran anschließenden Röhre, in der sich die Fude, der Schreibpinsel, befand. Dank Itsukos Kenntnissen und aufgrund ihrer eigenen Sammlung erfuhren wir während dieser Mittagsstunde sehr viele Einzelheiten über die Geschichte des Yatate. Es wurde offensichtlich sehr populär während der Tokugawa-Periode. Die Tokugawa waren Militärregenten und existierten von 1603-1867, man nannte sie auch die

»264-jährige Tokugawa-Dynastie«. Sie lehnten sich eng an den Konfuzianismus an, dessen moralische Lehren des unbedingten Gehorsams gegenüber Herrschern und Eltern für sie maßgeschneidert waren. In dieser Epoche entstanden die berühmtesten Yatate. Sie waren kunstvoll verziert und mit Schnitzereien, Metalleinlegearbeiten und Gravierungen versehen und schienen damals sehr populär zu sein. Die meisten Yatate wurden hergestellt aus Bambus oder Holz, Messing, Eisen und Silber. Die Tokugawa-Dynastie herrschte bis zur kaiserlichen Restauration im Jahre 1868. Auch in der darauffolgenden Meiji-Periode (1868-1912) schien das Yatate ein wichtiger Artikel zu sein. Das Wort Yatate hieß wörtlich übersetzt »Pfeilstand« oder »Pfeilköcher«. Gegen Ende der Tokugawa Periode und zu Beginn der Meiji-Zeit erschien das Pinselset in allen möglichen Variationen und Formen. Die berühmtesten stammten aus den Werkstätten Osakas. In Osaka wurden die Yatate oft in Form von Körben, Laternen, Musikinstrumenten oder Tierformen hergestellt. Wegen des intensiven Interesses der meisten Japaner an Gegenständen aus ihrer Kultur konnten wir kaum glauben, dass den Yatate nicht mehr Aufmerksamkeit geschenkt wurde. Durch die Erzählung unserer japanischen Freundin und dieses konkrete Kunstwerk (unserem wunderbaren Geschenk) durchliefen wir wieder einen Prozess neuer Wahrnehmung. Nach dem köstlichen Essen verabschiedeten wir uns von unserer kleinen Japanerin. Einen Hauch von Traurigkeit las ich aus ihren mandelförmigen Augen. Itsuko hatte uns während unseres Aufenthalts mit vielen guten Dingen vertraut gemacht und im selben Maße hatte sie es ermöglicht, dass wir als Europäer die japanische Mentalität etwas enträtseln konnten. Es war uns möglich geworden, die Oberfläche des für uns unergründlichen japanischen Volkes zu einem Teil zu durchdringen, um die Natur der darunterliegenden Tiefe ein wenig zu ergründen. Doch alle Erlebnisse, die wir in Japan hatten, wurden überstrahlt von der menschlichen Beziehung, die wir zu dieser Asiatin gefunden hatten. Wir empfanden während dieses Abschiednehmens trotz unserer unterschiedlichen Herkunft und Kultur eine unausgesprochene Übereinstimmung, eine Sympathie und große Freundschaft, zu der wir in gegenseitigem Einverständnis gelangten. Als wir an diesem Nachmittag die schönsten Tage in Tokio rekonstruierten, waren es doch die Stunden mit Itsuko, die uns am meisten beglückt hatten.

Als wir am späten Nachmittag im Flugzeug saßen, wussten Inge und ich, dass wir die Freundlichkeit und Liebenswürdigkeit der japanischen Inselbewohner sehr vermissen würden. Wir hatten in diesem fernöstlichen Traumland die Begegnung zweier Welten erkannt, auf der einen Seite die fast totale Anpassung an den Westen und als Gegengewicht das Erfordernis zum Erhalt der asiatischen Kulturwerte, verbunden mit der Treue zum alten japanischen Lebensstil. Als Vergleich diente uns die Gegenüberstellung des westlichen Händedrucks mit der herkömmlichen japanischen Verbeugung. Wie verschieden dieses japanische Volk doch von uns Europäern war. Die Menschen in Japan versuchten, die westliche Welt äußerlich aufzunehmen, doch wie sehr hingen sie innerlich an ihren alten Traditionen.

Zurück in Hongkong

Der Rückflug nach Hongkong verlief fast stillschweigend, unsere Gedanken beschäftigten sich mit den vergangenen Wochen. Ich glaube, während dieser Stunden kamen mir die Erlebnisse vor wie ein Traum, wie etwas, das ich nicht wirklich erfahren hatte. Die Stimme der Stewardess unterbrach uns in unserer mit viel Nachdenken verbundenen Traurigkeit, sie kündigte den Mount Fuji an. Das Landeswahrzeichen schien sich im Schein der untergehenden Sonne mit den Farben Purpur und Scharlachrot bis hin zu einem leuchtenden Kupfer fast mit der untergehenden Sonne zu vereinen. Dieser schlafende Riese mit seiner schneebedeckten Kuppe bot uns nun den endgültigen Abschied von Japan. Auch dieses Mal hatten wir das Glück, ihn in seiner makellosen Schönheit vorzufinden, nicht umgeben von Dunstschleiern. Am nördlichen Fuß des Berges erschienen die Fuji-Seen, die, umgeben von naheliegenden Bergen und Wäldern, eine fantastische Landschaft darboten. Das Flugzeug durchbrach die Wolkendecke und stieg langsam höher, bis es die notwendige Flughöhe erreicht hatte. Ich betrachtete die Erde unter uns verglich sie mit einem großen Brunnen, aus dem wir voll geschöpft hatten, aber leider nur so viel daraus trinken konnten, wie es uns die Zeit erlaubt hatte. Wir befanden uns auf dem Weg zu unserem Zuhause in Hongkong. Wie viele Geheimnisse würde uns das Leben noch offenbaren in dieser fremdartigen Umgebung? In dieser oder ähnlichen Stunden dachte ich nie an die Schwere der Zukunft, sondern nur immer an die Flammen des Glücks, die sich noch entzünden könnten. Meine Gedanken wurden unterbrochen, die Landung auf dem Hongkonger Flughafen Kai Tak wurde angekündigt. Die Vielzahl der Inseln, die unter uns im Südchinesischen Meer lagen, war wie schon so oft beeindruckend, und im abendlichen Zwielicht erkannten wir die nahen Festlandberge. Das Flugzeug schlängelte sich langsam über die Hochhäuser von Kowloon. Man konnte fast annehmen, dass einige der Dachgärten vom Fahrwerk des Großraumvogels gekitzelt wurden. Wir begannen unseren Sinkflug mit einer steilen Kurve über dem dicht gedrängten Häusermeer und relativ schnell radierten die Räder der DC10 die Betonlandebahn auf dem künstlich aufgeschütteten Damm, der sich wie ein 2500 m langer Schlauch in die Kowloon Bay hinausstreckte. Die Bremsen quietschten und wir landeten am Ende des Schlauchs. Vor uns lag das Meer.

Nach dem doch recht kühlen Klima in Japan befanden wir uns plötzlich wieder in einer fast subtropischen Nacht. Wir durchliefen die Zollformalitäten und wurden von unseren Männern mit vielen lieben Worten und Blumen empfangen. Jan, der schon in diesen Jahren als erfolgreicher Geschäftsmann angesehen wurde, hatte sein großes Mercedes-Cabrio vor dem Flughafengebäude geparkt und fuhr uns durch den Lichterglanz der eingezwängten Hochhäuser. Ich war zugleich fasziniert und abgestoßen von dem so einzigartigen Reiz dieser Stadt, nämlich ihrer totalen Kompaktheit. Wir fuhren entlang vieler Neubauten mit ihren eintönigen Reihen von Fenstern und Türen. Diese gleichförmigen Wohnblocks erinnerten mich immer wieder an das wirkliche Problem Hongkongs, nämlich den ständigen Zustrom von Einwanderern aus Rotchina. Nicht zu übersehen waren die vielen Gerüste aus Bambusstangen. Sie waren billiger als Stahlgerüste und schienen trotzdem stabil genug zu sein für den Bau von Hochhäusern; sie boten einen schon fast alltäglichen Anblick. Die erhellten Fenster dieser Siedlungen, in denen sich viele Emigranten heimisch fühlten, erfüllten die warme Nacht mit einem seltsamen Reiz. Aus den Wohnblöcken heraus ragten die langen Bambusstangen, an denen die Wäsche getrocknet wurde, ein Wirrwarr und bizarres Muster, kombiniert aus Beton und Bambus, moderne Technik verbunden mit uralten Gewohnheiten. Während der Autofahrt erzählten wir von unserer Japanreise, was aber nur am Rande von unseren Männern aufgenommen wurde. Sie waren wohl beide zu verstrickt in ihre eigenen Probleme. Nach ihren Aussagen zu urteilen, schienen die politischen Stürme der Kulturrevolution des letzten Sommers nun endgültig überwunden zu sein. Die militanten Gruppen der Kommunisten ließen Hongkong endlich in Frieden und man erlangte wieder das Gefühl der Sicherheit. Aber ein neues Problem schien sich abzuzeichnen, nämlich die Kampagne der Engländer zur Bekämpfung der Korruption. Mein Mann, der damals ziemlich erstaunt über diese strikten Maßnahmen war, meinte, dass das Geschäftsleben von nun an große Bemühungen erfordere und mit einem wachsamen Auge betrachtet werden müsse, um in ungeteiltem Frieden auf der Insel leben zu können. Während dieser Neuigkeiten erreichten wir die Fähre, die uns auf die Insel bringen sollte. Die Autofähre näherte sich Victoria und fuhr einem Lichtermeer von Wolkenkratzern entgegen unter dem darin eingehüllten Victoria Peak, der sich mit dem Sternenhimmel zu vereinigen schien. Die Schönheit dieses Juwels wurde immer wieder berührt von dem Lichterglanz, der bis in den Hafen hinabfiel, in die Buchten und Landzungen, ein Labyrinth aus schillernden Farben, umspült vom Südchinesischen Meer. Jan steuerte seinen Sportwagen vorbei an der »Hongkong und Shanghai Banking Corporation«, hinauf in die Peak Road und zur Magazine Gap Road hinunter. Die Nacht war sehr schwül und der Wind zerrte am heruntergelassenen Cabrio-Dach. Die in Windungen verlaufende Straße ermöglichte uns einen wunderbaren Blick auf den Hafen. Dieser Blick wurde für mich zum Symbol - eine Schwäche, die mir das gewisse Magische einflößte. Auf diesem Fleckchen Erde sollte ich mich noch eines Tages fragen, ob ich das Leben in Hongkong wirklich gewollt und ob ich es geliebt hatte.

Unsere Männer hatten für diesen Abend ein chinesisches Essen im Hongkong Country Club vorgesehen, der in der Deep Water Bay lag. Der Hongkong Country Club war exklusiv und geprägt vom Wohlstand der Stadt. Im Gegensatz zum Hongkong Club, der nach alten Kolonialprivilegien erhalten wurde und die Mitgliedschaft von Chinesen ausschloss, war der Country Club das Zentrum nicht nur der chinesischen Millionäre, sondern auch der wohlhabenden nicht-chinesischen Bevölkerung. Die Briten waren unter den Europäern am stärksten vertreten, wie wohl in jedem Club in Hongkong. Unter den Mitgliedern befanden sich ebenfalls eine Reihe von Amerikanern und Australiern. Der Eintrittsbeitrag war enorm hoch und es existierte eine Warteliste auf Jahre hinweg. John Kamasoto, der Chef meines Mannes, hatte uns auf die Warteliste gesetzt, aber wir sollten uns noch zwei weitere Jahre gedulden müssen, um dann endgültig als Mitglieder eingetragen zu werden.

An diesem Abend hatte Jan uns eingeladen, seine Mitgliedschaft bestand schon seit mehreren Jahren und durch ihn konnten wir das teure und luxuriöse Refugium genießen, das mit viel Komfort ausgestattet war. An den Rändern des Anfahrtsweges standen Bauhinia-Bäume mit ihren herabhängenden Zweigen und wir konnten selbst an diesem späten Abend noch ihren leicht rosafarbenen Blütenschimmer wahrnehmen. Vor dem attraktiven Portal stiegen wir aus dem Wagen, der üppige Wohlstand der Mitglieder fiel mir an diesem Abend besonders ins Auge. Vor zwei künstlich angelegten Teichen mit wunderbaren Lotusblüten parkten in übertriebenem Aufwand mehrere Rolls-Royce-Limousinen, eine typisch extravagante Geste der Chinesen, die einen ungeheuren Wert auf äußeren Schein legten. Ein chinesischer Kellner begleitete uns zu einem weiß gedeckten runden Tisch. Der Raum schien erfüllt von knisternder Spannung durch die Leute, die zweifellos ihr erstes Geld mit Börsen- oder Bodenspekulationen gemacht hatten, ganz einfache Leute, die sich Männer der Geschäftswelt nannten. Sie alle hatten etwas gemeinsam, die Idee, die »big business«-Karriere zu erlangen, wenn sie diese nicht schon erlangt hatten. Sicherlich traf man sich auch an diesem Abend, um über Geschäfte und Kontakte zu sprechen, warum nicht bei einem Feinschmeckermenü. Wir bedienten uns an der gemeinsamen Platte in der Tischmitte. Jan hatte eine Vielfalt an Speisen vorbestellt, als alter Hongkonger besaß er schon eine gewisse Sachkenntnis hinsichtlich der kantonesischen Küche. Nach der heiß dampfenden Haifischflossensuppe wurden gebratene Tauben neben süßsaurem Schweinefleisch gereicht, dazu leicht gedünstetes Gemüse. Die Gewürze waren exotisch, für meinen Geschmack sehr fremdartig, aber ich sollte mich schon recht bald an den Geruch und Geschmack des Ingwers und der Sojasoße gewöhnen. Der Koch des Hongkong Country Club schien ein Künstler der Kulinarik zu sein, denn die Qualität seiner Speisen bot uns den Genuss der bloßen Freude am Essen. Jan erklärte, dass für die Chinesen ein guter Koch etwas Lebensnotwendiges sei, denn ein gutes Essen bedeutete für jeden Chinesen Leben. Während die Nachspeise serviert wurde, begrüßte Jan einen jüngeren Chinesen am Nebentisch. Er wurde uns vorgestellt als Mr. David Chen, ein Multimillionär durch Grundstücksmanipulationen. Mr. Chen, ein sehr sympathischer junger Mann, fast europäisch, begrüßte uns in perfektem Deutsch. An diesem Abend wusste ich noch nicht, dass sich unsere Wege noch sehr oft kreuzen sollten. Nach mehreren Jahren meines Hongkong-Aufenthalts sollte sehr leise eine Freundschaft mit ihm entstehen, eine Zuneigung, die Wunden heilen zu können schien und die die Wandlung meines Ichs mit Nachsicht unterstützte.

Nach diesem aufwendigen Abendessen fuhren wir nach Hause, wir waren ziemlich ermüdet durch den Flug und die Erzählungen. Meggy, mein chinesisches Hausmädchen, empfing uns lächelnd, sie schien aufrichtig glücklich zu sein, mich wiederzusehen. Sie war gerade in ihrem Küchenreich beschäftigt. Das Mädchen hatte mir zu einem harmonischen Empfang eine chinesische Mahlzeit zubereitet. Da ich sie nicht traurig sehen wollte, nahm ich an diesem Abend zwei chinesische Essen zu mir. Ich spürte in diesem Moment ihre äußerste Hilfsbereitschaft und ein sehr ausgeprägtes Pflichtbewusstsein. Meggy packte zu dieser späten Stunde noch meine Koffer aus und ich hätte sie nicht daran hindern können. Sie wollte mir auf diese Art und Weise zeigen, wie erfreut sie über meine Heimkehr war. Während des Auspackens begann sie zu erzählen. Obwohl ich zu dieser Zeit lieber geschlafen hätte, hörte ich ihr mit viel Geduld zu, um ihr die Wahrung ihres Gesichts zu erhalten. Das größte Erlebnis für Meggy schien ihr Besuch am Grabe des Vaters gewesen zu sein, am 5. April, zum Anlass des Ching Ming, dem Totengedenkfest. Meggy hatte mich vor meinem Abflug in Japan um Urlaub gebeten, da das Grab ihres Vaters in der Nähe von Kanton (Guangzhou) in Rotchina lag. Viele Hongkonger besuchten um diese Zeit mit Sonderzügen, die von Kowloon aus fuhren, die Gräber ihrer Vorfahren. Meggy erklärte, dass dieser Tag einer der wichtigsten Feiertage der Chinesen sei, die verwilderten Gräber würden von den Familienangehörigen gereinigt und mit frischen Blumen geschmückt, auch Essbares wurde vor der Steintafel aufgestellt. Das Essbare wurde in Form von Fleisch, Früchten und sogar Wein aufgebaut, um den Verstorbenen ein Festessen zu bereiten. Sogar dargebotenes Papiergeld sollte den Verstorbenen ein bisschen Komfort in der anderen Welt ermöglichen. So schien die ganze Familie an diesem Tag damit beschäftigt zu sein, den verstorbenen Ahnen das Leben im Jenseits so angenehm wie möglich zu gestalten. Hunderttausende von Chinesen besuchten an diesem Tag die Gräber oder Urnen der Ahnen. Meggy meinte, ganz zu meinem Erstaunen, es sei ein freudiger Tag, da man die Gelegenheit hatte, wieder eine Verbindung zwischen den Lebenden und den Toten herzustellen. Für sie war es ein ganz besonderer Tag, da das Grab ihres Vaters geöffnet worden war, die Gebeine waren herausgenommen worden und man hatte sie mit Sand gesäubert. Es wurde dann dem Leichenbestatter überlassen, die Gebeine in der natürlichen Ordnung in eine Urne zu füllen. Zur Erklärung meinte sie noch, dass die gepachteten Gräber nur nach dem siebten Jahr geöffnet werden durften, danach wäre es der alte Brauch oder Totenkult, entweder die Asche aus der Urne in den Wind zu streuen oder die Urne zu Hause in der Wohnung vor dem Ahnenaltar aufzubauen. Für die Taoisten in China gab es kaum einen Unterschied zwischen Leben und Tod, es schienen zwei sich voneinander ablösende Phasen zu sein. Und die Buddhisten glaubten daran, dass das ganze Leben auch Leiden bedeute, weil nichts perfekt sein könne und auf ewig bleiben, und dass jedes Leiden eine Ursache habe: die Unwissenheit.

Meggy berichtete mir zum Abschluss ihrer langwierigen Erzählung, dass sie die Urne ihres Vaters mitgebracht habe und voller Stolz führte sie mich in ihr winziges Zimmer. Die Urne war vor einem kleinen Altar aufgebaut, ein Bild ihres Vaters hing an der Wand und der Duft von Räucherstäbchen hing in der Luft, alles war verbunden mit der Stille einer offensichtlich großen Offenbarung. Ich hatte Meggy trotz meiner großen Müdigkeit geduldig zugehört und gewann dadurch ihr tiefes Vertrauen.

Ich erwachte am nächsten Morgen in meinem Heim in Hongkong. Eduard hatte mich ausschlafen lassen, er selbst war schon früh ins Büro gefahren. Die letzten Wochen in Japan mussten einen überwältigenden Eindruck in mir hinterlassen haben, den ich mit Schlaf zu kompensieren schien. Nach dem von Meggy so liebevoll zubereiteten Frühstück schaute ich aus dem Fenster, hinunter in den kleinen Park. Es war April 1968, das Klima war angenehm. An diesem Tag hatten wir erst um die 20 Grad, also sollte das feuchtwarme Klima erst ab Mai auf uns zukommen. Ich erinnere mich an den Blick auf die faszinierenden hohen Bäume mit den ausladenden Kronen und den leicht grauen Baumstämmen, die auch an diesem Morgen einen Schutz vor den Sonnenstrahlen gewährten. Die ersten Blüten schienen herauszukommen, sie gingen vom Weißen ins Gelbe über. Ich konnte die Geburt einer Überfülle von Blüten erkennen, die zum Teil in großen Trauben an den Zweigen hingen. Zwischen den Blütenbäumen standen hohe Königspalmen, die wohl von allen Palmenarten die größte Anmut ausstrahlten. Die Ränder des Parks waren bepflanzt mit riesigen goldenen Bambussen mit stämmigen Wurzelstöcken. Sie schienen alle die Höhe von etwa zehn Metern erreicht zu haben. In diesem Augenblick der Ruhe betrachtete ich den Himmel und die vor mir liegende Erde. Die einzigen Luftgestalten schienen ein paar Wolken zu sein, die unter der strahlenden Sonne lagen. In der Ferne lag das weite Meer, umgeben von den hohen Bergen. Im durchdringenden Sonnenschein funkelten kleine Wassertröpfchen auf den grünen Blättern der Bäume. Der Duft der Blüten schien wallend in den Himmel emporzusteigen. An diesem stillen Morgen strahlten der Himmel und die Erde eine ausgesprochene Harmonie aus. Ich fühlte mich glücklich und geborgen. War es das Bewusstsein, wieder zu Hause zu sein, an der Seite eines liebenden Menschen? Eduards Telefonanruf schreckte mich aus meinen Träumen auf. Er verkündete nur ganz kurz, dass wir an dem Abend Gäste bewirten müssten, wichtige chinesische Geschäftsleute. Ich war nahe daran, die Geduld zu verlieren, denn wie sehr hatte ich mich auf diesen Abend mit ihm gefreut. Doch meine Vorstellung, ihn mit meinem Mann alleine zu verbringen, musste ich somit aufgeben. An diesem Tag wurde mir zum ersten Mal bewusst, dass ich den großen Wunsch hatte, ein sehr zufriedenes und einfaches Leben an der Seite eines liebenden Menschen zu führen. Dieser Gedanke machte mich unruhig, denn mir wurde auch langsam klar, dass die Geschäfte meines Mannes immer unser Privatleben überschatten würden. Ich befand mich am Beginn des Prozesses, etwas sehr Wertvolles zu verlieren, einen Menschen, der sich auf einem anderen Pfad bewegte. Ich erkannte die Welt um mich herum plötzlich mit den Augen der Wahrheit; doch ich wusste noch nicht, dass ich mein Selbstbewusstsein durch die Erfahrungen in den kommenden Jahren nicht etwa heben, sondern fast total unterdrücken würde.

Da wir chinesische Besucher erwarteten, schlug Meggy vor, ein chinesisches Essen zuzubereiten. Gemeinsam fuhren wir an diesem Morgen auf den Markt in Aberdeen. Die Fischer schienen gerade mit frischem Fang zurückgekommen zu sein. Schwerfällige Dschunken und Sampans schaukelten in der blauen Bucht. Meine Gedanken schwirrten um die Menschen, deren Kinder auf dem Wasser geboren wurden, in dem Urwald von Masten, bestückt mit bunten Segeln, in einer komplett schwimmenden Stadt. Der Markt schien in vollem Gang zu sein, kreischende Hausfrauen schienen um die Preise ihres Mittagessens zu feilschen. Meggy setzte ihr Menü an den einzelnen Ständen zusammen, unter großen Diskussionen, da ja alles viel zu teuer sei. Sie legte ihren Schwerpunkt auf Fisch auf Meeresfrüchte. Wir endeten bei Krebsen, Garnelen, Muscheln, zwei Hummern und einer Menge chinesischem Kohl. Meggy schien darauf versessen, ein besonderes Gericht zuzubereiten, nämlich eine Schwalbennestersuppe. Ich war mit dieser Idee aber nicht ganz einverstanden, da mit bekannt war, dass der köstliche Geschmack dieser Speise nicht von der Faser der Nester herrührte. Er bestand aus dem klebrigen Speichel, den die Schwalben aussonderten, um das Nest zu verkleben. Das Mädchen schien sich nicht von der langen Vitrine mit den ausgestellten Vogelnestern trennen zu können. Die Preise variierten zwischen 60 bis 80 HK$ (Hongkong-Dollar). Meggy erklärte mir, dass sich der Wert nach der Größe, Farbe und Konsistenz richten würde. Das Mädchen war sichtlich enttäuscht, nicht eines der grob geflochtenen Strohnester einkaufen zu dürfen. Für die meisten Chinesen waren Schwalbennester eine besondere Delikatesse. Meggy schien mich nun für eine Banausin zu halten, erst später begriff ich, dass die Früchte und Tiere der Erde, von denen sich das Volk ernährte, nicht nur verbunden waren mit der großen Freude an deren Genuss, sondern dass es für sie eine heilige Handlung war, diese zu verspeisen. Nicht umsonst erfuhren die kulinarischen Künstler eine grenzenlose Verehrung, schufen sie doch aus den Früchten dieser Erde kleine Kunstwerke. Ich glaube, ich hatte Meggy in ihrem Stolz getroffen, sie meinte argwöhnisch, dass wir Europäer wohl nur essen um zu leben, im Gegensatz zu den Chinesen, die leben würden um zu essen. An diesem Tag wurde ich darauf aufmerksam gemacht, dass hinter einer Mahlzeit nicht nur die Kunst der Zubereitung und ein großes Vergnügen beim Verzehr stand, sondern eine ganze Philosophie.

Aberdeenmarkt

Ein Einkaufsbummel am frühen Morgen über den Aberdeenmarkt war für mich immer wieder etwas Besonderes, ob es das Feilschen und Drängen der kauflustigen Chinesen war, die zwischen den Ständen des Straßenmarktes auf der Suche nach frischen Gemüse- oder Fischsorten waren, oder das Beobachten der Fischer, die mit ihrem Fang zurück kamen. An diesem Vormittag lohnte sich die Fahrt nach Aberdeen, denn Meggy und ich konnten beobachten, wie eine Fischerdschunke langsam vorbeiglitt in der engen, gewundenen Fahrrinne, vorüber am Wald von Masten und an der Gruppe von Sampans, bis in das Hafenbecken hinein. An Land stieg die Erregung unter den chinesischen Passanten, denn ein schwerer Hai lag auf dieser verdreckten alten Dschunke. Die Gesichter der Fischer waren vom Wetter gegerbt, die Männer schienen ebenso alt zu sein wie das Boot selbst. Ich hörte die erstaunten »Ayeeyag«-Ausrufe zwischen den jungen und alten Chinesen. Selbst für sie schien es noch ein Erlebnis zu sein, wenn ein großer Hai an Land gezogen und gleich verarbeitet wurde, das war kein tägliches Schauspiel. Wir wanderten weiter am Ufer entlang, vorbei an Booten in allen Größen, die auf riskante Weise unordentlich miteinander verbunden waren. Eine ganze Bevölkerung lebte hier auf diesen geankerten Booten. Die schwimmenden Dörfer waren die Heimat der Bootsmenschen, der Tanka und Hoklo. Ich bemerkte, dass viele dieser Boote nicht einmal mehr ihre Plätze verlassen konnten, da sie so tief im Schlamm steckten. Das Wichtigste für diese Menschen schien der tägliche Fang, das Trinkwasser und ihre eigenen »vier Dschunken-Wände« zu sein. Meggy erklärte mir, dass die Familien solange auf den Booten blieben, bis diese sinken oder auseinanderfallen würden. Obwohl die englische Regierung ihnen neue Wohnungen unter günstigen Bedingungen auf dem Land anbot, zogen sie es vor, auf ihren Dschunken zu leben, wie ihre Vorfahren. Im Hintergrund des Hafens von Aberdeen konnte ich mehrere luxuriöse Motorboote erkennen, im Vordergrund Schwärme von alten Fischerdschunken und Sampans. Wie ich noch bei vielen Gelegenheiten bemerken sollte, zeigte sich in Hongkong der Widerspruch zwischen Arm und Reich, es waren zwei Welten, die auf engstem Raum miteinander auskamen und sich gegenseitig akzeptierten. An diesem Morgen verglich ich das Leben in Hongkong mit einem riesigen Schneegipfel, der in die Wolken reichte, dem Blick verborgen; nur ein erfahrener Bergsteiger würde mit den Problemen, Härten und unterschiedlichen Gefahren dieser mystischen Welt zurechtkommen. Man konnte in einem Augenblick der Ungeduld abstürzen, doch mit der notwendigen Geduld konnte man diesen Gipfel bezwingen. Würde diese Ansiedlung Hongkong ewig bestehen oder vergänglich sein? Diese Frage bedeutete für mich und auch für viele andere Bewohner damals ein erregendes wunderbares Geheimnis. Hongkong schien das Hauptzentrum zu sein, um das benachbarte, kommunistische China zu beobachten. Da man den Fremden in diesen Jahren den Eintritt nach Rotchina verboten hatte, schien Hongkong auch für die Rotchinesen ein sehr nützlicher Stützpunkt für Kontakte mit den fremden Teufeln zu sein. Meine neue Heimat schien die einzige Ansiedlung der Welt zu sein, die wusste, wann sie sterben könnte, nämlich 1997, denn in diesem Jahr würde der Pachtvertrag für die an England abgetretenen »New Territories« ablaufen und 1/19 der Kolonie wieder an China zurückgegeben werden.

In Gedanken versunken betrachtete ich einige der Passanten. Neben mir stand ein großgewachsener Eurasier, er schien Polizist zu sein und sah recht interessant aus in seinem hellen Tropenanzug. Rund um den Kai wogten lärmende Chinesen. Obwohl die Luft zu dieser Jahreszeit nicht sehr feucht war, war sie voll von ungewöhnlichen Gerüchen. Die Fischer sahen alt und ihre Haut vom Wetter gegerbt aus, die meisten hatten nur noch wenige Zähne im Mund. Von einer der abgeschlagenen und verdreckten alten Dschunken hörte man das Klappern der elfenbeinfarbigen Mah-Jongg-Steine. Beim Betrachten der Spieler bemerkte ich, dass sie nur mit verschlissenen Hemden und Kuli-Hosen bekleidet waren, aber Meggy erklärte mir, dass man dafür sehr viele Dollars aufs Spiel setzte. Mit großen Gesten und viel Lärm knallte man die Steine auf den Tisch und immer wieder kamen die Ausrufe

»Ayeeyah«, die Ärger oder auch Freude ausdrücken sollten. Auf Deck stieg die Erregung, das Spiel war in der Endphase, alle waren von der Spannung berauscht und der Verlierer, ein jüngerer Chinese in Jeans und T-Shirt, begann zu explodieren. Er streifte mit einem kurzen Blick seinen Stein, warf ihn zurück auf den Tisch, wandte sich geräuschvoll ab und spuckte mehrere Male über Bord. Der Gewinner, ein zahnloser alter Chinese, grinste fröhlich und begann flink, seinen Gewinn zu zählen.

Meggy riss mich mit einem Räuspern aus meinen Beobachtungen, sie meinte, es wäre doch an der Zeit, nach Hause zu fahren, denn sie wolle das Abendessen für die Gäste vorbereiten. Wir nahmen einen Doppeldeckerbus, der sich durch die Masse von Fußgängern und dichten Reihen von Autos, Taxis, Fahrrädern und Rikschas drängte. Viele Menschen schienen an diesem Morgen unterwegs zu sein, wie oft würde ich diese Menschenmassen noch mit Strömen von Ameisen vergleichen. Das Meer glitzerte in der Sonne und selbst auf dem Wasser herrschte ein lebhafter Verkehr. Hunderte von Dschunken und Sampans schaukelten gemächlich dahin. Während der Busfahrt fragte ich mich, wie wohl all diese Menschen lebten und ihren Lebensunterhalt verdienten. Die Antwort auf meine Unwissenheit sollte ich schon an diesem Abend von meinen chinesischen Gästen bekommen. Gedankenverloren stieg ich aus dem Bus und wir liefen den kleinen Shouson Hill hinauf, vorbei an einigen Villen und wunderbar angelegten Gärten. Als wir zu Hause ankamen, verschwand meine Amah lautlos in der riesigen Küche, sie konnte nicht schnell genug das Gemüse in kleine Stückchen zerteilen und die Meeresfrüchte reinigen. Ich schaute ihr eine Weile erstaunt zu. Meggys Erklärung, dass man bei einem chinesischen Essen alle Zutaten klein schneiden müsse, um sie dann nur ganz kurz in Öl oder mit Wasser zu erhitzen, damit die Vitamine und die frische Farbe erhalten blieben, stellte mich zufrieden. Es sah alles sehr einfach aus, das Wichtigste bei der chinesischen Kochkunst war wohl die Frische der Zutaten und dass man nicht zu viel Würze dazugab, da sonst der Eigengeschmack des Gemüses oder des Fischs verloren ginge. Ich begriff, warum die chinesischen Hausfrauen mindestens einmal täglich auf den Markt gingen, um Gemüse, Obst und Fisch frisch einzukaufen zu können. Es wäre für eine chinesische Familie undenkbar, sich von Konserven oder Tiefgefrorenem zu ernähren. Wie ich zu einem späteren Zeitpunkt erfahren sollte, war es der weise Konfuzius, der vor zweieinhalbtausend Jahren sein philosophisches Augenmerk auf die Kunst des Essens richtete. Er verfasste Vorschriften für die Auswahl der Speisen und die Zubereitung. Er hatte natürlich auch seine eigene Idee über das Benehmen beim Verzehr der köstlichen Dinge. Konfuzius schien der anerkannteste Philosoph in China und Ostasien zu sein. Im 2. Jahrhundert v. Chr. erklärte man ihn zum chinesischen Nationalheiligen, seine Lehren sind auch heute noch in der »Lúnyǔ«, besser bekannt unter dem Namen »Analekten«, überliefert. Konfuzius behielt diese Stellung bis in das jetzige Jahrhundert, er ist bekannt wegen seiner praktischen Sittenlehren und Staatsmoral und sein Denken hat weitreichenden Einfluss auf fast jede chinesische Familie.

Warum dachte ich gerade an diesem Abend an Konfuzius? Seine Lehre und seine Verhaltensregeln bei Tisch beeindruckten mich so sehr, dass ich mich daran erinnerte, als ich meine Amah beim Zubereiten der Speisen beobachtete. Wie viel Gemeinsames hatten diese beiden Personen, obwohl sie in verschiedenen Jahrhunderten geboren waren. Spontan verglich ich das chinesische Essen mit der französischen Küche, ich zog gewisse Parallelen, ich glaubte, mancher französische Koch hätte sich gerne einmal bei einem chinesischen Küchenchef in Hongkong Anregungen geholt. Konfuzius bestand darauf, dass die Speisen, die er zu sich nahm, beim Kochen die richtige Farbe behielten. Er aß kein Essen, das nicht korrekt zubereitet war, auch aß er nur zu bestimmten Zeiten. Er aß kein Essen, das nicht korrekt in kleine Stückchen geschnitten war, und die rechte Soße durfte nicht fehlen. Auch wenn ein Überfluss an Fleisch da war, vermied er es stets, mehr Fleisch zu essen als Reis. Nur beim Trinken des Reisweins setze er sich nie Grenzen, aber er trank niemals zu viel, sodass nie eine Verwirrung auftrat. Er aß nie Trockenfleisch aus einem Laden, sondern er bevorzugte Frischfleisch vom Markt. Auch hielt er nie eine Konversation während der Mahlzeiten. Selbst wenn ein Essen nur aus einer Schüssel mit grobem Reis und einer Gemüsebrühe bestand, brachte er immer ein feierliches Opfer. Einmal nahm der große Meister für einen Tag und eine Nacht kein Essen zu sich, weil er meditieren wollte, aber er fand heraus, dass er dadurch keinen Gewinn erzielte. Konfuzius stand wohl für die Einfachheit eines weisen Menschen mit einer vernünftigen Weltanschauung. Er war nicht überintellektuell und wurde trotzdem mit der Einfachheit seiner Lehren vom chinesischen Volk bewundert und anerkannt. Erstaunlich war für mich, dass er bei allen Schichten im Volke seine Lehren überliefern konnte, ob bei Menschen, die vom Luxus übersättigt waren oder bei der extremen Gegenseite, bei denen, die dem Verhungern nahe waren. Ein großer Meister, dessen Einfachheit in der Theorie eine Zweckmäßigkeit beinhaltete.

Meine Gedanken an diesem Tag waren sehr wirr und oft sprunghaft. Hatte ich etwa Angst vor den Gästen, die ich nicht kannte, hatte ich Angst davor, die Harmonie des Abends nicht lenken zu können? Es kümmerte mich nicht, dass ich die fremden Menschen nicht kannte, sondern es kümmerte mich, dass die Gäste mich nicht kannten. Ich spürte in diesen Tagen immer wieder, dass ich im Begriff war, zu erfahren und zu erlernen - doch führte nicht die Erfahrung ohne das Begreifen zu Erblindung und Leere? Ich hatte diffuse ängstliche Gefühle in mir, Angst, etwas nicht erfassen und schaffen zu können. Warum teilte ich dies nicht meinem Mann mit, der einzigen wirklich wichtigen Kontaktperson, die ich in Hongkong hatte?

Nein, ich rief ihn nicht spontan an, sondern begann eine Entwicklung, nämlich die, mit meinen Gefühlen und Sorgen alleine fertig zu werden. Und somit legte ich den ersten Stein zu einem Schutzwall gegen die Außenwelt, der sich in den kommenden Jahren aus viele Steinen sehr solide zusammensetzen sollte, oft zu meinem großen Glück, aber in vielen Situationen zu meinem großen Unglück, denn er entfernte mich recht oft von Menschen, die ich wirklich geliebt habe.

Da ich mich in der Küche nicht mehr nützlich machen konnte, versuchte ich, mich mit der Tischdekoration zu befassen. Für den heutigen Anlass hatte ich auf dem Stanley Market ein chinesisches Reisgeschirr gekauft. Die Halbinsel Stanley lag im Südosten der Insel und erschien wie ein zackiges Vorgebirge. Die alten Chinesen hielten an dem Namen »Die Roten Säulen« fest, wahrscheinlich wegen der rosaroten Farbe der Erde. Selbst im Jahre 1968 war der Ort Stanley noch ein verträumtes, kleines, romantisches Fischerdorf, doch es war damals schon im Begriff, sich zu einer Touristenattraktion zu entwickeln. Stanley wurde in diesen Jahren beherrscht und auch zum größten Teil ernährt von einer riesigen Reisweinbrauerei, die einen sehr starken Reiswein produzierte und eine Menge Arbeitskräfte beschäftigte. Stanley spiegelte ein typisch chinesisches Dorf wieder, dass die Einwohner aber aufgrund der Unzufriedenheit mit ihren Einkommen mit den Jahren in ein hektisches Einkaufszentrum für viele Touristen umwandelten, ein nur zu menschlicher Charakterzug. Ich kaufte dort mein Reisgeschirr, als es erst einen einzigen großen Supermarkt und einige kleinere Läden gab, die zum größten Teil kunsthandwerkliche Artikel aus der Volksrepublik China verkauften. Das erstandene Reisgeschirr kam ebenfalls aus China, echte Reiskörner waren in das blau-weiße Drachenmotiv-Porzellan eingelassen und überglasiert. Für mich etwas Besonderes, die einfallsreiche, unverdorbene und reine Kunst der Chinesen fand meine Anerkennung. Ein chinesisches Porzellanstück kam in jenen Tagen selten aus einer Massenherstellung. Die aufgemalten Motive ruhten auf grundlegenden Wirklichkeiten. Sie waren meistens verbunden mit der Symbolik großer Weisen oder Könige, die außergewöhnliche Charaktereigenschaften wie Güte oder Nächstenliebe aufwiesen. Das Künstlerische und Mystische wurde in China sehr unterstützt. Der starke Drang, die große Unabhängigkeit von weltlichen Dingen zu erreichen, erzeugte eine große Anzahl von berühmten Malern und Dichtern. Ein solches Kunstwerk war ein Produkt der idealistischen und realistischen Denkweise, das ausgleichend und korrigierend wirkte in einem Land mit vielen Milliarden Menschen.

Mein chinesisches Reisporzellan vermittelte mir ein Bild der Vollständigkeit, der Ganzheit, ich liebte es sehr und war sehr stolz auf diese erstmals durch Gegenstände erzeugte Verbundenheit, die mir das Gefühl gab, zwischen dem Osten und dem Westen zu schweben. Natürlich arrangierte ich die einzelnen Schälchen und Chopsticks

(Essstäbchen) nicht in der rechten Art und Weise und wieder wurde ich von Meggy belehrt. Mein japanisches Blumenarrangement konnte nicht korrigiert werden, es fand sogar die Anerkennung meiner Hausangestellten. Bei diesem Arrangement nutzte ich die Natur der nahen Umgebung. Das hieß für mich, die Blumen der Jahreszeit zu stecken. Beim Arrangieren des Gestecks in einer länglichen schwarzen Schale erinnerte ich mich an ein Gesteck des großen Meisters Sofu, das er in Indien vor dem Taj-Mahal, der wunderschönen klassischen Grabmoschee in Agra, arrangiert hatte, und ich versuchte, es in Miniatur zu kopieren. Da es ein Freistil-Arrangement werden sollte, bevorzugte ich die übliche Formation, in der die Masse oder das Zentrum der Schwere im unteren Teil des Gestecks lag. Das Material, Zweige eines Holzölbaums, hatte ich mir aus einer Plantage im Tal nahe dem Kowloon Reservoir geholt. Die Zweige waren behangen mit großen weißen, traubenähnlichen Blumen. Um eine gewisse Farbkombination in das Gesteck zu bringen, benutzte ich einige Zweige des Bauhinia-Baums, auch die »Hongkong-Orchidee« genannt. Den Hintergrund bildete ein stark gefiedertes Blatt der Alexandra-Palme. Das Arrangement in der Mitte des Tisches ergab das Gleichgewicht in der Dekoration, nicht zuletzt war es Ausdruck meines eigenen Gefühls und meines Instinkts. Es wurde bestimmt von der Kraft in der Schwäche. Die Kraft bedeutete für mich, die Spannung in der Erwartung der heutigen Gäste, die Angst vor dem Gegensatz zu den Menschen, die ich heute Abend treffen sollte. Ich hoffte an diesem Nachmittag, dass die Düfte der Blüten und die Würze der Speisen eine höchste Einheit zwischen Ost und West hervorbringen würden.

Gäste am Abend

Es war schon am späten Nachmittag, als die Amah das Telefon auf Kantonesisch beantwortete mit einem leisen »Weyyy«. Für jeden Gweilo (fremden Teufel) war der chinesische Singsang sehr ungewöhnlich. Aber mit den Jahren übernahm ich die vielen alltäglichen Ausdrücke und dazu gehörte selbstverständlich das »Weyyy« und das »Heya«, ein Wort, das man zur Betonung an jeden Satz anhing. Die Amah klopfte an meine Schlafzimmertür und in ihrem Pigeon-Englisch erklärte sie, dass der Master am Telefon sei. Mein Mann teilte mir nur kurz mit, dass die Gäste um sieben Uhr kommen würden, ich solle doch zuerst ein paar Cocktails servieren und später zum Essen einen erwärmten Reiswein reichen, damit eine vergnügliche Stimmung aufkommen würde. Er gab mir zu verstehen, dass dieser Abend sehr wichtig für ihn wäre, um geschäftliche Kontakte zu knüpfen. Ich hatte dann nur noch das Problem meiner eigenen Garderobe zu bewältigen. Sollte ich etwas Chinesisches, ein seidenes Cheong-sam, oder etwas Europäisches wählen? Die Wahl fiel mir schwer, aber ich entschied mich aufgrund des chinesischen Abends für ein bodenlanges Cheong-sam. Mein Mann, der recht bald nach Hause kam, um sich umzuziehen, gab mir noch einige Ratschläge, wie wir diesen Abend gestalten sollten. Für mich galt, selbst nicht im Vordergrund zu stehen, sondern die geladenen Damen mit Komplimenten zu umwerben. Meggy hatte sich inzwischen eine typische chinesische Dienerkleidung angezogen, eine weite schwarze Hose mit einem weißen Blusenoberteil, das seitlich geknöpft wurde und einen Mao-Stehkragen hatte. Ihr langes Haar war in einem Zopf gehalten. Es war inzwischen sieben Uhr geworden und die ersten Gäste kamen.

Das Ehepaar Mr. und Mrs. Yang. Ein älterer Herr, hager, mit etwas graumeliertem Haar und recht scharfen Gesichtszügen, lächelte mir zu und stellte mir seine sehr viel jüngere Gattin vor, die mit ihrem dunklen Haar, den braunen Reh-Augen und ihrer wunderbar schimmernden weißen Haut sehr liebenswürdig und attraktiv wirkte. Ich bemerkte, dass sie kaum Englisch sprach und offensichtlich aus Kanton stammte. Mr. Yang war der Direktor einer Stahlfirma und belieferte die Firma meines Mannes. Außerdem war er im Aufsichtsrat mehrerer größerer Firmen und, wie ich im Laufe des Abends herausfinden sollte, war er auch als Tai-Pan (großer Boss) Mitglied des Hongkong Jockey Clubs und Hongkong Country Clubs und er spielte Golf und besaß eine eigene Segelyacht.

Der Rechtsanwalt Paul Zhang, der die Firma meines Mannes vertrat, war ebenfalls einer der Gäste. Er hatte in Cambridge studiert, sein großes Hobby war das Autorennen in Macao, einer portugiesischen Kolonie. Paul sprach mit einem Akzent der englischen Oberklasse, ich nahm an, dies sei bedingt durch sein Studium in England. Er war ein sehr gut gekleideter Mann von circa 40 Jahren. Seine Frau, die auch ein perfektes Englisch sprach, war eine Schönheit mit ihrem pechschwarzen Haar und den perlweißen Zähnen. Ihr bunter Ching-sam war an den Beinen sehr gewagt geschlitzt und ihr Parfum roch verführerisch.

Ein weiteres Ehepaar waren Mr. und Mrs. Wu. Mr. Wu war der Direktor einer amerikanischen Maschinenbaufirma, ausgebildet an der Hua Universität in Peking und weiterhin in Yale, außerdem Mitglied im Komitee der chinesischen Universität in Hongkong. Er war ein feiner älterer Herr, klein und sehr schlank, und sprach ein außergewöhnliches Amerikanisch mit Slang. Die Firma meines Mannes bezog Baumaschinen von Mr. Wu und man wollte wohl an diesem Abend über günstige Konditionen sprechen. Damals fing ich an zu begreifen, dass in Hongkong alle großen Geschäfte während Partys oder großen Essen zustande kamen, es war immer nützlich, gesehen zu werden oder selbst einzuladen. Mrs. Wu konnte man eigentlich noch als junges Mädchen bezeichnen, jung und schön. War sie seine Frau oder seine Geliebte? Das konnte ich an diesem Abend nicht so ganz klar erkennen. Sie sprach ein melodisches Kantonesisch, unter ihrem flotten Cheongsam zeichneten sich lange Beine ab - oder wirkte es nur so wegen der hohen Absätze?

Der einzige Gast an diesem Abend, der Junggeselle war, war Mr. David Chen. Er war einer der wichtigsten Gäste des Abends, mein Mann hoffte, durch ihn mehrere große Aufträge zu bekommen. Mr. Chen, Alleininhaber mehrerer Firmen, besaß auch eines der berühmtesten Architekturbüros in der Stadt. Ich hatte seinen Namen schon sehr oft in gewissen Kreisen vernommen und nun endlich sollte ich diesen als extrem extravagant beschriebenen Menschen näher kennenlernen. Als ich David Chen zum ersten Mal in meinem Leben im Hongkong Country Club gesehen hatte, wo er mir kurz vorgestellt worden war, wirkte er auf mich durchtrainiert und sehr elegant. Doch an diesem Abend verstand ich, dass dieser interessante Mann sehr gefährlich für mich war. Ich war mir vom ersten Augenblick an darüber im Klaren, dass mit seinem Auftreten gewisse Schwingungen im Raum waren, tat aber so, als ob sie nicht existieren würden. Die Faszination, die dieser gutaussehende, große und schlanke Mann auf mich ausübte, war schon mehr als bedenklich. Im Laufe des Abends erkannte ich mehr und mehr seine totale Männlichkeit, die sich in Kraft und Geist ausdrückte. Seine Hände waren sinnlich und fein, er war zu stark, zu nett, zu attraktiv. Ein typischer Mann aus Hunan, der Heimat Mao Tse-tungs. Die Spannung in mir löste sich langsam und ich versuchte, die Aufgaben der Gastgeberin zu erfüllen, nämlich neben meinem Mann die Harmonie des Abends durch Lächeln und das Führen von Gesprächen zu erhalten.

Meggy servierte inzwischen die Drinks. Meine Idee dazu war, einen feinen englischen Sherry in hauchdünnen chinesischen Porzellantassen zu servieren. Diese alten Chien-Lung-Porzellantassen waren ein Weihnachtsgeschenk von einem der vielen Subunternehmer der Firma, einem freundlichen, kleinen, rundlichen Chinesen. Diese hauchdünnen Tassen bildeten die Grundlage zu meiner späteren Sammlung von Porzellan chinesischer Herkunft. Die Amah bereitete, während wir unseren Sherry genossen, den ersten Gang des Menüs vor. Es waren die Hummerkrabben, die sie nach einem alten kantonesischen Rezept frittierte. Nach kürzester Zeit kam das Mädchen und meinte »Missie, dinner is ready!«. Meggy konnte jedoch, wie die meisten Chinesen, das »R« nicht aussprechen. Mein Mann arrangierte die Tischordnung, ich hatte das Vergnügen, gegenüber David zu sitzen. Bei dieser Gelegenheit würde ich mehr über seine Persönlichkeit erfahren können, obwohl ich mich ja eigentlich den anwesenden Damen widmen sollte. Zu den dampfenden Hummerkrabben wurde der Tee serviert, der nie bei einem chinesischen Essen fehlen durfte. Für Chinesen bedeutete er, ähnlich wie für die Japaner, eine Anregung für die Verdauungsorgane und er wurde automatisch zu jedem Essen gereicht. Von den vielen bekannten Geschmackssorten hatte ich den Heung Pien (Jasmin Tee) gewählt. Mrs. Yang und die angebliche Mrs. Wu, die beide aus der Provinz Kanton (Guangdong) stammten, unterhielten sich auf Kantonesisch und ich verstand zu dieser Zeit nur die täglichen Gebrauchsphrasen, die ich teilweise von Meggy übernommen hatte. Die beiden Damen meinten, die Krabben seien »ge-kao« (sehr gut) und sie lächelten mir freundlich zu. Gegessen wurde natürlich mit Stäbchen und die chinesischen Gäste waren sichtlich überrascht, dass wir Europäer diese Kunst einigermaßen beherrschten. Mr. Yang unterhielt sich mit den anderen Herren über eine Konferenz, der er beigewohnt hatte und auf der mehrere millionenschwere neue Bauprojekte besprochen worden waren, er selbst sei daran interessiert, den Stahl zu liefern. Da fast alle großen Baufirmen bieten würden, müsse man an die Kostenvoranschläge der anderen Firmen herankommen, eventuell durch Architekten. David Chen meinte, es wäre keine Schwierigkeit die anderen zu unterbieten, er würde Erkundigungen einziehen. Bei den Bauprojekten handelte es sich wohl um hochaufragende Bürohäuser im Zentrum der Stadt. Mr. Yang schien sich auch über das Ansteigen des Dow Jones zu erfreuen, die Aktienkurse schienen kontinuierlich zu steigen. Die wohlhabenden Chinesen und Ausländer, die während der Unruhen im Sommer 1967 wegen dringender Geschäfte plötzlich ins Ausland verreisten (der wahre Grund war der Respekt vor den Rotgardisten), waren zurückgekehrt und das Geschäftsleben schien sich wieder vollkommen normalisiert zu haben. Der Dow Jones würde laut Mr. Yangs Vorausschau Rekordhöhen erzielen und – Gott sei Dank – hatte Hongkong diese beängstigende Auseinandersetzung zwischen Ost und West überstanden, nun konnte die einzigartige Gesellschaft in der Kolonie ungestört weiter aufgebaut werden. David, der in einem perfekten Englisch sprach, meinte, solange die Kurse stiegen, er seine Dollars auf der Bank habe und seinen Rolls-Royce noch nicht verkaufen müsse, wäre Hongkong der richtige Platz für ihn. Bevor Meggy den zweiten Gang servierte, wies Mr. Yang noch darauf hin, dass man sich eine Vermögensauskunft über den potentiellen Partner der neuen Projekte einholen solle, denn das Risiko wäre sonst zu hoch.

Die kantonesischen Damen sprachen Meggy ein Lob aus. Mein Hausmädchen, die kleine behäbige Chinesin mit ihrem kugelrunden Gesicht, lächelte und fühlte sich geschmeichelt, sie hatte Gesicht gewonnen bei den hohen Herrschaften, die größte Ehre, die sie erlangen konnte. Sie machte kehrt und lief in die Küche zurück, um den nächsten Gang zuzubereiten. Während des zweiten Ganges, der aus einem Eierpfannkuchen mit gedünsteten Garnelen bestand, unterhielt ich mich mit Mrs. Zhang, die mir von ihrer Studienzeit in England erzählte. Dabei beobachtete ich die beiden Damen aus Kanton, mein Blick fiel auf die Juwelen, mit denen sie behangen waren. Eine unschätzbare Halskette aus dunkelgrüner Jade zierte Mrs. Yangs Hals und der mindestens dreikarätige Diamantring an Mrs. Wus Hand schien ebenso wertvoll. War es wirklich so wie man sagte, dass die Hongkong-Chinesinnen die rücksichtslosesten und berechnendsten Frauen auf Gottes Erde sind, oder hatten sie nur diese praktische Einstellung, die in dieser Welt existierte, nämlich die Einstellung vom rein finanziellen Überleben? Vielleicht sahen sie auch nur die Fakten des Lebens aus der richtigen Perspektive? Ihre Lebensweisheit schien folgende zu sein: moh ching, moh meng (kein Geld, kein Leben). Zu diesem Zeitpunkt konnte ich noch nicht wissen, dass ich mit diesem Thema in späteren Jahren einmal selbst konfrontiert werden sollte.

David Chen schien meine Gedankengänge zu erahnen, denn er fragte mich plötzlich, ob ich Jadeschmuck lieben würde. Er fuhr fort, er habe sein Büro im 21. Stockwerk des Prince's Building in der Des Vouex Road und dort hätte er auch eine eigene Jadesammlung, die er zum Teil von seinem Vater geerbt habe. Unter den gesammelten Stücken befände sich eine hängende Vase aus grüner-weißer Jade, die aus der späten Quing-Periode stamme (18.-19. Jahrhundert). Die Besonderheit an dieser Antiquität wäre, dass sie eine Art von kunstvoll ausgebreitetem Phönix darstelle. Die Vase, die herabhängenden Kettenglieder und die zwei beweglichen Griffe seien aus einem einzigen Stück Jade geschnitzt. Unter den gesammelten Stücken befänden sich weiterhin Tassen aus graugrüner Jade mit brauner Musterung aus dem 14. Jahrhundert. Die tiefer liegenden Zeichnungen auf den Objekten bestünden meistens aus Vögeln und katzenartigen Geschöpfen. Eines seiner Lieblingsstücke schien eine ovale Schüssel zu sein, aus der frühen Ming-Periode (14.-16. Jahrhundert). Diese ungewöhnliche Schale habe er in London ersteigert bei Sotheby's, einem großen Auktionshaus. Sie stamme ursprünglich aus einem Taoisten-Tempel, wo sie als Behälter für Gaben in Form von Gemüse und Früchten verwendet wurde. Die Außenseite wäre bedeckt mit überschwänglich geschnitzten Mustern, die inmitten sich kräuselnder Wolken den Anschein einer Mannigfaltigkeit chinesischer Drachen darstellten. Seine besondere Liebe hatte er aber den chinesischen Jade-Anhängern zugewandt, die er auf den wichtigsten Auktionen in der ganzen Welt zu ersteigern schien. An diesem Abend hörte ich zum ersten Mal, dass Jade härter war als die meisten Metalle - Bronze, Eisen oder Stahl inbegriffen. Und sie war ebenfalls härter als die meisten Mineralien, mit Ausnahme von Diamanten und Quarzen. Die Geschichte der chinesischen Jade, sagte David, könne man versuchsweise in drei wichtige Zeitabschnitte einteilen: die Antike, das Mittelalter und die Moderne. Analytische Studien über Jadearbeiten schienen sich dabei mehr mit den aufschlussreichen Einzelheiten der Werke zu beschäftigen, wie den Verzierungen und Gravuren, um Anhaltspunkte zur Interpretation zu erhalten. Abgebildet wurden zum Beispiel zeremonielle Waffen, Ornamente, Figurine bekannter Heiliger oder Miniatur-Landschaften bestimmter Provinzen in China. Es schien kein einziges Stück Jade zu existieren, das nicht eine Fülle von bedeutsamen Symbolen aufwies. David erklärte mir, dass die meisten Symbole eine religiöse Basis hätten, aber auch Rangabzeichen würden abgebildet. Ich kam nach Davids Ausführungen zu der Auffassung, dass die Kunstwerke der Chinesen Zeugnis von einer hohen Beobachtungsgabe ablegten. Immer standen sie in Verbindung zu ihrer alten Kultur, den Gottheiten, den Geistern und vor allen Dingen zu den Tieren. Diese Verbindungen schienen ihr ganzes Denken zu beherrschen. Die geistige und philosophische Anschauung schien lebendig zu werden. Von den chinesischen Kunstwerken gingen starke Impulse aus. Kraft des Glaubens und der alten Kultur waren meisterliche Höhepunkte der Kunstgeschichte entstanden. Ich hörte David ruhig und aufmerksam zu, er schien die Gabe zu haben, eine faszinierende Wirkung auf seine Mitmenschen auszustrahlen. Sein ungewöhnlicher Verstand und sein offenes Behagen am Leben war erfrischend. Diese neue Bekanntschaft war für mich von größerer Bedeutung. Ich wusste noch nicht, ob sie mich zerlegen oder neu zusammensetzen würde. Zum Abschluss meinte David ganz nebenbei, er würde sich sehr freuen, wenn er mir die Entwicklungsgeschichte seltener und kostbarer Jadestücke anhand der Sammlung in seinem Büro erklären dürfe. Das Büro meines Mannes war ebenfalls im Prince's Building, darum versprach ich David, bei der nächsten Gelegenheit die Schönheit seiner Schätze zu bewundern. Meggy servierte inzwischen den dritten Gang, sie brachte die riesigen Muscheln in einer pikanten Sauce, dazu gab es als Beilage leicht gekochtes Gemüse. In der kantonesischen Küche wurde kaum etwas gebraten, man bevorzugte gedünstete oder gekocht Speisen. Zu jedem Gang reichte das Mädchen frische Teller und sie versorgte die Gäste fortlaufend mit Jasmin Tee.

Mr. Paul Zhang, der ursprünglich aus Shanghai stammte und mit sehr viel Kapital nach Hongkong gekommen war, als die Kommunisten China übernahmen, erzählte von seinen Erlebnissen beim Grand Prix in Monaco. Er war als Rennfahrer Mitglied des Sport-und-Rallye-Clubs in Hongkong und Mitorganisator des Grand Prix in Monaco. Sein aufregendstes Rennen hatte er nach seiner Erzählung im letzten Jahr, denn der Motor seines Jaguar E-Type sei bei einer der sechzig Runden plötzlich explodiert und er sei gerade noch mit dem Leben davongekommen. Zu meinem Mann meinte er, dass er uns gerne einmal mitnehmen würde zu diesem spektakulären Rennen, das jährlich in Monaco stattfände. In Hongkong war jegliches Autorennen auf öffentlichen Straßen verboten, aus diesem Grund sei das Rennen in Monaco das berühmteste in Asien und sehr viele europäische Rennfahrer hier nähmen die Gelegenheit wahr, teilzunehmen. In Hongkong gab es nur das kleine Bergrennen in der Näher des Fischerdorfes Sha Tin. Diese Rennstrecke bestand aus einer Erdstraße, die man speziell für diesen Anlass aus den felsigen und sandigen Hügeln herausgeschlagen hatte. Der vierte Gang unseres Menüs wurde aufgetragen, er bestand aus den frischen und saftigen gegrillten Hummern, gewürzt mit Ingwer und Knoblauch und, wie mir schien, mit allen Gewürzen des Ostens. Bei der Beobachtung meiner Gäste erkannte ich, dass sie sich glücklich fühlten. Es schien wirklich so zu sein, dass sich die Chinesen beim Essen besonders liebenswert zeigten. Sie liebten es zu essen, zu lachen und zu trinken, es lag ihnen nicht viel an der Ausstattung, es lag ihnen mehr am Essen. Mr. Yang schien ein freundliches Streitgespräch mit Mr. Wu zu führen. Er debattierte über die Zukunft oder die Nichtzukunft Hongkongs. Mr. Yang schien ein ausgesprochener Optimist zu sein, seiner Meinung nach würde es heute Arbeit und Profite geben und morgen würde man immer noch Arbeit und Profite haben und man würde weiterhin Profite machen können, wenn es dem folgenden Morgen erlaubt wäre, zu kommen. Hongkongs Rezept für Erfolg sei schlicht und einfach und geradeheraus gesagt: niedrige Steuern, keine Kontrollen, schnelle Profite und harte Arbeit. Aber seine Befürchtung sei, dass Hongkong nur so lange erfolgreich sein könne, solange es wirtschaftlich frei bleibe. Die 30.000 Briten und alle anderen Tai-pan in der Kolonie seien hier, um in kürzester Zeit das große Geld zu verdienen, obwohl sie sich nicht unbedingt in Hongkong zu Hause fühlten. Mr. Wu aber, der für mehrere Jahre in Amerika gelebt hatte, sah die Situation etwas anders. Seine Befürchtungen schienen auf der Masse von Flüchtlingen zu beruhen, die auf eigenen Wunsch täglich aus Rotchina kamen, um in Hongkong eine neue Zukunft und Arbeit zu finden. Wären genügend Arbeitsplätze vorhanden, brauche keiner von ihnen zu hungern. Mr. Yang hingegen verglich Hongkong mit Indonesien und Indien, dort läge die wahre Armut aber in Hongkong brauche niemand zu betteln oder hungrig umherzugehen, wenn er sich bemühe, hart zu arbeiten. Die Flüchtlinge, die aus allen Teilen Chinas kamen, schienen eines gemeinsam zu haben: Sie alle standen mitten im Kampf ums Überleben. An diesem Abend erkannte ich sehr genau, dass die Kolonie eingeschlossen war von einem riesigen Gegner (Rotchina). Es gab diesen ständigen Konkurrenzkampf und doch schien die Kolonie es irgendwie fertiggebracht zu haben, sich unter der englischen Leitung innerhalb seines engen Territoriums eine Möglichkeit zu friedlicher Koexistenz geschaffen zu haben. Es war verblüffend, unbegreiflich und unfassbar, und doch schien es im Hinblick auf das Jahr 1997 wunderbar zu funktionieren. Es wurde investiert, obwohl niemand wusste, wie die Zukunft Hongkongs einmal aussehen würde. Die Kolonie war eine kapitalistische Anlage in der Nähe der kommunistischen Grenze, eine seltsame Verbindung von britischem Kolonialismus und alter chinesischer Kultur und Lebensweise ein Durcheinander von herrlichen Millionärshäusern und den entsetzlichsten Slums. Eine wimmelnde Masse von Menschen wurde von der englischen Autokratie geordnet. Hongkong trat auf wie eine Fata Morgana. Wie konnte diese Kolonie bestehen? Wurde sie etwa nur zeitweise geduldet vom riesigen rotchinesischen Nachbarn? Mr. Wus Befürchtung war, dass die Regierung in Peking eines Tages für Tausende von Hongkong-Chinesen den schleichenden Tod veranlassen könnte, indem sie einfach die Versorgung mit lebensnotwendigen Gütern einstellen würde. Aber für Mr. Yang, den großen Optimisten, schien diese Befürchtung nicht existent, er meinte, Peking sei zu schlau für solche Handlungsweisen. Hongkong wäre zu nützlich und zu gewinnbringend für Rotchina. Die große Frage, die man an diesem Abend sicherlich nicht beantworten konnte, die aber immer wieder im Raum stand, war: Konnte das Hongkong-Wunder überleben im Jahr 1997?

Dieser Abend schien einen sehr angenehmen und interessanten Verlauf zu nehmen. Ich versuchte meine Augen und Sinne zu gebrauchen, um alles Neue erfassen zu können. Die Gedanken der Gäste zu lesen oder zu erraten, schien mir fast unmöglich. Waren es die geschickten Worte oder der geistige Wert ihrer Erzählungen, was mich so sehr beeindruckte? Durch Sehen und Hören versuchte ich, Klarheit zu erlangen, erkannte aber zur gleichen Zeit, dass ich mir unter vielen Schwierigkeiten, verbunden mit sehr viel Zeit, diese Kolonie und die Mentalität der Leute erarbeiten müsse. Nach meinem kurzen Gedankenintervall widmete ich mich wieder meinen Obliegenheiten und servierte den Gästen von den Fleischgerichten, die in der Mitte des Tisches standen. Der fünfte und sechste Gang bestand aus dem traditionellen kantonesischen süßsauren Schweinefleisch und einem wunderbar zarten Rindfleisch, in kleinen Stückchen serviert, mit einer Austernsoße. Eine weitere, scharfe und nuancenreiche Soße wurde ebenfalls dazu gereicht. Zu diesen Gerichten tranken wir einen erwärmten Mao Tai, einen der feurigen unter den chinesischen Weinen. Er wurde aus Getreide gebrannt und hatte einen sehr hohen Alkoholgehalt von mindestens 70 %. Darum servierten wir diesen Wein in kleinen Schälchen, die von Zeit zu Zeit nachgefüllt wurden. David nippte an seinem Wein und erzählte mir von seinen Erlebnissen in Südfrankreich und wie er durch seine Aufenthalte dort den französischen Wein kennenlernte. Seine besondere Liebe hatte er den Bordeauxweinen zugewandt. Auf meine Frage, ob der chinesische Wein etwas mit dem europäischen Verständnis von Wein zu tun hätte, antwortete er, dass die chinesischen Weine aus Reis oder Korn gebrannt würden und auch sehr viel hochprozentiger als die normalen europäischen Weine wären. Darüber hinaus gäbe es noch andere Arten von Wein, die selbst für einen Chinesen exotisch seien, zum Beispiel die Sorten, die auf der Basis einer Schlangen- oder Echsenessenz beruhten. Diesen Weinen würde man nachsagen, dass sie bestimmte Heilkräfte mit sich brächten und jedes bekannte Übel heilen könnten. Die älteren chinesischen Männer tränken diesen Wein in dem Glauben, dass ihre Potenz dadurch wiederhergestellt oder gestärkt würde.

Mr. Yang unterhielt sich mit meinem Mann über die Bauvorschriften, die wohl kaum beachtet würden. Er meinte es gebe genügend Architekten, die man mit einem »H'eung you« (Schmiergeld) bestechen könne, denn nur so wäre es diesen wie auch anderen Personen möglich, ihren Lebensstil zu erhalten. Mein Mann stimmte Mr. Yang zu, wie oft hatte er schon dieses berühmte »H'eung you« bezahlt, um überhaupt in den engeren Kreis eines Angebots hineingeschoben zu werden. Hongkong schien eine Goldgrube für korrupt handelnde Personen zu sein, einige von ihnen schienen sich so ein Vermögen zusammenzusammeln. Die berühmte Denkweise, in kürzester Zeit das große Geld zu ergattern, schien ein Teil Hongkongs zu sein. Mr. Yang hatte seine Bedenken, er sprach darüber, was passieren könne, wenn einmal ein Hochhaus einstürze, bei dem man minderwertigen Stahl oder Beton verwendet hatte. Es brauchte eigentlich nur einmal ein besonders starker Taifun die Kolonie zu treffen und die Bauunternehmer, die nicht immer so genau nach den Vorschriften handelten, würden ihre gerechte Strafe bekommen. In einem der kommenden Jahre sollte ich mich noch oft an Mr. Yangs Worte erinnern, denn genau das, was er prophezeite, trat ein. Hongkongs Geschäftsleute schienen nicht darauf warten zu können, durch Arbeit zu Wohlstand zu kommen, durch »H'eung you« erreichten sie ihr Ziel wesentlich schneller. Hatte diese Denkweise mit dem Ablaufen der Pachtverträge im Jahr 1997 zu tun? Diese ungewisse Zukunft, die wie ein Schatten über Hongkong lag, schien einem großen Teil der Bevölkerung das grundlegende Bestreben einzuimpfen, so schnell wie möglich reich zu werden. David hatte aufmerksam zugehört, er selbst hatte als Architekt mit der Bauaufsichtsbehörde zu tun und aus seiner Erfahrung heraus konnte man die Augen der zuständigen Leute mit ein paar Scheinchen oft schließen. Man müsse immer davon ausgehen, dass Bauunternehmer bei einem vorgeschriebenen Fundament betrügen würden, wahrscheinlich nur einen Bruchteil des notwendigen Stahls benutzten und so viel Sand in den Beton mischten, dass der Profit am Ende so groß wie möglich sein würde. Aber dagegen zu protestieren wäre wohl hoffnungslos. Ich wurde an diesem Abend darauf aufmerksam gemacht, dass man in Hongkong alles kaufen konnte; selbst wenn Hochhäuser einstürzten, würde man dies achselzuckend als einen Unglücksfall bezeichnen, obwohl jeder genau wusste, dass es mit menschlicher Berechnung verbunden war. Dieses allzu freie Denken erinnerte mich an das Höllenfeuer. Die Bewohner Hongkongs schienen nicht von der Stadt geschaffen zu sein, sondern sie hatten diesen Platz aus einer gemeinsamen Motivation heraus gewählt. Konnte diese totale Korruption, die in dieser völlig kapitalistischen Gesellschaft herrschte, irgendwann einmal total besiegt werden? Meggy servierte mit freundlichem Lächeln den letzten Gang unseres Menüs. Er bestand aus Garnelen, die in einer Mischung aus Essig, Wasser und Ingwer schwammen. Traditionsgemäß reichte sie zum Abschluss des Essens dazu Schalen mit Reis.

Mr. Und Mrs. Wu verabschiedeten sich frühzeitig, da sie planten, am kommenden Tag ihren Urlaub anzutreten, den sie in Kaschmir, in der Nähe von Srinagar (Sommerhauptstadt Kaschmirs) verbringen wollten, auf einem der Hausboote. Ich dachte, dass die angebliche Mrs. Wu nur die Geliebte sein konnte, denn in das Paradies der gewaltigsten Berge der Erde zwischen den Flüssen und Seen fuhr man nur, wenn man die totale Einsamkeit suchte, umgeben von der unendlichen Natur, oder wenn man nur mit einem einzigen Menschen zusammen sein wollte, den man sehr liebte. Die letzte Möglichkeit schien wohl eher der Fall zu sein. Der Aufbruch von Mr. Wu und Begleiterin veranlasste die anderen Gäste ebenfalls, sich zu verabschieden. Als letzte höfliche Geste begleiteten wir sie noch in den Hof. David stieg in seinen Silver Cloud ein, nachdem er sich bei mir für den Abend bedankt hatte und dafür, meine Bekanntschaft gemacht haben zu dürfen. Sein chinesischer Fahrer steuerte den Rolls langsam abwärts in die Shouson Hill Road. In mir stieg eine wachsende Erregung auf. Diesen Menschen wollte ich so schnell wie möglich wiedersehen.

Die Nacht war feucht und warm, ein paar Sterne schafften es, sich durch die Wolkendecke zu schieben. Mit einer liebevollen Bewegung versuchte ich, die Hand meines Mannes zu erreichen. Aber er schien so in Gedanken versunken zu sein, dass ich ihn nicht erreichen konnte. Wie schon so oft verdrängte ich auch in diesem Moment den Gedanken daran, dass dieser Mann begann, sich von mir zu entfernen. In mein Unterbewusstsein sickerte langsam der tiefere Sinn dieser Distanzierung. Er schien nicht mehr so glücklich zu sein wie in Malaysia. Hatte es mit dem Ort Hongkong zu tun oder mit dem Berufskampf? Obwohl ich seinen Atem neben mir spürte, fühlte ich mich unendlich einsam. Ich erkannte, dass das Glück nichts war, das ganz selbstverständlich den Weg zu mir finden würde, sondern ich müsste einen Weg finden, um es mir zu erkämpfen – vielleicht auch würde ich es auf diesem Weg verlieren.

Hongkong und der Luxus

Am nächsten Morgen frühstückte ich wie immer mit meinem Mann gegen sieben Uhr. Meggy schien am Beginn dieses Tages besonders fröhlich zu sein, ich glaube, ihre Fröhlichkeit war verbunden mit unseren Komplimenten für das chinesische Essen am Vorabend. Sie servierte uns, wie zu jedem Frühstück, eine Kombination von frischen Früchten mit Schinken und Ei. Das Mädchen hatte, bevor wir sie einstellten, bei englischen Familien gedient. Darum bekamen wir in der ersten Zeit fast immer ein typisch englisches Frühstück. Es dauerte einige Monate, bis ich ihr begreiflich machen konnte, dass in einer deutschen Familie auch Brot, Wurst, Käse und Marmelade zum Frühstück gegessen wurde. Mein Mann hatte es an diesem Morgen sehr eilig, denn er wollte noch an diesem Tag ein Angebot für die Fundamente eines Hochhauses abgeben. Außerdem hatte er ein Mittagessen mit einem der Architekten arrangiert, um ein neues Projekt zu besprechen. Er meinte beim Abschied, dass wir uns am späten Nachmittag eventuell in der Mandarin-Lounge (Foyer des Mandarin Hotels) zum Tee treffen könnten, er würde aber vorher noch anrufen, ob und wann er es zeitlich einrichten könne.

Wie an jedem Morgen ging ich auch heute auf die üppig bepflanzte Terrasse, um meinem Mann einen letzten Gruß zuzuwinken. Die Luft war um diese Uhrzeit sehr mild, wir hatten Mai 1968, der Sommer mit dem Südwestmonsun schien sich zu nähern. Zu dieser Stunde hatten wir schon 20 °C, die Sonne leuchtete in all ihrer Schönheit über dem Südhang eines in der Nähe liegenden Hügels. Ihre goldenen Strahlen fielen auf die blühenden Sträucher und grünen Stauden. Vom Balkon aus erlebte ich bewusst das Erwachen des Sommers aufgrund der Blütenpracht der Rhododendron-Sträucher, Magnolien, Hibiskus und Oleander. Eine Farbenpracht, die durch rosa, gelbe, rote und weiße Blüten geprägt war. Die Luft roch aromatisch nach Blütenstaub und selbst die kleinsten grünen Blättchen hatten sich in den letzten Tagen aufgrund der schon sehr viel höheren Luftfeuchtigkeit herausgewagt. Obwohl

Hongkong scheinbar nur aus Sand und Felsen bestand, schien es einzigartig zu sein, es war eine gebirgige, wunderschöne tropische Insel. Es schien immer wieder wie ein Wunder, wie sich wenige Kilometer neben der Betonwüste Victoria (Stadtzentrum) die blühenden Gärten in der tropischen Natur öffneten. Doch die wärmsten Monate, mit dem typischen Tropenklima standen uns noch bevor, nämlich der Juli und der August. Diese beiden Monate würden sicherlich Temperaturen bis zu 35 Grad bringen mit einer sehr hohen Luftfeuchtigkeit, bis zu 80 %. Ob wir in diesen Sommermonaten wieder einen der gefürchteten Taifune oder tropischen Wirbelstürme erwarten durften, die teilweise mit einer Geschwindigkeit von 200 km/h über die Insel rasten?

Ich erinnerte mich daran, dass ich mich mit Inge verabredet hatte, wir wollten heute einen Stadtbummel machen. Nach einer erfrischenden Dusche entschied ich mich für ein leichtes Sommerkleid, da die Temperatur gegen Mittag sicherlich auf 28 Grad steigen würde. Eine halbe Stunde später war ich bereit und holte Inge im Erdgeschoss ab. Sie steuerte das VW Käfer Cabrio in Richtung Stubbs Road, die Sonne blendete so stark, dass sie die Fahrt verlangsamen musste, die einige Erfrischung durch den Fahrtwind brachte, der am Cabrio-Dach zerrte. Die in Serpentinen verlaufende stark ansteigende Straße gab uns an diesem Morgen den freien Blick auf den Hafen, der weit unter uns lag, blau- und silberschimmernd, er hatte wie schon so oft bei anderen Gelegenheiten, den Effekt einer Fata Morgana auf mich. Hongkong schien für mich einen der spektakulärsten Häfen der Welt zu haben. Aus dem überfüllten Hafen fädelten sich Schiffe aller Größen in alle Richtungen. Die Hochhäuser davor vermittelten den Eindruck, man befände sich in Manhattan. Auf dieser zehn Meilen langen und dreißig Meilen breiten Insel fanden wir immer wieder exzellent ausgebaute Straßen, die rund um die Insel führten. Auf der Stubbs Road, der Peak Road und Magazine Gap Road war es uns möglich, die herrlichen Aussichten auf das Meer und auf Victoria zu genießen. Diese Straßen umgaben die unteren Hänge des 1.800 Fuß hohen Berges (Peaks). Wir beobachteten Fährschiffe, die zwischen dem Festland und Victoria pendelten. Von der Stubbs Road aus bogen wir rechts in die Magazine Gap Road ein und schlängelten uns langsam durch den dichten Verkehr hinunter auf die Garden Road, vorbei am Government House (Residenz des englischen Gouverneurs) bis zum Hilton Hotel.

Neben dem Hilton Hotel befand sich ein Multistore Car Park (mehrstöckiges Parkhaus). Wir parkten im dritten Stockwerk und nahmen den Aufzug ins Erdgeschoss. Das Hilton Hotel lag an der Queen's Road, von hier aus begann die Lebensader Victorias zu pulsieren. Inge meinte, wir sollten noch einen Kaffee im Hilton Coffeeshop trinken. Der Portier, ein livrierter indischer Sikh mit einem prächtigen Turban, riss die Tür auf und wünschte uns ein herzliches »Dschou Ban« (Guten Morgen). In der Cafeteria fanden wir einen günstigen Tisch, um noch ein wenig Ruhe zu genießen, denn der Stadtbummel würde uns bestimmt mit neuen Eindrücken fast erschlagen. Wir nutzten die Gelegenheit, um die Mitmenschen im Raum zu beobachten. Sehr viele ausländische Gäste des Hotels waren gerade dabei, ihr Frühstück einzunehmen. Offensichtlich waren viele Geschäftsreisende unter ihnen, die mit dem konventionellen Aktenkoffer bestückt waren. Nicht umsonst sagte man von Hongkong, dass es der goldene Platz zum Handeln und Verhandeln sei. Eine japanische Touristengruppe strömte herein und wir hörten sogar von einigen Tischen her deutsche Laute. In der Cafeteria versammelten sich an diesem Morgen viele Gweilos (fremde Teufel). Die Chinesen, die am Nachbartisch saßen, schienen schon am Morgen den Lebensrhythmus dieser Stadt zu verkörpern, sie nahmen sich sehr viel Zeit für ein ausgiebiges Frühstück und verbanden dies mit dem geräuschvollen Verhandeln eines Geschäfts. Das Handeln schien das Kernstück des Frühstücks zu sein. Es wäre auch sehr unwahrscheinlich, einen Chinesen zu finden, der einen überhöhten Preis nicht herunterhandeln würde, die Hongkong-Chinesen schienen die Kunst des Handelns zur Perfektion entwickelt zu haben. Ein junger Chinese nahm unsere Wünsche entgegen, Inge bestellte auf Kantonesisch »Liang Kaffee M goi« (zwei Kaffee, bitte). Obwohl Englisch die offizielle Amtssprache in Hongkong war, hörten es die Chinesen immer wieder gerne, wenn die fremden Teufel sich an ihrer Sprache ausprobierten und es schien sie immer wieder zu amüsieren, wenn wir die Tonhöhen durcheinanderbrachten. Nach dem Kaffee entschlossen wir uns, die Hektik der Stadt zu genießen.

Gegenüber des Hilton Hotels erhob sich die rotchinesische Bank of China, Seite an Seite und im ständigen Konkurrenzkampf mit der englischen Hongkong und Shanghai Bank. Die rotchinesische Bank schien immer ein Auge auf die chinesischen Löwen im Shanghai-Stil zu werfen, die vor der englischen Bank thronten. Sie warf am frühen Morgen einen unheilverkündenden Schatten über das westliche Ende des Hongkong Cricket Clubs. Die rotchinesische Bank war bekannt dafür, Pekings diplomatischer Stützpunkt zu sein. Ein bewaffneter chinesischer Wächter, in rotchinesischer Mao-Uniform und disziplinierter militärischer Haltung, schien die Bank verteidigen zu wollen. Er trug einen Karabiner über der Schulter. Ich erkannte im Vorübergehen, dass jeder fremde Besucher, der die Bank betreten wollte, genauestens überprüft wurde. Die Bank lag an einem sehr strategischen Standort, nämlich an der Ecke des Hongkong Statue Squares, eingezwängt zwischen der englischen Hongkong und Shanghai Bank, dem Supreme Court und dem Hongkong Hilton. Die chinesische Bank war verbunden mit einer sehr interessanten Geschichte. Das Gebäude wurde ursprünglich von den chinesischen Nationalisten entworfen, als eine symbolische Warnung Chinas, das die ausschlaggebende Herrschaft über Hongkong demonstrieren wollte. Die Nationalisten schienen über den Kolonialzustand beleidigt zu sein und in ihrem chinesischen Nationalstolz getroffen, genauso, wie es die kommunistischen Chinesen heute noch ärgert. Ein Schwager und enger Berater Chiang Kai-sheks, dieses hohen chinesischen Politikers und Militärs, billigte die Höhe des Gebäudes, das einige Fuß höher werden sollte als das der britischen Hongkong und Shanghai Bank. Als später die Nationalisten vom Schauplatz China verschwinden mussten und die Kommunisten unter Mao Tse-tung die Regierung übernahmen, wurde das Gebäude vervollständigt. Chinas Einsatz in Hongkong war wohl motiviert durch nationalen Stolz und auch der geschäftliche Vorteil spielte eine gewaltige Rolle. Das Erste schien mir dauerhafter und stärker zu sein als das Zweite. Ich stellte mir schon in jenen Jahren sehr oft die Frage, wie lange diese Dauer wohl währen würde. Die rotchinesische Bank war verantwortlich für die finanziellen Angelegenheiten und die Geldwechselkontrolle des kommunistischen China in Hongkong. Außerdem war dies ein guter Standort, um das Leben der fremden Teufel genauestens zu beobachten und im Notfall unter Kontrolle zu bringen. Die Rotchinesen hatten ihre (in)offiziellen Verbindungsmänner wohl in Hongkong untergebracht. Ich erinnere mich an die Worte meines Mannes, der meinte, dass Mr. Wu, einer unserer Gäste des Vorabends, ebenfalls ein solcher Verbindungsmann sei, da er große Kontakte mit der Bank of China unterhielt. Mr. Wu war 1950 nach Hongkong gekommen und er stammte aus der Provinz Hunan, der Heimat Mao Tse-tungs. Er selbst wollte aber nie zugeben, dass er als offizieller Arm der Volksrepublik China fungierte. Man munkelte über Mr. Wu, dass er, wie viele andere, von der Parteispitze in Peking streng kontrolliert wurde, und doch schien er auf seinem Wachtposten ein rein kapitalistisches Leben zu führen.

Wir schlenderten die Des Voeux Road entlang, vorbei am Prince's Building und bogen von hier aus nach links in die Ice House Street ab, um so wieder auf die Queen's Road zu gelangen. Inge wollte im »Chinese Art und Crafts«-Laden auf der Queen's Road Geschenke einkaufen für Verwandte in der Ostzone. Ein Geschäft mit Gütern aus China war eine besondere Attraktion für uns Ausländer. Die Preise waren vernünftig. Dieser rotchinesische Laden schien der einzige Platz in Hongkong zu sein, an dem man nicht handeln konnte, die Preise waren absolut festgesetzt. In der Umgebung der prächtigen Handarbeiten, Holzschnitzereien, Seiden, Schmuckstücke und Antiquitäten hielten wir uns fast zwei Stunden auf. Große Mao Bilder hingen an den Wänden und kommunistische Gesänge berieselten die Kunden und bestimmten die Atmosphäre. Zu dieser Zeit fand man kaum einen amerikanischen Touristen in dem Geschäft, da die USA ein Embargo gegen alle Güter chinesischer Herkunft ausgesprochen hatte, aber dies sollte sich im Jahr 1972, nach dem Staatsbesuch Richard Nixons in Peking stark ändern.

Auf dem Markt in Hongkong, aber besonders in den rotchinesischen Geschäften, fand man noch recht viele aus alter Zeit stammende chinesische Wertgegenstände, obwohl sich die Preise für diese Antiquitäten nach der Kulturrevolution mächtig erhöht hatten. Die Rotgardisten hatten 1966/67 einen großen Teil der Kunstgegenstände im eigenen Land zerstört, da sie diese als Werkzeuge des Kapitalismus ansahen. Unsere Bewunderung für die wunderbar verarbeiteten alten Gegenstände stieg, es war so schwer, sich für das Richtige zu entscheiden. Die Vielfältigkeit der Ware war so reichhaltig und verführerisch, dass wir hier mindestens ein komplettes Monatsgehalt unserer Männer innerhalb eines Morgens hätten ausgeben können. Inge entschied sich für ein paar antike Schnupftabakfläschchen. Die meisten dieser reich verzierten kleinen Fläschchen waren aus Keramik, Lack, Porzellan, Glas, Jade oder aus Elfenbein hergestellt. Bei den Glasfläschchen waren selbst die Innenseiten mit feinen Pinselstrichen bemalt, da waren gemalte Landschaften Konkubinen, Drachen, Blumen- und Vogelmotive und selbst kleine Schriftzeichen, Weissagungen von Konfuzius oder Laotse, zu sehen. Die Hinterglasmalerei auf engster Fläche war so meisterlich geschaffen, dass es uns als etwas fast Unmögliches erschien. Der chinesische Verkäufer erklärte uns in seinem Pigeon-Englisch, dass die »ly myan Huai« (Hinterglasmalerei) mit den feinen kleinen Pinseln von wenigen Künstlern in China heute noch geschaffen werde. Die Pinsel seien in Winkeln von bis zu 90° gebogen, um damit selbst die kleinste Fläche erreichen und bemalen zu können. Als überzeugter Kommunist machte er uns auf die Schnupftabakfläschchen aufmerksam, die während der Zeit des Vorsitzenden Mao Tse-tung bemalt wurden. Sie alle vertraten in winzigen Schriftzeichen die Sprüche und Ideen und vor allen Dingen die Leitprinzipien der Partei und der gesamten Armee für das ganze chinesische Volk. Es wurde uns dargelegt, dass sich das chinesische Volk von den Ideen Mao Tse-tungs leiten lassen solle und nach seinen Weisungen handeln müsse. Mao Tse-tung versuchte, das ganze chinesische Volk auf seine Seite zu bringen, die Bauern, Arbeiter, Soldaten und auch die Intellektuellen. Sie alle sollten die Zitate des Vorsitzenden studieren und diese in der Praxis bei der Arbeit etc. umsetzen. Ich war von dem Gespräch mit diesem kommunistischen Verkäufer so fasziniert, dass ich mich schließlich dazu entschloss, die »Mao-Bibel« (die »Worte des Vorsitzenden Mao Tse-tung«) zu kaufen, um sie zu Hause in Ruhe durchzulesen. Die »Mao-Bibel« war erhältlich in allen Sprachen, um Proletarier aller Länder eine Chance einzuräumen, sich zu vereinigen. Den Begriff des sozialen Klassenkampfs schien Mao Tse-tung in einem schöpferischen Werk verlebendigen zu wollen. Der kleine rotchinesische Verkäufer sprach von einer geistigen Atombombe, die eine unermessliche Macht mit sich brachte. Unwillkürlich dachte ich an Adolf Hitler, denn er besaß ja wohl eine ähnliche Macht, doch der Kraftquell seiner Worte erwies sich als besiegbar. Waren die Chinesen in China vor allen Dingen chinesisch und erst in zweiter Linie kommunistisch? War es dem Vorsitzenden möglich, dies umzukehren? Konnte eine einzelne Person ein Land mit der ältesten Kultur der Welt derart verändern? Oder sollte er mit einem seiner Sprüche wie »Erkenne dich, erkenne deinen Feind« und »Hundert Schlachten, hundert Siege« eines Tages sich selbst erkennen, um somit die hundert Schlachten zu verlieren? Diese Fragen blieben offen und man wird sie erst in ein paar Jahren beantworten können. Wir verließen den chinesischen Laden in Gedanken versunken. Ich musste an das chinesische Volk denken. War sich dieses Volk darüber im Klaren, ob es einem Würdigen oder einem Unwürdigen nacheiferte, im Moment erfreute sich das Volk keineswegs der Ruhe und des Friedens im Innern seines Landes; das, was geschah, grenzte eher an Zerstörung.

Nach kurzer Überlegung entschieden wir uns spontan, die Fähre zu nehmen, um auf der Kowloon-Seite den Rest unserer Einkäufe zu erledigen. Die Hongkong Star Ferry lag unterhalb der Connaught Road neben der City Hall, es war nur ein kurzer Weg von unserem Standort aus. Die Fähre glitt über das im Sonnenschein glitzernde Wasser, ein kühler Wind wehte. Die Holzbänke waren bepackt mit Touristen, Chinesen und Europäern. Ich beobachtete bei einem Chinesen, der auf dem vollgestopften Gang stand, wie er sich geräuschvoll räusperte und begann, seinen Schleim auszuhusten. Obwohl man in Hongkong überall Schilder fand, auf denen in Chinesisch und auf Englisch »Spucken verboten« stand und man sogar eine Strafe erwarten konnte, wenn man dabei erwischt wurde, konnte man diese alte chinesische Sitte, sie war schon fast Kultur zu nennen, nicht so leicht aus der Welt schaffen. Dschunken, Sampans und Frachter wichen der Fähre geschickt aus. Auf der rechten Seite des Hafens entdeckten wir einen riesigen Flugzeugträger mit amerikanischer Flagge, er kam wohl aus Vietnam. Die Fähre näherte sich Kowloon, die Passagiere drängten sich dem Ausgang zu, sie schienen es alle sehr eilig zu haben. Ich hoffte nur, dass die Fähre nicht aus dem Gleichgewicht geraten würde, sie fing schon an, sich auf die Seite zu neigen. Die Matrosen warfen dicke Taue über Bord, die aufgefangen und um riesige Schrauben gedreht wurden. Die Ladeklappen senkten sich und die Masse strömte auf und davon, wir mussten aufpassen, nicht mitgerissen zu werden.

Wie immer herrschte auf der Kowloon-Seite reges Treiben. Wenn man Kowloon genau übersetzte, hieß es »Neun Drachen«. Die Chinesen waren der Meinung, dass Kowloon auf neun Hügeln errichtet worden war. Kowloon selbst war nicht besonders groß, aber wenn man weiter nach Norden fuhr, befand man sich in den New Territories, ein 960 km^2 großes gebirgiges Gelände. Dieses Gebiet hatte die englische Krone 1898 für 99 Jahre gepachtet. Der Fähren-Pier lag im Tsim Sha Tsui-Distrikt. Wir lehnten uns noch einige Minuten über die Brüstung des Piers, um die Sonnenreflexe auf dem Wasser zu beobachten. Auf der gegenüberliegenden Seite lag die Insel Hongkong, Victoria im Vordergrund. Der Peak, als erhabene Spitze, strahlte einen majestätischen Zauber aus und war frei von allen Wolken.

Die beste und größte Auswahl an chinesischen Produkten fanden wir in den Läden auf der Nathan Road, der Hauptgeschäftsstraße Kowloons. Diese Straße halbierte die Halbinsel Kowloon der Länge nach genau in der Mitte. Sie erstreckte sich vom berühmten Peninsula Hotel bis zur Boundary Street. Gegenüber dem sehr westlich beeinflussten Hongkong Island schien uns diese Umgebung sehr chinesisch zu sein. Eine typisch chinesische Handelsmetropole mit Kulis und Rikscha-Fahrern. Riesige Reklameschilder machten Werbung für europäische und chinesische Produkte. Geschäfte zu machen schien das Wichtigste hier zu sein. Ein absolutes Wunderland für Touristen und für Leute wie uns. Die ganze Nathan Road glich einem riesigen

Geschäftshaus, das ein tägliches Ausverkaufsangebot bereithielt. Die dazugehörigen Geldwechsler tätigten ihre Geschäfte in vergitterten kleinen Buden, um die Kurse der großen Banken zu unterbieten. Das Einkaufen wurde hier zum Ritual. Man musste die notwendige Zeit mitzubringen, um genügend handeln und feilschen zu können. Es erstaunte mich immer wieder, dass man ausgeschriebene Preise in den Läden um 30-40 Prozent herunterhandeln konnte. Mehrere Stunden spazierten wir durch viele Geschäfte, um dann eine japanische Kamera und eine Uhr zu erstehen, Markenprodukte, die Inge ebenfalls in die Ostzone schicken wollte. Für beide Artikel ließen wir uns eine Herstellergarantie geben, denn, wie allgemein bekannt, wurden viele Produkte in Hongkong imitiert. Wir entschieden, dass wir ein kleines Mittagessen in dem berühmten Peninsula Hotel einnehmen wollten. Das Hotel, erbaut im alten Kolonialstil, lag am Ende der Nathan Road und bot einen atemberaubenden Blick über den Hafen. Das Hotel war von der Modernisierung verschont geblieben, im Gegenteil, man hatte versucht, die Innendekoration gemütlich und altmodisch zu halten. Mit etwas Phantasie befanden wir uns plötzlich in den alten Kolonialtagen. Es hätte uns nicht gewundert, wenn Königin Victoria mit ihrem Gemahl Albert zu uns hereinspaziert wäre. Der Schriftsteller Noël Coward schien hier in dieser Atmosphäre die gleichen Gefühle entwickelt zu haben, denn er hatte sein Manuskript für »Private Lives« im Peninsula Hotel geschrieben. Hier konnte man bei einem chinesischen oder englischen Tee in der Tee-Halle die beeindruckende moderne Welt vergessen. Die Tradition, die mit diesem Hotel verbunden war, schien die britische Oberherrschaft zu bezeugen. Ein Gebäude mit den Architekturlinien des 19. Jahrhunderts. Vor dem Hotel standen die Hotellimousinen, das Management hatte Rolls-Royce eingesetzt, um den Gästen einen besonderen Service anzubieten oder sie für die Transfers zum Flughafen zu benutzen. Die Chauffeure warteten geduldig auf ihre Gäste, in Uniform natürlich. Ich erkannte, dass die Menschen in Hongkong die große Vollendung erreichen wollten, die so unendlich wirkungsvoll zu sein schien. Aber gab es kein größeres Übel als keine Genüge zu kennen und keinen größeren Fehler als alles haben zu wollen?

Mit welchen Menschen hatte ich es in meiner näheren Umgebung zu tun, mit solchen, die nie die Genügsamkeit erreichen sollten? Lag es an dem Ort Hongkong, dass die Einwohner ihren Charakter veränderten, um überhaupt im ewigen Machtkampf existieren zu können? Die langsame Erkenntnis über die wahre Denkweise der Bewohner, ob Chinesen oder Europäer, war nicht sehr angenehm. Man nahm hier keinerlei Rücksicht auf die Mitmenschen. Als knallharte Richtlinie galt, sich selbst zu fördern, auch dann, wenn andere dadurch Schaden erlitten.

Hongkongs Bevölkerung und die Armen

Nach diesem kleinen Intermezzo im feinsten Hotel auf der Kowloon-Seite nahmen wir die nächste Star-Ferry zurück auf die Insel. Auf der Fähre begegneten wir wieder einer Menge amerikanischer Touristen, mit Kameras beladen, die dem Gespräch nach zu urteilen gerade aus Los Angeles über die Route Hono-lulu-Tokio nach Hongkong gekommen waren. Die große Menge jedoch bestand wieder aus Chinesen und einem kleinen Teil Eurasier. Es schienen viele Flüchtlinge darunter zu sein. Einer von drei Erwachsenen in den überfüllten Straßen oder hier auf der Fähre war aus China entflohen. Sie kamen aus allen Teilen Chinas mit ihrer jeweils eigenen Voreingenommenheit und Rivalität, aber im Grunde genommen konnte man sie die Vereinigten Chinesen nennen. Ich versuchte, die Chinesen, die hier in meiner Nähe saßen, in die einzelnen Provinzen Chinas einzusortieren. Das war gar nicht einfach, denn ich hatte nur wenige Anhaltspunkte, und doch schienen die etwas stämmigeren Auswanderer aus Peking und die Nordchinesen leicht zu erkennen zu sein. Diese Chinesen ernährten sich mehr von Weizen als von Reis. Nicht nur ihr Aussehen wirkte grob, sondern auch ihre Sprache. Sie verachteten die barbarischen Gewohnheiten und die delikaten Speisen der Kantonesen. Die Kantonesen hingegen schienen zierlicher gebaut und rümpften die Nase vor einem Pekinger Buchhalter und einem Shanghaier Gauner. Die Shanghaier hielten sich in Cliquen auf, ebenso wie die Kantonesen, die Tschu Tschaus und die Fukinesen.

Die Shanghaier hatten allgemein einen schlechten Ruf unter den Chinesen, sie waren stets dabei, das schnelle Geld zu machen, auch wenn das mit Schmuggel oder Gaunerei in Verbindung stand. Die Shanghaier betrachteten die Menschen aus Peking und Kanton als Provinzler und ungeübte Schurken. Die Hakkas, die im 16. Jahrhundert aus Nordchina kamen, waren am leichtesten zu erkennen. Sie trugen große Hüte mit einem breiten Volant versehen. Sie waren das Landvolk, die Bauern, deren Reich in den New Territories festgelegt war. Ihr wirkliches Glück war im fruchtbaren Boden enthalten, so, wie für den Hokklo, den Fischer, das Erwünschte im Südchinesischen Meer gefunden wurde. Alle diese Chinesen aus den verschiedensten Teilen Chinas versuchten, in Hongkong unter einem Dach zu leben und sogar miteinander auszukommen. Durch den pragmatisch bedingten Willen, ein gemeinsames Leben und Schicksal in der Kronkolonie zu verbringen, schied der persönliche Neid aus, denn er gehörte nicht zu den Schwächen des chinesischen Volkes. Die meisten dieser chinesischen Flüchtlinge hassten den Kommunismus, doch es blieb die Frage, ob sie sie den Kolonialismus unter der Führung der englischen Krone wirklich akzeptierten.

Mir fiel eine junge Eurasierin auf, sie war sehr hübsch mit ihrem dunklem Haar, den braunen Augen und ihrer schimmernden weißen Haut, dennoch erkannte man an ihrer Augenstellung den europäischen Anteil. Stammte sie wohl aus einer legitimen Ehe zwischen einem fremden Teufel und einer Chinesin? Ein alter Chinese im formellen langen Gewand trug seinen Bambus-Vogelkäfig auf der Fähre spazieren. Auffallend war auch der junge chinesische Mann in seiner Mao-Uniform, offensichtlich ein Anhänger des Vorsitzenden. Dazwischen junges Volk in modernen Miniröcken und Jeans. Hongkong schien ein Platz der Gegensätze zu sein, ein Teil Chinas, doch lebte man hier viel lässiger, ungehemmter und freier als in China selbst. Die Fähre legte auf der anderen Seite an, eine Menge Taxis und Doppeldeckerbusse erwarteten die Passagiere. Rikscha-Fahrer drängten sich am Terminal zu den Touristen, um ihr großes Geld für den Tag zu verdienen und den Spaß zu haben, die Barbaren zu übervorteilen. Ein großer Rolls wartete auf die amerikanische Gruppe, um sie in das Mandarin Hotel zu befördern. Wir spazierten dem Zentrum der Stadt entgegen. Der Verkehr wurde immer dichter. Wir wichen dieser Turbulenz aus, indem wir die Straße am Wasser entlang benutzten, um in den Western-Distrikt zu gelangen. Frachter und Passagierschiffe lagen vor Anker, viele Dschunken und Sampans segelten schwerfällig über das Meer. Die Wasserwege schienen einen gewichtigen Teil Hongkongs auszumachen. Wir erblickten einige Dschunken mit der kommunistischen Flagge. Sie ankerten im Hafen von Hongkong, ihre Ladung bestand aus Lebensmitteln, Schweinen, Geflügel, Gemüse und Früchten. Ihre Segel zeigten rotchinesische Schriftzeichen.

Wir passierten Bücherstände, die Kopien der Peking Zeitung ausstellten, und es fehlten natürlich nicht die roten »Bibeln« mit den Mao Tse-tung Zitaten. Seite an Seite lagen diese mit dem Reader's Digest, dem Playboy und der Kopie einer nationalistischen Zeitung. Ein Gewimmel von ärmlich aussehenden Chinesen umgab uns. Wie verdienten diese Leute ihr tägliches Einkommen? Offensichtlich waren die meisten von ihnen doch Nicht-Kommunisten, sie waren aus China geflohen, nachdem die Kommunisten es übernommen hatten. Doch waren sie alle Chinesen, ob Kuli, Bankier, Händler oder einfacher Geschäftsmann, ob aus alter oder junger Generation stammten. Niemand von ihnen zweifelte nur eine Sekunde daran, dass sie den Barbaren (Weststaatlern) überlegen waren. An den entfernten Hängen erblickten wir einige Squatter Huts (Wohnhütten), die wie kleine Ameisenhügel die Erde zu zerfressen schienen. Wie leicht und wie tief konnten diese Menschen in dieser Welt fallen, wenn sie ihren Intellekt nicht streng beherrschten. Ich verglich Hongkong mit einem mächtigen Baum, an einigen Zweigen und Ästen kamen wundervolle Blüten und Früchte hervor, doch viele Äste lagen brach und trocken da. Warum schien die Sonne in ihrem vollen Glanz nur manchen Menschen? Reichtum und Armut - waren sie voneinander abhängig?

Von einer kleinen Telefonzelle im Western Distrikt aus versuchte ich mehrere Male, meinen Mann im Büro zu erreichen. Die chinesische Sekretärin antwortete jedes Mal mit einem »Weyy« und sie gab mir immer wieder die Auskunft, dass ich doch noch einmal anrufen solle, da mein Mann sich momentan in einem wichtigen Meeting mit Mr. Kamasoto und einigen Herren aus Amerika, hohen Tai-Pan (Geschäftsleuten), befand. Nach weiteren Versuchen konnte ich ihn endlich erreichen. Er klang sehr erschöpft, meinte aber, dass wir uns gegen sechs Uhr im Mandarin Hotel zum Tee treffen sollten. Wir hatten ungefähr noch eine Stunde Zeit bis dahin und entschieden, den kürzesten Weg zurück zu nehmen. Dieser verlief direkt durch das Zentrum der Stadt, durch Massen von Fußgängern und dichte Reihen von Autos, Bussen und Taxis. Auf den Märkten im Herzen Hongkongs schien es besonders turbulent zuzugehen. Die Hausfrauen kauften frisches Gemüse für das Abendessen ein. Große Mengen dieser Lebensmittel waren importiert, überwiegend kamen sie aus Rotchina. Wir schoben uns durch die engen Gässchen, das Menschengewühl war fast undurchdringbar. An Ständen mit Textilprodukten prangten Schilder mit Billigpreisen, jeder Händler behauptete, dass er der Günstigste sei. Jeans und T-Shirts probierte man mitten auf der Straße an. Selbst der winzigste Platz wurde in diesen schmalen Straßen voll ausgenutzt. Zwischen den Verkaufsständen fanden wir immer wieder kleine Garküchen, wo sich die Chinesen zwischen ihren Einkäufen niederließen, um einen Fischkopf und eine Schale Reis oder Gemüse zu sich zu nehmen. In diesen kleinen, verzweigten und lebhaften Gässchen, die mit engen Treppen verbunden waren, erkannten wir auch von Zeit zu Zeit chinesische Tempelstätten. Die Luft dieser heiligen Orte war erfüllt vom Duft der Weihrauchstäbchen, die zur Ehre Buddhas angesteckt worden waren. Oft kam mir der Gedanke, dass das chinesische Volk mehr interessiert war am Aberglauben als an der eigentlichen Religion. Sie glaubten eher an den Teufel als an die Götter. Doch während der Kulturrevolution gab es ein Wiederaufblühen des Glaubens an Buddha. Während dieser aufregenden Zeit errichteten die Nichtkommunisten einige Tempelstätten, dies gab ihnen offensichtlich so etwas wie einen moralischen Halt. In Hongkong konnte man bestimmt über tausend dieser kleinen Altäre finden, die alle prächtig geschmückt waren. Langsam näherten wir uns dem westlichen Zentrum der Stadt. Dort waren wir umgeben von hohen Geschäftshäusern, Skyscrapers, die zum größten Teil Versicherungen und Banken gehörten. Die großen und erfolgreichen Unternehmen Hongkongs hatten sich hier niedergelassen. In diesem Geschäftszentrum dachte ein jeder nur noch an die gute Aussicht, aus einem Handel mehrere Millionen herauszuholen, oder auch an die zusätzlichen Gewinne, die ein solches Geschäft noch abwerfen könnte. Die »Prestige«-Daimler und -Rolls schoben sich Meter für Meter durch den dichten Verkehr. Die hoch aufragenden Bürohäuser zählten zum Teil an die 30 Stockwerke. Wir bogen in die Connaught Road ein und befanden uns nur einige Schritte vom Mandarin Hotel entfernt. An dem großen gläsernen Portal stand ein uniformierter Sikh, der uns freundlich die Glastür öffnete. Das Mandarin Hotel schien der Inbegriff der Eleganz und am späten Nachmittag der Treffpunkt aller erfolgreichen Geschäftsleute zu sein. Damen in nach der neusten europäischen Mode maßgeschneiderten Kostümen konnten die Eleganz ihrer Erscheinung nicht verbergen. Hier kam der Wohlstand Hongkongs im üppigen Stil zum Ausdruck. Die Wände neben der Treppe zur Lounge hinauf bestanden aus riesigen Holzschnitzereien, die mit Blattgold belegt waren. Eine philippinische Band unterhielt die Gäste mit einer leichten, romantischen Musik, während diese ihren Tee oder Kaffee tranken. Der chinesische Ober, ebenfalls in einem besonderen Dress, begleitete uns zu unserem Tisch und nahm unsere Bestellung entgegen. Ein fremdartiger Geruch lag in der Luft, ich war benommen vom Duft des wohlriechenden Parfüms, das mich seltsam erregte. Der Wohlgeruch erschien mir wie ein Symbol für das pochende Herz Hongkongs, die Luft roch praktisch nach Geld und Reichtum. Konnte man auf Dauer hier leben, ohne der Verlockung des schnellen Geldes zu erliegen? In dieser Gesellschaftsstruktur, die sich so wesentlich von der westlichen unterschied, konnte man kaum annehmen, dass das Allerweichste auf Erden das Allerhärteste bezwingen würde. Die Richtlinien dieser Gesellschaft schienen auf dem Gegenteil zu beruhen, der Name und der Besitz gingen vor, dann kam die Person. Es gab nichts

Schlimmeres als den Verlust von Gütern, da doch jeder dem Gewinn nachjagte.

Dieses Luxushotel entfernte uns total von dem Gefühl, in der Nähe der chinesischen Grenze zu leben. Ich erinnerte mich an eine Fahrt in die New Territories, das im Jahr 1898 für 99 Jahre an Großbritannien verpachtete Land der Chinesen. Die einmalige Fahrt durch dieses Gebiet ließ mich ein Stück unverfälschtes China erleben. Es war ein Vergnügen, die fremdartige Landschaft genießen zu dürfen. Vorüber an den traditionellen Gebieten, eine Fahrt ins Hinterland, vorüber an den herrlichen, einsamen Badebuchten, verbunden mit reizvollen Blicken auf das südchinesische Gewässer, mit vereinzelten chinesischen Dschunken, die ohne Trauer und ohne Furcht das sanfte blaue Meer zu besiegen schienen. Ihre bunten Segel waren gefüllt vom Sturmwind und sie ließen eine zarte Andeutung von Ehrfurcht in mir aufsteigen. Reisfelder zogen sich wie Schachbretter bis an den Horizont. Die Erinnerung an diesen Besuch und meinen neugierigen Blick über den mysteriösen Bambusvorhang bei dem kleinen Dorf Lok Ma Chau würde ich nie vergessen. Gerade jetzt, bei einem Kaffee im Mandarin Hotel, musste ich an diese Begebenheit denken. Die Zeit schien in der Nähe der chinesischen Grenze stehengeblieben zu sein. Die chinesischen Frauen mit ihren großen schwarzen Strohhüten, ob alt oder jung, verrichteten ihre Arbeit auf die gleiche Art und Weise wie vor hundert Jahren im Land der Hakkas, die sich im 16. Jahrhundert, aus Nordchina stammend, in den New Territories niederließen. Im Hinterland Hongkongs stellte ich den totalen Stillstand der kulturellen Entwicklung fest, alles schien sich nur auf die alte chinesische Kultur zu stützen. Bei dem Gedanken an das verlassene Grenzgebiet konnte man kaum ermessen, dass dahinter das riesige Rotchina mit seinen 700 Millionen Einwohnern lag. Eine Halbtagesreise entfernt von der Insel Victoria, vom Mandarin Hotel, wurde man mit dem alten China konfrontiert, ein 17 Meilen langer Stacheldrahtzahn vermittelte mir die Erkenntnis über die wahre Realität dieses Fleckchens Erde. Das Übermaß an Luxus, teilweise importiert aus der westlichen Welt, prallte zusammen mit der alten chinesischen Kultur, zwei außergewöhnliche Extreme, deren Handhabung man erlernen sollte. Ich wurde aus meiner Gedankenwelt gerissen. Eine freundliche, männliche Stimme sagte plötzlich auf Kantonesisch zu mir »Ya, Mrs. B., shing chao ya?« (Wie geht es Ihnen?). Ich erkannte den wunderbar elegant gekleideten Mr. David Chen und mit meinen geringen Kantonesisch-Kenntnissen erwiderte ich »Hǎo , Ching tso, ch'ing tso?« (Sehr gut, möchten Sie sich hinsetzen?). David, der aus Höflichkeit und Rücksicht gleich in die englische Sprache überleitete, meinte, er sei in Begleitung, aber er möchte mich gerne bei dieser Gelegenheit für den kommenden Tag zur Besichtigung seiner Jade-Kollektion einladen. Ich war überwältigt und konnte nur noch zustimmen. Somit setzte er das Treffen für den nächsten Nachmittag gegen 16 Uhr in seinem Büro im Prince's Building an. Er verabschiedete sich und meine Empfindungen bewirkten eine sich zusammenkrampfende Brust und einen jagenden Puls. Ich konnte meine Gefühle für diesen Menschen nicht logisch begreifen, ich hegte den Wunsch, ihn näher kennenzulernen. War es das vielgerühmte chinesische »Joss« (Schicksal) oder waren nach der alten chinesischen Denkweise die Götter für dieses Zusammentreffen verantwortlich? Inge, die meine Unsicherheit und Verlegenheit bemerkte, fragte nur: »Wirst du ihn treffen?« Ich hörte mein Herz klopfen und bemerkte, wie der Regen an die großen Scheiben der Lounge schlug. Die Antwort auf Inges Frage blieb aus, ich konnte sie noch nicht geben. Konnte ich dieser aufkommenden Gefahr einfach Lebewohl sagen? Ich beobachtete David, der durch den mit Menschen gefüllten Raum einem Tisch zusteuerte. Von den meisten Anwesenden wurde der typisch englische »Afternoon Tea« eingenommen. In Davids Begleitung befand sich eine bildhübsche Chinesin. Ihre pechschwarzen Haare fielen in Kaskaden auf ihre schmalen Schultern herab, ihr weinrotes Seidenkleid stellte diskret ihren perfekten Körper zur Schau. War sie eine seiner vielen Freundinnen? Ich spürte einen Hauch von Eifersucht in mir aufkommen. Er hielt ein großes Glas Brandy in seiner Hand. Die philippinische Band spielte leise. Der Raum war ausgestattet mit hellen Lederfauteuils und modernen bemalten Glastischen. Während dieser Betrachtung erinnerte ich mich an die Worte meines

Mannes, dass die Architektur von David so entworfen sei, dass sie die besonderen Schönheiten der Lage und Umgebung aufnahm oder sogar betonte. Er sei ein ausgesprochen begabter Architekt, der die natürliche Landschaft in jeden seiner Entwürfe mit einbezog. Offenbarten seine Werke das tiefgründige Leben hinter seiner Erscheinung? Davids Stimme klang durch den Raum, auf Kantonesisch rief er dem Boy »Mai dan m'goi« (Die Rechnung bitte) zu. Nach kürzester Zeit verließ er mit seiner Begleitung die Lounge, ging die große mit Marmor ausgestattete Treppe hinunter in den Empfangsraum des Hotels und ich verlor ihn aus den Augen. Würde ich den Mut aufbringen, ihn morgen wiederzusehen? Den Weg zur Beantwortung meiner Frage hatte ich sogleich gefunden, denn schon lange einmal wollte ich den berühmten Wahrsager »Fünf Finger« auf der Kowloon-Seite aufsuchen. Ich verfolgte diesen Wunsch jedoch mit gemischten Gefühlen - wollte ich wirklich die Wahrheit wissen? In Hongkong spielte der Glaube an den Fēng-Shuǐ-Man oder auch Wahrsager eine übernatürliche Rolle. Die meisten Klienten der berühmten Wahrsager würden immer seinen Rat annehmen. Die Chinesen in Hongkong hielten unbeirrt an diesen alten Bräuchen fest, sie bekannten sich auch in dieser modernen Zeit zu den vielen alten chinesischen Mythen, warum sollte ich mich nicht auch einmal daran halten? Meine Entscheidung war gefallen, ich wollte Mr. Fung Chan (Spitzname Fünf Finger) am nächsten Morgen aufsuchen.

Inzwischen war es schon 18 Uhr, mein Mann hatte wohl unsere Verabredung vergessen oder war noch bei den Verhandlungen mit den amerikanischen Tai-Pan, sicherlich ging es um die Fremdfinanzierung eines der größeren Bauprojekte. Ein Telefon stand in der Nähe und ich versuchte, das Büro zu erreichen. Während ich wartete, schmerzte in mir die Vorahnung, diesen Abend wieder einmal alleine verbringen zu müssen. Wie ich es vorausgesehen hatte, sollte sich die Sitzung auf ein gemütliches Abendessen mit wichtigen chinesischen Geschäftsleuten ausdehnen, auf einem der Sampans. Den zugereisten Amerikanern wollte man an diesem Abend etwas sehr Originelles bieten. Diese Sampans lagen in der Nähe von Causeway Bay. Jedes dieser kleinen Boote hatte einen Ruderer und einige von ihnen waren für die lauen, warmen Nächte als Vergnügungsboote ausgestattet, nämlich mit Ruhebetten und kleinen Tischchen. Man konnte hier essen und trinken und die Nacht genießen. Die chinesischen Ruderer befanden sich diskreterweise außerhalb der Kabinen. Diese Sampans konnte man für eine Stunde oder auch für die ganze Nacht mieten. Aus Erzählungen wusste ich, dass sie sich an romantischen Buchten entlangtreiben ließen, um auf anderen Boote zu stoßen, die neue Getränke, heiße Speisen und sogar neue Mädchen zum Auswechseln bereithielten. Die Besonderheit, die großen amerikanischen Bosse in Stimmung zu halten, war wohl das Servieren heißer chinesischer Speisen, verbunden mit chinesischen Mädchen. Man hatte die Auswahl und musste nur noch um den Preis feilschen. Traurigkeit erfüllte mich. Verwirrt kam ich an den Tisch zurück mit der bitteren Erkenntnis über die tagtäglich gültige Regel, die wohl in ganz Asien galt: »Fairer« und »ehrenwerter« Tauschhandel - Geld geht über Person. Ein Tausch, der keine Romanze erforderte. Die quai loks waren für alle Chinesinnen unzivilisierte Menschen, die man nur entwürdigen konnte, indem man sie ihres Geldes beraubte. Oder man verfolgte Pläne, um mit ihnen auf geschäftlicher Basis zukünftig Gewinne zu erzielen. Eine rein gefühllose Sache, an der der Körper nie teilnehmen würde, sondern nur der Verstand.

Wir verließen das Mandarin Hotel, durchschritten das Foyer und traten auf die Straße. Der Regen goss in Strömen und das Wasser schoss über die Betonfassaden. Die gegenüberliegenden Bürohäuser schienen über den grauen Himmel hinauszuragen. Eine Reihe von Menschen wartete auf Taxis und der indische Portier in der prachtvollen Hoteluniform war damit beschäftigt, dem Meistzahlenden das erste Taxi zu beschaffen. Der Regen peitschte ununterbrochen gegen die Dächer und Berghänge. Wir erreichten das Hilton Hotel in kürzester Zeit, hier hatte Inge ihren Wagen geparkt. Der Regen hatte uns durchnässt und meine Stimmung war nicht die allerbeste. Auf dem Heimweg über die Garden Road und Wong Nai Chung Gap-sprachen wir kaum ein Wort, ich konzentrierte mich auf den kommenden Tag. Der Scheibenwischer konnte die Regenflut kaum bewältigen, die steil abfallende Straße mit den vielen Schleifen war sehr schwer zu befahren. Ich dachte an meinen Mann, der den großen Amerikanern einen angenehmen Abend gestalten würde. Warum waren Männer so gefühllos und egoistisch, waren diese jungen chinesischen »Püppchen« so etwas Besonderes für sie? Hatten die etwas älteren Herren das Verlangen nach der Jugend, um ihr Selbstbewusstsein zu stärken? Von einigen der Amerikaner wusste ich, dass sie verheiratet waren und gleichaltrige Frauen hatten. Es schien mir sehr unfair, dass die Frauen, die die ersten Fältchen bekamen und nicht mehr die feste und frische Haut der Jugend hatten, von ihren Männern links liegen gelassen wurden und dass die Männer, die ebenso alterten, sich immer noch als fit und begehrenswert betrachteten. War es wirklich richtig, dass ein Mann, je älter er wurde desto mehr Abwechslung und jugendliche Begeisterung um sich herum brauchte? Ich war entsetzt über die Freimütigkeit der chinesischen Bettgefährtinnen. Die Kolonie schien ein Platz für Männer zu sein, so, wie es wohl in ganz Asien der Fall war. Inge verringerte ihre Fahrgeschwindigkeit, wir befanden uns schon in der Shouson Hill Road. Vor dem großen Wohnhaus stand Meggy mit einem großen Regenschirm, sie lief zum Auto, ihre Goldzähne blitzten und sie schien trotz des scheußlichen Wetters wie immer gut gelaunt zu sein. Sie meinte nur »Ayeeyah«. Was für ein furchtbares Wetter, bei allen Göttern, wann wird es aufhören zu regnen? Meggy hatte schon ein chinesisches Abendessen vorbereitet, der wohlriechende Dampf der Teigtaschen mit einer Füllung aus Hackfleisch stieg mir in die Nase, dazu servierte sie noch das Lieblingsgericht meines Mannes, shuang yang jou, Lammfleisch, in dünne Scheiben geschnitten und in Sekunden gar gekocht. Als Gemüse gab es marinierten Kohl mit Chilisoße und Sesampaste. Ich war noch immer verwirrt und konnte kaum einen klaren Gedanken fassen, nippte nur an den kleinen Häppchen. Für das unglückliche Gefühl, das in mir lag, hatte ich keine Definition, es war da und bezog sich offensichtlich auf meine Situation. Meine Gedanken und Meinungen entwickelten sich von diesem Abend an in eine bestimmte Richtung, ich konnte aber erst in späteren Jahren zu einem klaren und bestimmten Schluss kommen. Bisher hatte ich das Wort »Glück« ungeprüft gelassen und sah in ihm etwas Selbstverständliches, Sichtbares, Positives. Aber hatte ich bis heute jemals darüber nachgedacht, ob ich mein Glück schon gefunden hatte in dieser unbekannten Ferne, unter den fremden Menschen, die gar keine Zeit fanden, an das wahre Glück zu denken? Hatte ich meinen Weg verfehlt, begann ich, mich von meinem Ziel zu entfernen? Lust und Schmerz pochten in meinem Körper und traten gleichzeitig nebeneinander ihre Herrschaft an. Ich verspürte in dieser Stunde keine unzerbrechliche Geistesstärke, stand keinesfalls über der Situation. Vielleicht zog ich auch aus dem Geschäftsessen meines Mannes die falschen Schlüsse. Schrieb ich den Dingen eine unmögliche Wirkung zu? Ich wusste nur, dass sich die Sehnsucht nach Freude, Unterhaltung und Glück in mir verbarg, ich hatte den Wunsch, bestätigt zu werden. Meggy war entsetzt, dass ich so wenig von ihrem köstlich zubereiteten shuang yang jou aß. Es bedurfte vieler höflicher Worte um sie davon zu überzeugen, dass ihr Essen ausgezeichnet war, andernfalls war sie im Begriff, ihr Gesicht zu verlieren. Hatte ich sie endlich davon überzeugt, dass mein Hunger sehr klein war? Sie reagierte mit einer Frage. »T'ai-t'ai hsiang Ch'ih shin-mo fan ting yat?« (Was möchten Sie morgen essen?) Wir einigten uns auf eine simple chi T'ang (Hühnersuppe) und auf Tsai chiat'u tou po ts'ai (Kartoffeln und Spinat). Zwischendurch war es mir recht, wenn das Mädchen auch einmal etwas Europäisches zubereitete. Nachdem ich mit Meggy das Menü für den kommenden Tag besprochen hatte, war ich sehr müde und versuchte, meinen Schmerz im Schlaf zu verlieren. Es hatte aufgehört zu regnen. Der Mond sprühte sein zerfließendes Licht über den Abendhimmel, der Wind verstärkte seine Melodie, schläferte mich ein. Mein Mann war wohl spät in der Nacht zurückgekehrt, denn es fiel ihm schwer, am nächsten Morgen zur gewohnten Zeit aufzustehen. Während des Frühstücks bemerkte ich, dass er nichts von seinen Nachterlebnissen preisgeben wollte. War ich im Begriff, im Ganzen nicht mehr an ihn zu glauben, ihm im Einzelnen mein Vertrauen nicht mehr zu schenken? Auf jeden Fall verschwieg ich ihm, dass ich an diesem Morgen Mr. Fung Chan (Wahrsager) aufsuchen würde und dass ich an diesem Nachmittag von David eingeladen war. Bevor er die Wohnung verließ, erwähnte er nur noch kurz, dass er heute zusammen mit den Amerikanern zur Hongkong und Shanghai Bank gehen würde, um die Bank um einen höheren Kredit zu bitten. Er hatte die Hoffnung, dass die Bank dem Ersuchen stattgeben würde. Beim Abschied erklärte er mir, dass die Firma nur so ihr Angebot bei den wirklich großen Bauprojekten abgeben und dadurch konkurrenzfähig sein könne. Wenn dieser Handel abgeschlossen würde, könne die Firma in Zukunft fast mit einer Monopolstellung im Hongkonger Baugeschäft rechnen. Ich wünschte ihm viel Erfolg und fragte nicht danach, ob er an diesem Abend etwas früher nach Hause kommen würde. Mein Entschluss für den heutigen Tag war, den Dingen ihren Lauf zu lassen. Ein Blick aus dem Fenster zeigte mir, dass die ersten Sonnenstrahlen auf silbernen Gleisen über die blühenden Sträucher und Bäume glitten.

Da ich den Wahrsager aufsuchen wollte, verschwendete ich nur wenig Zeit damit, mich anzuziehen. Meggy erzählte ich, dass ich eine Freundin besuchen würde. Ich bestieg den Doppeldeckerbus an der Haltestelle vor dem Hongkong Country Club. Als wir durch Aberdeen fuhren, brannte die Sonne herab und wir hatten mindestens schon 25 °C, die Luftfeuchtigkeit war sehr hoch an diesem Morgen. Der Geruch von faulendem Tang und totem Fisch erfüllte die Luft wie eine drückende Last. Chinesen schoben sich in Massen in den Fischmarkt hinein. Ich war froh, als wir das Gewühl in Aberdeen verließen. Kurz nach der Durchfahrt im Western Distrikt erreichten der Bus die Star-Ferry. Die Fähre verkehrte in Intervallen von 5-10 Minuten zwischen der Insel Hongkong und der Kowloon-Seite. Als sich die Fähre Tsim Sha Tsui näherte, bemerkte ich einige amerikanische Kriegsschiffe, die offensichtlich von Patrouillenfahrten im Gelben Meer oder aus der Formosastraße zurückkehrten. Nach zehn Minuten erreichte die Fähre das Festland. Von hier aus bestieg ich ein Taxi. Es war heiß und schwül als sich das Taxi durch die Wohnblöcke in Kowloon hochschlängelte. Wie Fahnenstangen ragten de Bambusstangen heraus, an denen die vielen chinesischen Bewohner ihre Wäsche trockneten. Die Bambusgerüste, die für Neubauten verwendet wurden, waren überall ein gewohnter Anblick. Kowloon schien an diesem Morgen der größte, bunteste und lauteste Marktplatz der Welt zu sein. In den Straßen herrschte ein typisch chinesisches Leben, die vereinzelten Rikschas passten farblich in das kunterbunte Bild, das die überfüllten, lärmenden Straßen boten. Am Ende der Nathan Road hielt das Taxi vor einem schäbigen Gebäude. Dagegen war das Sprechzimmer von Mr. Fung Chan sehr dekorativ eingerichtet. Es war mit großen Spiegeln ausgestattet, die mit chinesischen Schriftzeichen versehen waren. Ein großer Schrein mit brennenden Räucherstäbchen, Kerzen und Opfergaben, die aus Speisen bestanden, schmückte eine riesige Buddha-Statue. Nackte Birnen schienen an der Decke zu rotieren und Papierdrachen schwebten in der Luft. Mr. Fung Chan, ein kleiner, hagerer Chinese, trug eine enorme dunkle Brille, er war fast blind. Seine zentimeterlangen Fingernägel ließen eine gewisse Furcht in mir aufkommen. Ich befand mich in einer Welt, die von Geistern gelenkt wurde. Diese Begegnung war ein völlig neuartiges Erlebnis für mich. Hatte dieser Mann wirklich okkulte Kräfte? Mr. Fung Chan fragte zuerst nach meinen Geburtsdaten und ich bemerkte, dass er mit Hilfe einer bestimmten Technik meine Gesichtszüge studierte (Kan-hsiang). Zwischendurch betrachtete er immer wieder seine astrologischen Tafeln. Mit Hilfe eines Vergrößerungsglases überprüfte er schließlich meine Handlinien. Danach hielt er ein furchterregendes Gerät in die Nähe meines Körpers. Eine große Scheibe mit einer Magnetnadel in der Mitte kreiste auf einer Skala, die mit den chinesischen Tierkreiszeichen und anderen Symbolen bedeckt war. Bisher hatte er nichts gesagt, tat aber dann schließlich seinen Mund auf. Er fühlte sich verpflichtet mir zu sagen, dass ich nicht durch eigene Unachtsamkeit meine Zukunftsaussichten verderben solle. In naher Zukunft, nicht in diesem Jahr, vielleicht im kommenden, würden wir einen Wohnungswechsel vornehmen und mein Mann würde eine eigene Firma gründen. Nach einer größeren Reise in naher Zukunft würde ich ein Kind gebären. Dieser mysteriöse Mensch brachte mich in Verlegenheit, konnte man wirklich in der für ihn wahren Welt der Geister und Götter über die Realität und über das Schicksal verfügen? Ihm schien die Fähigkeit gegeben zu sein, Schicksalsmächte zu erkunden und entsprechende Anweisungen zu geben.

Seine Arbeit schien eine Kombination zu sein aus der Macht der Götter und Dämonen und dem Willen des Himmels. Ich erschauerte leise, als er mir einen Leitgedanken mit auf den Weg gab, den ich nie mehr vergessen sollte. Er sagte, Situationen hätten für mich eine symbolische Bedeutung, es sei aber meine große Schwäche, sie analytisch zu behandeln, und somit würde ich oft das Wunderbare und Zauberhafte daran auflösen. Nach dieser Aussage betrachtete er mich eindringlich und setzte hinzu, dass ich auf der Hut sein solle vor interessanten und weltgewandten Männern. Ihnen könne ich nichts vorenthalten, meine äußere Erscheinung würde durch den fast schon extrem extravaganten Aufzug Vieles verraten. Besonders mögliche Liebhaber, die noch nicht wüssten, woran sie sind, würden dadurch manches herausfinden. Ich war verstört wegen seiner letzten Worte, war es Lüge oder der reine Humbug? Die Atmosphäre des Raums fing an, mich zu bedrücken, die Rotation der Glühbirne bewirkte bei mir ein gewisses Schwindelgefühl. Die Augen des Buddha schienen streng auf mir zu ruhen, ich hatte plötzlich das dumpfe Gefühl, diesen Raum mit dem intensiven Geruch nach Räucherstäbchen und Kampfer verlassen zu müssen. Das Gefühl von Enge und die Tatsache, dass dieser fast blinde Mann mich erkannt hatte, versetzten mich in einen schweißgebadeten Zustand. Ich konnte meine Haltung nicht wahren, sie schien dahinzufließen, es war mir nicht möglich, die Aussagen von Mr. Fung Chan wie den Wohlgeruch eines Parfüms aufzunehmen. Er brachte es fertig, meine Beherrschung und meinen Anstand zu brechen, so dass ich ihm 100 HK$ für seinen Rat oder die Wahrheit auf den Ebenholztisch knallte. Die Augen der Papierdrachen schienen mich zu verfolgen und zuzugreifen. An der frischen Luft kam ich mir vor wie ein Täter, der gerade auf frischer Tat ertappt wurde. Der Gedanke an Mr. Fung Chan ließ mich an diesem Tag nicht mehr los. Wie viele Kräfte trug er in sich, deren Existenz ich nicht einmal erahnte, die ich nicht anerkennen wollte? Worauf beruhten seine Wahrsagungen? Er hatte einen starken Willen, verbunden mit großer Gedankenkraft. War es sein hervorragender Verstand, der ihm Gewalt über seine Klienten gab?

Eigentlich schwitzte ich Blut und Wasser, die Verwirrung in mir schien mich fast zu zerreißen. Sollte ich David aufsuchen oder nicht? Der gefährlichster Gegner meiner inneren Kraft schien die Schwäche zu sein. Die erstaunliche Wirklichkeit, meine Gefühle und der Wunsch, David wiederzusehen, gaben keine vernünftige Begründung für eine Notwendigkeit zu diesem Treffen. Die Straßen Kowloons erschienen mir wie eine andauernde Zurschaustellung, angekurbelt von einer lauten und bunten Bevölkerung. Es wurde verkauft und gekauft, das war der Rhythmus in Kowloon. Ich schlängelte mich durch einen typisch chinesischen Markt und es war mir fast unmöglich, meine Balance zu halten auf dem überfüllten Bürgersteig. Einheimische hüpften über Lattenkisten, die gefüllt waren mit Fischen und Krabben. Ich versuchte, mich durch die Menge zu fädeln. Ein gewandter chinesischer Metzger schrie in die Masse »Jou Chi, Chu« und zerlegte Enten, Hühner und anderes Geflügel in Hunderte von Stückchen, um den Bedarf seiner Kunden erfüllen zu können. Die chinesischen Hausfrauen hatten es eilig, sie argumentierten, feilschten und erzählten sich auf Kantonesisch die neuesten Witze. Die vielfältigen Verkaufsprodukte waren sicherlich für jeden Besucher eine Überraschung durch ihre äußere Aufmachung und ihre Gerüche: bräunlich-rote Garnelen, toter Fisch auf den Auslagen oder sich hin und her bewegender lebendiger Fisch in riesigen Becken, Gemüsesorten in fremdartigen Formen und Farben, Früchte, importiert aus Rotchina oder aus Taiwan, der süße Geruch der Äpfel und Aprikosen zusammen mit dem Duft der Mangos, Bananen und die fürchterlich riechenden Durians. Der Geruch der Durians erinnerte mich an einen überreifen Camembert. Eine weitere Rarität waren die sogenannten Hundertjährigen Eier. Für Reisliebhaber gab es spezielle Stände mit den festen weißen Körnern, die reichlich sortiert waren. Ich hatte mir einmal sagen lassen, dass die Plantagen in den New Territories nur einen winzigen Teil des Reisbedarfs von Hongkong deckten. Die benötigten Mengen kamen meist aus Rotchina, Australien und aus anderen asiatischen Ländern. Reis schien das Hauptnahrungsmittel der Chinesen zu sein. Ich verließ das Gewühl des Marktes, den lebendigen Beweis für gutes Essen und einträglichen Handel in dieser Stadt. Auf der Fähre hinüber zum Victoria-Zentrum hörte ich aus der

Ferne des alltägliche Abfeuern der Mittagskanone von Hongkong. Bestätigte sie täglich die Existenz der dahinschwindenden Klasse der traditionsbewussten britischen Kolonialherren? Die Mittagskanone war ein alter Bestandteil der Firma Jardines, Matheson & Co., der großen britischen »Hong«. Von der Fähre aus erkannte ich einen leichten Schatten über dem 554 Meter hohen Victoria Peak und die vereinzelten Luxusvillen der Tai-Pan schienen von Sonnenstrahlen erleuchtet zu sein. Das ölige, silbergrüne Wasser klatschte gegen die Fähre. Das Boot schob sich durch das Hafenbecken, durch ein buntes Durcheinander von Fischerdschunken, Walla-Wallas (Motor-Taxis), Frachtern aus aller Welt und amerikanischen Kriegsschiffen. Die zusammengedrängte Metropole am Fuße des Peaks war immer wieder faszinierend mit einer Skyline, die besonders eindrucksvoll war, wenn man sich ihr vom Meer aus näherte. Der größte Fortschritt der Einwohner Hongkongs beruhte auf der Leistung, aus einem nackten Felsen und einem kleinen verschlafenen Hafen eines der riesigsten Einkaufszentren der Welt erschaffen zu haben. Ein Zentrum für den Umsatz ausländischer und rotchinesischer Waren, verbunden mit einer eigenen Produktionsstätte. Die zähe und ehrgeizige Mischung von Gweilos und Flüchtlingen aus Rotchina erzielte eine wirtschaftliche und politische Freiheit auf einem Grund und Boden, der mit einer Zeitbombe ausgestattet war. Die Zündung war auf das Jahr 1997 eingestellt. Die Vereinigung zwischen Ost und West schien hier so lebendig zu sein wie nirgendwo anders auf der Welt. Aber in diesen Jahren dachte hier niemand wirklich daran, dass man auf einem Pulverfass saß. Die Bewohner waren auf der Suche nach Arbeit und nach dem schnellen und großen Geld. Dieses so unfruchtbare Kolonialland, das sich über 1.032 km^2 erstreckte, bewirkte Wunder, denn die Menschen dort, die verschiedenen Weltanschauungen anhingen, hatten es in Koexistenz geschafft, aus Bergen und Hügeln eine Weltstadt zu erschaffen. Auf dem »Duftenden Hafen« (so nennen die Chinesen Hongkong) vereinte sich die Mystik und Kultur der Asiaten mit der westlichen Kultur und Technik. Es war auch die Stadt der Cheong sam's, der langen chinesischen Frauenkleider. Eine der Hauptbeschäftigungen in Hongkong bestand wohl darin, alte viktorianische Gebäude abzureißen, um an gleicher Stelle Hochhäuser aufzubauen, die sich durch Mieteinnahmen innerhalb mehrerer Jahre rechnen sollten. Eine alte chinesische Fischerdschunke mit hoch aufgeblähten Segeln schlängelte sich an der Fähre vorbei. Die Fähre legte am Star-Ferry Pier an, es war um die Mittagszeit. Chinesische Geschäftsleute in gut geschneiderten Anzügen schienen ihren Mittagsrendezvous entgegenzueilen. Kulis und Rikscha-Fahrer warteten auf ihre Fahrgäste, vor der Hitze geschützt mit einer Tageszeitung als Kopfbedeckung. Ich entschied mich für einen kleinen Lunch im Hilton Coffee Shop, überquerte die Connaught Road am Mandarin Hotel, passierte die Bank of China und dann die Queen's Road. Das sogenannte Central von Victoria, das Nervenzentrum der Stadt, war belebt. Die von Beton gesäumte Straße hätte man auch in Paris, London oder New York finden können, mit dem einzigen Unterschied, dass man dort keine Chinesen entdecken würde, die ihre Einkaufssachen nach althergebrachter Art auf Bambusstangen trugen. In der Queen's Road erkannte man die Vergangenheit, die Gegenwart und wohl auch die Zukunft, die im Wechselspiel die Charaktere der Kolonie aufzeigten. Die Vergangenheit bezeugten für mich zwei Gebäude, das der Hongkong und Shanghai Banking Corporation, erbaut von den Engländern im Jahre 1923, und gleich daneben das der rotchinesischen Konkurrenz, der Bank of China. Zwei Symbole standen dafür, der Löwe der englischen Bank und der Drache der chinesischen Bank, beide lagen bisher friedlich nebeneinander. Diese beiden Tiere symbolisierten für mich die Geschichte Hongkongs. Der englische Löwe hatte einst die Perle des Orients aus dem Maul des unachtsamen chinesischen Drachen gestohlen, nämlich Hongkong. Aber wie lange würde Peking noch zulassen, dass der Löwe die Perle behielt? Hatte der chinesische Drache erkannt, wie wichtig Hongkong für ihn ist und war er nicht interessiert an einer Veränderung der Situation? Waren die Milliarden-Dollar-Einnahmen so wichtig, dass er ganz ruhig und gelassen auf den englischen Löwen herunterschauen konnte und ihn trotzdem auf seine Art und Weise kontrollierte? Die Queen's Road Central war wie eine von Menschengewühl gefüllte Schlucht. Die Sprüche Mao Tse-tungs beherrschten das Gebäude der Bank of China, sie waren in großen chinesischen Buchstaben auf roter Seide demonstrativ angebracht. Da waren Worte zu lesen wie »Der Feind wird nicht von selbst untergehen«. Die nähere Erklärung: »Weder die chinesischen Reaktionäre, noch die aggressiven Kräfte des US-Imperialismus in China werden freiwillig von der Bühne der Geschichte abtreten. Wir müssen die Revolution zu Ende führen.« Mao Tse-tung schien weiterhin der Kern und die bildende Kraft der kommunistischen Partei zu sein. Wie lange würde er noch eine Chance haben? In der angenehmen Umgebung des klimatisierten Hilton Coffee Shops aß ich ein typisch chinesisches Gericht der Peking-Küche, nämlich gefüllte Teigtaschen. Die Nordchinesen zogen als Grundnahrungsmittel das Weizenmehl dem Reis vor. Eine hervorragende leichte Speise, die genau dem Klima angepasst war.

Ein interessanter Mann und seine Jadesammlung

Vor dem Treffen mit David hatte ich noch einige Einkäufe zu erledigen, aber es fiel mir schwer, mich zu konzentrieren, ich hatte etwas Angst und Aufregung in mir. Wie sollte ich ihm entgegentreten? Als es nahezu 16 Uhr war, machte ich mich auf den Weg zum Prince's Building, vorher überprüfte ich noch im Ladies Room des Mandarin Hotels meine Frisur, mein Aussehen. Warum lag mir so viel daran, von David anerkannt zu werden? Mit einem letzten Blick in den Spiegel erkannte ich, dass ich gut aussah, aber diese Betrachtung erinnert mich auch daran, dass ich verheiratet war. Doch was sollten diese strengen Überlegungen, ich war einfach nur dabei, Freundschaft mit einem interessanten Mann zu schließen. Das Abenteuer lockte mich und ich übersah die große Gefahr, die mit diesem Treffen verbunden war. Ich steuerte auf den Lift im Prince's Building zu, freundliche Chinesen wichen aus, um mich einsteigen zu lassen. Der Name Davids stand neben dem Knopf mit der Aufschrift 23, er residierte im Penthouse des Gebäudes. Als der Aufzug hielt, öffnete sich die Tür und ich befand mich in einem ovalen Raum, der ausgestattet zu sein schien wie ein Mandarin-Palast. Die Wände waren mit rosaroter Seidentapete bespannt, die große chinesische Ornamente trug. Auf dem Boden lagen farblich dazu passende Seidenteppiche. Antike chinesische Truhen und Schränke waren hinter Glas ausgestellt und darin befanden sich Jade- und Elfenbeinschnitzereien. Auf einem massiven Rosenholztisch prangten und schimmerten wertvolle alte Silberarbeiten aus England und bestes Waterford-Kristall. Eine chinesische Schönheit, nämlich die, mit der ich David im Mandarin Hotel gesehen hatte, bewegte sich in langsamen Schritten auf mich zu, ihr Cheong-sam schien so eng zu sitzen, dass ihr jegliches Fortbewegen schwerfiel. Sie stellte sich als Davids Sekretärin vor. Ein Stein fiel mir vom Herzen - also doch nicht seine Freundin, sondern nur eine Angestellte. Sie meldete mich per Telefon bei David an und ich erkannte, dass sie Kantonesin war, hatte aber im gleichen Moment den Eindruck, dass sie mich ärgerlich anblitzte mit ihren dunklen Reh-Augen. Gedankenverloren genoss ich die Aussicht aus dem Panoramafenster, mein Blick fiel auf den Hafen, das Meer glitzerte in der Sonne und auf dem Wasser herrschte lebhafter Verkehr. Ich wurde gebeten, in Davids Büro einzutreten. Das Büro schien ein Luxusaufenthaltsraum zu sein mit seinen großen Ledersofas, wunderschönen chinesischen Lackmöbeln, Antiquitäten und hochgewachsenen Palmen. David saß auf einem der tieferen Ledersessel, er erhob sich und sagte: »Quing jin, Quing zuo, kommen Sie herein, setzen sie sich.« Mein Puls jagte und wiederum erfüllte eine Spannung den Raum, keiner hätte den Strom der Gefühle aufhalten können. Ich war verwirrt, sein Parfum zog mich an. Er berührte meinen Arm, es wirkte auf mich wie ein sanftes Erdbeben. Die Spannung im Raum und in mir löste sich, als er mich fragte, was ich trinken möchte. »Ich hoffe es ist recht, wenn wir Dom Pérignon trinken, ich habe ihn für diesen Anlass kalt gestellt.« David verschwand hinter einer Spiegelwand, wo sich wohl seine Privatbar befand. Nach einiger Zeit kam seine elegante Erscheinung wieder zum Vorschein, mit einer Flasche Dom Pérignon in einem silbernen Sektkübel alter englischer Art. Ich hielt diesen Champagner für zu teuer und reihte David für einen kurzen Moment in die Kategorie »Snobs« ein. Er reichte mir ein Glas und meinte, dieser Champagner sei der beste, den die Franzosen je entwickelt hätten. Eine Uhr schlug halb fünf. Ich trank aus der Verwirrung heraus so schnell, dass er mir anmerken könnte, dass ich in seiner Nähe das Gefühl einer totalen Unsicherheit entwickelte. Zum Glück schrillte das Telefon und die Sekretärin, kam mit Stößen von Briefen herein. Ich bemerkte, dass David sehr ärgerlich war über diese Unterbrechung.

Höflich entschuldigte er sich bei mir für einen Moment, er schien seine Post doch in Eile durchschauen zu wollen. Seine Sekretärin hatte ihn auf einen Brief aufmerksam gemacht, der wohl von größter Wichtigkeit war. David wurde unruhig und erklärte mir, dass er noch heute Abend eine Baustelle besichtigen müsse. Es sei eine vom Government (Regierung) ausgeschriebene »housing estates« auf der Kowloon-Seite und der Bauherr, nämlich die Regierung, hätte sich beschwert, dass das Projekt nicht zur geplanten Zeit fertiggestellt würde, nun drohe der Bauherr mit einer Konventionalstrafe. Aber bevor er sich darum kümmere, wolle er mir noch seine Antiquitätensammlung erläutern und wenn ich Lust hätte, könnte ich später mit ihm fahren, um mir einmal solche »housing estates« anzuschauen. Ich verspürte große Lust, David zu begleiten, da ich schon viel über diese Umsiedlungswohnblöcke gehört hatte. Die Kolonialregierung ließ diese bauen, um dort die obdachlosen Flüchtlinge aus Rotchina unterzubringen. David griff nach seinem Sektglas, ich betrachtete ihn, sein Gesicht war schmal und von markanter Schönheit. Mein Puls fing wieder an zu jagen, als er meine Hand nahm. Mit der anderen Hand berührte er meine Haare, ich war so erregt und erstaunt über seine plötzliche Liebkosung, dass ich mich nicht rührte. Er schien so kraftvoll und männlich zu sein, seine Hände hatten einen festen Druck und ich starrte fasziniert auf seine langen Finger mit den gepflegten Nägeln. Ich erkannte mit einem Mal, dass ich dieser Situation entrinnen wollte und bat ihn, mir doch jetzt die Sammlung zu zeigen.

Doch das Gefühl bei seiner Berührung wirkte noch Stunden und Tage danach. Mein Inneres schien ein Labyrinth zu sein, in dem ich mich verirrt hatte. Ich konnte den Ausweg ins Freie nicht finden, steckte ich voller unbewusster Absichten ohne dies zu erkennen? Ich erkannte sicherlich den gefährlichen Trieb meines Tuns. Diese neue, anfängliche Bekanntschaft mit David schien mich zu zerlegen, aber gleichzeitig neu zusammenzusetzen.

David zeigte mir die wunderschönen Bronze- und Jadestücke, die teilweise auf den chinesischen Lackschränken standen oder sich in verschlossenen Glasvitrinen befanden. Er meinte, er würde sich glücklich schätzen, mir als Deutsche diese alten Kunstwerke näherbringen zu dürfen, denn das sei für mich sicherlich ein erster Schritt, durch die Tradition und die alten Kunsterzeugnisse das chinesische Volk näher kennenzulernen. Diese Stücke wären die Überreste einer glanzvollen Vergangenheit, die Ornamente zeugten von der Lebensweise im alten China. Seine Privatsammlung sei für ihn der wertvollste Besitz, da die Kunstwerke sprechen und erzählen könnten, ohne eine Sprache zu benutzen. Er wies auf eine geheimnisvolle, große und strenge Bronze, sie schien für ihn ein magischer Anziehungspunkt zu sein. Sein Vater hatte sie erstanden, sie stammte aus einer Tempelanlage in Nordchina. Es war ein Opfergefäß für Speisen. Auf der Vorderseite waren alte Schriftzeichen zu entdecken. Daneben lagen alte Waffen aus Bronze, die man auf den alten chinesischen Gräbern fand. Sie waren zum Teil reichlich verziert, edle Steine waren eingelegt. Mein Blick ruhte auf diesen Gegenständen und es überfiel mich das Gefühl der Fremdheit, trotzdem verspürte ich eine geheimnisvolle Macht, die von diesen Stücken auszugehen schien. David erklärte mir, dass jegliches Dekor auf den Bronzen eine gewollte Symbolik darstelle, die für die Glaubensvorstellung und die Mythen des chinesischen Volkes stehe, für die Verehrung und die schreckliche Furcht vor den Naturgewalten und den Zwiespalt und die Problematik vom Sein und Nichtsein und der Wiedergeburt. Ein einzelnstehender Becher faszinierte mich wegen seiner schlanken und eleganten Form. Ein gewundener Drache schien sich an dem Gefäß hinauf zu schlängeln. Die glatte Patina hatte an manchen Stellen große kupferrote Flecke und erhöhte somit den Reiz dieser Bronze. Andere Gegenstände, wie Gürtelschnallen und kleinere Gefäße, waren mit Drachen und Vögeln verziert oder durch Edelsteineinlagen erhöht.

Die so lebendig gestalteten Tiere gaben das Gefühl des Lebens und der Bewegung. Die Künstler, die diese Werke geschaffen hatten, waren zwar verstorben, aber es war ihnen möglich gewesen, die Geheimnisse der Zeit weiterleben zu lassen. Jetzt führte mich David zu seiner »Jadekammer«. Seine Jadesammlung befand sich aber keineswegs in einer Kammer, sondern sie war in einer seiner privaten Wohnungen, diese war durch eine Wendeltreppe von seinem Büro aus zu erreichen. Wir traten in einen Wohnraum, dessen Wände mit einer dunklen Holztäfelung ausgestattet waren. Die großen Fenster, von denen man einen atemberaubenden Blick auf den Hafen hatte und den Kern des Zentrums, waren von dunkelgrünen schweren Seidenvorhängen umrahmt. Die Einrichtung war hier, im Gegensatz zu seinem Büro, sehr europäisch und sehr modern gehalten. Es schien ein typisches Herrenzimmer zu sein, wie man es in London, New York oder Paris auch hätte finden können. Nur die Tatsache, dass sich im Raum ein großer Glasschrank mit einer wertvollen Jade- und Elfenbeinsammlung befand, brachte den Hauch Chinas in dieses Apartment. David erläuterte, dass für einen Chinesen die Jade das kostspieligste und heiligste Material sei, das aber nur mit größter Mühe zu bearbeiten wäre. Diese Sammlung bestand aus Schalen, Bechern, runden Scheiben, Pferden, Schmuckornamenten und Ritualgegenständen. Auch hier stand das Tier-Dekor im Vordergrund. Drachen, Tiger und Vögel schienen auf verschlungenen Bändern zu schweben. Die Fülle und die Feinheit der einzelnen Gegenstände waren erstaunlich, die Jade schimmerte in den verschiedensten Farbtönen, blaugrün, graugrün, dunkelgrün oder gelblich getönt mit dunkelbraunen und rötlichen Flecken. Die alten Künstler schienen Meister ihres Fachs gewesen zu sein, man konnte erkennen, dass sie die Abstufungen der einzelnen Farbtöne im Stein bei der Verarbeitung geschickt ausnutzten. Mich interessierte eine riesige Platte aus grüner Jade, von weißen Flecken durchbrochen. Auf der Platte war ein Drache dargestellt, die ganze Kraft dieses symbolischen Tieres kam durch die Brüche in der Farbgebung hervorragend zum Ausdruck, und doch schuf der Rhythmus der Schnitzerei eine ausgesprochene Harmonie. Es fiel mir auf, dass David etwas unruhig wurde, er hatte es wohl eilig, auf die Baustelle zu kommen. Ich wollte mich höflich verabschieden mit einem »xiè xiè« (Danke), aber seine Argumentation, ich müsse unbedingt mit ihm fahren, um mir wenigstens einmal eine der 19 großen Ansiedlungen anzuschauen, die für die Flüchtlinge aus Rotchina geschaffen wurden, war schon sehr überzeugend. Von seinem Penthouse führte ein privater Lift ins Erdgeschoss. Vor dem Prince's Building wartete ein dunkelbrauner Rolls-Royce Silver Cloud auf uns. Der chinesische Chauffeur fuhr uns in Richtung Autofähre Kowloon. Der Abend war warm und feucht. Ich lehnte mich tief in die Lederpolster hinein. Der Verkehr war zu dieser Zeit des Tages sehr dicht und wir kamen nur langsam voran. Der köstliche Geruch nach Leder und Luxus schien mich zu betäuben. Ich begann, mir Vorwürfe zu machen. Ich sollte eigentlich nicht mit David zusammen sein. Doch war es nicht an der Zeit, das zu tun, was ich wirklich wünschte? Ich hatte eine leise Vorahnung, dass mein Leben in Zukunft etwas problematisch verlaufen könnte. Diesen Tag verglich ich insgeheim mit einem kurzen Blitz, der in eine Wolke einschlug. Die Situation auf dieser Fahrt erfüllte mich mit Fröhlichkeit und Traurigkeit, es gab keinen Zweifel daran, ich erkannte den Zauber, der mich umgab, und auch die Sinnlichkeit darin. David schien für mich ein magisches Symbol für etwas zu sein, aber meine verwirrten Gedanken konnten aufgrund der Entwicklung der Dinge zu keinem klaren und festen Entschluss kommen. David sagte plötzlich halblaut vor sich hin »Joss«, und er erklärte mir, dies sei das chinesische Wort für Glück und Schicksal, er glaube, dass ich von nun an sein Joss sein würde, denn das Schicksal hätte uns zusammengeführt. Aus heiterem Himmel fragte er: »Kuei hsing, Hsing shih mo? - Wie ist dein Vorname?« Meine Antwort war, dass meine Freunde mich Ulrike nennen.

Mit einem sehr charmanten Lächeln sagte er: »Ich möchte, dass du mich David nennst, und ich wünsche mir, dass du einmal zu meinen engsten Freunden gehörst. Nein, mehr, ich hoffe von ganzem Herzen, dass du an mich glaubst und mir in jeder Situation dein Vertrauen schenken wirst.« David wurde sehr ernsthaft, streckte seine Hand aus und berührte meine Finger. Ich verglich seinen Händedruck mit dem meines Mannes. Davids Finger schienen mir weicher und zärtlicher zu sein. Obwohl mich seine Berührung erregte, ließ sie gleichzeitig eine gewisse Furcht in mir aufsteigen. Warum ging ich ein offensichtlich so gefährliches Spiel ein? War der Grund dafür, eine gewisse Unabhängigkeit von meinem Mann zu erlangen, oder war es die Erkenntnis, auf der Suche zu sein nach etwas, das ich noch nie wirklich besessen hatte: ein Leben im Einklang mit meiner eigenen Natur. Ich hatte den Willen, meine glänzende Fassade abzulegen und war offensichtlich auf der Suche nach der so viel besprochenen inneren Schönheit. Ich war an den Punkt gekommen, dass ich mich nicht immer nach meinem Partner richten wollte, ich hatte den Wunsch, meinen eigenen Maßstab für die Wahrheit zu finden. Diese Begegnung mit David machte mich sehr glücklich, aber auch sehr nachdenklich. Würde ich gewillt sein, für diese Begegnung ein Opfer zu bringen und das Vergangene wegzuwerfen? In diesem Moment spürte ich den größten Reichtum an guten Gefühlen, keinen Schimmer von Dunkelheit. Solches Glück hatte ich in den letzten Jahren nicht mehr empfunden. Diese Gefühle versetzten mir innerlich einen Stoß und rissen mich fort auf eine in unregelmäßigen Kreisen schwebende Bahn.

Auf der Autofähre nach Kowloon stiegen wir aus dem Wagen aus, um die Silhouette der Insel im Dämmerlicht zu betrachten, es herrschte Schweigen zwischen uns. Meine so gewaltige Beziehung zu einem Menschen, den ich kaum kannte, schien absurd. Es schien mir nicht möglich, all das abzutun, ich wollte es voll ausschöpfen, auch wenn mein Unterbewusstsein dies mit nutzlosen Schmerzen zu verbinden schien. Die milchig-grüne Oberfläche des Meeres schien von einem leichten Wind aufgewirbelt zu werden, wir glitten in den Fährhafen der Kowloon Halbinsel und der Chauffeur fuhr in Richtung Nathan Road, dann weiter nach New-Kowloon.

Siedlungsbau in Hongkong

Ich war erstaunt über die eingeschlagene Fahrtrichtung und David schien es zu bemerken. Er erklärte mir, dass die neuen Ansiedlungsblöcke in New-Kowloon gebaut würden. Tausende über Tausende, an die 900.000 Leute bekämen auf diese Weise ihr Zuhause. Seitdem er das Architekturbüro seines Vaters übernommen habe, wären die Entwürfe dieser großen Siedlungsblöcke wesentlich verbessert und modernisiert worden. Es gäbe zurzeit 19 solcher Ansiedlungen, von denen die kompakteste etwa 88.000 Leute fassen würde. Aber die Regierung würde weitere planen, die eine Anzahl von 170.000 Flüchtlingen aufnehmen sollten. Ebenfalls hätte die Kolonialregierung die Verpflichtung übernommen, für die Ausbildung, ärztliche Behandlung und soziale Wohlfahrt der Flüchtlinge zu sorgen. Dieses neue Siedlungsprogramm sei eines der bedeutendsten und größten der Welt. Für die Kronkolonie gingen die Kosten dafür in die Millionen. Davids Stimme hörte sich plötzlich traurig an. Er meinte, Hongkong bedeute zwar für einige Begünstigte ein Wirtschaftswunder, doch es gäbe noch zu viele Menschen, die beispielsweise in Ansiedlungsblöcken auf kleinstem Raum hausen müssten. Obwohl die Miete dort oft nur 35 HK$ betrage, verschlänge sie einen nicht unerheblichen Teil des in der Regel geringen Familieneinkommens. David war der Auffassung, dass die Arbeiter von Hongkong, der größte Gewinn der Kolonie, nach westlichem Standard unterbezahlt und überarbeitet wären. Doch verglichen mit anderen asiatischen Ländern würden sie keineswegs schlecht abschneiden. Die meisten Arbeiter waren in der Industrie beschäftigt. David war stolz, dass, verglichen mit den westlichen Staaten, die Arbeitslosigkeit in Hongkong sehr gering war. Im Gegenteil, es schien eine Arbeitskräfteknappheit zu herrschen. Ich fragte David, wie er das für die Zukunft sehen würde. Seine Ansicht war, es läge fast auf der Hand, dass man in Hongkong aufgrund der vielen Kinder und Jugendlichen, die in den kommenden Jahren die Schule verlassen würden, zukünftig ebenfalls mit einem Überschuss an Arbeitskräften rechnen müsse. David, der kurz zuvor eine Asienreise unternommen hatte, wusste von ähnlichen Entwicklungen in Indien und Singapur. Gespannt verfolgte ich seinen Redeschwall, plötzlich fing er an, von den fremden Eindringlingen zu sprechen. Da Hongkong ja doch zu China gehöre, fiele es doch jedem Chinesen schwer, die westlichen Eindringlinge zu akzeptieren, sie würden oft mit Argwohn betrachtet. Mit einem Lächeln setzte er hinzu, es könne jedoch mitunter vorkommen, dass man sich in sie verliebe. Er fuhr fort, dass moderne Asiaten, wie er selbst einer sei, auch wenn sie westliche Sprachen beherrschten oder ein gutes Internat in der Schweiz besucht hätten, immer ihr asiatisches Wesen und den asiatischen Geist behalten würden. Sie wären nie versucht, das Europäische total zu übernehmen. Dagegen hätte er schon oft gefunden, dass der westliche Mensch, der ein Kenner der chinesischen Sprache sei und eingeweiht in die Sitten Chinas, versuche, seine westlichen Gebräuche zu vergessen, aber leider ohne Erfolg, denn ein Mensch aus dem Westen könne nie ein Asiate werden. Ich war entsetzt über seine Arroganz, verstand nun aber, warum David mich so anzog, denn er konnte perfekt westlich sein, hatte aber ebenso die Mystik eines Asiaten in sich.

Der Rolls hielt vor einem der Blöcke, die sich noch im Rohbau befanden. David stieg aus und bedeutete mir, dass ich ihn begleiten solle. Ein junger Chinese begrüßte uns mit »Nín hǎo ma?« (Wie geht es Ihnen?). David erwiderte »Hǎo« (Ganz gut), verfiel aber dann in den typischen kantonesischen Sing Sang. Seine Miene war sehr ernst und ich entnahm dem Wortwechsel, dass er dem Vorarbeiter klarmachte, dass die Bauarbeiten schneller vorangehen müssten. Dieser antwortete immer wieder nur mit einem knappen »Āi, āi« (Ja, ja) und es folgte eine lange Geschichte, die er in den schrillsten Tönen auf Kantonesisch vortrug. Da ich das Gespräch nun nicht mehr verfolgen konnte, benutzte ich die Gelegenheit, den Männern und Frauen bei ihrer Arbeit zuzuschauen. Frauen in einfacher Kuli-Kleidung hatten offensichtlich die Aufgabe, die kleineren Erdarbeiten per Hand auszurichten. Sie trugen größere Steine von einer Stelle zur anderen, teilweise in Bambuskörben, die über ihren Schultern hingen. Auf dem Kopf trugen sie große alte Hüte, um sich vor der Sonne zu schützen, trotzdem sahen manche

Gesichter ausgemergelt und gegerbt von Wind, Wetter und Sonne aus. Die Männer hatten in Hongkong zu dieser Zeit keine gesetzliche Arbeitsstundenbeschränkung, es konnte sogar vorkommen, dass sie Tag und Nacht arbeiteten, wenn eine Baustelle vorangetrieben werden musste. Die Frauen dagegen hatten eine Arbeitszeiteinschränkung und sie hatten seit Januar 1959 nicht die Erlaubnis, nachts zu arbeiten.

Die ständigen Zuströme der Einwanderer aus Rotchina hatten die Einwohnerzahl Hongkongs vervielfacht und es entstanden riesige Blöcke, die teilweise dieser Metropole ein kompaktes Erscheinungsbild verliehen. Einer der hier schon fertiggestellten Unterkünfte mit mehreren Stockwerken war in der Form eines »H« gebaut. Auf jedem der sieben Stockwerke hatten die vielen dort lebenden Menschen gemeinsame Wasch- und Toilettenräume. Aus den Gemeinschaftsbalkons jedes Stockwerks ragten die Bambusstangen heraus, an denen die Bewohner ihre Wäsche trockneten. Die Mieten dieser Wohnungen wurden auf dem geringstmöglichen Niveau angesetzt, so niedrig, dass das investierte Kapital bei einem Jahreszins von 3,5 % sich plus der Kosten für die Verwaltung, Land und Wasser etc. etwa nach 30 Jahren amortisierte. Die Elektrizität in diesen Ansiedlungen wurde nur auf spezielle Anfrage der Mieter installiert und die Kosten dafür wurden von ihnen selbst getragen. Es gab eine Gemeinschaftsbeleuchtung auf den äußeren Gängen, die von der Regierung gestellt wurde. Die Bewohner hier schienen umgeben zu sein von Baugerüsten aus Bambus, die wesentlich billiger waren als normale Stahlgerüste. Sie waren trotz des gebrechlichen Aussehens sehr stabil und nur Fachleute konnten diese Gerüste aufstellen. Aufgrund dieser vielen »low cost housing etstates«, die hier errichtet wurden, sollte New-Kowloon in den kommenden Jahren zu den am dichtesten besiedelten Gebieten der Halbinsel zählen. Allein der Gedanke, hier leben zu müssen, bereitete mir Atembeklemmungen. In dieser Umgebung schien der Traum von Reichtum und einem Wohlstandsleben zu entschwinden, dies war sicherlich nicht die romantische Verlockung, die man in Hongkong oder Kowloon suchen würde. Hongkong bedeutete neben dem aufsteigenden Wirtschaftswunder auch die Zufluchtsstätte für viele Menschen, die unter dem Regime von Mao Tse-tung Schiffbruch erlitten hatten. Aber konnte man die Tausende von Obdachlosen wirklich alle in diesen Blöcken unterbringen? Bei diesen kasernenähnlichen Ansiedlungen achtete die Regierung offenbar nicht so sehr auf die Qualität des Baus, sondern es galt, so viele Flüchtlinge wie möglich in diese Stahlkästen zu packen. Auf diese Weise wollte die Regierung auch die Elendsviertel abschaffen, die zum Teil nur aus Wellblechhütten oder aus Bambus- oder Holzkonstruktionen bestanden. Sie bedeuteten nicht nur eine Gefahr wegen der Ansammlung von Krankheitserregern, von ihnen ging während der heißen Sommermonate auch eine Brandgefahr aus. Als ich darüber nachdachte, erschien eine chinesische Flüchtlingsfamilie, sie war wohl gerade dabei, in einen dieser kleinen Käfige einzuziehen. Ihr Hab und Gut bestand aus alten Holzkisten statt aus normalen Möbeln, Bambuskörbe enthielten altes, klappriges Kochgeschirr. Trotzdem konnte ich eine Art von Fröhlichkeit auf ihren Gesichtern erkennen; sie waren aus Rotchina geflüchtet und hatten nun ein Dach über dem Kopf; das erste Ziel war erreicht worden. Nur durch den sozialen Wohnungsbau war es möglich, diese Menschen unterzubringen, sie dankten der Regierung von Hongkong sicherlich auf ihre Art und Weise. Warum investierte aber die englische Verwaltung Millionen über Millionen von Hongkong-Dollars, um diese Obdachlosen unterzubringen? Es musste doch einen Grund dafür geben! David fand mich tief in Gedanken versunken vor. Vielleicht konnte er meine Frage beantworten. Er dachte recht lange darüber nach und erwiderte, es gäbe bei allem ein Unten und ein Oben. Er bemerkte aber, dass ich seine Antwort nicht verstanden hatte und begann zu erklären: Das Unten wären die vielen Tausend Flüchtlinge, die die Regierung aufzunehmen und unterzubringen habe, das Oben sei, dass diese Menschen die Rettung für die Kolonie sein könnten. Ich verstand leider immer noch nicht und sein feines Gesicht strahlte ein charmantes Lächeln aus als er fortfuhr. »Ihr Europäer versteht die Philosophie Asiens nicht. Erkennst du nicht, dass die Kolonie die Fachkräfte und die billigen Arbeitskräfte braucht, um in den kommenden Jahren einen blühenden Außenhandel aufgrund eigener Produktionsstätten anzukurbeln? Für diese eigenen Produktionsstätten brauchen wir viele Menschen.« Er sah die Flüchtlinge als Basis für den Fortschritt und wirtschaftlichen Wiederaufschwung Hongkongs. Ich konnte David nicht ganz glauben, es sollte sich aber in den kommenden Jahren genau das bestätigen, was er vorausgesagt hatte. Dieser Ansturm der Flüchtlinge führte zu einer industriellen Revolution in Hongkong. Davids beeindruckende Worte zum Abschluss dieses Themas würde ich nie vergessen. Er vertraue den Naturgesetzen, die jeglichen Ablauf der Dinge bestimmen würden, sie sollten immer die Richtschnur für das menschliche Handeln sein. Das hieß mit anderen Worten: Die Flüchtlinge wurden untergebracht und die Regierung verstand es, diese für sich einzusetzen. Das schien Mao Tse-tung nicht erkannt zu haben, er hatte seinem Volk Verbote auferlegt und es entstand ein Mangel an Zufriedenheit, er hatte scharfe Waffen ausgeteilt und im Staat entstand Chaos. Er versuchte nicht, das zu behüten, was ihm geblieben war. Dieser Mann, und das konnte man schon recht gut erkennen, hatte seine Richtung, sein Ziel verfehlt.

Bei Anbruch der Dämmerung verließen wir die Baustelle mit den vielen Bambusgerüsten und den Hunderten von Bambusstangen, die mit bunter Wäsche behangen waren. Diesen Tag hätte ich nie vergessen mögen, ich hatte so viel dazugelernt. Ich hatte die Erkenntnis gewonnen, dass Hongkong ein Platz der Tai-Pan war und gleichzeitig der lebendige Beweis für die Armut in der Bevölkerung. Es schien wohl kaum eine Mittelklasse zu existieren. Hart und kraftvoll schienen die großen Tai-Pan ihre Wege zu verfolgen, doch es mangelte an Gerechtigkeit den Armen gegenüber, die indessen mit großer Unterwürfigkeit die Last der Armut auf sich nahmen, um zu überleben. Diese Leute waren abhängig von den Ereignissen des Augenblicks, von der Gunst der Tai-Pan. Diese in Armut lebenden Menschen mussten wirklich eine moralische Erhabenheit in sich tragen, um sich von jeglicher Bestechlichkeit fernzuhalten. Die Insel vertrat das Gute und das Böse gleichzeitig, die anschmiegsame Weichheit und die absolute Härte - was nahm den oberen Rang ein? Wie kam es trotz der Gegensätze zu einer harmonischen Verbindung? Diese Frage sollte ich mir sicherlich noch sehr, sehr oft während meiner Jahre in Hongkong stellen. Hongkong schien geprägt zu sein von Leidenschaft und Hass, von Weichheit und Härte. Es wurde bestimmt vom Egoismus Einzelner oder erfolgreicher Menschengruppen, die Einfluss auf ihre Umwelt hatten. Diese hatten jegliches Gefühl der Anteilnahme gegenüber der armen Schicht abgelegt. Um mit ihren eigenen Unternehmen Erfolg zu haben, umgaben sie sich mit einem Übermaß an Härte.

Ein Flirt

Der Rolls bewegte sich langsam und elegant durch die Nathan Road, die vielfarbigen Neonreklamen glitzerten unruhig in den Abendhimmel hinein. Während ich den rastlosen Lichterglanz betrachtete, fragte David mich, ob er mich zum Abendessen einladen dürfe. Ich wollte den Reiz des magischen Augenblickes nicht missen, wollte diesen pulsierenden Abend in der Nähe von David weiter genießen, den Kontrast, den einzigartigen Reiz zwischen uns erforschen. Auf der Autofähre zurück zur Insel wehte eine leichte Brise, wir näherten uns Victoria. Die Lichter aus den Wolkenkratzern unterhalb des Peaks spiegelten sich in der See wieder. Die urbane Hektik, die tagsüber hier herrschte, schien sich an diesem Abend in ein Nichts aufgelöst zu haben. Der steile Victoria Peak schien die Insel majestätisch zu überwachen. Die laue Luft des Abends und die glitzernden Lichter umrahmten diese romantische Atmosphäre. Von der Autofähre aus fuhren wir zum Hilton Hotel in die Queen's Road, dieses befand sich unmittelbar vor der Garden Road, gegenüber der Bank of China. Mir fiel das riesige Porträt Mao Tse-tungs an diesem Abend besonders auf, das von vielen roten Fähnchen umgeben an der Vorderseite der rotchinesischen Bank angebracht war. Es wurde angestrahlt und schien diesen Teil der Queen's Road zu dominieren.

Der Chauffeur hielt vor dem Eingang des Hilton, ein indischer Wachmann mit Turban, ein Sikh, riss die Wagentür auf. Er schien David zu kennen und bedankte sich, als dieser ihm ein paar Hongkong

Dollar Trinkgeld in die Hand drückte. Der Sikh wies Davids Fahrer in einen Parkplatz ein, der direkt vor der Hotelauffahrt lag. Für normale Bürger wäre dieser Platz nie in Frage gekommen, denn gleich neben dem Hotel war für diese ein großes Parkhaus mit mehreren Stockwerken vorgesehen, aber offensichtlich nahmen die reichen Chinesen und die europäischen Tai-Pan doch eine bevorzugte Stellung in der Gesellschaft Hongkongs ein. Ich war etwas verärgert darüber und David schien es bemerkt zu haben. Wir gingen durch die Lobby zum Fahrstuhl und er drückte den Knopf, neben dem »The Den« geschrieben war. Vom Hörensagen wusste ich, dass es ein chinesisches Nachtlokal war, in dem man nur chinesisches Essen servierte und in der eine philippinische Band zum Tanz spielte. Die wörtliche Übersetzung für »The Den« war eigentlich »Die Höhle« oder »Die Hütte«, doch als der Lift im obersten Stockwerk des Hilton Hotels stoppte und sich die Türen öffneten, standen wir vor einem schmalen Gang, der mit riesigen Spiegeln ausgestattet war, also eine außergewöhnlich vornehme Hütte. Ein vornehmer jüngerer Herr, wohl der Geschäftsführer, kam auf uns zugeeilt. Auch er schien David gut zu kennen. Er sagte in einem sehr guten Englisch: »Mr. Chen, möchten Sie ihren üblichen Tisch? Ch'i kan, ch'i kan (Ich fühle mich sehr geehrt), dass sie wieder einmal zu uns kommen.« Einen solchen Empfang hatte ich nicht erwartet, war David wirklich so bekannt und brachte er normalerweise seine Freundinnen hierher zum Abendessen? Ich fühlte mich überwältigt, der halbdunkle Raum war vom Schimmer der Kerzen erfüllt. Von unserem Tisch aus, der direkt am Fenster stand, hatten wir einen der schönsten Blicke über die Queen's Road East und über den Hafen. Die bunten Lichter einer Kowloon-Fähre näherten sich Victoria. Die Romantik dieser subtropischen Nacht wurde von den Tausenden von Lichtern des gegenüberliegenden Kowloons untermalt. Ein sehr dramatischer Eindruck, den ich gleichzeitig mit den köstlichen chinesischen Speisen verdauen sollte. Wie reizvoll und kompakt diese Stadt doch ich diesem Lichterglanz war. Ich saß in einem der teuersten Restaurants der Insel und konnte dabei auf das nur wenige Minuten entfernte Vergnügungsviertel Wan Chai schauen. In Wan Chai herrschten die Sünden, die Drogenhändler und die Korruption. Nicht weit weg vom Hilton lag der Stadtkern des alten Victoria. Wie oft war ich schon durch diese kleinen Gässchen auf den Leiterstraßen gewandert, die von billigen chinesischen Ständen gesäumt wurden. Die vielen armseligen Hütten in grauem, verwitterten Stein lagen so nahe neben dem Luxus; man gestattete den Bewohnern wenigstens einen täglichen Blick auf die pompös angelegten Gärten der großen Villen. Welch ein Kontrast herrschte auf diesem Flecken Erde. Der Oberkellner fragte David mit seinem Blick auf meiner Person ruhend: »T'ai t'ai ch'ih shêmmo jou? Yao jou t'ang pu yao?« (Welches Fleisch wünschen Sie? Wünschen Sie eine Suppe?) David wählte eine Haifischflossensuppe, weiter bat er den Kellner auf Kantonesisch: »Hsien yü pei chi ko hsiao tieh tzu.« (Bereiten Sie uns zuerst ein paar Appetithäppchen zu.) Das Menü bestand dann schließlich aus Chi (Huhn), Yü (Fisch), Gemüse und zum Abschluss des Essens sollte noch Ping (Eiscreme) und Ping Kan (Biskuits) gereicht werden. David fügte noch hinzu: »Yao, mo liao hai yao ho chia-fei, ja.« (Und zum Abschluss möchten wir noch einen Kaffee trinken).

Zuerst wurde der Wein in einem silbernen Behälter serviert, gerade richtig temperiert. Das warme Licht der Kerzen spiegelte sich an der Decke. Der Wein schmeckte trocken und fruchtig, ein aus der Flasche gewonnener Zauber überkam mich. Ich fragte David, welchen Wein er gewählt habe, es war sein Lieblingswein, einer, den er in Frankreich sehr oft getrunken hatte, ein weißer Bordeaux, ein Château Margaux. Er wies noch auf den Jahrgang hin, dies sei ein Traumjahr für Bordeaux-Weine gewesen, ein 1955er, aus dem Medoc stammend. Ein edles Getränk, passend zu dem servierten Garoupa (ein in Hongkong heimischer Fisch).

Nach einer Weile erinnerte ich mich daran, dass ich meinen Mann zu Hause anrufen sollte. Dieser unglaublich romantische Abend hatte mich fast vergessen lassen, dass eventuell jemand zu Hause auf mich wartete. Meggy, die sich mit einem langgezogenen »Weyyy« am Telefon meldete, meinte, der Master sei noch nicht da und er hätte auch nicht angerufen. Leiser Zorn stieg in mir auf, warum machte ich mir überhaupt Gedanken darüber, ob mein Mann mich vermissen würde, denn er schien seine Abende mit wichtigen Geschäftsessen verplant zu haben, ohne es mich vorher wissen zu lassen. Warum waren Frauen so abhängig von den Männern? Es fiel den Männern so leicht, sie zu lenken, ohne dass sie etwas dagegen unternahmen. Ich war sehr verärgert und mit dem Gedanken beschäftigt, dieses Spiel des Mannes einmal umzudrehen. Somit ging ich mit einem ruhigen und zufriedenen Gefühl an den Tisch zurück. Die Kraft Davids, das Verlangen in seinen Augen, ließ Empfindungen in mir aufkommen, die ich an diesem Abend voll ausnutzen wollte. Ich war bereit und gleichzeitig erschrocken über meine Absicht, diesen Abend zu genießen. Ein leiser Schauer durchrieselte meinen Körper, Davids Hände irrten über meine Arme. Ich war zwar bereit, diese Stunden zu genießen, aber sicherlich konnte ich seinem Verlangen und seiner Leidenschaft nicht nachgeben, obwohl sich meine Gefühle langsam den seinen anpassten. In dieser Situation versuchte ich, ihn abzulenken, indem ich ihn danach fragte, ob er schon einmal verheiratet war. Er bejahte meine Frage, er sei mit einer Chinesin verheiratet gewesen, die etwas älter war als er selbst, es sei eine Zweckheirat gewesen, eine moderne Ehe, sehr gradlinig und weniger gefühlsbestimmt. Er hätte diese Frau nie geliebt und sich schließlich von ihr getrennt, aber es gäbe immer noch eine freundschaftliche Beziehung zwischen ihnen. Ich fragte ihn, ob er nie die Möglichkeit in Erwägung gezogen hätte, während seiner Ehe oder danach Konkubinen zu haben. Er verneinte, obwohl das Leben im Konkubinat bis zum Jahr 1967 in Hongkong von der Kolonialregierung akzeptiert wurde, da es ein tradiertes chinesisches Gesetz oder ein Brauch war, die Konkubinen als gesetzliche Ehefrauen anzuerkennen. Er sei aber durch seine europäische Erziehung nicht gewillt gewesen, diesen Brauch fortzuführen. Die neue Vorschrift, dass kein Chinese eine Konkubine gesetzlich anerkannt halten darf, wurde während der Tumulte um die Rotgardisten von den Briten eingeführt. Die Kolonialregierung hob das unmoralische tradierte Gesetz der alten Denkweise auf, die die Kommunisten in China selbst schon seit vierzehn Jahren ächteten. David war der Meinung, dass dieses neue Gesetz sehr willkommen empfangen wurde von einigen der chinesischen Frauen, die bisher sanft und realistisch mit der Wahl ihrer Männer für eine Konkubine Nummer zwei, drei oder manchmal sogar vier einverstanden waren. Die Chinesen verwandten nie das brutale Wort Konkubine, sondern sie verstanden es, ein leichtes und charmantes Wort für diesen Begriff zu benutzen, nämlich »Tsip« (ausgesprochen wie tea-sip). Die legale Hauptfrau, Frau Nummer eins nannte man »Tsai«. Die Idee, dass ich als die erste Frau meines Mannes einige Nebenfrauen erdulden müsste, war mir als Europäerin unvorstellbar. David erkannte meine Denkweise und meinte, ich könne diese Situation nicht mit der einer Europäerin in Verbindung bringen, denn die chinesischen Tsais seien mit diesem alten Brauch aufgewachsen. Sie waren die Herrscherinnen über einen ansehnlichen, perfekten und harmonischen Harem und hatten gleichzeitig die Genugtuung, die Kontrolle über den ganzen Haushalt zu besitzen. Einige chinesischen Frauen hätten heute noch den Wunsch, dass ihre Männer Nebenfrauen halten, denn es sei ein Zeichen dafür, dass der Ehegatte ein sehr erfolgreicher Geschäftsmann ist. Man könne dies in Europa vergleichen mit einem Mann, der mehrere teure Autos fährt. Nach dem alten Gedanken gewinnt die chinesische Hauptfrau an Gesicht, wenn ihr Mann sich eine oder mehrere Konkubinen hält. Deshalb war es für die britische Kolonialregierung wichtig und notwendig, im Jahr 1967 das neue Gesetz einzuführen. David meinte, dass viele der glücklichen Chinesen in Hongkong nicht so sehr mit diesem Moralgesetz der Briten einverstanden seien, da das Festhalten an der alten Tradition immer noch ein Bindeglied zu ihrem Vaterland darstelle. Doch er selbst hätte viele Jahre seiner Jugend in England verbracht und vertrete den Standpunkt, dass die Moral der Briten anzuerkennen sei. Für ihn bedeute eine Heirat, ein Versprechen einzulösen und bestimmte Aufgaben zu erfüllen. Plötzlich stellte David fest, dass man ohne ein gewisses Maß an Glück nicht leben könne, es wäre sonst ein Leben ohne Brot und Wein, ohne Lachen und Musik. Warum sprach er über das Lebensglück? Ich fühlte mich betroffen, hatte er mein Zweifeln bemerkt, wollte er mir darlegen, dass ich mich auf dem eingeschlagenen Pfad meiner Ehe halten sollte? War es nicht so, dass ein Weg wie der, den ich gerade heute Abend eingeschlagen hatte, eher in die Irre führte? Ich fand keine Antwort und hatte das Gefühl der Unsicherheit in mir, es zog mich nach Hause. Er erkannte meine Lage und lächelte charmant, er war bezaubernd höflich und offerierte mir nach dem Kaffee noch einen Cognac, für sich selbst fragte er den jungen chinesischen Kellner nach einer Lü-song-yen (Zigarre). Der Einklang, der zwischen uns herrschte, wirkte beruhigend und wahre Wunder, ich verspürte den leichten Druck seines Arms und war versucht, mich an ihn zu lehnen. Es war schon sehr spät geworden und David fragte nach der Rechnung, »Mai dan m'goi« (Die Rechnung bitte). Im Wagen bat David den Chauffeur, die Garden Road hinaufzufahren in Richtung Stubbs Road und dann zur Shouson Hill Road. Auf der Wong Nai Chung Gap ließ er den Wagen anhalten, er meinte, diesen Abschluss einer herrlichen Nacht müssten wir mit einem letzten Blick auf den Hafen genießen. Wir setzen uns auf eine der Bänke. Meine Augen wanderten über das zum Teil beleuchtete Häusermeer der City Victoria und auf den durch die Mündung des Perlflusses natürlichen Hafen mit einigen beleuchteten Schiffen. Die Laternen der Sampans reflektierten auf dem dunklen Wasser, die Fähren hatten ihren Betrieb wohl schon eingestellt. Der aufkommende erfrischende Wind trug den Geruch des Meeres mit sich. David hatte den Arm um mich gelegt und sagte, Hongkong sei für ihn der aufregendste Ort der Welt, romantisch und erregend, selbst Acapulco oder die Städte in Südfrankreich könnten mit dieser Stadt nicht mithalten. Wir hätten sicherlich noch Stunden hier verbringen können, aber wir wussten beide, dass ich zu meinem Mann, zu meinem Zuhause zurück musste. Ein letzter Blick auf die Halbinsel Kowloon, die sich vor der Insel Hongkong zu verbeugen schien, diese Sicht auf das gewaltige Panorama sollten wir nun verlassen, aber nie vergessen.

Zukunftspläne und ein Ausflug mit der Yacht

Mein Mann und ich liefen durch Wan Chai, diesen Schlupfwinkel für Drogenhändler. Die Neonreklamen mit den chinesischen Schriftzeichen erhellten den Abend. Matrosen und die Offiziere der amerikanischen Kriegsschiffe, die im Hafen lagen, liebten diesen Bezirk wegen der Bars und der dort gebotenen Unterhaltung. Wir überquerten die Straße, um den Hongkong Yacht Club zu passieren. Der Uhrenturm des Hongkong Star-Ferry Pier stand majestätisch da und ich sah, dass es schon halb elf war. Wir waren fast zwei Stunden durch die Straßen und Gässchen des westlichen Bezirks von Hongkong gelaufen. Eduard hatte seinen Wagen im Hongkong Star-Ferry Carpark abgestellt. Während er das Auto holte, ließ ich meinen Blick über das Hafenbecken schweifen. Es war schwül und ich erkannte an der ziemlich hohen Luftfeuchtigkeit, dass der Sommer bald seinen Einzug halten würde. Es war erst der Anfang des Monats Mai 1968, aber der Südwest-Monsun mit der anfänglichen Regenzeit lag schon über der Insel. Auf dem Weg nach Hause erzählte Eduard mir, dass sein Chef uns für das kommende Wochenende auf die Firmenluxusyacht eingeladen hatte. Mit von der Partie seien einige wichtige Angestellte der großen Hongs (Handelsfirmen), wie zum Beispiel der englische Direktor der Firma Jardine Matheson & Co., deren unzählige Geschäftszweige ihre tiefen Wurzeln in der Provinz Dumfriesshire im Süden Schottlands hatten. Eduard erzählte mir kurz etwas über die Geschichte dieser alteingesessenen Firmen, er meinte, wenn man in Hongkong lebe, sollte man sich auch mit den Schlüsselfiguren der Kolonie vertraut machen. Denn diese sogenannten Super-Compradores erfüllten eine Menge schwieriger und lukrativer Aufgaben. Einer der bekanntesten Multimillionäre sei ein Enkel von Sir R. Lin, genannt »der große alte Mann von Hong Kong«, der an der Spitze der chinesischen Bevölkerung Hongkongs gestanden habe und vor zwölf Jahren starb. Er war leitender Angestellter der Firma Jardines. Sir R. Lin war der Sohn einer Chinesin, sein Vater war ein europäischer Kapitän. Als Eurasier brachte er es zu großen Reichtümern und wurde von der englischen Königin zum Ritter geschlagen. Ursprünglich war die Firma Jardines von Calvinisten gegründet worden, die sich mit ihrem Handel auf Hongkong konzentrierten. Die Millers, eine ebenfalls in Hongkong ansässige sehr berühmten Familie, verloren ihr Glück in Shanghai. Die Jardines & Mathesons-Tai-Pan waren heute Händler und Kaufleute. Die im 20. Jahrhundert lebenden Vertreter dieser alteingesessenen Firma vertraten immer noch die alte Firmenpolitik. Auf diese Art und Weise war es ihnen möglich, sich über ganz Asien zu verbreiten. Heutzutage hatten sie zwar nicht mehr den gleichen gesellschaftlichen Rang wie ihre Ahnen, aber die Macht und Würde, das Protokoll und die Verpflichtungen gegenüber der Vergangenheit blieben bestehen. Die neuen Tai-Pan der Firma brachten es fertig, auch den Handel mit China wiederaufzunehmen, obwohl ein Zweig der Firma in Shanghai vor Jahren kapitulierte. Doch der größte Gewinn wurde auf Hongkongs Grund und Boden gemacht, durch Schifffahrt, Telefone, Flugzeugreparaturen. Ebenfalls gehörten die drei größten Tageszeitungen der Kolonie der Firma Jardines, die South China Morning Post, die Afternoon Mail und der Sunday Herald. Die Firma war verwickelt in Goldgeschäfte und besaß großes Grundeigentum in der Kolonie. Der Grund unserer Bootsfahrt war die geschäftliche Anknüpfung der amerikanischen Firmen meines Mannes mit den großen Hongs. Diese wiederum wollten großes Grundeigentum als offenes Bauland auf dem Markt anbieten. Einige der chinesischen Unternehmer würden auch in unserer Gesellschaft sein. Durch die politische Lage auf der rotchinesischen Seite wurde es für die Geschäftsleute hier immer schwieriger, etwas anderes als eine Hang-Froid-Politik (eine eiskalte, harte Politik) zu betreiben. Die Leute hier lebten wie die italienischen Bauern auf den Hängen des Vesuv. Sie waren immer in der Erwartung, dass die dicken Lavamassen aus dem feuerspeienden Vulkan (China) ausbrechen könnten. Nach den letzten Unruhen der Kulturrevolution waren die Geschäftsleute doch noch verunsichert und etwas ängstlich.

Dieser Abend hatte mich in eine blendende Laune versetzt. Wie schön konnte das Leben sein, wenn die Dinge den richtigen Weg einschlugen. Meine Verwirrungen der kürzlich vergangenen Tage ruhten, ich war zu sehr mit den kommenden Ereignissen beschäftigt. Der Richtungswechsel brachte meine Gefühle zu einem neuen Höhepunkt. Alles schien für mich in Erfüllung zu gehen, viele Punkte gaben meinem Leben wieder den notwendigen Halt. Ich war schwanger und freute mich auf das Baby, die Natur hatte sich als Führerin eingestellt und nach ihr versuchte ich mich zu richten. Es war ganz einfach Joss (das Glück oder Schicksal), was mit uns geschah. Mein Mann schien verändert, die offenen Worte, die ich oft zu sprechen suchte und die er immer vermied, sprudelten an diesem Abend nur so aus ihm heraus. Ich war plötzlich etwas beschämt und traurig, denn gerade in diesem Moment musste ich an David denken. Meine Gedanken erfüllten mich mit Freude – doch es war wie eine aufgehende Blüte, die dann plötzlich verwelkte und abfiel - der Schatten Davids floh und übrig blieb ein Nichts. Die Pflanze David, die ich in meinem Herzen trug, sollte erst einmal absterben, denn gerade in dieser Zeit hatte ich kein Wasser übrig, um sie zu nähren. Meine unglücklichen Gefühle beruhten auf den vergangenen Ereignissen, auf dem, was mir mit David passiert war, doch David bedeutete zugleich Glück, David, der mir seine Freundschaft angeboten hatte, die heimliche Lust und den Genuss, mit ihm glückliche Stunden verbringen zu dürfen. Nun hatte sich der Sturm gelegt und ich dachte über diese Episode nach. Dieses kleine Glück war unterbrochen worden. War es nur eine einfache Laune von mir oder ein toller Einfall gewesen, einmal das Erlebnis zu haben, mit einem anderen interessanten Mann ausgehen zu können? Es sollte mir möglich sein, diese Erinnerung zu vergessen und sie nicht in meine Geschichte aufzunehmen. Doch recht bald merkte ich schon, dass ich diese Episode nicht so ganz einfach in der Vergangenheitsschublade ablegen konnte. Dieses kleine Glück mit David brachte mir im Vergleich mit anderen Situationen doch weit mehr als ich angenommen hatte.

In der Wohnung angekommen, holte sich Eduard noch ein San Miguel Bier und ich trank einen Sherry. Wir planten, in welchem Raum unser Nachwuchs untergebracht werden sollte. Die Einigung fiel auf das Gästezimmer, das sehr geräumig und sonnig war. Das zweite Problem betraf die Farben, mit denen wir dieses Kinderzimmer ausstatten sollten. Plötzlich verstanden wir es, auf schöne und erfreuliche Weise miteinander zu einem Einverständnis zu kommen. Die Wahl der Farbe fiel nicht etwa auf ein Himmelblau oder ein Rosarot, sondern auf ein neutrales Hellbraun. Das Empfinden, dass wir zusammengehörten, miteinander sprechen konnten, tat wohl - alles hatte Sinn, die Welt war in Ordnung. Eduards Hände irrten über mein Gesicht und über meine Haare. Ein Wohlgefühl durchfloss mich, ich lehnte meinen Knopf auf seine Schulter, ich fühlte mich beschützt und sicher. Ob dieses Gefühl nun eine Sekunde oder mehrere Jahre dauerte, das war nicht wichtig, es erschien mir wie eine tiefe und ewige Empfindung. Am nächsten Morgen spürte ich diese wunderschöne Ewigkeit, das Gefühl der vergangenen Nacht noch in meinen Gliedern. Ich konnte meine müden Augen kaum öffnen, das Glück um mich herum, verbunden mit dem eigenen Sein, das wunderbare Wohlbefinden – all dies konnte sich nicht steigern und sollte sich auch nicht verändern. Es war still im Haus, Eduard war schon im Büro und Meggy wirtschaftete in der Küche. Die Erinnerung an gewisse Pflichten trieb mich aus dem Bett. Die Sonne stand wie etwas Überhelles, Goldenes am blauen Himmel und ich ließ diese stille Morgenwelt in mich eindringen. Durch die geöffnete Schlafzimmertür hörte ich Meggys Stimme. »Missie, Telefon!« Es wurde mir klar, dass ich nun wieder dem Alltag unterworfen wurde, die Süßigkeit der letzten Nacht begann zu zerfließen. Mit diesen Gedanken im Kopf ging ich ans Telefon. Es war David, er bat mich, mit ihm zu Abend zu essen. Ich wusste aber, dass ich ihn nicht alleine wiedersehen durfte, wenn ich mein Glück festhalten wollte. Ich versuchte, mein Schicksal mit einem »Nein!« selbst zu leiten. David schien erschrocken über diese Antwort, dann meinte er mit einer sehr weich klingenden Stimme: »Könntest du mir denn nicht diese Freude machen? Wir haben doch wunderbare Stunden zusammen verlebt.« Aber ich wollte und konnte mich nicht mehr von diesem Rad fortreißen lassen, ich wollte meine jetzigen Gefühle nicht noch einmal fast verlieren, denn meine Ehe und mein Kind waren der Keim zu einer wunderbaren Zukunft.

Plötzlich war der wirkliche Alltag wieder da, ich hatte also schon in diesen frühen Morgenstunden einen Menschen verletzt, der Zauber des Morgens war vorüber und die Wellen des Tages schienen sich zu überschlagen. Die wenig vollkommenen Vorstellungen in meinem Herzen, die Erwartungen, die Hoffnungen, die konfrontiert wurden mit der Erinnerung an David, waren für mich der erste Prüfstein. Die Tage bis zu unserer Bootsfahrt mit Eduards Chef vergingen sehr schnell. Mit dem Auto fuhren wir am Wochenende zu unserem Meeting-Point nach Aberdeen. Von Shouson Hill aus erreichten wir das kleine Fischerdorf in fünf Minuten. In dem beliebten Hafen von Aberdeen mit den vielen Fischerdschunken, die teils im stinkenden Unrat steckten, hatte Ah-Tian, der Kapitän der Yacht »Uher«, angelegt. An unserem Treffpunkt wurden uns von Mark, Eduards Chef, und dessen Frau die Gäste vorgestellt. Die Herren sahen recht interessant aus, die Damen schienen mir überzüchtet, verwöhnt. Sie wohnten bestimmt auf dem Peak oder in Repulse Bay in Luxusvillen, wie es das Prestige für die hohen Tai-Pan vorschrieb. Nach der formellen Vorstellung ging man auf Deck und Ah-Tian und ein Bootsjunge servierten einen kühlen Empfangsdrink. Die Yacht war mit mehreren Kabinen und einer Bordküche ausgestattet, alles sah sauber und einladend aus. Wir verteilten uns an Deck und führten den bei solchen Anlässen berühmten Small Talk. Mark gab jedoch noch nicht das Zeichen zur Abfahrt, wir warteten noch auf einen Gast. Dieser kam dann auch recht bald in seinem Rolls-Royce Silver Cloud auf den Pier gefahren. Wie gut ich dieses Auto kannte, es war David. Ich hatte nicht gewusst, dass David bei diesem Ausflug dabei sein würde, ich war entsetzt und erfreut zugleich.

Eduards Chef stellte David den anderen Gästen vor, obwohl ihn die meisten bereits kannten. Ich bemerkte, wie elegant dieser Mann doch aussah, auch in seiner super Markensportbekleidung. Sein selbstbewusstes Auftreten, sein durchtrainierter Körper brachten mein Selbstbewusstsein total aus dem Gleichgewicht. Als er dann ganz langsam auf mich zu kam und mir die Hand zur Begrüßung gab, zitterte ich plötzlich und aus der Verlegenheit heraus begann ich, lauter dumme

Phrasen von mir zu geben. Mein Gott, wie würde ich diesen Tag nur überstehen? Dazu fühlte ich auch noch die Augen meines Mannes auf meinem Rücken. Zwischen David und mir war wieder die gleiche Spannung wie bei unserem ersten Treffen. Obwohl ich mich bemühte, mit den anderen Gästen eine Unterhaltung zustande zu bringen, vereinigten sich unsere Blicke von Zeit zu Zeit. Endlich legte das Boot ab.

Der grüne Kaschmirpullover Davids, den er locker um die Schultern geschlungen hatte, unterstrich sein feines Gesicht. Dazu trug er eine elegante weiße Hose, er hatte sich passend für eine Bootsfahrt eingekleidet. Die Gäste verteilten sich in Gruppen, zum Teil auf dem Brückendeck und zum Teil auf dem unteren Deck. Wir fuhren an der Spitze der Insel Ap Lei Chau (Entenzungeninsel/Aberdeen Insel) vorbei, die sich in den Qualm aus den Schornsteinen des Elektrizitätswerks eingehüllt hatte, sie schien den belebten Hafen von Aberdeen zu beschützen. Das schwimmende Dorf blieb hinter uns liegen und in der Ferne erkannte man hügelige grüne Inseln, die nur spärlich besiedelt waren. Im Gegensatz zu dem verschmutzten Hafenwasser Aberdeens, das sicherlich von Viren und Bakterien besiedelt wurde, schien mir das grünblaue Meer hier draußen sehr sauber. Die »Uher« bewegte sich südwärts und wir passierten Lamma Island. Diese Insel schien beherrscht zu werden von dem 350 m hohen Mount Stenhouse. Lamma Island war eine Badeinsel mit einigen idyllischen Buchten, die Bewohner (circa 3.000) lebten vom Fischfang, auf dieser Insel gab es keine Industrie. Es fuhren dort auch keine Privatautos, man musste gut zu Fuß sein, um die Fischerdörfchen Yung Shue Wan (im Norden der Insel) und Sok Kwu Wan (im Zentrum) zu erreichen. Eine charakteristische alte Dschunke mit Fracht aus China fuhr gerade vorbei, sie steuerte den Hafen von Hongkong an. Das Südchinesische Meer mit seinen leichten Schaumkronen bot in seiner natürlichen, verwegenen Schönheit unserem Boot einen gewissen Widerstand, den Gegensatz dazu bildeten die grünbraunen Hügel, die majestätisch Wache hielten. Das Boot glitt vorbei an der Insel Cheung Chau (lange Insel), der einfallende warme Wind trieb uns von dieser Insel fort. Cheung Chau war früher eine Pirateninsel, sie diente Cheung Po Tsai, dem bekanntesten

Piraten dieser Region, als Unterschlupf. Die südwestlich gelegene Insel verzichtete ebenfalls auf motorisierten Individualverkehr. Entlang der Ufer und Strände konnten wir kleine bunte Dörfer erkennen. Hervor stach einer der ältesten Tempel, nämlich der Pak Tai Tempel. Dieser wurde benannt nach der Gottheit Pak Tai, dem göttlichen Schutzherrn der Fischer. Das Wasser in der Nähe der Strände war sehr verschmutzt. Cheung Chau lag vor der wesentlich größeren Insel Lantau, die wir offensichtlich als unser Ziel ansteuerten. In der Ferne erkannte ich die vorgelagerten Inseln Hei Ling Chau und Peng Chau. Diese beiden Inseln lagen östlich von Lantau. Wir fuhren weiter nach Osten durch die grüne Wasserstraße, vorbei an zerklüfteten Inseln und Ah-Tian stoppte den Motor in der Silver Mine Bay auf der Insel Lantau. Lantau war besonders bekannt durch das Kloster Po Lei (Kostbarer Lotus). Doch der Fußmarsch dorthin dauerte etwa zwei Stunden und die meisten der Gäste an Bord wollten diese Strapazen in der Hitze nicht auf sich nehmen. Das Kloster lag auf einer Höhe von 800 m auf dem Peak von Lantau und gehörte zum Zisterzienserorden, die dort lebenden Mönche unterwarfen sich einem Schweigegebot.

Der Boat-Boy ließ den Anker langsam in das saubere grüne Wasser sinken. Wir ankerten in der Bucht Mui Wo (einer der bekanntesten Strände auf Lantau Island). Eduards Chef wies auf die unter Deck liegende Kombüse, die als Umkleidekabine diente. Ich verspürte große Lust, mich umzuziehen und einen Sprung in das klare Wasser zu wagen. Ein paar Stufen führten mich hinab in die kleine Küche, vorbei an der Dusche, rechts und links davon lag je eine Kajüte mit Schlafgelegenheiten. Ich schloss den Türriegel der Kombüse und zog mir einen weißen Bikini an, den ich trotz meines Zustands noch gut tragen konnte, im Gegenteil, er schien jetzt besser zu passen als vorher. Als ich die Tür wieder öffnete, stand David vor mir. Er sagte nur, ich sähe sehr hübsch aus und in seinen Augen entzündete sich eine kleine Flamme des Begehrens. Ertappt wie ein kleines Mädchen, das etwas Unrechtes angestellt hat, schaute ich mich um, aber keiner der anderen Gäste konnte uns beobachten. David schien mir gefolgt zu sein und auch er wusste, dass man uns nicht sehen konnte. Ohne Vorwarnung riss er mich leidenschaftlich in seine Arme. Ich konnte mich nicht einmal wehren, die Kraft, mit der er mich an sich drückte, war so groß. Er hatte wohl total vergessen, dass mein Mann nur einige Schritte entfernt war, sich auf Deck mit den anderen Gästen unterhielt. Zorn stieg in mir auf und es gelang mir, mich aus Davids starken Armen zu lösen. Entsetzt fragte ich, ob alle chinesischen Männer denken würden, Frauen wären wie Stofftiere, die man sich einfach nehmen und mit denen man spielen könne. Ich machte ihm klar, dass ich kein Verhältnis suchte und außerdem ein Kind von meinem Mann erwartete. Die Spannung zwischen uns hatte sich etwas gelöst, eine leichte Röte stieg in sein Gesicht. Die Kraftprobe hatte ich überstanden und ich lief ganz schnell, aber verwirrt an Deck. Mein Mann bemerkte etwas, er fragte, ob ich mich nicht wohlfühle, doch ich erwiderte ganz unschuldig: »Es ist nichts, ich will nur schwimmen gehen.« Daraufhin sprang ich von Deck in das kühle Meer. Was ging nur in meinem Kopf vor? Ich hätte gleichzeitig lachen und weinen können. Mit kräftigen Schwimmzügen entfernte ich mich vom Boot, ich wollte alleine sein. Doch plötzlich tauchte ein Kopf neben mir auf, es war David. Er sagte: »Ich möchte mich entschuldigen, ich weiß, dass du kein Freiwild bist. Ich möchte dich heiraten, auch mit Kind.« Ich war erschüttert über seine klaren Worte. Konnte Liebe oder Leidenschaft ihn so weit führen, dass er das Kind eines anderen Mannes akzeptierte? Die Tatsache, dass er mich trotz meiner Schwangerschaft heiraten wollte, schmeichelte mir, doch das klare Meer schien sich plötzlich mit lauter kleinen, grauen Wölkchen zu füllen. Es waren keine Wölkchen, es waren meine Tränen, die mich schon so oft im Glück oder Unglück begleitet hatten. Ich schwamm langsam zurück zum Boot, zu den anderen, zu meinem Mann. Das Schicksal hatte mir wieder einmal einen Stoß versetzt. In meinem Inneren wühlte und tobte es. Wenn ich doch nur die Beschwörungsformel dafür finden würde, mein Gewissen wieder zu beruhigen, zu besänftigen. Ich stieg an Bord und setzte mich zu meinem Mann. Meine Entscheidung, bei ihm zu sein, brachte meine Gefühle wieder einigermaßen ins Gleichgewicht.

Das Mittagessen wurde auf Deck serviert. Mark erzählte, dass der

Boat-Boy extra bei den Fischern auf der Insel für uns frische Krebse und Fische eingekauft hatte. Die gegrillten Garnelen verbreiteten einen appetitanregenden Geruch und der chinesisch gewürzte Fisch mit dem Chinakohl schien für die Gäste eine Köstlichkeit zu sein. Ich konnte kaum einen Bissen essen, Eduard nahm an, dass das mit der Schwangerschaft zusammenhing. Doch ich allein wusste, dass ein zweiter Mensch an Bord auch keinen Appetit hatte. Dieser blickte nämlich forschend auf zum Himmel und schloss dann die Augen. Die salzige Meeresluft und die Hitze schläferten David langsam ein.

Bei dieser Gelegenheit fiel mein Blick auf die Damen der Gesellschaft. Sie alle schienen ohne Ausnahme verwöhnte Wesen zu sein, die das hart erarbeitete Geld ihrer Männer ausgaben, ohne Rücksicht auf Verluste. Keine von ihnen gehörte zu der Kategorie Frau, die ihre eigene Wohnung selbst sauber halten würde. Ich musste unwillkürlich über die Ehe nachdenken, ich wusste, dass dieses Wort sicherlich für jede Frau eine starke Bedeutung in sich trug. Mir wurde jedoch auch klar, dass Sex, Liebe und Ehe sehr verschiedene Bedeutungen hatten, besonders an einem Platz wie Hongkong. Keinem der anwesenden Männer an Bord würde ich Treue zutrauen, außer meinem eigenen Mann. Wie sehr ich mich an den Glauben klammerte, alleine geliebt zu werden - ich war ganz einfach bereit, für seine ewige Treue zu kämpfen. Doch die Vorahnung, dass eine Stadt wie Hongkong mit all der Herrlichkeit und all dem Überfluss die Blicke vieler Menschen trüben würde, steckte wahrscheinlich schon in mir. Die Menschen hier waren fast ohne Ausnahme gebunden an die äußeren Umstände. Und die Erkenntnis, dass man mit Güte und Liebe nichts erwerben konnte, verbreitete sich sehr schnell. Das Glück wurde an diese Umstände geknüpft und ich sollte es selbst in den späteren Jahren erleben, dass die Begriffe Moral und Ethik in dieser Welt nicht existierten. Es gab nur Machtkämpfe, die Parole hieß »Gewinnen oder verlieren«. Auch hier auf dem Boot unterhielten sich die Männer über Geschäfte und während der nächsten Stunde sollte ich alles über die berühmten Triaden (kriminellen Vereinigungen) erfahren, über die nur die wirklichen Insider Bescheid wussten. Die »Tongs«, die Triade des chinesischen Geheimbundes, bestanden wo immer die Chinesen lebten, war die Entfernung von ihrem verlassenen Heimatland auch noch so groß. Wie die Hongkong-Beobachter über China feststellten, gelang es selbst den Kommunisten nicht, diese Triaden in Shanghai, Kanton und Peking auszurotten. Es war bekannt, dass chinesische Auswanderer dieser Tongs ihr böses, feines Netz über die Chinesenviertel in Jakarta, Singapur und San Francisco spannten. Auch die Briten in Hongkong und die nationale Regierung auf Formosa (Taiwan) hatten keine Gewalt über diese Gruppen. Ihre Geschichte begann im 17. Jahrhundert mit fünf buddhistischen Mönchen, die unerklärliche Fähigkeiten besaßen. Dies waren die fünf Stammväter, die die Hung Familie organisierten, um die Ming-Dynastie gegen die Manchus zu verteidigen. Dieser asiatische Geheimbund war eine blutige Bruderschaft, die für Selbstverteidigung, moralische Ideen und auch halbreligiöse Prinzipien eintrat. Als diese Triade dann wieder ins Leben gerufen wurde, im Jahr 1938 unter dem fürchterlichen nationalistischen General Koi Su Heong, wurden ihre Grundideen missbraucht. Koi benutzte die Triade für seine geheimen Informationen an die Kuomintang. Im Jahr 1949 fand eben dieser General Asyl in Hongkong. Als erstes organisierte Koi 18 Gruppen dieser Triaden, ein Kern von Geheimagenten und Saboteuren, um die Rückkehr der Nationalisten in China zu ermöglichen. Diese Triaden nannte man damals in Hongkong »14K« und die formelle Einweihungsfeier der neuen Mitglieder nahm eine ganze Nacht in Anspruch. Vor den glimmenden Räucherstäbchen auf dem Buddha-Altar leisteten die Neulinge nicht weniger als 36 Schwüre auf Leben und Tod. Dabei zwang man sie, einen Schluck Wein, Zinnober, Hahnenblut und ein paar Tröpfchen Blut aus ihrem eigenen Finger zu trinken. Ihr Vertrag bestand aus 10 Regeln, vor denen sie sich verbeugen sollten. Die Wahrzeichen waren eine rote Lampe (das Zeichen der Wahrheit und Unwahrheit), ein weißer Papierfächer (der alle Verräter vernichtete) und ein Schwert aus Pfirsichholz (es stand für die Enthauptung aller Feinde). Zum Schluss der Zeremonie wurden alle Räucherstäbchen auf die Erde geworfen, dies wurde begleitet von dem feierlichen Schwur, dass ihr eigenes Leben auf die gleiche Art und Weise vernichtet würde, wenn sie als Mitglieder der Triade ihr Gelübde gegenüber ihren Brüdern verletzen würden. Malerische Todesstrafen variierten zwischen den orthodoxen 10.000 Messerstichen und der Enthauptung. Die Triaden in Hongkong, denen zu dieser Zeit 80.000 Menschen angehörten, wurden verfälscht und entarteten in eine erpresserische Mafia-Art, die sich an den meisten kriminellen Aktivitäten beteiligte. Aber Hongkong war, wie man es sich immer vor Augen halten sollte, in den Augen der Chinesen ein Teil Chinas und viele der chinesischen Einwohner fürchteten sich vor den alten Traditionen und den Drohungen und Erpressungen der Triaden mehr, als dass sie der Zusicherung der britischen Polizei trauten. So überwachen die Triaden heute noch den Drogenverkehr, jugendliche Prostitution und die unerlaubten Glücksspiele. Sie schienen immer darauf zu warten, Unruhe und Demonstrationen zu organisieren. Selbst britische Polizisten bezogen durch sie ein Nebeneinkommen, wenn sie ein Auge zudrückten. Die Triaden waren ebenfalls die großen Alliierten der Kommunisten in Hongkong. Eduards Chef meinte, es wäre ein großer Fehler, diese Gruppen zu unterschätzen, es sei ihnen schon möglich gewesen, durch katastrophale Demonstrationen im Jahr 1956 den Belagerungszustand herauszufordern. Im Jahr 1966 hätten sie gegen die Preiserhöhung der Star-Ferry demonstriert und sich 1967 den Kommunisten angeschlossen, sie wären diejenigen, die die Bomben auf Kinderspielplätzen verteilt hätten. Sie repräsentierten eine Art chinesische Waffe, die man fürchten müsse. David hatte mit geschlossenen Augen dieser Unterhaltung zugehört, er öffnete sie nun langsam und seine Augen streiften mein Gesicht. Er schien wieder seine alte Haltung eingenommen zu haben. Mit sanfter Stimme erklärte er, als Architekt hätte er es schon oft mit den Mitgliedern der Triaden zu tun bekommen. Wenn sie sich zum Beispiel mit den Bauarbeitern zusammenschlössen, könne es vorkommen, dass plötzlich sehr viel Baumaterial verschwinden würde. Aber oft führe die Korruption auch so weit, dass die Bauarbeiter unter Anleitung der Triaden zu viel Sand in den Beton mischten oder dass die Stahlstäbe für die Fundamente zu kurz bemessen würden. Wenn solch ein Gebäude dann fertiggestellt sei, besäße es nur die Hälfte der vorgeschriebenen Sicherheiten. Davids Meinung nach könne dies alles nur geschehen, wenn auch die Bauinspektoren, Abteilungsleiter und Inspektoren (meistens Briten) auf der Lohnliste der Triaden stünden. Es sei eine Schande, dass man diese Leute mit ein paar Extrascheinen dazu bringen könne, beide Augen zuzudrücken. Aber offensichtlich traue sich keiner, eine Aussage zu machen, denn sonst könne man auf tragische Art und Weise von einem chinesischen Messer getroffen werden.

Ah-Tian trug nach dem Mittagessen das schmutzige Geschirr in die Bordküche. Das Deck war geräumig und mit bequemen Stühlen ausgestattet. Mein Blick von dort fiel direkt in die Küche, dort aßen Ah-Tian und der Bootsjunge die Reste unseres Fisches. Sie schlürften mit Behagen die Bäckchen aus den Fischköpfen, wohl mit dem Gedanken im Kopf, die Gweilos wüssten nicht einmal, dass dies der beste Teil des Fisches ist. Ein Gefühl der Leere kam für einen Moment über mich - ich durfte David nicht mehr wiedersehen, außer auf den offiziellen Partys. Ich hatte mich für meinen Mann entschieden, jede Begegnung, jeder Augenblick des Glücks schien vergänglich zu sein und das Glück sollte in den nächsten Wochen, Monaten und Jahren bewahrt werden. Die anderen Gäste an Bord sah ich nur noch verschwommen, ich hörte die Stimmen wie aus der Ferne, die von einem Urlaub in den Cameron Highlands erzählten. Meine Erinnerungen versetzten mich zurück in die Nächte mit meinem Mann, die wir in Fosters Smokehouse verbracht hatten. Das kleine Smokehouse war damals gemütlich eingerichtet mit einem Kamin, in dem am Abend das Feuer knisterte. Dort verbrachten wir gemeinsam gemütliche Stunden bis in die Nacht hinein. Das im Tudor-Stil gebaute Haus strahlte eine ganz besondere Atmosphäre aus. In jenen Tagen zog es uns oft nach Tanah Rata, um dort in der Höhe des Berglandes die kühle Luft und den Sonnenschein zu genießen. Unwillkürlich hatte ich an die Vergangenheit gedacht, die so kurz und glücklich war und doch so lange anhielt. Tausend Fäden fanden sich in diesem Moment in meiner Seele zusammen und ich wünschte, dass sie sich noch vervielfältigen sollten. Ich schloss meine Augen, ich sah die Dschungelpfade um Tanah Rata herum vor mir, die kleinen Läden, die Erzeugnisse der Highlands verkauften, wunderbare präparierte Schmetterlinge in schillernden Farben, Skorpione und riesige behaarte Spinnen. Dann die wundervoll angelegten Teeplantagen entlang der einzigen Straße, die nach Tanah Rata führte, und die kleinen halbnackten Orang Asli Männer (Eingeborene) mit ihren Blasrohren und den Behältern, die giftige Pfeile enthielten, ich sah die leuchtende Orchideen, die in allen Farben an den Hängen des ungezähmten Dschungels wuchsen, eine bezaubernde Szenerie, mit dem urwüchsigen Wachstum eines Bergdschungels, geheimnisvoll und oft scheinbar undurchdringlich. Auch diese Zeit war vergangen und nur das Festhalten an der Erinnerung war noch vorhanden. Nun befand ich mich auf dem Südchinesischen Meer und war in Gedanken versunken auf die Aussichten im kommenden Jahr, an das künftige Vergnügen. Ein kleiner trüber Schleier verdeckte meine Fantasien, als ich an die vergangenen Stunden dachte, doch ich schob ihn zur Seite, um das Schöne und Weiche dahinter zu entdecken, ich war im Begriff einzuschlafen. Nach einer Stunde ließ mich das Klappern des Geschirrs aufwachen, Ah-Tian deckte den Kaffeetisch. Die Sonne schien glühend auf mein Gesicht und ich hatte mir während des Schlafs sicherlich einen Sonnenbrand geholt. Mein Mann schwamm mit den anderen Gästen im Meer. Marks Frau bereitete einige Appetithäppchen zu und ich bot mich an, ihr zu helfen. Die eifrigen Schwimmer trudelten nach und nach ein und bald saßen wir wieder alle an Deck. Die Männer unterhielten sich über die Aktienkurse und Geschäfte. Die Damen hatten sich ebenfalls zusammengesetzt, ihr Gespräch führte über die Mode zu den Kindern. Ich war etwas gelangweilt und fühlte mich erleichtert, als John dem Kapitän das Zeichen gab, die Anker zu lichten und abzulegen. Die »Uher« lief langsam rückwärts aus der Bucht heraus. Es waren inzwischen Wellen aufgekommen, die gegen die Yacht schlugen und einen weißen Schaum hinterließen. Ah-Tian fuhr halbe Kraft voraus und das Boot schnitt elegant durch die aufgewühlte See. Das Meer schien so aufgewühlt zu sein wie mein Inneres. Gegen 16 Uhr fuhren wir durch den Lamma Channel, an der äußeren Spitze der Insel Lamma vorbei. Ah-Tian steuerte offensichtlich Stanley-Peninsula an. Hier draußen auf dem Meer schien alles so friedlich, die Millionen Menschen waren vergessen, sie existierten nicht mehr. Die Atembeklemmungen, die man von der großen Masse bekam, verschwanden mit der leichten Brise des Windes. Wir verließen Stanley und passierten Tai Tam Bay, weiter vorbei an Cape D'Aguilar. Die nun schon abgeschwächten Sonnenstrahlen schickten ihren Glanz immer noch mit letzter Kraft über das Wasser, als Ah-Tian das Boot durch den Tathong Channel steuerte. Unsere Route ging offensichtlich vorbei an den zackigen Felsen von Cape Collinson, durch die Enge von Lei Yue Mun, vorbei an Kai Tak Airport, zurück in den Hafen Victorias. Die leicht schaukelnde Yacht fuhr langsam an Fischerdschunken vorbei und in der Ferne erkannte ich kleine weiße Buchten, die sehr verlassen und einsam aussahen. Doch dieses Bild änderte sich recht bald, als wir das Gebiet um den Kai Tak Flughafen durchfuhren. Die Sonne ging unter wie ein glühender Ball und gleichzeitig schoss eine Maschine vom Kai Tak in den Himmel auf und schwebte über die Wohnhäuser von Kowloon. Hongkong bei Nacht zu sehen war immer wieder ein erstaunliches Erlebnis, die Schönheit des Hafens mit den vielen Lichtern war ein Traum. Noch ein letztes Mal wagte ich es, einen Blick auf David zu werfen. Er stand in seiner weißen Leinenbekleidung mit einem Glas Weißwein in der Hand auf dem Brückendeck. Seine Augen schienen sich in den vielen Lichtern zu verlieren. Diesen Anblick und sein großes Schweigen sollte ich nie vergessen. Unsere Blicke streiften sich ein letztes Mal, dabei fühlte ich zum ersten Mal, dass ich Stärke bewiesen hatte. Diese Fäden meines Joss waren zerrissen worden. Die glücklichen Stunden, die ich mit ihm hatte, waren vorbei. Sie hatten viel Freude und Wünschenswertes für mich enthalten, doch sollte ich sie nun auf dem Faden der Entscheidung zurücklassen. Doch nicht für immer, mein Schwärmen für David sollte nach vielen Jahren wieder aufflammen, nach einer Epoche der Behaglichkeit und der Enttäuschung.

Ah-Tian ließ die Anker in das verschmutzte Wasser am Queen's Pier fallen. Wir verabschiedeten uns von John und Debby und den übrigen Gästen. Das Ehepaar Thomson lud uns bei dieser Gelegenheit für den kommenden Samstag zum Abendessen in den Hongkong Cricket Club ein, auch, um uns bei dieser Gelegenheit dort einzuführen. Ich verabschiedete mich schnell von David. Die chinesischen Augen hatte in mein Joss eingegriffen, aber die Götter entschieden sich erst einmal, dieses Schicksal zu beenden. Die anbrechende Nacht legte einen Zauber über die Stadt und die Nachtluft war noch sehr frisch.

Zurück in den Alltag

Zuhause angekommen hatte ich nur noch den Wunsch, eine kalte Dusche zu nehmen, um mir die Salzreste des Meeres vom Körper zu waschen. Meine Schultern waren verbrannt von der Sonne und jeder einzelne Wassertropfen schmerzte. Erschöpfung überkam mich und ich legte mich ganz leise neben meinen Mann, der schon eingeschlafen war. Mein letzter Gedanke war, wie schnell doch ein absolut gesteigerter Höhepunkt auf der anderen Seite abwärts führen konnte, um so das genaue Gegenteil hervorzurufen. War es nicht im Leben so, dass das Vorher und das Nachher sich immer folgten und es ohne die Nacht nicht möglich wäre, den Tag zu erkennen. Am nächsten Morgen erwachte ich mit leichten Schmerzen auf dem Rücken, die wohl von der intensiven Sonnenbestrahlung stammten. Meggy hatte wie immer ein Mittel zur Hand, um die Schmerzen zu stillen. Sie überstrich meine Schultern und den Rücken mit einer Salbe aus einem kleinen runden Döschen, das mit vielen chinesischen Schriftzeichen versehen war. Sie erklärte mir, dass das Wunderheilmittel von einem Mann hergestellt wurde, der in ganz Südostasien berühmt war, dem großzügigen Menschenfreund Aw Boon Haw, dem Sohn des Aw Chu Kin, der die Salbe in Rangun entwickelt hatte. Aw Boon Haw hatte die chinesische Medizin um dieses Wunderheilmittel bereichert, den Tiger Balm (Tiger-Balsam). Der Tiger Balm hatte nach Meggys Erzählungen eine mächtige Heilkraft für alle Arten von Schmerzen. Aw Boon Haw wurde 1882 in Rangoon geboren und er verstarb im Jahr 1954. Viele Firmen, die er in der letzten Phase seines Lebens aufgebaut hatte, produzierten den Tiger Balm für die Behandlung jeglicher Schmerzen. Im Jahr 1938 bekam er in Anerkennung seiner Hilfe von König Georg VI den Orden der hohen Würde (OBE; vierte Stufe des britischen Ritterordens) verliehen. Aw Boon Haw hatte begonnen, sich Gedanken zu machen über die Menschen in Hongkong, die darunter litten, auf engstem Raum zusammenzuleben. Mit dem Gedanken an das Schicksal dieser Leute im Hintergrund entschloss er sich im Jahr 1935 dazu, auf einem Berg auf der Nordseite von Hong Kong Island, der die Causeway Bay dominierte, zur Erholung und Erbauung des Volkes den Tiger Balm Garten zu bauen, mit einem Kostenaufwand von 16.000.000 HK$. Es entstand ein wahrhaft extraordinärer Garten, in dem die Familie Aw Boon Haw auch ihre Residenz baute, in einer rein chinesischen Architektur. Pagoden, Statuen und extravagante Bildnisse waren die Krönung dieses unvergleichlichen Werkes.

Angeregt wurde das Ganze durch solche buddhistischen Gebote, die verordneten, dass das Verhängnis über die Menschen komme, die sich nicht an die Vorschriften der Nächstenliebe, der Unbestechlichkeit und an die Toleranz hielten. Nach dem Tod sollten diese Menschen durch den Prozess des Gerichts der Hölle gehen und dann verurteilt werden, noch einmal als Mensch oder Tier wiedergeboren zu werden, im größten Elend und bei größter Pein und Qual. Meggy lief daraufhin in ihr kleines Zimmer und holte zu meinem Erstaunen eine Zeitung, den Tiger Standard. Sie erklärte, dass die Besitzerin dieses Zeitungsunternehmens die Witwe des verstorbenen Tiger Balm Königs war. Sie lebte in einem Marmorpalast in der Nähe der Pagode, mitten im Tiger Balm Marmorgarten. Ich nahm mir an diesem Morgen vor, den Tiger Balm Garten recht bald einmal zu besuchen. Und während der so beeindruckenden Erzählung von der Amah, spürte ich, wie schnell die Salbe meinen schmerzenden Sonnenbrand schon linderte. Eines war mir klar geworden: Mr. Aw Boon Haw war nicht der Mann, der zu den Typen der Hirne ohne Charakter gehörte. Er schien kein ausgetrockneter Akademiker gewesen zu sein, der geistig abwesend durch die Welt gegangen war. Nein, er war nach der chinesischen Philosophie ein vollkommener Mensch, dessen Ausbildung eine Auswirkung auf seinen Charakter hatte. Ein Weiser, der die Ganzheit aller menschlichen Möglichkeiten in sich getragen hatte.

Beim Frühstück bemerkte ich, dass Regentropfen gegen die Fensterscheiben prasselten. Der Himmel war trübe und bewölkt, aber das Wetter konnte innerhalb von einer Stunde umschlagen, es war anzunehmen, dass dann die heißen Sonnenstrahlen wieder durch die Wolkendecke stoßen würden. Von der Terrasse aus sah ich, wie die Regentropfen von den tropischen Pflanzen und Sträuchern herunterperlten. Die Erde brauchte unbedingt Feuchtigkeit nach solch einem heißen Tag, wie wir ihn gestern hatten. Das Grün im parkähnlichen Gelände brach mit seinen Knospen aus, das sichere Zeichen des sich nahenden Sommers. Korallen-Hibiskus-Blüten entsprossen den graziösen Stauden. Obwohl sie während des ganzen Jahres blühten, war es für mich immer wieder eine Freude, diese Blumen zu sehen, diese wunderbaren Blüten, die aus fünf Blumenblättern bestanden, entweder rot oder orange-rot, tief gefranst oder gekräuselt und nach oben gerichtet bis sie den langen Blumenstängel berührten. Die ersten Engelstrompeten waren auch aus ihren Knospen gebrochen, mit ihren großen, duftenden Trompetenblumenkronen, heute waren sie noch weiß, aber später würden sie dann in Gelb übergehen. Von dem chinesischen Gärtner, der etwas Englisch sprach, wusste ich, dass diese Blumen und Blätter sehr giftig waren, die ganze Pflanze enthielt ein starkes Betäubungsmittel. Das Telefon klingelte. Meggy meldete sich mit ihrem langgezogenen »Weyyy«. Es war Inge, sie schlug einen Bummel auf der Kowloon-Seite vor, kombiniert mit einer Lunch-Einladung im Peninsula Hotel. Der Grund der Einladung war, dass sie in den nächsten Tagen für zwei Wochen mit ihrem Mann nach Bali fliegen würde. Ich war erfreut über diese Abwechslung und während unserer Überfahrt mir der Star-Ferry brachen wirklich schon die ersten Sonnenstrahlen hervor.

Auf dem Deck der Fähre herrschte ein quirliges Gedränge, ich konnte nicht umhin, die Menschen zu beobachten. Wir befanden uns zwischen Europäern, die in Hongkong lebten, einheimischen Chinesen und Touristen. Die Gesichter Hongkongs waren so verschieden, so vielfältig wie die Geschmacksrichtungen der chinesischen Küche. Vergangenheit und Gegenwart, die alte Kultur und das moderne Leben schienen sich hier dicht nebeneinander zu ergänzen. Mein Blick fiel auf ein männliches chinesisches Gesicht, ein Mann mittleren Alters, sein Anzug war teuer und maßgeschneidert aus dem besten Material, doch seine Augen waren glasig und er hatte kolossale Schweißperlen auf der Stirn. Ich wurde das Gefühl nicht los, dass es sich um einen Heroinsüchtigen handelte. Seine Erscheinung kam mir vor wie eine große Ironie des Schicksals, die Moralisten würden sagen, dies wäre nur die Quittung für alles, weil dieser drogensüchtige Mensch ein Resultat des zeitgenössischen Hongkong sei. Der kursierende Opiumschmuggel und der Drogenhandel waren eine große Gefahr für die Kolonie. Ein Bumerang war zurückgekehrt. Die britisch-kolonialen Autoritäten quälte der Albtraum des verbotenen Schwarzhandels mit Drogen, den ihre frei handelnden Vorfahren und Urahnen vor mehreren Jahrzehnten den unglücklichen Chinesen auferlegt hatten. Sie legalisierten den Drogenhandel durch Kriege und Heucheleien, eröffneten fünf Vertragshäfen und rissen Hongkong an sich, weil es ihnen ein angemessener Platz für den Drogenhandel zu sein schien. Dieses sich drehende Rad wäre wunderbar abgerundet gewesen und die Wiederkehr des Bumerangs wäre vorzüglich gelungen, wenn es die Chinesen gewesen wären, die hinter dem regulären Opiumschmuggel Hongkongs gesteckt hätten. Wie man oft zu hören bekam, erklärten die Feinde der rotchinesischen Kommunisten und der CIA, den Hauptschlüssel des asiatischen Drogenhandels könne man in Peking finden, aber es gab kein einziges Mohnblumenblatt als Beweisstück, um diese Theorie zu stützen. Man hatte mir gesagt, dass das japanische Militär während der Pearl Harbour-Tage bewusst und systematisch Drogen benutzten, um die Chinesen zu erniedrigen. Doch die kommunistischen Chinesen hatten trotz all ihrer Ausschweifungen versucht, sich von den Drogen fernzuhalten, und nicht nur das, sie unterdrückten den Opiumanbau in Yunnan. Obwohl das Opiumrauchen schon seit dem Jahr 1949 bei der Machtübernahme der Kommunisten abgeschafft wurde, erlagen doch viele Chinesen dem Verfall durch den schwarzen, klebrigen Schlamm. In Hongkong selbst hatte man das Opiumrauchen im Jahr

1946 verboten. Die britische Kolonie, anfänglich ein Opiumschmuggelzentrum, verbannte den Gebrauch, obwohl viele Händler immer noch ein Vermögen daran verdienten. Der teuflische Killer schien das Heroin zu sein, ein Nebenprodukt von Opium. Die süßlich riechende Mohndroge wurde flink und billig von Experten nach der Ankunft in Hongkong verarbeitet. Der Mohn kam aus dem fruchtbaren Dreieck Nordost-Burma, Nordthailand und Laos. Der Preis für eine exportierte Unze Heroin nach Japan oder in die USA lag zehnmal höher als der Hongkonger Preis. Immer wieder hörte ich Gerüchte, dass ein hochangesehener Mann,»Mr. Big« genannt, hinter dem Heroinverkehr stecke und manchmal erzählten die Flüsterer, das ehrbare Banken und Handelsfirmen damit auch ihren Profit machten. Dieses Geflüster kam immer wieder auf, es ließ sich nicht vermeiden. Nur die Leute vom Rauschgiftdezernat wussten, dass man mit in den wichtigsten High Society Clubs versteckten»Bomben« die wirklichen»Mr. Bigs« heraussprengen konnte.

Die Geschichte Hongkongs war mir immer ein wenig unerklärlich und außerordentlich unsympathisch. Die Kolonie wurde dem chinesischen Kaiserreich von den Briten entrissen, als Stützpunkt für den Opiumschmuggel, als Platz für profitablen Opiumhandel. Der »Schwarze Schlamm«, wie er auch heute noch von den Chinesen genannt wird, ließ den Marktflecken Hongkong wachsen und er wurde zum treibenden Motor des finanziellen Wachstums dieser Kolonie. Im Gegensatz zu den damaligen Zeiten, versucht man heute, Opium zu bekämpfen. Aber jeder Mensch, der ein Insider Hongkongs war, sollte recht bald herausfinden, dass man den »Schwarzen Schlamm« nie ganz loswerden konnte. Diese Ironie, die mit der Kolonie verbunden war, konnte ich oft nicht begreifen. Hongkong wurde aufgrund des Opiums zu einer unübersehbaren Weltstadt aufgebaut und zu einem Horchposten für den Westen, sträubte sich aber in diesen Tagen gegen den Heroingebrauch. Es wurden Millionen von Hongkong-Dollar ausgegeben, um den Handel und Gebrauch zu unterbinden, dem die Kolonie aber im Grunde genommen ihre Existenz verdankte. Während der letzten Jahre hatte die englische Regierung herausgefunden, dass das Opium in großen

Mengen als Schiffsfracht aus Thailand eingeführt wurde. Als man diesen Weg dann konsequent versperrte, begannen die Schmuggler, thailändische Trawler (Schlepper) anzuheuern, die das Opium in den internationalen Gewässern auf Hongkong-Dschunken umluden. Von diesen wurden sie auf die unbewohnten Inseln im Südchinesischen Meer gebracht, von wo aus sie nach Hongkong geholt wurden. Die britische Regierung war bemüht, den internationalen Heroinhandel zu ersticken, aber diese neue Art von Opiumkrieg konnte man wohl nie gewinnen, solange es eine kapitalistische Gesellschaftsform gab und eine große Menge Geschäftemacher. So schloss sich dieser Teufelskreis, die Kolonie wurde einst gegründet, um Opium nach China zu schmuggeln und dann wehrten sich die Nachfahren grundsätzlich gegen diesen Handel. Und China, das ursprüngliche Opfer, schien kaum Drogenprobleme zu haben. In einer hochkomplexen Gesellschaft wie der, die in Hongkong bestand, rauchten Geschäftsleute oft Opium in dem Glauben, ihre Potenz im hohen Alter noch erhalten zu können. Wo lag die Wahrheit von Hongkong? Die Wirklichkeit würde ich wohl nie begreifen, im Gegenteil, ich lernte, sie zu hassen. Die Kolonie lag da wie eine barocke Schachfigur, die man je nach Bedarf in die eine oder die andere Richtung verschob, zwischen dem Westen und dem Osten. Dieses System galt auch für die Menschen, sie bestanden aus Königen und Bauern - die einen gebrauchten und schoben, die anderen ließen sich schieben. Hier herrschte nicht die fromme Entsagung, sondern mehr das sich im Finanziellen ergehen, es fehlte an menschlicher Entfaltung, dafür gab es wirtschaftliche Entfaltung im Übermaß. Es war, als würden über dem Himmel der Kolonie Polarsterne mit einem Schwert schweben und es fallen lassen, wenn es von Nutzen sein sollte. Die Stadt war meisterhaft und zugleich schmutzig aufgebaut worden. Auf der einen Seite war sie der Himmel der freien Unternehmer, auf der anderen Seite könnte man sie als kapitalistische Hölle bezeichnen.

Vor der Kowloon Anlegestelle fing der offensichtlich drogensüchtige Chinese an zu zittern, alle paar Sekunden strich er eine lange schwarze Haarsträhne, die ihm ins Auge fiel, mit nervösen Handbewegungen zurück. Der Mann schien seiner Statur nach Südchinese zu sein. Obwohl sein Gesicht rundlich war, verzerrte er es zu einer länglichen Grimasse. Nach einer Weile hatten sich die Gesichtsmuskeln wieder entspannt und er hatte sich von dieser kleinen Episode erholt. Dem Anschein nach vereinten sich zwei Welten in dieser Person, die moderne europäische und die alte chinesische. Aber wozu passte nun das Heroin, das er nahm? War es der Einfluss des Westens oder der Stress des täglichen Lebens, was ihn dazu getrieben hatte? Die Sonne strahlte in mehreren Dimensionen über das Meer, die schimmernden Farbnuancen von Blau bis Grün bildeten mit ihren Schattierungen Kontraste. Mein Blick fiel zurück auf Victoria mit der hügeligen Berglandschaft im Hintergrund und dem Victoria Peak. Die einfallenden Sonnenstrahlen vermischten sich noch etwas mit den Wolken und den letzten Regentröpfchen. Der Tag war zum Leben erwacht, alles erschien nun freundlich und ich prägte mir diesen kleinen Bildausschnitt von der Natur und den Menschen darin ein. Ein wunderbares Bild, dessen unendliche Farben nie zerfließen sollten. Die Star-Ferry legte an und Inge wollte ein paar Einkäufe im Chinese Arts und Craft erledigen, das nur ein paar Schritte entfernt lag. Ein rotchinesisches Kaufhaus befand sich auf der Queen's Road Central in Victoria und ein zweites gegenüber dem Star-Ferry Pier. Beide waren bekannt für chinesisches Porzellan und feine Kunsthandarbeiten, die direkt aus China kamen. Die Preise waren noch vernünftig, verglichen mit den chinesischen Angeboten, die man in Europa fand. Die Stimmung im Erdgeschoss war faszinierend, chinesische Angestellte hockten hinter den Schmucktheken, in denen man die schönsten Jade- und Elfenbeinarbeiten sehen konnte. An den Wänden hingen alte chinesische Rollbilder und darunter standen Lack- und Emaille-Arbeiten. Die Gefahr, Imitationen angeboten zu bekommen, war sehr groß in Hongkong, nur in den rotchinesischen Läden konnte man sicher sein, dass man Originale bekam. Allerdings war das berühmte Herunterhandeln von Preisen hier nicht möglich.

Die Farben der Jadestücke schimmerten von einem Smaragdgrün, Apfelgrün, Schneeweiß bis zu einer Malvenfarbe, wobei der schneeweiße und hellviolette Ton typisch für die Jade waren. Das chinesische

Gegenwort zu »Yù« stand für unser Wort »Jade«, es bezeichnete zwei sehr verschiedene Arten von Steinen, den Nephrit und den Jadeit.

Der Nephrit war ein Silikat von Calcium und Magnesium, der Jadeit hatte die härtere Qualität und bildete eine gute Grundlage für Schnitzereien, er bestand aus einem Silikat von Sodium und Aluminium. Es war bekannt, dass Jadeite vor dem 18. Jahrhundert nicht in die chinesischen Werkstätten kamen. Die frühen Ming- und Ch'ing-Jadearbeiten waren aus Nephriten gefertigt. Jade schien die Chinesen immer wieder zu faszinieren. Es war der einzige Schmuckstein, dem sie während ihrer langen Geschichte ihren unerschöpflichen Respekt widmeten. Schon in der Konfuzius-Zeit war es der Lieblingsstein des noblen Mannes, er verkörperte Tugend und die Kraft der Persönlichkeit. Der warme Glanz dieses Steins beeindruckte mich und ich bat die chinesische Verkäuferin, ein paar Schmuckstücke aus der verschlossenen Theke herauszunehmen. Der grüne Stein fühlte sich kalt und hart an, als ich ihn in meiner Hand hielt. Die Härte der chinesischen Weisheit lag in meinen Händen und die scharfen, doch so harmlos aussehenden Kanten vertraten die Konturen der Gerechtigkeit. Jade war unter den Chinesen verbunden mit dem Glauben an alles was nobel, rein, wunderschön und unzerstörbar ist. Die unwiderstehliche Anziehungskraft, die dieser Stein immer bei den Chinesen haben wird, kann eigentlich nicht mit einfachen Worten erklärt werden, sie erschien mir wie eine himmlische Eingebung, obwohl der Stein etwas sehr Irdisches und Sinnliches mit sich brachte. Unter den Einheimischen sprach man davon, dass sich ein Stück Jade in der Handfläche sehr schnell erwärmen würde und dass man durch die Berührung und Erwärmung ein sensationelles Gefühl bekam, dass von chinesischen Kennern besonders geschätzt würde. Auch ich hatte das Gefühl, dass sich das kleine Jade-Herz in meiner Hand erwärmte, dieses »kleine Objekt«, wie die Chinesen es nannten, war ein »as pa wan« (halten und erfreuen).

Auf der anderen Seite des Raums fanden wir Tee- und Reisschalen aus Jade, wunderbar geschnitzt mit Blumen und Vogelmotiven. Inge, die ebenfalls begeistert war von diesen Jadearbeiten, meinte, chinesische Freunde hätten ihr erklärt, dass man diesem Stein in der chinesischen

Kultur seit Jahrhunderten eine magische Eigenschaft zuschrieb, er wurde als Medizin benutzt und war ein Talisman, der gegen Krankheiten, Unfälle und sogar nach dem Tod gegen den Zerfall des Körpers schütze. Ich fragte die junge chinesische Verkäuferin, wo die Jade gefunden werde. Sie antwortete, in China selbst fände man keine Jade, auch nicht in den benachbarten Ländern, mit der Ausnahme von Burma. Es überraschte mich, dass die Chinesen diesem Stein so sehr zugetan waren, ihn aber nicht in ihrem eigenen Land fanden. Inge wollte noch einige bestickte Tischdecken kaufen, die im ersten Stockwerk ausgestellt waren. Riesige Regale kletterten an den Wänden hoch mit Tischdecken jeglicher Art und in allen Farben, daneben lagen die kostbarsten Seidenstoffe. Die Auswahl war so reich, dass man sich kaum entscheiden konnte. Die weiblichen und männlichen Verkäufer trugen die typische Mao-Kleidung mit Stehkragen, in dunkelblau oder schwarz. Bei dieser Gelegenheit bemerkte ich wieder einmal, wie extrem verschieden die Chinesen in Hongkong doch waren, auf der einen Seite gab es die jugendlichen Chinesen, die ihre hautengen Jeans zur Schau stellten, auf der andren Seite, so wie hier im chinesischen Kaufhaus, gab es die typische Kleidung der Kommunisten: die Mao-Kleidung. Diese beiden Gegensätze brachten eine gewisse Unklarheit und Unordnung in meinen Kopf. Als Europäer ging man, wenn man über diese Stadt nachdachte, ständig durch irgendwelche Wechselbäder. Die kommunistischen Vorschriften und die westlichen Verlockungen existierten an ein und demselben Ort. Inge hatte sich inzwischen für eine lindgrüne Tischdecke entschieden und wir beabsichtigten, noch die Porzellanabteilung zu besichtigen. Auf unserem Weg dorthin beobachtete ich einen alten Chinesen in einem alten langen Rock, der nachdenklich vor seiner Teeschale hockte. Er schien sich für einen Bambusvogelkäfig zu interessieren. Dieser war in der Mitte mit einem wunderbaren Elfenbeinpodest ausgestattet, an den Seiten hingen kleine Porzellanschälchen, die für das Futter bestimmt waren. Viele Chinesen, ob jung oder alt, zeigten eine große Leidenschaft dafür, Vögel aller Art zu halten oder diese sogar zu züchten. Vielleicht wollten sie dem unzähligen Häusermeer ein Stückchen Natur verleihen. In der Porzellanabteilung standen feinste Unterglasmalereien aus der Ming-Zeit. Ein Stück fiel mir besonders auf, ein blau-weißer Deckeltopf, der mit Lotusblättern, Zweigen und Wolken dekoriert war, er stammte aus der Chia Ching Periode (1522-1566). Ich schaute mich um und entdeckte eine bezaubernde kleine Schale, eine zarte Schönheit aus der Ming-Zeit, sie überstrahlte eine blau-weiße Porzellanflasche in Kürbisform. Solches Porzellan war in den früheren Zeiten für den Export nach Europa und den Nahen Osten produziert worden. Wir stellten fest, dass jedes einzelne Stück von hoher und bewundernswerter Qualität war. Das Alter der einzelnen Objekte konnte man auf der Unterseite angegeben finden, meistens mit den Markenzeichen der Periode, in einem Doppelring gehalten. Die Vorstellung, dass während der Kulturrevolution viele solcher Kostbarkeiten von den Rotgardisten zerstört wurden, stimmte mich sehr nachdenklich. Denn Maos Idee, dass Literatur und Kunst für die Volksmassen - vor allen Dingen für die Arbeiter, Bauern und Soldaten - geschaffen werden sollte, brachte die alten Kunstwerke zu Fall, denn sie drückten nach Maos Meinung keine politischen Ansichten aus. Somit galten sie als künstlerisch kraftlos. Und nun sollten neu hergestellte Kunstwerke aus Bronze, Holz und Jade die wahren Triebkräfte der neuen chinesischen Entwicklung zeigen, nämlich die der chinesischen Revolution (mit Motiven wie dem Aufstand, den Gewaltakten, der rotchinesischen Garde und Mao selbst), die eine Klasse in eine andere stürzte. Ich jedoch war sehr beeindruckt von den Objekten, die mit ihren wunderschönen Mustern und verzierten Rändern und Schmelzfarben eine Freude und eine Neugier auf exotische Dinge mit sich brachten. Ich fasste den Entschluss, nach und nach selbst ein paar Objekte zu erstehen und diese zu sammeln. Diese alten Kunstwerke schienen in der Ruhe, in der Stille hergestellt worden zu sein, die Handmalereien waren frei gewählt und es war Spontaneität darin zu erkennen. Wie anders sahen doch die Soldatenskulpturen der heutigen Zeit aus, die auf der Willensanstrengung und der kämpferischen Basis beruhten.

Diese Ansammlung von wertvollen Jade- und Porzellanobjekten erinnerte mich an einen Menschen und sein Penthouse im Herzen

Victorias. Konnte ich den Gedanken an ihn jemals aus meinem Leben vertreiben? Meine Gefühle schienen so widersprüchlich, auf der einen Seite war ich zufrieden mit meinem Leben und mit dem werdenden Leben in mir, doch auf der anderen Seite fehlte es mir, gewisse Dinge zu genießen. Immer wieder kam die Hoffnung in mir auf, dass es auch noch irgendwelche glücklichen Zufälle in meinem Leben geben würde, die ich mir oft von Herzen wünschte. Ich verlegte mich schon in diesen Tagen aufs Warten und Hoffen, es verblieb aber immer eine tiefe Sehnsucht nach Freude, die mich nähren und stärken würde. Aber diese reiche Nahrung sollte ich auf dem Boden Hongkongs in all den Jahren, die ich dort lebte, nur an wenigen Stunden und Tagen finden. Ich versuchte krampfhaft, David aus meinen Gedanken zu verbannen, dabei bekam ich plötzlich Heimweh nach Europa, nach meiner Familie und nach der westlichen Welt. Auf dem Weg zum Peninsula Hotel fragte ich Inge, ob sie auch manchmal Heimweh habe, sie bejahte, sie vermisse ihren Vater, den sie wohl auf Jahre nicht mehr sehen würde, da sie aus der Ostzone geflohen war. Da erkannte ich, dass ich noch in der glücklichen Lage war, meine Eltern jederzeit besuchen zu können, wenn das Geld für den Flug verfügbar war. Inge meinte noch, wenn ihr Vater ein gewisses Alter erreicht hätte, könne er aus der Ostzone in den Westen reisen und sie dann auch eventuell in Hongkong besuchen. Wie mutig war es doch von ihr, die eine Welt hinter sich zu lassen, um in einer anderen glücklich zu werden, ohne die Hoffnung, in das alte Leben jemals zurückkehren zu können. Meine Bewunderung für diese Freundin war sehr tief und stark. Sie hatte das Leben und ihre Familie in der Ostzone verlassen, um der Liebe zu folgen - in eine fremde asiatische Umgebung. Würde sie diese Entscheidung jemals bereuen? Aber was immer aus ihrem Traum würde oder aus dem meinen, nur mit Mut und Entschlossenheit konnte man die Wahrheit über das wahre Leben und das, was man von ihm erwartet, erfahren. Die Sonne, das Meer, der Sommertag und auch die Nacht mit den vielen dunklen Wolken würden uns sicherlich dorthin führen, wo wir hingehörten. Wieder kreuzten die Fäden des Joss meine Gedanken. Ich erkannte, dass sie immer wieder den Kreislauf aller Dinge bewirken und diese beeinflussen würden, sie bestimmten die Vernichtung und den Segen und keimten dann schließlich wieder zu einem neuen Bild auf. Welche Träume wir auch immer in uns trugen, das Joss würde sie erfüllen oder vernichten.

Auf dem Weg zum Peninsula Hotel lag auf der rechten Seite der Victoria Bahnhof, die Schatten der Geschichte breiteten sich über ihn. Ich dachte an die vielen Reisenden, die den Orient-Express benutzten, damals die einzige durchgehende Verbindung zwischen Europa und Asien. Längst überholte Zeiten waren das, heute sah man täglich Flugzeuge über Kowloon schweben. Nicht die Bewohner Kowloons bekamen einen Schock von dem Motorengeräusch, sondern mit aller Wahrscheinlichkeit die Passagiere des Flugzeugs, die beim Landeanflug auf Kai Tak Airport plötzlich unter sich die gigantischen menschlichen Ameisenhügel liegen sahen. Die Einheimischen hatten sich an die Technik sehr schnell gewöhnt, sie sahen fast alle zufrieden aus. Wie sagten die Chinesen doch, die Augen sind der Spiegel der Seele.

Die Straße bis zum Peninsula Hotel schien allen zu gehören, den armen Händlern und den Touristen. Doch der Eintritt in dieses Luxushotel konnten sich nur wenige leisten. Der livrierte Hotel-Boy riss die Tür am Portal auf. Die viktorianische Empfangshalle war überfüllt mit Leuten, denen es finanziell gut ging, doch wie viele dieser Touristen hier verspürten die Neugier, das wirkliche Leben Hongkongs kennenzulernen? Wir bestellten uns zunächst einen Zitronentee und beschäftigten uns mit den Gästen, die ein- und ausgingen. Es mangelte keineswegs am Überfluss von eleganter Kleidung und Juwelen, es mangelte aber bei den meisten dieser Gäste aus der sogenannten High Society an der Erkenntnis, dass die Armut nur wenige Schritte von dem Hotel entfernt war. Der Schimmer und der Glitzer versuchten die Dunkelheit der Außenwelt zu vertuschen.

Nach dem Aufenthalt im Peninsula-Hotel setzten Inge und ich unseren Einkaufsbummel fort. Wir betraten ein kleines verstaubtes Lädchen, das zum Teil die alte Geschichte Chinas widerspiegelte. Dort merkte man nichts von der Industrie, die die Zukunft Hongkongs zu formen schien. Wir spürten hier nichts von dem aufblühenden Handelszentrum, sondern empfanden eine friedliche Ausstrahlung, erkannten den sprühenden Geist, den die Chinesen in ihrer alten Kunst des Schönschreibens an den Tag gelegt hatten. Sie bereicherten diesen Teil der Kunst mit ihren individuellen poetischen und philosophischen Ideen. Meine Verwunderung darüber, dass man bei der Kalligrafie überhaupt von einer Perfektion sprechen konnte, blieb ohne Resonanz. Was sich da auf einem Blatt Papier zeigte, schien mehr aus der schöpferischen und geistigen Kraft einer Person hervorgebracht zu sein, eine Überlieferung des Geistes und der Gefühle, ähnlich wie bei der chinesischen Malerei. An diesem Nachmittag wusste ich, dass der Platz Hongkong mir in den kommenden Jahren einen kleinen Einblick in die großen Schätze der chinesischen Kunst geben würde. Die Chinesen waren mit ihrem künstlerischen Können sicherlich das begabteste Volk der Welt. Mit ihren verschiedenen Religionen und ihrer Philosophie reifte die Kunst zu höchst entwickelten Formen, Kunstwerke aus drei Jahrtausenden der Geschichte zeichneten sich dadurch aus. Wie oft schon hatte ich von Freunden und Bekannten gehört, dass sie chinesische Antiquitäten sammelten, alle waren sie ständig auf der Suche nach einem Zufallskauf, der nie seinen Reiz verlieren sollte. Sie suchten bei privaten Verkäufen, Auktionen und bei anderen Gelegenheiten. Ich musste wieder an David denken, er jagte ebenfalls diesem Abenteuer nach, ohne dass es für ihn jemals seinen Reiz verlieren würde. Wie schon so oft in der letzten Zeit kam ich nicht umhin, meine Gedanken in eine bestimmte Richtung streifen zu lassen. Immer wieder kam die gleiche Frage in mir auf: Wie wäre es, mit ihm das Leben zu teilen? Ein Zusammensein an einem Ort wie Hongkong auf der Basis der östlichen und westlichen Denkweise, auf dieser Insel, die vor Leben strotzte, einer Insel voller Aufruhr und Aktivität. An einem Ort mit den reichsten Menschen der Welt, aber auch mit vielen, vielen Armen, die in all ihrer Armseligkeit von Tag zu Tag trotz des trockenen, mageren Bodens auf eine reiche Ernte hofften, was aber bei den wenigsten von ihnen in Erfüllung gehen würde. Das Leben in den winzig kleinen Gässchen und den Leiterstraßen gehörte genauso zu Hongkong wie das Hauptgeschäftsviertel an der emsigen Börse. Hier zeigte sich der typisch mysteriöse orientalische Charme, eine Mixtur europäischer und chinesischer Kultur, die mir auch verantwortlich schien für die einzigartige Atmosphäre auf dieser Insel. In den armen Nebenstraßen stieß der Wohlhabende auf asiatische Schätze und trank dann in einem piekfeinen westlichen Hotel seinen Tee, so wie Inge und ich es an diesem Tag getan hatten. Der alte chinesische Ladenbesitzer wurde plötzlich etwas unruhig, er erklärte mit wenigen Worten, dass er eine Verabredung zum Yum cha (Teetrinken am Nachmittag) und anschließend zum Mah-Jongg-Spiel hätte und er wolle den Laden für den Rest des Nachmittags schließen. Das bedeutete mit anderen Worten, er hatte in den letzten Tagen ziemlich viel Bargeld eingenommen und wollte heute sein Glück im Spiel versuchen. Die Hongkonger schienen ohne Ausnahme harte Arbeiter, Leute voller Energie, welcher Herkunft sie auch waren oder welche Glaubensrichtung sie auch vertraten, alle gaben sich ihrer Hauptaufgabe hin, dem großen Geldverdienen. Inge erinnerte mich daran, dass sie zurückfahren müsse, da sie für ihren morgigen Trip nach Bali noch ihren Koffer packen wollte. Die Straßen Kowloons waren laut und geräuschvoll, wir passierten einen kleinen Park, in dem einige Chinesen ihr fast einschläferndes Tai-Chi (Schattenboxen) praktizierten. Aus den Läden klang das Rasseln des Abakus (Rechentafel). Wir liefen entlang an Gebäuden, die mit den traditionell angebrachten Bambusgerüsten bestückt waren, neue Hochhäuser aus Stahlbeton sprossen aus dem Boden. Der Bambus spielte überhaupt eine große Rolle in den Straßen Hongkongs. Ohne die Bambusstangen könnte der Hawker (Straßenhändler) seine Waren nicht auf der Schulter herumtragen, ob es Seiden, Brokate, Fische oder Gemüse waren. Ich entdeckte einen Zuckerrohr- und einen Kastanienstand, die Kastanien wurden auf einem Holzkohlefeuer mitten auf der Straße geröstet, das Zuckerrohr wurde von den chinesischen Kindern als beliebte Süßigkeit gekauft. Inge blieb fasziniert vor einem Lebensmittelgeschäft stehen. Alles in diesem Geschäft war getrocknet, angefangen bei kleinem und großem Fisch, Eigelb, Tauben und den Würsten, die an ihren lustigen grünen und violetten Schnüren aufgehängt waren. In einem kleinen roten Schrein brannten die Räucherstäbchen, die wohl für das Wohlergehen des Geschäfts verantwortlich waren. Von Tsim Sha Tsui nahmen wir die Star-Ferry und nach ein paar Minuten befanden wir uns schon im Fragant Harbour, dem »Wohlriechender Hafen«, wie die alten Chinesen ihn nannten. Aber heutzutage bedeutete er viel mehr, nämlich das Herzblut Hongkongs und seiner Leute, er bedeutete die Achse, um die sich die Insel drehte.

Auf dem Star-Ferry Pier verabschiedete sich Inge von mir, sie freute sich so sehr auf Indonesien, speziell auf Bali, denn hier hatte sie ja ihren Mann geheiratet. Nachdem ich mich dazu entschieden hatte, nicht mit nach Shouson Hill zurückzufahren, da ich den halb kantonesischen, halb englischen Redeschwall der Amah heute nicht hätte ertragen können, stand ich plötzlich alleine da und fühlte mich sehr einsam. Mir schossen die Tränen in die Augen. Nicht sehr oft in den vergangenen Jahren fühlte ich das Verlangen, meine Familie wiederzusehen, doch an diesem Tag hätte ich sehr viel darum gegeben, bei meinen Eltern und Geschwistern in meiner Heimatstadt sein zu können. Ich dachte unwillkürlich an die schneebedeckten Berge, die ich so oft vermisste, an die alten Bauernhäuser, die großen Weideflächen, die grünen, gemähten Wiesen. Die Gedanken an meine Jugend, an mein Elternhaus, wuchsen an und verschwanden im gleichen Maße, genauso wie meine Tränen. Die Tatsache, dass meine beste Freundin nun vierzehn Tage lang nicht zu erreichen war und dass ich die wohltuenden, liebevollen Worte Davids nicht mehr hören sollte, versetzte mich in eine Art von Panik und flößte mir dieses kolossale Heimweh ein. Ich verspürte den Wunsch, weit weg von Hongkong auf einem unbekannten Berggipfel zu sitzen, in der Nähe einer saftigen grünen Alm. Doch im gleichen Moment erkannte ich, dass ich umgeben war von nervenaufreibenden chinesischen Gesichtern, die mir an diesem Tag keineswegs bezaubernd vorkamen. Sie alle kamen auf mich zu und schienen mich verschlingen zu wollen. Zum ersten Mal hatte ich vor diesem Platz Angst. Hinter dem Anblick dieser wunderschönen Insel, mit ihren herrlichen Buchten, verbarg sich eine harte Geschäftswelt, die ohne Liebe und Humanität nur das Vorwärtskommen anstrebte, die über die Leichen gehen würde. Ich hatte Angst vor diesen harten

Menschen und das sicherlich nicht zu Unrecht. Vielleicht kam schon damals das Gefühl in mir auf, dass die Fäden des Joss mir einen heimtückischen und boshaften Streich spielen würden. Es wurde tatsächlich so schlimm, dass ich viele Jahre später die Insel, die für mich der Himmel und die Hölle gleichzeitig bedeutete, sehr schnell verlassen sollte. Als ich wahllos durch das Gewirr der Asphaltstraßen lief, war ich fasziniert, aber in gleicher Weise auch abgestoßen von der Menge. Mein Traum war damals sicherlich nicht der Reichtum, sondern die romantische Verlockung Asiens und die Gründung einer glücklichen Familie auf diesem Fleckchen Erde. Doch dieser Traum sollte nie recht in Erfüllung gehen, die kommenden Jahre zeigten mir, dass die Inselbewohner von jedem Neuling Besitz ergreifen würden, dies entsprach dem Charakter der Insel. Viele Bekannte von uns befanden sich schon nach ein paar Jahren Asienaufenthalt in einem Zustand des Ich-Zerfalls. Zu Anfang, ähnlich wie beim Genuss von Kokain, brachte dieses Leben tiefe, fast süße Empfindungen mit sich, doch später wurde der Genuss mit einem ungeahnten Zerfall des Ichs bestraft. Dieses zersprengte Ich wurde in den seltensten Fällen wieder aufgebaut. Meine Gedanken beschäftigten sich mit den Ehen, die durch die außereheliche Verbindung mit einer Chinesin zerstört wurden, und es gab unzählig viele davon. Europäische Frauen und Kinder wurden vom Ehemann oder Vater verlassen. »Für was?«, fragte ich mich an diesem Tag, die Antwort war das fremdartige menschliche Suchtmittel. Ein Mann, der es einmal geschnuppert hatte, würde von diesem Stoff nicht mehr loskommen. Im Verlauf der Jahre stellte ich immer wieder fest, dass die Lustgefühle des europäischen männlichen Wesens in Hongkong sich mehr dem Bösen zuwandten als dem Guten. Sie zogen die angenehme, leichte Lebensweise immer vor, sie besaßen keine starke Willenshaltung und führten keinesfalls ein geradliniges Leben. Sie ließen der Natur ihren Lauf, folgten ihrer Lust und hielten den Zerfall ihrer Familien und ihres eigenen Ichs selten durch Verstandesleistung auf. Nach meiner Erziehung bedeutete diese Lust etwas Niedriges, das sich in Bordellen und Massagehäusern aufhielt, und davon gab es in Hongkong Hunderte. Vielleicht hatte ich schon damals Angst davor, dass mein eigener

Mann einmal in Kontakt mit diesem menschlichen Suchtmittel kam. An diesem späten Nachmittag drängten sich die kauflustigen Chinesen durch die Straßen, ich befand mich auf der Des Voeux Road und schlenderte langsam auf das Prince's Building zu. Warum ging ich gerade in dieses Gebäude, hatten doch Eduard und auch David ihre Büros hier? Ich verspürte sicherlich große Lust dazu, David wiederzusehen und ich hielt während meines Bummels immer wieder die Augen nach seinem Silver Cloud offen. Damals konnte ich nicht ahnen, dass David nach Kenia auf Safari geflogen war; der wahre Grund war aber, einen gewissen Abstand von unseren gemeinsam verlebten Stunden zu bekommen.

Ich stieg in einen der vielen Lifts ein und drückte den weißen Knopf mit der Nummer Drei. Im Büro meines Mannes war es schon ziemlich ruhig, die meisten der chinesischen Ingenieure waren schon nach Hause gegangen, nur Marks Sekretärin tippte noch an einem Tender (Angebot). Sie war Ende Zwanzig und sicherlich keine Schönheit, aber Eduard sagte immer öfter, dass sie in ihrer Arbeit unersetzlich sei. Die zweite Sekretärin war eine vollkommen exotische Mischung, ich konnte nicht genau definieren, woher sie kam. Ihr Mann war Araber, vielleicht waren beide arabisch angehaucht, mit etwas chinesischem Blut vermischt. Beide Damen waren sehr freundlich zu mir und sie fragten, ob ich einen Kaffee möchte. Einen Kaffee konnte ich jetzt gut vertragen und schon bald hörte ich den Dampf zischen und der Kaffee begann zu tröpfeln. Mein Mann war noch in einem Meeting mit einem der Subunternehmer. John kam aus seinem großen Büro und begrüßte mich, er war ein sympathischer Japaner mit einem amerikanischen Slang. Er sprach mit seiner Sekretärin noch einmal das Angebot durch, das sie gerade tippte, sie sollte offensichtlich eine Korrektur vornehmen. Wie ich aus dem Gespräch entnehmen konnte, handelte es sich um Fundamente für eine neue Textilfabrik. Da auf der Insel der Grund und Boden so verzweifelt knapp war, konnte es sich nur um ein vielstöckiges Gebäude handeln. Obwohl man im Zuge der Landgewinnung neuerdings versuchte, die Randgebiete des Meeres mit Erde aufzuschütten, würde es immer Platzmangel geben. Eduard trat mit Mr. Luo aus seinem Büro heraus. Mr. Luo war nicht nur im Baugeschäft tätig, sondern auch als Zwischenhändler bekannt. Es war ihm möglich, zur gleichen Zeit Provisionen von den Hongkong-Agenten und von einer Kontaktorganisation in Rotchina zu kassieren. Er hatte den Beinamen »der Tausendfüßler«, sein Leben bestand aus Geschäftemacherei. Er war sichtlich erfreut, mich kennenzulernen und fragte Eduard, ob er uns für den gerade unterschriebenen Kontrakt ein kleines Präsent überreichen dürfe. Natürlich waren wir einverstanden. Offensichtlich hatte er das Geschenk schon für uns ausgesucht, denn er bat uns, ihn zu einem Laden im Western Distrikt zu begleiten. Gemeinsam bestiegen wir die Tram. Die Tram war alt und klapprig und um diese Uhrzeit total überfüllt. Ein junger Chinese war so freundlich, mir seinen Platz auf der enorm harten Holzbank zu überlassen. So erreichte das vorsintflutliche Schienenvehikel langsam und gemächlich den Western Distrikt. Beim Aussteigen warf Mr. Luo das Fahrgeld, ein paar Cent, in einen alten Kasten, der neben dem Fahrer aufgebaut war. Der Western Distrikt war überfüllt. Es waren fast ausschließlich Chinesen, die auf den Straßen dort kauften, verkauften und an den kleinen Garküchen mitten auf den Bürgersteigen standen. Hausfrauen feilschten und suchten sich die besten Exemplare aus den frisch gefangenen Fischen heraus, Bananen wurden umgeschichtet und quiekende Gänse schauten aus den Bambuskörben heraus. Ein überaus buntes Schauspiel mit Geruchsnuancen, an die man sich erst einmal gewöhnen musste. Mr. Luo verließ mit uns die Hauptstraße und führte uns in ein kleines verstaubtes Kuriositätengeschäft. Offensichtlich war der Inhaber einer seiner Freunde. Das Angebot an altem Porzellan und Kuriositäten aus China war in diesen Jahren noch vielseitig und erschwinglich. Wir stöberten durch die verschmutzten und verstaubten Stücke, die Farben der einzelnen Teile waren oft kaum noch zu erkennen. Mr. Luo hatte aber schon etwas für uns ausgesucht, denn der Besitzer holte aus einem Hinterzimmer zwei blauweiße Vasen. Diese schönen Stücke hatten beide die Form einer langgezogenen Melone. Die Intensität des Blaus war bestechend. Mr. Luo erklärte uns in einem Wirrwarr aus kantonesischer und englischer Sprache, dass diese Räucherstäbchen-Behälter aus der Chien Lung Zeit stammten (1736-1795). Er sagte, die Bordüren neben der Landschaftsdarstellung seien für diese Epoche besonders charakteristisch. Er drehte eine Vase auf den Kopf, um uns auf der Unterseite die Chien Lung-Marke zu zeigen, die dort, eingerahmt von zwei blauen Doppelkreisen, zu sehen war. Diese beiden Stücke gehörten offensichtlich zu der Exportware, die für Europa und den Nahen Osten produziert worden war, aber sie waren dennoch von bewundernswerter Qualität. Ich war damals so glücklich über unsere ersten chinesischen Antiquitäten, die uns den Anstoß gaben, weiter zu sammeln. In jenen Tagen bekamen wir dann des Öfteren noch altes chinesisches Porzellan geschenkt - es befindet sich noch heute in meinem Besitz. Diese Sammlung wurde für mich ein kostbarer Schatz, nicht nur reich gefüllt mit Erinnerungen, sondern auch, weil man die gleichen Stücke nirgendwo mehr wiederfinden würde, außerdem wären sie heute unerschwinglich. Die Zufriedenheit, uns eine Freude bereitet zu haben, blickte aus Mr. Luos Augen. Er konnte wirklich nicht ahnen, dass ich erst vor ein paar Stunden Tränen in den Augen hatte vor Heimweh. Doch war es ihm möglich gewesen, diesen Tag für mich zu erhellen mit dem unermesslichen Vergnügen, diese beiden alten chinesischen Vasen in unseren Besitz übergehen zu lassen. Der alte Ladeninhaber beeilte sich, einige alte und verstaubte chinesische Zeitungsbögen herbeizuholen und umwickelte die wertvollen Vasen damit, zwischendurch zupfte er immer wieder nervös an den drei langen Barthaaren, die er sich wachsen ließ, des Glückes wegen. Er war zufrieden mit seinem Verkauf, tat aber so, als ob er große Traurigkeit empfände, sich von diesen Stücken trennen zu müssen. Beim Abschied musterte der alte Chinese Eduard eine Weile und es schien, als bliebe ihm für einen Moment fast die Luft weg. Dann fragte er ihn: »Hsien sheng kuei kan« (Was ist ihre Arbeit?). Eduard antwortete ihm auf Englisch, dass er im Baugeschäft tätig sei. Der alte Mann schien diese Sprache recht gut zu verstehen, wollte sie aber selbst nicht sprechen. Wir verabschiedeten uns. Mir hatte das Auftreten dieses alten Chinesen gefallen, er war sicherlich auch ein tüchtiger Geschäftsmann.

Mr. Luo lud uns anschließend zum Essen ein, aus Dankbarkeit für den Auftrag, den er von der Firma meines Mannes erhalten hatte. Es geschah nur ganz selten, dass chinesische Geschäftsleute Gweilos in ihr eigenes Haus oder in die eigene Wohnung einluden, bevorzugt wurden immer chinesische Restaurants oder private Clubs. So führte uns Mr. Luo in ein kleines dunkles Restaurant. Das Dekor war sehr einfach und sehr veraltet. Die Chinesen legten keinen großen Wert auf die Inneneinrichtung, das Essen musste hervorragend sein. Wir saßen in einem Chiu Chow Restaurant. Die Chiu Chow Küche war berühmt für die besten Mahlzeiten, zubereitet aus Meerestieren. Der erste Gang bestand aus Krebsscheren, gedämpft in einer hellen Ingwersoße. Muschelfleisch wurde serviert, feingewiegt und ebenfalls gedünstet, es war eine besondere Spezialität und fast so teuer wie Beluga Kaviar. Mehrere Arten von Muscheln folgten, serviert auf einem knusprigen grünen Meer-Tang. Den Abschluss bildete eine delikate Vogelnestsuppe, nur den wirklich Eingeweihten war es nachvollziehbar, wie man diese Suppe genießen konnte. Ich empfand immer einen gewissen Ekel, wenn ich diese so kostbare Brühe aus dem klebrigen Speichel der Schwalben herunterwürgen musste, um den Gastgeber nicht zu beleidigen. Ich bemerkte, dass Eduard mich aufmerksam musterte, seine Lippen zeigten eine Spur von Belustigung. Er schien überhaupt bester Laune zu sein an diesem Abend, irgendetwas steckte dahinter, er war in seinem Element. Plötzlich fragte er, mit einer leicht verdrossenen Gelassenheit, ob ich für ein paar Wochen nach Europa gehen möchte. Es war wie Magie, gerade an diesem Tag stellte er mir genau die richtige Frage. Hatte er meine heutige Neigung zur Depression bemerkt? Ich war über seine Frage so glücklich, denn mein Wunsch, bald meine Familie wiederzusehen, sollte wohl bald in Erfüllung gehen. Seltsam, bei Eduard wusste ich nie, wie er wirklich empfand, meistens versteckte er seine Gefühle und Probleme, indem er tief darin eintauchte, aber mich nie damit in Berührung brachte. Es geschah selten, dass er mich in seine Gefühlswelt mit einbezog. Im Grunde genommen mochte ich sein tiefes Schweigen niemals so recht, auch meine Erwartung, dass er mir seinen Einfallsreichtum und seinen Charme offenbarte, erfüllte sich recht selten. Doch der heutige Tag war anders, er öffnete sich und unser Verhältnis schien mit einem Schlag vertrauter zu sein. Wir sollten schon an diesem Wochenende nach Frankfurt fliegen. Er plante einen kurzen Stopp in Bangkok, um mir die Stadt zu zeigen. Ich wurde das Gefühl nicht los, dass hinter seiner plötzlichen Inspiration, eine Urlaubsreise zu machen, noch etwas anderes steckte, als einfach nur Urlaub zu machen. Hatte Eduard meine Gefühlsverbindung zu David entdeckt? Aber dahinter sollte ich nie kommen. Er hatte alles genauestens geplant, zuerst den Besuch bei unseren Eltern und danach das Zusammentreffen mit seinen alten Jugendfreunden in Canazei. Canazei war ein kleiner Winterskiort in den Dolomiten, er lag in der Nähe von St. Ulrich und des gewaltigen Bergmassivs Marmolata. Mr. Luo hatte zwischenzeitlich die Rechnung bezahlt, ich glaube, seine Brieftasche wurde an diesem Abend um Einiges erleichtert, denn die Chiu Chow Küche war nicht nur exzellent, sondern auch sehr kostspielig.

Eduard und ich hatten das Bedürfnis, noch ein wenig zu laufen und wollten bis zum Hilton Hotel Carpark zu Fuß gehen. Der Abend war lau und angenehm, auf dem Gelände in der Nähe der Macao-Fähre passierten wir den »Nachtclub des armen Mannes«, einen Markt, der an jedem Abend hier zu neuem Leben erwachte. Es konnte sein, dass Dinge, die tagsüber gestohlen wurden, am Abend auf diesem Platz hier verkauft wurden. Viele Stände waren aufgebaut und mit bunten Lampen angestrahlt, Gaukler und Musikanten sorgten für die Unterhaltung des armen Volkes, daher auch der Name dieses Marktes. Aber als Frau alleine hätte man sich hier nicht aufhalten wollen, denn einige der Jongleure oder Wahrsager trugen einen recht unheimlichen Ausdruck auf ihrem Gesicht. Hier entdeckte man nicht die Chinesen, die ihre neueste Mode in Paris oder Rom einkauften, sondern nur den Teil des Volkes, der vom einen Tag zum anderen lebte und gerade mal sein Essen dafür hatte. Diese Menschen brachten aber trotzdem ihren Göttern noch Speiseopfer dar, um deren Gnade zu erbitten für ein besseres Leben. Ihre religiöse Überzeugung hielt sie am Leben. Dieser »duftende Hafen« Hongkong bedeutete für viele von ihnen, im Spannungsfeld zu sein zwischen Elend und totalem Reichtum, dem Aufblühen des Heroinhandels und der Korruption. Mit anderen Worten:

Viele von diesen armen Menschen hofften ständig, irgendwann einmal aus diesem Sumpfgebiet des Dschungels der großen Stadt herauszukommen, wie auch immer. Gerade diese Wie-auch-immer-Denkweise schien mich immer wieder abzustoßen, sie hatte sich ausgebreitet wie eine neumodische Krankheit. Es war aber nicht die Lebensphilosophie der Chinesen generell, sondern die Überlebenstaktik der Hongkong-Chinesen. Wie würde ich über diesen absoluten Sumpf und die mondäne Welt denken, wenn ich mich für ein paar Wochen in Europa aufgehalten hätte? Aber wie sich herausstellen sollte, fand ich in beiden Welten nicht die Harmonie, die ich mir vorstellte. Das Perfekte finden zu können, war damals eine große Illusion von mir, ein Versuch, der fehlschlug. Die Traditionen aus den alten Zeiten hatten ein anderes Gesicht bekommen, die Symptome der modernen Zeit vermehrten sich überall. Für mich war es damals wichtig, eine Lebensauffassung zu vertreten, von der aus alle Seiten betrachtet werden konnten.

Eduards Miene wurde plötzlich ziemlich ernst, er erzählte mir, dass die Rotchinesen einen Atombombentest durchgeführt hätten, andererseits aber habe US-Präsident Johnson die Luftangriffe gegen Nordvietnam eingestellt. In naher Zukunft sollten Friedensgespräche in Paris wieder aufgenommen werden. Die Hongkong-Papers waren überfüllt mit diesen beiden aktuellen Themen. Entscheidungen über Ziele und Wege wurden getroffen, aber in welcher Richtung befand sich der Abgrund?

Die Tage bis zu unserem Abflug nach Bangkok vergingen recht schnell. In Hongkong wurde es nun schon drückend heiß, die Luftfeuchtigkeit stieg auf fast 80 % und ich freute mich auf das gemäßigte Klima in Europa. Doch ich würde sicherlich die graziösen Akazienbäume vermissen, die in den Parks und Gärten gerade anfingen, ihre wohlriechenden kleinen gelben Blüten hervorzubringen. An den immergrünen wildwachsenden Brotfrüchtebäumen erschienen die ersten weißen Blüten. Der goldene Bambus, der mit seinem kräftigen Wurzelstrunk teilweise eine Höhe von 12 m erreichte, bedeutete für mich immer die schmückende charakteristische Besonderheit jedes asiatischen Gartens oder Parks. Wenn dann noch der Südwestmonsun seine Winde mit stürmischer Erregung durch die langen und schmalen grünen Blätter fahren ließ, wurde mir bewusst, dass jegliches Ungemach nicht lange währen konnte, genau wie dieser Wind nicht länger als eine Stunde andauern würde. Es passierte recht oft, dass der laute Zorn des Windes sich bald in eine tiefe Stille verwandelte und die grünen Blätter und der goldgelbe Stamm überflutet wurden mit den Strahlen der ruhig am Himmel stehenden heißen Sonne. Diese ruhigen heißen Strahlen der Sonne in dem goldenen Bambusgewächs beobachtete ich mit Vorliebe. Sie erinnerten mich an die Untätigkeit, an das langsame Vorwärtsgehen, aber mit dem immer wieder aufkommenden Wind ergab sich daraus nicht das gefürchtete Stehenbleiben. Die weißen und zartrosa Blüten des Bauhinia-Baums (Orchideen-Baums) gehörten zu Hongkong wie die Rikschas und die Dschunken. Diese Laubbäume trugen meistens weiße Blütenblätter mit einem Tupfen Gelb in der Mitte und einem roten Fruchtknoten. Ihre Blüte wurde zum Wahrzeichen der Insel Hongkong. Von Mai bis November glich die Insel einem blühenden Paradies. Meine besondere Liebe galt den Rhododendronsträuchern, ihrem Farbenreichtum, der sich in gelben, rosa, roten und weißen Blüten zeigte. Beim Anblick dieser brillanten Farben in dieser blühenden tropischen Natur vergaß ich die Schattenseiten, die Armut der Menschen, die hier lebten. Sicherlich konnten diese im Sonnenschein nicht ihr Lebensgeheimnis finden. Es war ihnen nicht gestattet, ihre Gefühle mit dem Überschwang ihres Herzens zu genießen. In diesem Jahr erkannte ich zum ersten Mal, dass ich große Angst vor meinen eigenen Gefühlsregungen empfand. So versuchte ich sehr oft, in der Natur, dem Spiegel alles Seins, die Erfahrung meines Seins als Mensch zu finden. In der Natur fand ich alles, den Frieden, den Sturm, Glück, Einsamkeit, Leid und Trauer. Die Landschaft mit den üppigen Kampferbäumen, den Pinien und den Banjanbäumen, zeigte mir das offene Fenster des Lebens. Die von Gott oder von den Göttern erschaffenen Vögel, Schmetterlinge, Blumen und selbst die Steine dieser Insel, all das klammerte sich in all seiner Schönheit fest an mein Herz und erfüllte es mit Freude. Dieses Jahr bedeutete für mich einen kleinen Durchbruch, einer der vielen, die ich dann in den weiteren

Jahren noch erleben sollte. Es war die Erkenntnis, dass sich hinter dem Schein eine wahre Welt verbarg. Es gab plötzlich andere Dinge als die Jagd nach dem Gewinn. Aber die wirkliche Bedeutung dieser Worte sollte ich erst Jahre später kennenlernen, ich hatte sie in diesem Jahr nur erkannt, aber nicht erlebt.

Ich erwartete, dass Meggy traurig sein würde über unsere Reise nach Europa. Aber sie schien froh darüber zu sein, denn während dieser Wochen wollte sie ihre Verwandten in Kanton besuchen, die sie schon mehrere Jahre nicht mehr gesehen hatte. Meine Bewunderung für Meggy stieg, weil sie den Mut hatte, ihre Familie aufzusuchen, denn die Spuren der Kulturrevolution breiteten sich immer noch über das ganze chinesische Volk aus. Liu Schao-Tschi, ein Mitbegründer der Kommunistischen Partei, seit dem Jahre 1959 der Vorsitzende des Volkskongresses und Staatsoberhaupt der Volksrepublik China, war gerade in diesen Tagen aus allen Partei- und Staatsämtern entlassen worden. Die Sturmböen fegten die Spuren menschlicher Unordnung zusammen, so, wie ein Herbstwind die Reste der trockenen, abgefallenen Blätter zu einem Laubhaufen zusammenfegt. Die Menschen in China waren verwirrt, bei den meisten herrschte Unklarheit über den Sinn oder Schwachsinn der vorangegangenen Kulturrevolution. Das Urteilsvermögen der Menschen war in politischer Beziehung total in Unordnung geraten und ihre Reaktion bestand entweder aus Kritik an Mao oder aus Lobeshymnen für ihn. In diese Welt des totalen Chaos würde nun Meggy hineinschlittern, um ihre Verwandten wiederzusehen. Seit Tagen war sie damit beschäftigt, abgelegte Kleidungsstücke und Esswaren zu sammeln, zu verpacken und zu verschnüren. Ich fragte sie einmal, wie sie all diese Dinge tragen könne. Ihre Antwort war, sie würde eine große Bambusstange über ihre Schultern legen und zwei schwere Pakete daran hängen. Wie konnte sie nur diese Strapazen auf sich nehmen? Die Zugfahrt von Hongkong nach Kanton betrug mehrere Stunden und es konnte ihr sogar passieren, dass sie in Lo Wu an der Grenzstation auf eine weitere Verbindung warten musste. Die Eisenbahn würde sie von der hemmungslosen Insel in das genügsame kommunistische China befördern. Alle Passagiere mussten damals noch an der Grenze aussteigen und zu Fuß über eine Holzbrücke gehen, die den tiefen Fluss überquerte, um auf der kommunistischen Seite in eine andere Bahn zu einzusteigen. Diese kleine Holzbrücke verband zwei so vollkommen verschiedene Welten. Der Shum Chun River bei Lo Wu, an der Nordgrenze der New Territories gelegen, war die Verbindung zwischen Hongkong und der Volksrepublik China. Es wurde mir recht bald klar, dass Meggy diese Strapazen nicht leichten Herzens auf sich nahm, im Gegenteil, sie schien voller innerer Zweifel. Da sie aber ihre Familie liebte und nicht egoistisch sein wollte, konnte sie im Endeffekt ihrem inneren Drang, zu bleiben, nicht nachgehen, obwohl auch wir sie noch warnten, es könne gefährlich sein in diesen Zeiten. Was sie zu unseren Zweifeln sagte, beeindruckte mich sehr. Sie meinte, um eine Welt kennenzulernen, müsse man sie fühlen und sehen. Trotz ihres Schwankens bezüglich der Reise traf sie ihre Entscheidung in Harmonie mit sich selbst und letzten Endes zu unser aller Zufriedenheit. Ich steckte noch Reis und andere Lebensmittel in ihr Gepäck, um ihr zu helfen. In der Provinz Kanton waren die Erträge der Landwirtschaft zurückgegangen, da man zu viel Zeit und Aufwand für die täglich vorgeschriebenen Versammlungen zur gegenseitigen Kritik und Selbstkritik aufbringen musste. Die Leute nahmen täglich nur eine kleine Portion Reis und Salz zu sich, lediglich an besonderen Festtagen gab es eine Ration Fleisch. Die Getreiderationen wurden immer stärker gekürzt und keiner dieser armen Menschen hatte den Mut, die hohen Parteifunktionäre zu kritisieren, denn die Folge konnte eine Verhaftung sein. Das System in China müsste sich schon bald ändern, sonst würde ein großer Teil der Bewohner den Hungertod sterben, von den Millionen gedruckter »Mao-Bibeln« konnte sich die Bevölkerung schlecht ernähren. Meggy würde am Sonntag den Zug nach China nehmen und wir selbst würden Kowloon am Samstagnachmittag mit der Thai-Airway verlassen. Im Gegensatz zu der Amah hatte ich einen neu erstandenen Koffer und da hinein Sommerkleidung für den Aufenthalt in Bangkok und wärmere Kleidungsstücke für den Europatrip gepackt.

Thailand

Die Freude, der Insel einmal zu entrinnen, war so groß, dass ich selbst David eine Zeit lang vergaß. Als ich im Flugzeug saß, fühlte ich mich erleichtert, ich brauchte diese Abwechslung, um einmal darüber nachzudenken, was mir diese Insel bedeutete. Es war am späten Nachmittag, die Maschine schwebte über die Kulisse der Hochhäuser von Kowloon. Die Reize Hongkongs lagen unter uns, die vielen kleinen Inseln ragten mit ihren kargen Felsen aus dem Südchinesischen Meer heraus. Würde ich jemals wirklich die Gabe besitzen, mich dieser Umwelt anzupassen? Auf dem Flughafen Kai Tak hatte mir Meggy einen kleinen grünen Jadeanhänger in die Hand gedrückt, für das Joss. Lange nachdem wir abgeflogen waren, hielt ich den Anhänger immer noch in der Hand. Nach einem Flug von circa dreieinhalb Stunden erreichten wir den Flughafen von Bangkok. Die schwüle Luft, die uns entgegenblies, empfand ich drückender als die in Hongkong, eine reine Treibhausluft, bei der man kaum atmen konnte. Für die Fahrt ins Zentrum der Stadt, das bestimmt 28 km entfernt lag, nahmen wir uns ein Taxi. Während dieser abendlichen Fahrt erschien mir die Stadt noch exotischer als Hongkong. Es schossen nur einige Hochhäuser hinter den aus Teakholz errichteten Pfahlbauten hervor. Die Armut war unübersehbar, ebenso die kahlgeschorenen Mönche in ihren auffallenden gelben Roben, den »Civaras«, die zum Stadtbild Bangkoks passten. Die Autos reihten sich im dichten Verkehr aneinander und die Fahrt ging nur langsam voran. Zwischenzeitlich drehte ich das Fenster herunter, um den warmen Wind zu spüren, aber die erhoffte Erfrischung blieb aus. Nach fast 45 Minuten erreichten wir das Oriental Hotel, eine alte Prestigeunterkunft im Kolonialstil, es lag direkt am Fluss, in der Nähe der noch verbliebenen Klongs (Wasserstraßen). Zuerst gingen wir in unser sehr kühl temperiertes Zimmer, um die verschwitzte Kleidung auszuziehen. Das Abendessen wollten wir im wunderschön angelegten Garten hinter dem Hotel einnehmen. Ich wurde überwältigt von der Atmosphäre, die dort herrschte. Die hochstämmigen Palmen, Flammenbäume, Bougainvilleas und Hibiskus wurden von hellen Scheinwerfern angestrahlt. Lianen schlängelten sich an den Steinwänden des kleinen Pools entlang. Die Tische waren hübsch gedeckt und mit Blüten und Kerzen dekoriert. Ein freundlicher Thai wies uns einen Tisch zu, der direkt am Fluss lag. Die exotische Schönheit dieses Gartens barg sowohl das traditionelle als auch das moderne Bangkok in sich. Ich fing an, die Leute kritisch zu beobachten, ein Gemisch aus Europäern und Asiaten. Auf dem Buffet standen thailändische Gerichte, fast ausschließlich scharf gewürzt mit Chili, Knoblauch und Koriander. Von den dort angebotenen fremdartigen Früchten waren mir viele unbekannt. Neben der bekannten Ananas, den Bananen und Mandarinen aß ich zum ersten Mal grüne reife Mangos mit saftigem Fruchtfleisch, violette Mangostan- und kleine weiße Longan-Früchte und rote Rambutans. Während des Essen führten junge Mädchen die bekannten Thai-Tänze auf. Sie hatten kalkweiß geschminkte Gesichter, im auffallenden Gegensatz zu ihren kirschroten Lippen. Die Augenbrauen waren schwarz nachgezogen. Der Kleidung war aus hautengem schimmerndem Brokat oder aus Seide gefertigt. Jedes Gewand war prachtvoll bestickt und mit glänzenden Ornamenten versehen. Halbedelsteine und Schärpen in Silber- oder Gold-Lamé krönten die Körper der Mädchen. Der Kopfschmuck bestand aus einer mehrstöckigen Krone, deren Verzierung in Goldbänder überging, die das Gesicht und die Ohren schmückten. Übermäßiger Goldschmuck zierte Hand- und Fußgelenke. Während das Xylophon und einige Gongs und Trommeln ertönten, blieben die Körper der Mädchen fast regungslos, nur die Hände und Füße bewegten sich in anmutigen Bewegungen. Der Praleng, ein religiöser Tanz, führte die Tänzerinnen langsam in den Hauptteil des Tanzes hinein. Die Tanzbewegungen mit den anmutigen Verzerrungen wirkten auf mich faszinierend und abstoßend zugleich. Die charmanten Handbewegungen hätten nie von einer Europäerin vollbracht werden können, sie zeigten die Merkmale eines Feuervogels, vereint mit einem Menschen. Ich saß ganz ruhig da und betrachtete die Männerwelt um mich herum, inklusive Eduard, meines eigenen Mannes. Alle waren sie fasziniert von den exotischen künstlerischen Darbietungen dieser Mädchen, es waren unfehlbar Fangschlingen des Joss. Die fantastische Ausstrahlung dieser Tänzerinnen mit ihrer Wirkung auf die Männer stimmte mich eifersüchtig. Diese Nacht war tropisch und feucht, für mich war es eine besonders romantische Nacht und ich hätte mir so gewünscht, Eduard würde meine Hand nehmen und mir etwas Liebe zeigen. Aber diese Thai-Mädchen schienen ihn so zu fesseln, dass er sich kaum mit mir unterhielt. Ich war traurig und wusste, dass sich eine Europäerin selten durch diese Form von Anmut hervortun würde, um einem Mann ihren Körper so raubtierartig wie ein Löwe und so anmutig und gefällig wie nur möglich zu präsentieren. Dieser fein verborgene Liebreiz stieß mich ab, aber er wurde von der Männerwelt aufgesogen wie ein wohlriechendes Betäubungsmittel. Es war mir nicht möglich, der Philosophie der Thais zu folgen, diesem »Mai pen rai« (Es macht nichts, kein Grund zur Aufregung). Der Gedanke, dass all diese asiatischen Mädchen eine mögliche Gefahr sein könnten, schlich sich in meine Seele, ich sah ein Unglück voraus. Die Sanftmut und die vorgespielte Demut dieser Asiatinnen hatte die unsagbare Kraft, das männliche Geschlecht zu beherrschen. Irgendwo tief in mir drinnen hatte ich schon damals das ungute Gefühl, dass ein durch eine andere Person an mir begangenes Übel die Vernichtung meiner Gefühle bewirken und dieser anderen Person das Glück bringen würde. Die künftigen Ereignisse konnte ich jedoch nicht voraussehen und nicht versuchen, sie zu lenken, waren es doch die Fäden des Joss. Verlangte ich zu viel an diesem Abend? Ich wollte nur die Aufmerksamkeit Eduards, doch er war müde und wohl oder übel musste ich diese tropische Nacht was meine Gefühle betraf alleine verbringen. Wie so oft gab Eduard mir nicht das Gefühl, dass ich in seinem Leben einen besonderen Rang einnahm, mein egoistisches Verlangen wurde nicht von ihm erhört. Ich versuchte, gegen die Gefühle meines Herzens anzukämpfen und begab mich ins Anfangsstadium der Abstumpfung gegen meine geheimsten Wünsche.

Am nächsten Morgen nahmen wir unser Frühstück wieder im Garten direkt am Fluss ein. Von dem Zauber, den ich am vergangenen Abend gespürt hatte, war nichts mehr übrig. Die so exotisch angelegten

Bäume und Pflanzen wachten majestätisch über den neuen Tag. Auf dem Fluss bewegten sich die Boote. Das Flair dieses Morgens war eher realistisch. Die Einheimischen versuchten ihren Tagelohn zu verdienen, es wurde gefeilscht, verkauft und transportiert. Wir saßen unter einem riesigen Banyanbaum, ich trank einen starken schwarzen Kaffee, verspürte aber keinerlei Appetit auf ein Frühstück. Der gestrige Abend lag mir noch im Magen und ich hätte so gerne mit Eduard über meine Gefühle gesprochen. Da wir uns auf einer Urlaubsreise befanden, sollte es ihm nicht, wie in Hongkong, auf die Zeit ankommen. Aber ich bemerkte sehr schnell, dass er sich nicht mit mir darüber unterhalten wollte. Die Fülle meiner Gefühle wurde von ihm nur selten beachtet, ich war dadurch alles andere als ausgeglichen. In dem Bewusstsein lebend, dass unsere kleinen Zwistigkeiten ohne Vernunft von meiner Seite weiter existieren würden, erhoffte ich, dass wir mit dem gemeinsamen Kind zu einem Erfolg gelangen würden. Ich versuchte, meine wahren Gefühle langsam zu unterdrücken. Ich befand mich in einer untergeordneten Position, die meine eigene Entfaltung kaum noch zuließ. Hier beim Frühstück im Hotelgarten plauderte Eduard oberflächlich und lässig. Ein feuchtes Tröpfchen Nass, eine Träne, schlich sich in mein Auge, ich gab trotzdem vor, zuzuhören, bemerkte aber nur noch den Park, der gepflegt war, aber auch etwas natürlich Wildes in sich trug. Es wehte kein einziges Lüftchen an diesem Morgen. Die blühende Welt stand ganz still, sie schien angstvoll, so wie ich selbst, auf den nächsten Windzug zu warten. Die Blumenbeete waren umflutet vom hellen Morgenlicht und meine Augen konnten diese ungeheure Helligkeit kaum noch ertragen. Der königlich gewachsene Banyanbaum, dessen Krone uns den einzigen Schatten spendete, bildete ein Labyrinth aus Blättern, Zweigen und Luftwurzeln. Kleine Wespen versuchten emsig, die schmalen rosafarbenen inneren Blüten zu bestäuben. Vögel flogen durch die heiße, schwüle Luft wie kleine silberne Blitze. In der Sonnenglut dieser tropischen Hitze meinte Eduard, wir sollten doch an diesem Vormittag unbedingt eine Bootsfahrt auf den Klongs unternehmen.

Der Bootssteg lag direkt vor dem Oriental Hotel und in den nächsten

Stunden erlebten wir das Treiben auf den Klongs. Wir saßen ziemlich tief im Boot auf Bretterbänkchen und steuerten als erstes dem Floating Market (Schwimmender Markt) zu, einem der zahlreichen originellen Märkte. Junge Thai-Mädchen in den klassischen alten Gewändern und den typischen Strohhüten, bemühten sich, ihre Waren an die Touristen zu verkaufen. Hier befanden wir uns in einer Wunderwelt der Natur, die mit Blüten und dichtem Blattwerk bis an den Rand der Klongs vordrang. Die schwere, süße Duft der Blüten hing in der Luft. Am Ufer standen die Pfahlbauten der Einheimischen und davor hockten die Frauen und kochten ihre Mahlzeit. Kinder badeten in der schmutzigen Brühe, ebenso wurde aber auch die Wäsche darin gewachsen. Kleine schmale Wege führten am Klong-Ufer entlang, in einem Klostereingang entdeckten wir meditierende Mönche in ihren gelben Gewändern, die sich vor einem Buddha verbeugten. Dieser ruhte hoheitsvoll auf einer Marmorplatte und war von mit Lotusblüten verzierten Säulen umrahmt. Über ihm, in feinster Schnitzerei, wachte Garuda, ein halb als Mensch, halb als Adlergestaltetes Reittier des Gottes Vishnu, Herr der Vogelwelt und Feind aller Schlangen.

Wir fuhren an einigen dieser »Bot« (Tempel) vorbei; der süße Duft der Blüten vermischte sich mit dem Gestank der modrigen Wassers. Unsere Fahrt durch die Klongs war nach drei Stunden beendet, danach weilten meine Gedanken noch recht lange bei den Klong-Bewohnern. Sie waren arm, aber zufrieden, und sie schienen nicht in Hetze zu leben. Ich interpretierte ihr Leben so, dass sie es einfach geschehen ließen, ohne großartig einzugreifen. Diese Thais trugen nicht den fieberhaften Geist der Arbeit in sich, der von der Verwirklichung von Wünschen beherrscht wurde. Sie lebten in der Harmonie der Natur, im Zentrum der Ruhe, in Übereinstimmung und mit den Bewegungen des Himmels. Nach einem Lunch, der aus einem scharf gewürzten Gung (Krabben) bestand, wollte ich gerne das Haus von Jim Thompson sehen, nämlich genau der Jim Thompson, der während unserer Zeit in Malaysia 1967 auf mysteriöse Art und Weise in den Cameron Highlands verschwunden war. Mr. Thompson war ein bekannter und erfolgreicher Geschäftsmann gewesen, der nach dem Zweiten Weltkrieg die Herstellung und den Verkauf der Thai-Seiden im internationalen Stil betrieb. Er erwarb während dieser Zeit große Reichtümer und kaufte mehrere alte Teakhäuser, um sie mit dem typisch siamesischen Interieur auszustatten. Die Ansammlung wertvoller Antiquitäten und einzigartiger Kunstwerke sollte ins Unermessliche gehen. Eine Stunde später standen wir vor seinem Haus, eine faszinierende Attraktion aus Teakholz, Marmor, Perlmutt, Einlegearbeiten und Holzschnitzereien. Beim Durchschreiten dieses Museums, dem Haus, in dem der Amerikaner wirklich einmal lebte, erkannte ich klar die Qualität eines großzügigen Lebensstils und auch eine gewisse Mystik. Die Persönlichkeit, der Geist und die Gefühle dieses Mannes waren hier erhalten worden, so feinfühlig, dass ich mich fragte, ob es nur ein Traum war. Jim Thompson hatte hier alleine gelebt, in einem Haus, das zwei verschiedene Welten offenbarte. Eine leise Ahnung erfasste mich - war er wirklich einfach verschwunden während seines Urlaubs im malaiischen Dschungel oder war er ermordet worden? Diese Frage konnte nie jemand beantworten, auf jeden Fall war sein Leben eine Kunst. In seinem Haus spiegelte sich im Rhythmus der Kunstwerke und in den Farben der Harmonie sein eigenes Leben, das er durch Wahrnehmung und Beobachtung vertiefte. Seine materielle Einstellung ließ andererseits auf eine Leere in seiner Seele schließen.

Von Jim Thompsons Haus aus besuchten wir den in der Nähe liegenden Suan Pakkad Palast, den Palast der Prinzessinnen. Typische Thai-Holzhäuser im Palaststil waren mit einem wertvollen Interieur ausgestattet worden, mit Kunstwerken, alten thailändischen Möbeln, bronzenen Buddha-Statuen, Porzellan und Musikinstrumenten. Ein prachtvoller Pavillon, der wohl einmal der Treffpunkt der Prinzessinnen war, lag in einem der wunderbar angelegten Gärten. Der Frieden, die Weite und die wunderbare Einsamkeit früherer Zeiten spiegelten sich in ihm wider. Nachdem wir eine Weile in Richtung Süden gelaufen waren, befanden wir uns plötzlich auf der Rama Road, die zentralen Achse des modernen Bangkok. Die Beschaulichkeit der alten Kultur lag von der modernen Hektik nur ein paar Schritte entfernt. Auf der Rama Road waren einige moderne Hotels, Kinos, Bars und vor allen

Dingen die berühmten Massagesalons. Wir folgten einer kleinen Prozession kahlgeschorener Mönche, die uns mit ihren gelben Gewändern wie magnetisch anzogen. Die Mönche tauchten in eine der Sois ein, eine der vielen kleinen Nebenstraßen, die inmitten des Zentrums lagen, Oasen der Ruhe. Vor einem Tempel machten sie Halt, dann schritten sie in den ehrwürdigen Wat hinein. Wir folgten ihnen und befanden uns nun in einer Klosteranlage, nur wenige Meter entfernt von Bangkoks Hauptstraßen, umgeben von einer fremdartigen Symbolik, dem Dämonen- und Göttergauben. Wir folgten ihnen weiter in eines der Gebäude, die roten Holzdecken und die Wände zeigten hier kunstvolle Fresken. Die Mönche legten vor einer Buddha-Statue, die wiederum mit den Darstellungen exotischer Fabelwesen geschmückt war, eine Besinnungspause ein. Die Gesichter der Mönche zeugten von einer gewissen Herzensgüte und ich hatte den Eindruck, dass sie uns Europäer etwas mitleidvoll anschauten. Bedeutete ihre Weisheit, oder besser gesagt, die Weisheitslehre Buddhas, einen Ozean voller Herzensgüte, einen Geist voller Mitleid? Ich spürte ein dumpfes Gefühl in meiner Brust und wusste, diese Mönche hatten etwas in sich, was manche Menschen während eines ganzen Lebens nie erlernen würden: Sie erkannten und fühlten die Leiden eines anderen Menschen und litten mit ihm, freuten sich aber auch über das Glück des Anderen. Und neben ihnen standen zwei Menschen, die nicht die Fähigkeit besaßen, einander zu erkennen, Eduard und ich. Wir hatten einmal etwas Gemeinsames, unseren Anfangsweg in Malaysia, unsere gemeinsamen Pläne. Heute lebten wir hauptsächlich nach Eduards Plänen, die sich mit meinen nicht sehr oft kreuzten. Ich verglich unsere Probleme mit dem Mond, man sah ihn kommen und gehen, aber im Grunde genommen stand er immer am Himmel. Genauso war es mit unseren Problemen, es schien nur so, als würden sie kommen und gehen, sie waren immer da. In der Realität sah es so aus, dass durch die wahre Natur unserer unterschiedlichen Charaktere unsere Urteilskraft überfordert war oder nicht mehr genutzt wurde. Unser Leben verlor an Substanz durch die nicht im Geringsten auch nur annähernd vorhandene Gleichheit. Ich fürchtete mich recht oft vor meinen Gedanken, war es mir doch aufgrund meiner Erziehung unmöglich, mich zu trennen. Die Tradition meiner Familie forderte von mir, meine Ehe immer wieder ins Gleichgewicht zu bringen. In den letzten Jahren hatte ich sehr viel Luxus kennengelernt und genossen. Hing unser Verfall und die allgemeine Abstumpfung des Gewissens gerade damit zusammen? Förderten nicht genau diese Lebensumstände den menschlichen Verfall, den Untergang der Gesellschaft? Waren wir schon so übersättigt, dass wir nicht einmal mehr bemerkten, wie der Andere oder der Partner verhungerte am Mangel an Gefühlen und Liebe? Aber meine Abstumpfung konnte doch noch nicht soweit gediehen sein, denn immerhin erkannte ich noch die zufriedenen Gesichtszüge dieser Mönche. Kein Wunder, dass sie Mitleid mit uns hatten, sie mussten erkannt haben, dass unser Image verbunden war mit dem Wunsch zu beeindrucken und anerkannt zu werden, und dass dies ein ernsthaftes Symptom für unseren beginnenden Zerfall war. Nie war ich in der Lage, meine Überlegungen mit Eduard zu besprechen. In meinem geheimen Spiegel sah ich die wahren Dinge, die sich in den Seelen zweier Menschen widerspiegelten. Sehen konnte ich es, doch dies gab mir lediglich eine Antwort auf meine Frage nach dem Wahren, erledigte aber nichts. Ich bewunderte diese Mönche vor mir, die sich nicht scheuten, sich mit der Lehre Buddhas dem öffentlichen Leben anzuvertrauen, sie machten mit ihren gelben Gewändern keinen Hehl daraus, bewegten sich frei auf den überfluteten Straßen, um der Welt zu sagen: Wir stehen zu unserem Glauben. Nach dem Intermezzo im Wat schlenderten wir zurück zur Rama Road, ich wollte noch einige Geschenke für meine Familie einkaufen, einige Kleinigkeiten aus Thai-Seide.

In der Rama Road gab es unendlich viele Läden mit der berühmten Thai-Seide, die man hier zu sehr günstigen Preisen einkaufen konnte. Die Seiden waren oft in den traditionellen Mustern gewebt, die mir zu exotisch wirkten. Wir betraten einen kleinen Schneiderladen, der auch mit einfarbiger Seide handelte. Ein Thai-Mädchen bediente uns, sie sprach ein ausgezeichnetes Englisch und innerhalb der folgenden halben Stunde erzählte sie uns ihre ganze Lebensgeschichte. Ihren Erzählungen nach stammte sie aus Kanchanaburi. Ihre wunderschönen weißen Zähne zeigten sich während eines charmanten Lächelns, das für Eduard bestimmt war. Sie meinte, wir sollten doch das Wochenende in Kanchanaburi verbringen, es sei sehr hübsch und man spüre dort einen Hauch der alten Welt, es sei so ganz anders als Bangkok und der Ort läge in der Nähe vom River Kwai. Ihrer Erzählung nach hatte ihr Großvater als Zwangsarbeiter unter der Gewalt der Japaner zusammen mit anderen alliierten Gefangenen geholfen, die Holzbrücke am Kwai aufzubauen. Doch diese Brücke sei eine Todesbrücke gewesen, weil sie viele Menschenopfer verlangt habe, die Menschen waren an Cholera oder Fieber verendet. Ihr Lächeln war plötzlich verschwunden und sie fing an, in beherrschter Wut mit einer Fliegenklatsche auf eine Fliege loszugehen. Das Summen der Fliege hörte plötzlich auf und ich wusste, dass sie die Fliege erwischt hatte. Sie hatte mit ihrer Aktion auf ihre Art und Weise gegen die Japaner gekämpft, die sie offensichtlich sehr hasste, wie viele andere Thais. Oder war ihre Erzählung nur eine ausgedachte Geschichte, eine Form der Verkaufstaktik? Denn jetzt versuchte sie, ihre wunderbaren Seidenstoffe zu verkaufen. Ich entschied mich für zwei Seidenstoffe, die wir, genau wie in Hongkong, durch ordentliches Feilschen endlich zu einem angemessenen Preis erstanden. Dann erinnerte ich mich noch an die Worte einer Freundin, dass echte Seide nicht brennen würde. Ich war im Begriff, mein Feuerzeug aus der Tasche zu holen, doch das junge Mädchen kam mir zuvor. Ich hatte sie nicht etwa aus der Fassung gebracht, sondern sie schien die Prozedur schon zu kennen. Wir verließen das Geschäft und das Mädchen und ich erkannte an ihrem Lächeln, dass sie uns doch noch übervorteilt hatte. Sie gewann dadurch sicherlich nicht meine Sympathie. Wieder einmal gelangte ich zu der Erkenntnis, dass die Zielsetzungen vieler Asiaten oft auf materiellen Überlegungen beruhten. Das Bild vom Treiben auf den Straßen an diesem späten Nachmittag bewahrte ich in mir als unvergessliches Motiv zur späteren Erinnerung. Es wurden lackierte Holzgegenstände angeboten, Produkte eines der ältesten Kunsthandwerke Thailands. Vasen und Schüsseln aus gespaltenem Bambusrohr, überzogen mit dem schwarzen Öl des Rak-Baumes, stellten ein besonderes Verkaufsangebot dar. Die Töpferwaren und Celadon-Keramiken, meistens in wundervollen Grüntönen, waren von einer exquisiten Feinheit. Das Angebot war enorm und wirkte verwirrend auf mich. Die unzähligen Schmuckstücke, die auf dem Markt waren, übertrafen alles, was ich jemals gesehen hatte, und sie schienen recht günstig zu sein. Dann gab es Dämonenfratzen und Thai-Puppen in den traditionellen Trachten der einzelnen Provinzen, dargestellt in ihren typischen Haltungen. Es war ein einziger Jahrmarkt der Nachahmung alter Kultur. Hier, auf diesen Straßen, fand ich nicht die gleiche Zufriedenheit, die ich in den Blicken der Mönche gefunden hatte. Das innere Gleichgewicht der Verkäufer hier ergab sich aus dem befriedigenden geschäftlichen Umsatz, nur so konnten sie dem Leben locker gegenüberstehen. Aber im Grunde genommen waren die Touristen und die Soldaten aus Vietnam schuld daran, dass die Geschäftsleute den amerikanischen Dollar recht schnell akzeptierten und mit Freude empfingen. Die unzähligen Massagesalons boten ihre Prostituierten ebenso für den Barwert in US-Dollar an. Diese antitraditionelle Denkweise und Haltung empfand ich als erschreckend und sie wirbelte immer wieder meine Gefühle durcheinander. Die Straße, die wir entlangliefen, schien mir unendlich. Das geheimnisvolle Licht am Abendhimmel, das durch die zarten Zweige blühender Bäume strich, zeigte mir den Reiz und die Schönheit der Straße. Doch die Massagesalons und die Läden mit den Plagiaten von Kunstgegenständen erweckten in mir Assoziationen von einer Welt aus Schattenbildern. Die wahre Schönheit der alten Kultur ging hier durch eine zweitrangige Hübschheit verloren, der tiefgründige alte Glaube verlor sich in einer Verkaufskampagne.

Mein Eindruck von Bangkok wurde bestimmt vom Buddhismus, der sehr stark vertreten war. Da stand die schweigsame Toleranz und die Friedensliebe der Mönche mit ihrem Glauben an die Wiedergeburt im Gegensatz zum anderen Titanen, der sich unter dem gleichen Himmel bewegte. Dieser spielte die destruktive Rolle unter den Menschen, vertrat aus dem Überlebenszwang heraus die durchaus menschliche, aber rein materielle Einstellung. Es blieben uns nur noch ein paar Stunden hier in Bangkok, denn am nächsten Morgen sollten wir mit der Thai Airways nach Frankfurt fliegen. So blieb uns nur noch dieser Abend, den wir im Oriental Hotel verbrachten. Dieser Abend brachte erst einmal einen kleinen Abschied von Asien, für ein paar Wochen, ich bereitete mich langsam auf Europa vor.

Als wir uns am nächsten Morgen mit der DC10 der Thai Airways in die Lüfte erhoben, überkam mich ein Gefühl der Befreiung, denn ich sollte bald meine Familie wiedersehen. Die Flügel des Flugzeugs hatten etwas von den Schwingen eines Vogels, der versuchte, sich in die Lüfte zu heben, um der Erdgebundenheit zu entrinnen, in der Gewissheit, sich recht bald in der Freiheit zu bewegen. Doch gleichzeitig überfiel mich die Trauer darüber, etwas zurückgelassen zu haben. Ich dachte an David. Wo war er jetzt, in diesem Augenblick? Ich war auf der Flucht, versuchte, vor meinen eigenen Gefühlen zu fliehen. Meine wirkliche Gefühlswelt wurde verbannt bei dem Versuch, durch Selbstüberwindung die Gefühlsgefahr abzuwenden. Ein Versuch, der aus Wachs bestand und in den späteren Jahren zu schmelzen begann. Für Eduard war das Fliegen eine Möglichkeit, die Welt in einem neuen, anderen Licht zu sehen, ich hasste jedoch die Fliegerei von Anfang an. Oft zitterte ich vor Angst und wie gerne hätte ich seine Hand genommen, aber ich wagte es nie, ihm meine Schwäche zu zeigen. Mit etwas Mut schaute ich ab und zu aus dem kleinen Fenster neben mir. Mein Magen drehte sich um und das sonderbare Farbengewirr unter mir, das aussah wie eine Zeichnung von in Spiralen angeordneten Farbklecksen, und die Unfassbarkeit der kalten Landschaft ließ mich steif werden. Aus dieser Höhe erkannte ich die Elemente Wasser, Erde, Luft und ihre Trennlinien, eine neue Wirklichkeit, die Erde im Wandel, ein Wandel, der sich in jeder Sekunde vollzog und immer anders in Erscheinung trat. Hier, zwischen Himmel und Erde und inmitten der fremdartigen Fluggäste, ging ich noch einmal durch den Prozess der vergangenen Jahre, um damit die Möglichkeiten der Zukunft zu ermessen. Die Trennung von Luft und Erde, das Netz aus Stückwerken, das sich unter uns befand, sollte mir immer wieder Angst und Schrecken einjagen. Meine Emotionen in dieser Lage waren besonders stark, ich wusste nicht, wohin mich mein Weg führte, wo ich ankommen würde. Die Vergangenheit und die Zukunft vermischten sich zur Gegenwart.

Eine Reise in die Heimat

Da ich nun bald wieder in meinem Heimatland sein würde, dachte ich unwillkürlich an die unbeschwerten Tage meiner Jugend. An mein Elternhaus, an die Lieder, die wir während unserer Waldspaziergänge sangen, an den farbenfrohen Herbsthimmel, an die vom Wind gejagten Wolken und an die grauen, kalten Wintertage. Ob sich meine Mutter verändert hatte? Sie arbeitete unermüdlich und flink, sie besorgte den Haushalt und war dabei so sanft und immer guter Laune. Ihre Liebe war für mich und meine beiden Geschwister immer eine Inspiration, eine Eingebung, die ich auch heute noch in mir spüre. Wir kamen aus einer recht ländlichen Gegend, wo man den Geruch der Äpfel und des trockenen Kuhmistes sehr oft in der Nase verspürte. In unserer Familie herrschte meistens Eintracht und das hatten wir unserer Mutter zu verdanken. Obwohl sie auch bei einer fröhlichen Gesellschaft auf dem Tisch tanzen konnte, war sie für mich immer die erfahrenste Hausfrau, Ehefrau und Mutter. Die Erinnerung an meinen Vater war etwas anders, er war schwerfällig, obwohl er von der Statur her schlank und groß war. Er schwieg sein halbes Leben lang und bildete somit den totalen Gegensatz zu meiner temperamentvollen Mutter. Ich konnte mich auch noch genau entsinnen, dass meine Eltern kaum Meinungsverschiedenheiten hatten, zumindest nicht vor den Kindern. Wir wurden mit sehr viel Liebe aufgezogen, meine Eltern waren immer für uns da und mein eigenes Kind sollte einmal genauso erzogen werden. Eduard drückte plötzlich meine Hand, ich wurde aus der Vergangenheit gerissen, der Anflug auf Frankfurt lag vor uns. Ich fühlte vom langen Sitzen eine Schwere in allen Gliedern. Wer würde uns wohl am Flughafen abholen? Nach dem Erledigen der Zollformalitäten stand ich meinen Eltern und Geschwistern gegenüber. Die alte Familientradition war bewahrt worden, alle Familienmitglieder waren gekommen, um uns abzuholen. Eduard begrüßte seine Eltern, meine Schwiegermutter beschlagnahmte ihren Sohn sofort und ließ keinen Zweifel daran, dass er mit ihr nach Hause fahren würde. Das bedeutete, ich würde Eduard während der nächsten Tage nicht sehen. Natürlich war ich traurig und auch entsetzt darüber, welche Macht Eduards Mutter hatte, sie sprach etwas aus und er folgte. Diesen ersten Abend hätte ich so gern mit meinem Mann und meinen Eltern verbracht. Aber so wie es aussah, sollte ich diese und die folgenden Nächte alleine im großen Ehebett meiner Eltern verbringen. Meine Mutter kochte mir mit der gleichen Liebe wie früher meine Lieblingsgerichte und wir besuchten gemeinsam Freunde und Nachbarn. Am Morgen nach der Ankunft schlug meine Mutter während des Frühstücks ganz stolz die Landes-Bergische Zeitung auf. Unser kleiner Wohnort gehörte zum Rhein-Wupper-Kreis und irgendjemand hatte einen kleinen Artikel über Eduard und mich hineingesetzt, mit einem Foto von uns beiden. Für die Bewohner dieses Städtchens schienen wir ein außergewöhnliches Leben zu führen und ich wurde von nun an ständig mit Fragen über das Leben in Asien bombardiert. Recht schnell bemerkte ich, dass keines der Probleme, die ich in mir trug, besprochen werden konnte, denn alle Verwandten und Nachbarn - sogar meine engste Familie - gingen davon aus, dass ich der glücklichste Mensch der Welt sein müsse. Dieser sich einmal so festgesetzten Meinung konnte ich mich nicht widersetzen. Ich fing sogar an, diese Vorstellungen noch zu unterstützen, indem ich von unseren Erlebnissen erzählte. Ich war etwas enttäuscht, denn im Grunde genommen akzeptierte man mich nicht mehr als die Person, die hier aufgewachsen war. Nein, ich war eine Art von Besucher, der in der großen, weiten Welt herumkam und glücklich sein musste, denn ich hatte ja das große Los gezogen. Aber niemand von Ihnen erkannte, dass die Wirklichkeit anders aussah. Man brachte mir natürlich schon Sympathie entgegen, aber ich hatte den Eindruck, nur noch ein willkommener Gast zu sein, dem die Bedingung gestellt wurde, ein interessantes und glückliches Leben zu führen. Ich war nicht mehr so zu Hause wie in meinen Jugendjahren. Meine Handlungen glichen sich meinen Erwartungen an mit dem Resultat, dass ich mich fragte: Wo ist eigentlich mein Zuhause? In Hongkong hatte ich mir schon recht oft die gleiche Frage gestellt. Die Erkenntnis, dass aber gerade dieser kapitalistische Ort an der Grenze Chinas, diese anachronistische Mischung aus britischem Kolonialismus und chinesischem Lebensstil, dies Durcheinander von Palästen der Millionäre und den entsetzlichen Slums, mein Zuhause sein würde, war mir noch nie so stark in den Sinn gekommen wie in diesen Tagen. Mein Vater reagierte wie in meinen Jugendtagen, er stellte keine Fragen, er nahm mich an die Hand und wir spazierten gemeinsam durch das Hinterland. Als Kind hatte ich mit meinem Vater schon die gleichen rotbräunlichen Wege benutzt, vorbei an den Sträuchern, die dichtgedrängt am Wegesrand standen. Die Landschaft um meinem Heimatort war ziemlich flach, nur in der Ferne erkannte ich leichte Bergketten. Auf den flachen Hügeln standen Bauernhöfe, davor leere Erntewagen, verrosteten Sicheln und hohe Milchkannen. Hier und da Gemüsegärten, ein Bauer verteilte Kuhmist auf den Beeten und seine Frau sammelte Reisig ein. Ein Bild, wie ich es aus meiner Jugendzeit noch sehr gut in Erinnerung hatte. Hier schien die Welt in Ordnung zu sein, der Frieden und die Harmonie der Natur beherrschten diese Bewohner. Wie oft war ich als junges Mädchen hier entlanggelaufen, im strömenden Regen, nur, weil mir meine Mutter gesagt hatte, dass das peitschende klare Nass gut für meine Gesichtshaut wäre. Ich hatte immer noch starke Erinnerungen an diese Zeit. Aber recht oft waren es gerade diese Jugenderinnerungen, die sich später oft den grausamen Härten des Lebens entgegenstellten, sie bildeten viele Male die Front gegenüber unglücklichen Ereignissen.

In den Dolomiten

In der Woche, die ich bei meinen Eltern verbrachte, kamen viele meiner Kindheitserinnerungen zurück. Ich ließ es gerne geschehen und oberflächlich betrachtet schien es wohl so, als hätte ich mich wieder in den

Kreis der Familie eingereiht. Meine Erinnerungen wurden in ihrer Gesellschaft so lebhaft, als hätte ich den Heimatort erst vor ein paar Monaten verlassen. Ich versuchte alles das, was da in mir verborgen gewesen war, meinen Eltern mitzuteilen. Ihre Liebe, ihre Teilnahme, das waren die Dinge, die mich in meiner Seele berührten. Es gelang ihnen, mich in die Jugendtage zurückzuführen. Ich fand eigentlich die gleiche Familie vor, die ich vor Jahren verlassen hatte. Nur wusste ich sehr wohl, dass ich sie nach dieser gemeinsam verbrachten Woche wieder auf unbestimmte Zeit verlassen musste, doch dies mit der inneren Befriedigung, dass ich mir ihrer Liebe immer gewiss sein konnte. Diese Liebe würde mich immer begleiten, bis an das Eckchen der Welt, in dem sich mein Leben abspielte. Ich musste den Abschied geschehen lassen und wieder fortgehen, ohne mich zu fragen, was werden würde. Der schwebende Zustand, der mein Leben bestimmte, trat wieder ein, das Joss kam nie dazu, einen lang angelegten Plan hervorzubringen. Die Freude, Eduard nach dieser Woche wiederzusehen, war sehr groß und mit einer gewissen Erwartungshaltung verbunden. Obwohl er mich jeden Tag angerufen hatte, wollte ich seine Wärme, seine Liebe greifbar spüren. Während der Woche ohne ihn hatte ich mir vorgenommen, den bevorstehenden gemeinsamen Urlaub in Canazei auf die bestmögliche Art zu genießen. Die wachsenden Schatten, die sich aus irgendwelchen Gründen über unser gemeinsames Leben gelegt hatten, beabsichtigte ich zu bewältigen. Mit dem Gedanken, diesen Gipfel zu besteigen und zu bezwingen, fuhr ich mit Eduard in Richtung Italien. Nur sollte es sich herausstellen, dass ich während dieses Urlaubs keinen Gipfel bestieg, sondern nur eine kleine Stufe erklomm, obwohl ich meine positiven Eigenschaften mit Fleiß einsetzte. Die Fahrt, die wir in dem Opel Kapitän des Schwiegervaters unternahmen, verlief harmonisch. Die Vielfalt der Landschaftsformen mit ihren eigenständigen Charakteren sorgten für unsere Abwechslung. Eduard hatte seine Hand auf meine gelegt und ich vermutete, dass wir uns beide auf unser Zimmer in der Pension freuten. Wir näherten uns den aufregenden Zinnen und Türmen der Dolomiten. Dieser gewaltige Anblick, diese kalte Schönheit der Berge, berührte mich. Die Häuser waren der Landschaft angepasst, ihre massiven Grundmauern mit der Holzverkleidung und den steinbeschwerten Dächern strahlten nicht unbedingt eine liebliche Wärme aus. Die Abenddämmerung kam herein und ein heißes Glühen schien sich an den Bergketten entlangzuziehen, ein Purpurlicht erschien am Horizont. Die untergehende Sonne erfüllte die Atmosphäre und beleuchtete die schneebedeckten Gipfel der Dolomiten. Eduard hielt den Wagen an und wir stiegen aus. Der Blick auf die hohen Gipfel war so faszinierend, dass keiner von uns auch nur ein einziges Wort herausbrachte. Mit einer fast schon ungewöhnlichen Zärtlichkeit zog Eduard mich ganz fest in seine Arme, als ob er mich beschützen wolle. Seine Umarmung schien kein Ende zu nehmen, er war so leidenschaftlich und ich sog jeden Atemzug von ihm auf. Es kam nicht so oft vor, dass Eduard solche leidenschaftlichen Ausbrüche an den Tag legte. Ich erinnerte mich dabei an eine ähnliche Situation in Hongkong. Wir gingen damals an die Deep Water Bay, um den Sonnenuntergang zu erleben; der Strand war verlassen und wir liebten uns inmitten der Fluten des Südchinesischen Meeres. Danach saßen wir bis Mitternacht am Strand und beobachteten die kleinen Fischerdschunken, die auf dem Wasser rastlos hin und her schaukelten. Der Reiz einer besonders verwegenen Schönheit der Natur stimmte ihn immer sehr liebevoll und leidenschaftlich. Fand er in der Betrachtung der reinen Natur, ob hier, in dem stillen Winkel des Gebirges, oder am Südchinesischen Meer, den Frieden, seine große Leidenschaft? Ich wünschte mir damals, dass ich diesen Moment festhalten könnte, aber die Zeit sollte ihren Lauf nehmen und nicht aufzuhalten sein. Starke, warme und kalte Gefühle schwammen oben, oft versanken sie. Ich wusste auch schon in diesen Tagen, dass man das »Zu sehr«, das »Zu viel« und das »Zu groß« meiden sollte, doch es lag wohl in der menschlichen Natur, diese Denkweise nicht immer akzeptieren zu können. Wir stiegen wieder in den Opel, die Dunkelheit und Nebelschwaden hatten den glühenden Sonnenball verdrängt. So Vieles lag im dichten Nebel unter diesem Himmel verborgen. Der Nebel würde sicherlich schon morgen zurückgewichen sein und das, was sich heute unter den unheimlichen Schwaden verbarg, konnte sich morgen schon offenbaren. In unserem kleinen Hotel, ein buntbemaltes Bauernhaus mit großen, langen Holzbalkonen an der Stirnseite und einem geschindelten Dach, war es gemütlich. Das Haus war sehr sorgfältig gepflegt. Die Zimmer waren reizvoll ausgestattet, auf großen, massiven Holzbetten lag rotweiß karierte Bettwäsche. In dieser harmonischen und so ländlichen Atmosphäre ergab sich für Eduard und mich das natürliche Zusammenspiel in der Liebe, eine leidenschaftliche Reaktion, ein Gleichgewicht von Kopf und Herz, Vernunft und Gefühlen. In dieser Umgebung vergaßen wir das Tempo Hongkongs, das moderne industrielle Leben. Eduard, den ich normalerweise in Asien mit einer ewig tickenden Uhr verglich, da er ständig irgendwelche Termine einhalten musste, brachte es fertig, hier die Zeit zu vergessen, er genoss sein Recht aufs Faulenzen. Er ließ sich die strahlende, herrliche Muße nicht verbieten, verbrachte schöne und müßige Tage.

Der erste Sonnenstrahl weckte uns am nächsten Morgen auf. Eduard lag neben mir und zeigte ein schelmisches und selbstsicheres Lächeln. Seine dunkelbraunen Augen waren reingewaschen vom Schlaf und strahlten die alte Kraft aus. Ich öffnete das Fenster und die reine kühle Bergluft drang ins Zimmer. An diesem Morgen liebte ich die Welt wirklich und meine Augen füllten sich mit Tränen. Wir hatten beide großen Hunger, der Geruch von Kaffee und gebratenen Speckscheiben drang durch das ganze Haus. Die alten Jugendfreunde von Eduard waren schon beim Frühstück. Sie waren mir nicht sonderlich sympathisch und eine gewisse Eifersucht stieg in mir auf. Mein Mann verbrachte sehr viel Zeit mit diesen alten Bekannten, größtenteils beim Skilaufen hoch oben in den Bergen. Ich lief zwar manchmal mit ihnen, war aber längst keine so gute Skiläuferin und versuchte mit der Zeit, mich etwas abzusondern. Das heißt, ich hatte eigentlich keine andere Wahl, da ich schwanger war und vor einem Sturz Angst hatte. Nach zwei Fehlgeburten wollte ich dieses Kind nicht auch noch verlieren. Die Herren wollten wohl in kürzester Zeit alle Abfahrten der nahegelegenen Skiorte beherrschen. Ob es in St. Ulrich, Wolkenstein oder im nahe gelegenen Covara war. Ich entdeckte während einer leichten Abfahrt eine sehr einsame Hütte. Die klare Höhenluft begünstigte hier oben meine Beobachtungen. Die Sonne schien sehr heiß in dieser Höhe, dazu kam noch, dass ich oft das Gefühl hatte, dünnere Luft einzuatmen. Die Kraft der ultravioletten Strahlen wurde intensiviert durch die Rückstrahlung auf den Schnee- und Eisfeldern. Ich empfand die Berglandschaft eigentlich nicht wirklich als schön, ich hatte eher den Eindruck, dass die Bergwelt ein Raum des Unheils war. Die massiven Gesteine gaben mir das Gefühl von Einengung. Hier stießen Himmel und Erde fast aufeinander. Dieses Fleckchen Erde war verbunden mit etwas Geheimnisvollem, Gefährlichem und Abgründigem. Die Spitzen der schneebedeckten Berge strahlten Unerschöpflichkeit aus. Ein Gefühl von Unwirklichkeit schlich sich in meinen Körper, eine Ebene von Sein und Nichtsein. Ich lag in meinem Liegestuhl und dachte an das Fantastische, Uferlose und versuchte ein Lebenselixier zu finden, das meine Sinne und Kräfte stärken würde. Vielleicht sollte ich einmal mit der inneren Zufriedenheit beginnen. Aber immer, wenn ich dachte, ich hätte sie gewonnen, verblieben nur noch Spuren, deren Ende ich nicht mehr zurückverfolgen konnte. Ich begann zu glauben, dass auf die letzten glücklichen Tage mit Eduard wieder das Leiden folgen würde, dass es schon auf der Lauer lag. Oder hing das Glück von diesem Leiden ab? Vielleicht sollte ich versuchen, das eigene Ich nicht zu ernst zu nehmen und es eine Zeit lang ausschalten. Aber es war gar nicht so einfach, so zu denken, ich sollte noch sehr viel daran arbeiten. Hier oben in den Schneemassen sollte man eher über die Lawinengefahr und nicht über das Leben nachdenken. Aber war das Leben nicht eine einzige Lawinenforschung? Wie konnte ich nur zu einer grundlegenden Erkenntnis gelangen über die Entstehung, das Verhalten und die Verhütung dieser rollenden Lebenslawinen? Die großen negativen Einflüsse, die sich in meinem inneren Ich befanden, waren die Gedanken, die in ständigem Wallen hohe Wellen schlugen. Es gab kaum ein Verweilen, die Fäden wurden stets weitergesponnen. Inmitten der Stille hier oben, wo sich alles in einen wesenlosen Schein aufzulösen schien, unterbrach mich Eduard. Er hatte sich für diesen Tag von seinen Freunden getrennt und wollte mit mir nach dem Mittagessen auf dieser Hütte nach Venedig fahren.

Ein Abstecher nach Venedig

Venedig lag etwa drei Autostunden von Canazei entfernt. Seine lieben Worte, dass er mich einmal aus dieser Einsamkeit der Berge herausholen wolle, empfand ich als die Anerkennung, nach der ich mich so oft sehnte. Diesen Tag würde ich nie vergessen, wir fuhren in unserer Skikleidung und Skistiefeln gen Süden. Eduard fühlte sich ein wenig schuldig, das merkte ich an seiner Fürsorge, er sprach über das Baby und brachte zum Ausdruck, wie sehr er sich darauf freuen würde. Doch irgendwie brachte er es immer fertig, seine Schuldgefühle auf meine Schultern zu legen, so dass ich mich dann ihm gegenüber schuldig fühlte. Ich kannte Venedig von früheren Besuchen, aus meiner Jugendzeit. Aber dieses Mal erlebte ich die wunderbare Lagunenstadt auf eine ganz andere Art und Weise. Von Mestre aus bestiegen wir eines der Motorschiffe und setzten bei einem ruhigen Seegang nach Venedig über. Diese Stadt versetzte mich immer wieder in so viel Staunen und Bewunderung. Ein wunderbares Stückchen Erde, wohl einzigartig in seiner Art. Eduard schlug vor, eine Gondelfahrt zu unternehmen, denn er meinte, diese Stadt könne man nur auf dem Wasser aus dem richtigen Winkel betrachten. Wir fuhren durch die größten Wasserstraßen, von denen kleinere Wasserstraßen rechts und links abzweigten. Andere Gondeln glitten hierhin und dorthin, aber immer wieder verschwanden sie auf mysteriöse Art und Weise durch die kleinen Tore und in die kleinen Gässchen. Imponierende Palazzos erhoben sich direkt am Rande des Wassers, kleine Steinbrücken warfen ihre Schatten quer über den Kanal. Wir trieben hinaus zum Canale Grande, überall beherrschte das Leben und Treiben der Venezianer die Szene und doch lag über all dem auch eine große Stille, die heimliche und gewaltige Stille, die von den Palazzos ausging, die zum Teil etwas Mysteriöses an sich hatten. Der Himmel zeigte sich an diesem Tag unbeschreiblich blau, ohne auch nur das kleinste Anzeichen einer grauen Wolke. Nie wieder erlebte ich den Markusplatz so leer, zu keinem anderen Zeitpunkt. Die frühe Jahreszeit brachte uns den Vorteil, die einzigen Gäste zu sein, wir saßen alleine im schönsten Salon Europas. Die Paläste, die die großen Seiten des Platzes bildeten, lagen wie ausgestorben da. Unter den Arkaden der großen Bogengänge schwärmten an diesem Tage nicht die Massen von Touristen. Die Besuchermassen blieben aus, wir saßen an einem einsamen Tisch und betrachteten die immense Eleganz der Bauwerke, vor uns die Säulen des heiligen Markus. Nur ein einziges Café hatte zu dieser Jahreszeit geöffnet und ein einziger Geigenspieler spielte nur für uns. Ein Tag mit vielen Schönheiten, den ich nie im Leben vergessen sollte. Die Tauben von San Marco schwärmten in das warme Blau des Himmels hinauf. Wir tranken unseren Kaffee, dabei dachte ich an Marco Polo, wie konnte er als Venezianer jemals diese Stadt der Gegensätze verlassen und 25 Jahre im fernen Osten verweilen? Die Aussicht auf den leeren Markusplatz, auf die Kirchen, die prunkvollen Paläste, zeigte uns die positive Seite Venedigs. Doch als wir anschließend durch kleine Gässchen schlenderten, vorbei an einem der stinkenden Fischmärkte, erkannte ich, dass man hier geboren sein musste, um hier leben zu können. Die graugrünen Hummer, die in siedendem Wasser dem Tode versprochen waren, und die mit Fisch gefüllten Körbe und Kisten auf den glitschigen Steinböden boten einen Anblick des Todes. Wir sahen Aale, Seezungen und Scampi, doch Eduard wählte ein paar Muscheln für uns aus, da konnten wir nur hoffen, dass sie nicht an der Stelle gefangen worden waren, wo die Abwässer der Stadt zusammentrafen. Eine enorme Schwüle lag über den Gassen, die ich in meinem schwangeren Zustand nicht sehr gut vertrug. Hier offenbarte sich das zweite Gesicht der Stadt. Auf dem Markusplatz fanden wir den blauen Himmel vor, doch die Eigentümlichkeit Venedigs bestand darin, dass man an anderen Stellen nur den Gestank des schmutzigen Wassers in der Nase verspürte. Selbst die gepflasterten Gassen mit den Marmorplatten konnten diesen Geruch nicht aufsaugen und die Sonne hatte nicht die Erlaubnis, in diese dunklen Gassen einzudringen. Auf dem Canale Grande fanden wir wieder die Klarheit und die Reinheit des Sonnenscheins, der sich zauberhaft im Wasser widerspiegelte. Dagegen begegneten wir wiederum düsteren Gewässern, die die Fundamente der Palazzos umspülten und dunkle Schatten auf sie warfen. Hier konnte man das Schöne erleben, aber gleich daneben war schon das Hässliche. Wir versuchten, alles zu vergleichen und zu deuten, aber das Erscheinungsbild dieser einzigartigen aufgesplitterten Stadt musste man mit allen Wunden, mit den Tiefen und Höhen, in sich aufnehmen und akzeptieren.

Es wäre ein schlimmes Versäumnis gewesen, den heutigen Tag nicht genutzt zu haben, um Venedig zu besuchen. Doch gerade als wir unter der repräsentativen Rialto-Brücke hindurchfuhren, gestand mir Eduard, dass sein eigentlicher Grund, Venedig aufzusuchen, die internationale Ausschreibung zur Sanierung dieser Adria-Lagunenstadt sei, die sich im Prozess des Versinkens befand. Alle großen Baufirmen der Welt sollten ihre Vorschläge zur Sanierung bei der italienischen Regierung abgeben. Er sei beauftragt, sich die Stadt einmal aus der Nähe anzusehen. Ich dachte an die Geschichte dieser Stadt, die einstmals die bedeutendste Handelsstadt im Mittelmeerraum war, von den Dogen gegründet, im Wandel der Zeit durch die Türken übernommen und dann im 18. Jahrhundert von den Franzosen erobert. Danach die Abgabe an die Österreicher und im 19. Jahrhundert die erfolgreiche Rückgabe an Italien. Diese Stadt, die das Zusammenwirken der Schwächen und Stärken vieler Völker überlebte, sollte sich nun in einem Stadium der Dunkelheit und des Untergangs befinden. Die italienische Regierung versuchte krampfhaft, mit dieser internationalen Ausschreibung den Weg zur Lösung des Problems zu finden, sie wollte das Licht ins Dunkel und das Leben der alten Zeiten wieder in diese Stadt bringen. Das weitere Versinken der Stadt konnte nur durch eine schöpferische Idee der Experten verhindert werden. Um das Geschehen aufzuhalten, mussten Gegenmaßnahmen ergriffen werden. Das Minus dieser Lagunenstadt sollte auf Plus gedreht werden. Aber wie konnte man die Kräfte wieder ins Gleichgewicht bringen? Ich fragte Eduard, mit welcher Technik man diese Schwäche überwinden könne. Im Prinzip sah er nur eine Möglichkeit, nämlich unter Wasser Beton einzuspritzen, also Betoninjektionen. Eine langwierige und kostenaufwendige Methode sei das, aber die Stabilisierung mit Beton würde das Geschehen aufhalten und der Stadt an ein langes Bestehen ermöglichen. Er meinte, es wäre fantastisch, wenn einer der Experten es fertigbrächte, die Stadt auf dieses Weise zu retten, so könne die langsame Zerlegung Venedigs unterbunden werden. Eduard verglich Venedig ein wenig mit Hongkong. Diese beiden Städte verdankten ihre Bedeutung und ihren Reiz nicht etwa den besonderen Naturschönheiten, denn sie hatten nicht den prachtvollen Hintergrund von grünen Hügeln oder weiten Gebirgen. Venedig und Hongkong waren ganz alleine das Werk der Menschen. In Venedig hatte man seit ewigen Zeiten einmalige und großartige Gebäude geschaffen, ob im byzantinischen, osmanischen, gotischen Stil oder in der Renaissance, aber ständig stand man im Kampf gegen das Element Wasser. In Hongkong versuchte man ebenfalls, wieder Land aus dem Meer zu gewinnen. Beide Plätze hatten eine Gemeinsamkeit, die Bodenbeschaffenheit war zwar unterschiedlich, aber die Untergründe waren nicht dazu geschaffen, schweres Material zu tragen. Man musste vor dem Bau eines Gebäudes erst einmal den Boden stabilisieren. Man rammte Pfähle in den Grund, um darauf das eigentliche Fundament zu setzen. Durch Eduard begriff ich den Sinn der tragenden Fundamente sehr schnell, aber oft fragte ich mich, ob wir jemals die Lösung für unser Lebensfundament finden würden. Sein Lebensfundament war die Arbeit, sein ständiges Bemühen, verbunden mit großer Aktivität auf der Suche nach neuen Bauprinzipien. Oder war es der große Erfolg, den er sich immer wieder herbeisehnte? Mein Lebensglück war darin begründet, dass wir ein Baby bekommen würden und recht bald eine Familie sein würden. Konnte man diese beiden Lebenseinstellungen überhaupt vereinen, daraus ein Fundament bilden und es durch Liebe befestigen, es mit Beharrlichkeit erhalten? Oder würde es so sein, dass sich der eine oder andere im Schatten entwickeln musste. Gerade in diesem Moment, mitten auf dem Canale Grande fiel mir ein altes Sprichwort der Chinesen ein, das bedeutete: Jeder, der den Weg des Drachen verfolgt, stimmt mit dem Willen des Himmels überein und er kann nur darauf warten, dass er von der Natur zu seiner Bestimmung geführt wird. Damals in Venedig schwor ich mir, den Weg des Drachen zu gehen und was immer auch käme, ich würde die Fäden des Joss auf mich nehmen und nicht gegen sie handeln. Ich glaube, in jenen Tagen hatte ich schon das Wissen über die Wahrheit in mir verborgen und Furcht davor, eines Tages zu verlieren. Durch die Ungewissheit über die Lebensfundamente kam es zu Irrtümern und Fehlern. Durch diese Furcht handelte ich kaum vernünftig und mit Sorgfalt und Umsicht, sondern hatte Gefühlsausbrüche, war sehr emotional gestimmt. Wie gerne wäre ich an diesem Tag in Venedig geblieben, in einer der kleinen Pensionen auf der Via Rizzardi, in den Armen Eduards. Eine Liebesnacht in Venedig - das war in dieser Stunde mein Traum, und am nächsten Morgen ein Frühstück in einem der kleinen Terrassencafés an einem der Kanäle. Die freie Entfaltung der Liebe war mein inniger Wunsch, wie so oft wollte ich, dass sich Himmel und Erde irgendwo trafen und vereinten. An diesem späten Nachmittag verlangte mein Inneres nach der äußersten Grenze des Glücks, aber der Boden Venedigs schien zwar meine Füße zu empfangen, aber nicht meinen Wunsch nach dem großen Geschehen. Wie so oft war meine Gefühlswelt so anders, so getrennt von der meines Mannes. Aber in meiner gewohnten Zurückhaltung konnte ich ihm meine wahren Gefühle nicht mitteilen, vielleicht war es ein Fehler. Eduard hatte es plötzlich sehr eilig, nach Canazei zurückzufahren, da er einen wichtigen geschäftlichen Anruf von John erwartete. Dieser Anruf war, wie sich Stunden später herausstellte, wirklich wichtig: Eduard sollte seinen Urlaub in Europa abbrechen und nach Hongkong zurückkehren wegen eines Problems auf einer der Baustellen in den New Territories.

Wieder in den Bergen

Für die Rückfahrt über Mestre, Treviso, durch das Valle d'Ampezzo über Arabba nach Canazei brauchten wir circa 3 ½ Stunden. Die Nachtdämmerung hatte sich schon über die Berge gelegt. Für mich standen die Felsen und Kuppen da wie mächtige Riesen, mysteriös beleuchtet vom Mondlicht. Obwohl ich wusste, dass die Berge alles andere als feststehend und unverrückbar waren, sah es in dieser Nacht so aus, als ob sie von keiner Kraft dieser Erde beeinflusst werden könnten. Auch wenn man nicht mit dem bloßen Auge erkennen konnte, dass die Alpen in einer ständigen Bewegung waren, so wusste ich doch, dass sie auf Dauer stetig arbeiteten. Das Gestein wurde durch die höheren Kräfte bearbeitet, durch den Wind, die Hitze und ebenso durch Feuchtigkeit und Kälte.

Das Wasser, das in die Bergspitzen eindrang, gefror über Nacht, vergrößerte sein Volumen und wirkte wie ein Keil. Die Folge war abgesprengtes Gestein, das eine Stunde nach dem Aufgang der Sonne abwärts rieselte und zu Tal polterte. Ein fast rhythmischer, fließender Abnutzungsprozess. Für mich geriet da etwas Lebendiges, Bewegliches in diese Bergmassive, es war nicht etwa die statische Wiedergabe einer Form, sondern die Antwort auf das Leben. Der Rhythmus der Natur schien dem der Seele eines Menschen ähnlich zu sein. Bei der immer wieder wechselnden, wandelbaren Stimmung konnte man bei der Unbeständigkeit aller Umstände nie etwas im Voraus bestimmen. Ich hatte ein Fenster des Autos geöffnet, die frische, schon fast kalte Luft, das Rascheln einer Brise, das Säuseln des leichten Windes strich über mein Gesicht. In der Ferne tobte ein Wildbach. Ein Gefühl für das Unendliche kam in mir auf, dann das Gefühl von einer Reise in die Leere. Aber es war wohl nicht eine Reise in die Leere, sondern die Reise zurück nach Asien, nach Hongkong. Dieses Naturportrait der Alpen um mich herum war so lebendig, dass ich mir kaum vorstellen konnte, wie ich mich bei der Landung auf dem Kai Tak Airport wohl fühlen würde. Diese Gebirgsszene in der Dunkelheit bewirkte bei mir eine gewisse Schwermut, vielleicht würde mir mein Zuhause in Hongkong die stille Heiterkeit und Fröhlichkeit wieder geben. Eigentlich freute ich mich auf Hongkong, auf meine Freunde. Zum ersten Mal seit unserer Abreise dachte ich wieder an David. Ich wusste, ich würde ihn wiedersehen - und wie würde ich empfinden? Der Grund, warum ich nicht mehr an David gedacht hatte, war wohl, dass er ganz einfach nicht in mein Bild von Europa gehörte, aber in der Welt Hongkongs war er wieder gegenwärtig. Ich glaube, ich brachte ihn in die richtige Perspektive, als Chinese gehörte er für mich zur Szene Hongkongs. In Europa beherrschte nicht er meine Gefühle, sondern Eduard. David verkörperte das Geheimnisvolle, die Mystik Asiens. Er stand mir bildhaft vor Augen, seine Bewegungen, seine Eleganz, seine Spontaneität und sein Charme. Er hatte die gleiche Bedeutung wie ein wertvoller dunkelgrüner Jadestein, sein schmales Gesicht erschien vor mir wie aus Ebenholz geschnitzt und sein Schatten schien mich zu verfolgen, je öfter ich an Hongkong dachte. Das Prinzip des Yin und Yang fiel mir dazu ein, der Gedanke an David war unendlich, doch er schien mit der Endlichkeit zu verschmelzen. Er symbolisierte das Feuer und das Wasser, diese zwei schöpferischen Elemente, mit denen ich alleine fertig werden musste. Wenn ich an ihn dachte, stellten die Wellen des Ozeans, die in meinem Körper anschlugen, das Feuer dar, und das Wasser war die Beruhigung und die Fähigkeit, mich in Hongkong wieder einleben zu können im Einklang mit einem netten Menschen. Mein Denken befasste sich mit dem Geschehenlassen und einer Art von Leidenschaft, die im Widerspruch zur Realität stand, wobei das Gefühl des Begehrens im tiefsten Inneren immer vorhanden war. Dieses Gefühl nahm an der Seite Eduards im Moment noch eine niedrige Position ein, aber es verfügte dennoch über gewaltige Kräfte. Ich wusste noch nicht, dass meine Gefühlsströme eines Tages dem Weg des Drachen folgen würden, nämlich dem Weg, die natürlichen Gegebenheiten anzunehmen.

Guangzhou/Kanton

Die größte Attraktion des Tempels Liurong Si erschien in Form der 57 m hohen Huata (Blumenpagode). Südlich dieser Anlage stand eine der ältesten Moscheen Chinas, die Huaishing Si genannt wurde, die Stätte der islamischen Anhänger. Der Weg zu den Dr. Sun Yat-sen Gedenkhallen war nicht mehr weit und wir wollten den Nachmittag mit dieser letzten Besichtigung abschließen. Die Gedenkhalle errichtete man im

Jahre 1925, nach seinem Tod. Wir befanden uns plötzlich in einem kleinen Palast, dessen Dach aus Keramikziegeln bestand. Die Haupthalle diente zur Unterbringung der großen politischen Versammlungen und die Nebenhalle informierte über das Leben von Dr. Sun Yat-sen. Dieser Nachmittag war so beeindruckend, so im Widerspruch zum Leben in Hongkong. Die Stille in Kanton wurde nur ab und zu unterbrochen vom Kreischen der Fahrräder. Auf unserem Weg zurück ins alte Hotel trafen wir auch recht oft auf Rikschas und die weiterentwickelte Form, die Trischas. Zumindest kam uns die Sprache bekannt vor, denn man hörte hier überwiegend den kantonesischen Singsang. In der Hotelhalle trafen wir auf einige Europäer, die wohl auch speziell zur Messe angereist waren. Diese Messen fanden immer im Frühjahr und im Herbst statt und sie waren der Anziehungspunkt für die Geschäftswelt, für die großen ausländischen Firmen. Diese versuchten mit allen Mitteln, mit den Rotchinesen ins Geschäft zu kommen. Außerdem wurde auf diesen Messen der größte Teil des chinesischen Außenhandels abgewickelt. Unser Aufenthalt sollte sich nur auf drei Tage beschränken, natürlich wollten wir während dieser Zeit so viel wie möglich von Kanton (Guangzhou) und dem Umland (in der Provinz Guangdong) kennenlernen. Einer der Herren schlug vor, dass wir uns zum Abendessen im großen Saal des Hotels treffen sollten, um den kommenden Tag zu besprechen. Vorher versuchte ich noch, ein Bad zu nehmen, aber leider füllte sich die große Badewanne nur mit rostigen Wasserstrahlen, sodass ich diesen Versuch bald aufgab. Es blieb nur noch die Möglichkeit, sich das Gesicht mit dem Trinkwasser, das in einer verschlossenen Plastikkanne auf einem kleinen Tisch stand, anzufeuchten. Auf Hygienevorschriften war man offensichtlich nicht erpicht.

Da blieb uns nur noch die Hoffnung auf die berühmte kantonesische Küche am heutigen Abend, die von den zurückkehrenden Messebesuchern immer im höchsten Grade gelobt wurde. Im Speisesaal hingen überall kleine chinesische Fähnchen mit den fünf goldenen Sternen auf rotem Untergrund, einem großen Stern und vier kleineren. Der große goldene Stern repräsentierte die alte chinesische Tradition. Das Essen wurde serviert, zur Vorspeise gab es einen Abalone-Sellerie-Dish, kalt serviert. Die Abalonen (große Meerschnecken) und der Sellerie waren in kleine Streifen geschnitten und mit Öl, Sojasoße, Salz und Zucker vermischt, es war Eduards Leibgericht. Nach der kalten Vorspeise brachte der Kellner, im Mao-Look und chinesischen Pantoffeln, die Haifischflossensuppe mit weißem Hühnerfleisch und frischem Ingwer, eine Köstlichkeit. In der kantonesischen Küche wurde sehr viel Fisch zubereitet, da die Stadt Guangzhou so nahe am Meer lag. An diesem Abend sollten wir nur ausgefallene Spezialitäten essen. Dazu gehörten Schildkrötenfleisch und Froschschenkel, letztere hatten einen ähnlichen Geschmack wie Hühnerfleisch. Der Kellner brachte uns den Chá und füllte ihn in bemalte Porzellanbecher. Das Teetrinken zum chinesischen Essen war eigentlich eine Selbstverständlichkeit. Schon seit über zweitausend Jahren wurde in China Tee angepflanzt. Der eigentliche Heimatboden war Südchina (also die Umgebung Kantons), denn die Teepflanze brauchte zum Gedeihen ein subtropisches Klima. Die chinesisches Mönche, hatte ich mir sagen lassen, nutzten die Heilkraft der Teepflanze nicht nur in flüssiger Form, sondern die Pflanze wurde von ihnen auch zu einer Art Heilsalbe verarbeitet. Vielleicht lag der Grund für das unermüdliche Teetrinken in der Weisheit der alten taoistischen Mönche, die besagte, dass der Teeaufguss die Unsterblichkeit des Geistes herausforderte. Zumindest musste ich zugeben, dass der Tee den Geist anregte und beflügelte. Die Mönche Buddhas tranken ihn vor jeder größeren Meditation, um ein Einschlafen zu vermeiden. Dieses sogenannte Lebenselixier war das Volksgetränk Chinas. Ich bestellte, wie einige andere, einen »mao-tai« zu den Froschschenkeln, um die notwendige Verdauung zu erzielen. Der »mao-tai«, ein klarer Schnaps, 62 % stark, gebrannt aus Hirse und mehreren anderen Getreidesorten, wurde sehr heiß in kleinen Gläschen serviert. Der erste Schluck brannte wie Feuer und es entstand ein typisch chinesischer Nachgeschmack. Ich fühlte, dass meine Wangen anfingen zu glühen, dieses kleine Glas reichte mir für das ganze Abendessen. Eduard meinte, er möchte gern in einem der Freundschaftsläden zwei Flaschen dieses Rachenputzers kaufen und mit nach Hongkong nehmen. Die zwei Flaschen kosteten um die 4,45 Yüan.

Während des Essens dachte ich darüber nach, dass Mao Tse-tung im Begriff war, eine Reform durchzuführen. Doch würde es ihm je möglich sein, einige Dinge, wie zum Beispiel die chinesische Kochkunst, die auf den Anweisungen von Konfuzius und Lao Tse, der eine naturnahe Lebensweise vertrat, basierte, ins Abseits zu drängen? Dagegen stand der orthodoxe Buddhismus, der das Töten von Tieren zum Zweck des Verzehrs verbat. Dieser hinterließ zweifellos seine Spuren, denn in China wurde weit mehr Gemüse gegessen als in anderen Ländern. Nach dem ausgezeichneten Abendessen, das sehr konfuzianisch angehaucht war, da wir auch Fisch und Fleisch aßen, folgten wir den anderen Ausländern in die Theaterhalle des Hotels. Es war eigentlich nur eine Art großzügig ausgestatteter Raum, geschmückt mit roten Laternen, und natürlich fehlte das Mao-Bild nicht, das oberhalb der Bühne angebracht war. Dieses zeigte ihn am »Tien an Men« (Tor des himmlischen Friedens) in Peking. Das Management des Hotels hatte diese abendliche Vorstellung wohl speziell für die ausländischen Besucher vorbereitet. Wir waren im Begriff, zum ersten Mal die revolutionäre Chinesische Oper mitzuerleben, die sich als neue Kunstform im Lande entwickelte. Das Ballett hatte die Aufgabe, die neue Botschaft durch Szenen des Klassenkampfes zu vermitteln. Die Aufführung war eine große Propagandaveranstaltung für die Ausländer. Ich war zutiefst beeindruckt von den jungen Menschen, die sich mit ihrer Kunst dort oben auf der Bühne der neuen Reform so vollendet widmeten. Ihre Überzeugungsgabe war überwältigend. Durch die Dramaturgie wurde das Aufputschen, das Aufwiegeln und die damit verbundenen Emotionen realistisch und der Revolution entsprechend dargestellt. Diese neu aufkommende Opernform war der Ersatz für die traditionelle Chinesische Oper, die man während der Kulturrevolution verboten hatte. In etwa anderthalb Stunden erlebten wir die naturalistische Darstellung des heroischen sozialistischen Kampfes. Die Aufführung beeindruckte die Zuschauer und das Ziel der Kommunisten war damit erreicht. Nach dieser Vorstellung blieben wir noch sitzen und besprachen bei einem rotchinesischen Sekt den morgigen Tag. Wir sollten von einem Bus abgeholt werden, der vom Hotel organisiert wurde, um eine Kommune außerhalb der Stadt zu besichtigen. Ein Herr berichtete über die Volkskommunen, die in Guangzhous Umland lagen. Der Grund für den Aufbau dieser Kommunen war wohl, Industrie, Landwirtschaft, Handel und das Bildungs- und Polizeiwesen zu vereinen. Die Dörfer in China hatten in kürzester Zeit Volkskommunen gebildet und der Vorsitzende Mao war mit seinem Plan erfolgreich, eine neue kollektive Form zu schaffen. So bildeten die Volkskommunen ein wirtschaftliches Kollektiv und stellten ebenfalls eine Einheit der sozialistischen Staatsmacht dar. Die grausame wirtschaftliche Ausbeutung und die politische Unterdrückung der Bauernschaft durch die Herrenklasse wurden somit bezwungen. Die Volkskommune, die wir am nächsten Tag besuchten, lag circa eine Stunde von Kanton entfernt. Gweilos durften nur mit einer Sondergenehmigung dorthin fahren. Nach dem Bericht stieg meine Neugier, denn auf den Schulten der Volkskommunen lag offensichtlich das Schicksal des gesamte Landes, das Gedeihen und Verderben.

Der morgige Tag würde uns zeigen, ob die Bauern nun wirklich so glücklich über diese Freiheit waren, ob alle Schwierigkeiten nun hinter ihnen lagen oder ob sie immer noch für das bessere Leben kämpfen mussten. Ich war froh, als wir an diesem Abend auf unser Zimmer gingen, die ratternde Salve der Laute, die Sehenswürdigkeiten und das ganze kommunistische System um uns herum hatten mich zutiefst beeindruckt, aber auch müde gemacht. Das riesige Bett roch nach Kampfer, der eigenartige Geruch hielt mich fast die ganze Nacht wach. Während ich so dalag, zogen immer wieder Maos Slogans vor meinem geistigen Auge vorüber, wie etwa, dass die Revolution kein Gastmahl sei, kein Bildermalen oder kein Deckensticken, sie könne nicht so fein, so gemütlich, so zartfühlend durchgeführt werden. Sie sei vielmehr ein Aufstand und Gewaltakt, durch den eine Klasse von einer anderen gestürzt würde. Hier lag ich neben Eduard in einem Bett in Südchina an der nördlichen Seite des Perlflussdeltas und beschäftigte mich zum ersten Mal mit den wirklichen politischen, auch innenpolitischen Problemen Chinas. Obwohl wir seit Jahren in der Nähe wohnten, hatte ich den Kampf dieses Landes und seiner Menschen nie wirklich verstanden. Auch in dieser Zeit konnte ich das Leben der Menschen, ihre Politik und Religion nicht ganz erfassen, alles war auch noch mit der asiatischen Mystik verbunden. Die Menschen hier zeigten - im Gegensatz zur westlichen Welt - mit ihrer Mystik nicht so starke Emotionen. Ihre Mystik schien sich darin zu offenbaren, einen gewissen Weitblick zu haben, der sich auf das Transzendente richtete, auf der anderen Seite war auch die ihnen dabei innewohnende Nahsicht zu loben. Dabei dachte ich auch an all die Chinesen, die es vorgezogen hatten, in Hongkong zu leben oder sogar regelrecht dorthin geflüchtet waren. Hatten sie es nie bereut, ihr Heimatland China verlassen zu haben? Verspürten sie nicht das große Heimweh nach ihrer Heimat? War es tatsächlich so, dass dieser kapitalistische Platz Hongkong ihnen so viel mehr geben konnte?

Wie gern hätte ich noch ein paar Worte mit Eduard geredet, aber er schlief fest. Der Kampfergeruch und die fremden Geräusche schienen ihn nicht von einem festen, gesunden Schlaf abzuhalten. Nach Mitternacht tat auch bei mir der Mao-tai seine Wirkung und ich erwachte erst am nächsten Morgen durch die Geräusche, die von der Straße her heraufdrangen. Es war ein herrlich warmer Tag, des Klima in Guangzhou ähnelte dem in Hongkong, da diese Stadt die südlichste aller großen Städte Chinas war. Unser Frühstück nahmen wir im Speisesaal des Hotels ein, wir trafen auf viele andere europäische Messebesucher. Für unseren freundlichen chinesischen Kellner waren wir keine besondere Attraktion, er hatte in den letzten Jahren sicherlich schon sehr viele Besucher aus aller Welt bedient. Der kleine dickliche Chinese begrüßte uns mit einem hellen »jo sun, nei ho ma, saam jo tchaan?« (Guten Morgen, wie geht es Ihnen, drei Frühstücke?). Sein etwas schwammiges und aufgedunsenes Gesicht begann zu glänzen wie eine Speckschwarte, er schlich auf den leisen chinesischen Pantoffeln davon, um schnell den Laaft chá zu bringen, einen englischen Tee mit Milch. Da ich morgens ein paar Tassen Kaffee brauche, um meinen Motor langsam im Bewegung zu bringen, fragte ich nach Kaffee. Die dunkelbraune Brühe, die er mir servierte, hatte zwar mit der Farbe unseres Kaffees eine Ähnlichkeit, war im Geschmack aber etwas ganz anderes. Beim Versuch, ein Stückchen Zucker aus der Dose herauszunehmen, hielt ich eine Kette von braunen Zuckerstücken, noch aufgefädelt an einer gewöhnlichen braunen Schnur, in der Hand. Ich gab es auf, den Kaffee zu trinken, der einheimische chinesische Tee war schmackhafter. Voller Stolz brachte der Kellner mehrere Sam nun Teenie (Sandwichs). Eduard, der nach einigen Bissen sein Gesicht verzog, meinte, wir hätten uns besser für ein chinesisches Frühstück entschieden. Der Tag fing nicht sonderlich gut an, wir konnten nur hoffen, dass das eingeplante Mittagessen in der Volkskommune besser sein würde als das Frühstück in unserem Hotel.

Unser Hotel, war mit Abstand das Beste in Guangzhou. Es zeigte ein wenig vom vergangenen Traum der großen alten Zeiten, hohe Räume und weite Flure. Obwohl das Hotel erst Mitte der 50er Jahre erbaut worden war, von einem russischen Architekten entworfen, waren die sanitären Anlagen mit den tropfenden Wasserhähnen und dem Rost an den Armaturen uralt. Die Chinesen nannten dieses Hotel das Ghetto für die ausländischen Messebesucher. Der klassizistische Baustil und die typisch chinesischen Schriftzeichen überall ließen ständig an ein chinesisch-russisches Wetteifern denken. Nach dem Frühstück bestiegen wir den Bus, der uns zu Kommune bringen sollte. Alles war organisiert und man hatte das Gefühl, ständig überwacht zu werden. Nach einer Stunde Fahrzeit erreichten wir unser Tagesziel. Der Bus fuhr auf der einzigen geteerten Straße, ansonsten waren in der Umgebung harte, ausgetrocknete, lehmige Wege. Die Hitze machte mir an diesem Morgen zu schaffen, dazu kam die fast schlaflose Nacht unter dem nach Kampfer riechenden Moskitonetz. Dann die aufregende Feststellung, dass das wahre China, nur wenige Kilometer von Hongkong entfernt, so ganz anders aussah, als ich es bisher wahrgenommen hatte.

Die Volkskommune in Rotchina

Der Bus passierte einen Schlagbaum, der von uniformierten jungen Wärtern geöffnet wurde. Wir fuhren mit unserer Sondergenehmigung in die Sperrzone, nicht jeder Ausländer bekam diesen Sonderstatus. Das Leben hier war von den Feldarbeitern, von der Saat und der Ernte, weniger von den Richtlinien Mao Tse-Tungs bestimmt. In dieser Kommune konnte man den einfachen Bauern arbeiten sehen, sie trug, wie die vielen anderen Kommunen, das Schicksal des Landes. Ein sympathischer kleiner kahlköpfiger Chinese, Mr. Akuma Tanaka, nahm die Begrüßung vor, er war der Vorsitzende der Kommune. Wie er selbst erklärte, hatte er an der Linsang Universität in Guangzhou studiert. Seine Begrüßungsworte übersetzte ein junger Chinese ins Englische. Der Vorsitzende leitete diese Kommune seit einigen Jahren und sein Glaubensbekenntnis war die Arbeit. Seine Denkweise war: Erst der Weizen und der Reis und dann die Weisungen von Mao und Marx. Trotzdem aber stimmte er überein mit dem Gedanken Maos, die Armee und das einfache Volk zu einem großen Ganzen zu verschmelzen, denn eine solche Armee würde unbesiegbar sein. Darum sei es auch die Pflicht der Soldaten, hin und wieder in der Kommune auf dem Land zu arbeiten, um einen Einblick in die Lebensweise der Bauern zu bekommen.

Die Vorstellung des Vorgesetzten entsprach der Parteidoktrin, die Minderheit sollte der Mehrheit gehorchen und die Untergebenen den Vorgesetzten. Die gesamte Partei hatte sich dem Zentralkomitee unterzuordnen. Wer aber immer gegen diese goldene Regel verstoßen sollte, untergrabe die Einheit der Partei. Nur mit dem Geist dieser chinesischen Disziplin und der Entschlossenheit, die Befehle durchzuführen, könne man die jetzige Politik erfolgreich in die Tat umsetzen. Das Aufkommen irgendwelcher Nebenerscheinungen bedeute einen Bruch und man dürfe diesen nicht aufkommen lassen. Mr. Ingas Stimme klang enthusiastisch. Seine Ideologie und die der vielen anderen, war die Waffe, mit der Mao die Einheit innerhalb der Partei und der revolutionären Organisationen aufrechterhalten konnte. Unwillkürlich schaute ich auf die einfachen Bauern, die herumstanden - waren sie zufrieden? Sie lächelten zwar und schienen glücklich zu sein, aber ob sie es wirklich waren, würden wir nicht herausbekommen.

Unser Gastgeber erklärte uns nun, wie die Kommune aufgebaut war und welchen Prinzipien sie diente. Zu dieser Kommune gehörten circa 16.000 Haushalte, das entsprach einer Anzahl von etwa 70.000 Personen. Die Anbaufläche betrug 60.000 mǔ, also 4.000 Hektar (chinesisches Flächenmaß - 15 mǔ = 1 Hektar). Auf dieser Fläche baute man Reis, Melonen, Erdnüsse, Weizen und Obst an. Natürlich wurde auch Viehzucht betrieben, er war stolz auf die Anzahl von Schweinen und Geflügel. Außerdem hatten die Bewohner Staudämme, Deiche, Staubecken und Pumpstationen gebaut, um eine Dürre zu vermeiden. Das Jahreseinkommen der Mitglieder läge bei circa 80 Yams, das wäre natürlich kein großes Einkommen, aber in der Zukunft könne es nur besser werden. Es gab Kindergärten sowie Grund- und Mittelschulen und Ärzte.

Dieses lückenlos organisierte Netz beeindruckte die meisten Europäer. Aber es blieb immer noch eine sehr große Lücke, den einzelnen Menschen betreffend, nämlich die Verwirklichung des Individuums. Der Einzelne hier konnte seine eigene Weltauffassung nicht an den Tag legen. Seine individuellen Ziele wurden nicht gefördert und er konnte sich somit nicht frei entfalten, weder politisch, religiös, philosophisch oder rechtlich. Man folgte den Ideen eines einzelnen Mannes, nämlich Mao Tse-tungs. Die Frage war nur: Wie lange würden die Menschen ihm folgen? Sie folgten ausschließlich seiner Person, bis sie vielleicht entdecken würden, dass auch er vergänglich war. Bei Außenstehenden, so wie wir es waren, konnte es gelingen, die Entwicklung im Land als permanenten Fortschritt positiv darzustellen, aber konnte dieser so installierte Fortschritt nicht schon vom Rückschritt begleitet werden? Wir durften uns nach der Begrüßungspropaganda auf dem Gelände frei bewegen. In manchen Gebäuden wurden Schuhe und Kleidung angefertigt, in einem anderen Feuerwerkskörper. Außerdem wurden Lebensmittel produziert, Erdnüsse verpackt und eigenes Brot gebacken.

Zum Mittagessen saßen wir zusammen mit den Bewohnern im eigentlichen Speisesaal. Alle waren freundlich, bedienten uns mit ihren eigenen Stäbchen und lächelten. Natürlich konnten wir uns nicht verständigen, diese einfachen Bauern sprachen kein Wort Englisch und wir kein Chinesisch. Ihre Ausstrahlung war zurückhaltend, sie hießen uns auf ihre Art und Weise willkommen. Am frühen Nachmittag verließ der klapprige alte Bus mit uns das Gebiet der Kommune, ein letzter Blick auf die Reisfelder, auf die Wasserbüffel-Brigaden und nicht zuletzt auf die vielen roten Schriftzeichen mit Maos Weisungen. Eduard unterhielt sich mit mir über das heute Erlebte und er verglich die Menschen mit den Hongkong Chinesen. Wie anders sie doch waren, diese Menschen, die wir in der Kommune kennengelernt hatten, sie lebten und arbeiteten frei von irgendwelchen besonderen Eigeninteressen, aber waren sie glücklich mit ihrem Dasein? Plötzlich sagte eine Stimme hinter uns in einwandfreiem Deutsch: »Natürlich sind sie sehr zufrieden und sie handeln alle im Interesse der Revolution und ihres Führers. Dieses Interesse muss ihnen lieber sein als ihr eigenes Leben.« Ich drehte mich um, hinter mir saß ein junger Chinese, ich fragte ihn, ob er sein perfektes Deutsch in Deutschland erlernt hätte. Er verneinte, er hatte sein Deutsch an der Sprachschule in Peking erlernt. Dann bemerkte ich nach und nach, dass bewusst hinter alle Ausländer ein chinesischer Dolmetscher gesetzt worden war. Diese jungen chinesischen Übersetzer sprachen zum Teil ein fehlerfreies Französisch, Deutsch, Englisch, Italienisch oder Spanisch und sie waren auf die entsprechenden Nationalitäten aufgeteilt worden. Das hieß mit anderen Worten, wir sollten vorsichtig sein mit unseren Kommentaren über die Stunden, die wir in der Kommune verlebt hatten. Ich schaute noch ein letztes Mal zurück auf die niedrigen Hügel, die inzwischen hinter uns lagen. Der Bus verließ nun den ausgemergelten roten Boden und wir fuhren in Richtung Guangzhou. Die Melodien aus den revolutionären Opern klangen durch das Radio und in Kanton selbst trafen wir auf die gleichen Mao-Poster, die wir auf dem Land gesehen hatten. Sie schienen sich über das chinesische Leben und Denken auszubreiten wie ein Spinnengewebe. Ich war damals froh darüber, dass wir am nächsten

Morgen wieder in die britische Kolonie zurückfahren würden, zu dem wichtigen Ein- und Ausfuhrhafen für die Rotchinesen. Der Fortbestand des Handels wurde dort von der kommunistischen Führung bewilligt, weil er wichtig für die so dringend benötigte Währung war, dies war wichtiger als ihn zu unterbinden.

1969 – Denise wird geboren – Das Jahr des Affen

Im Jahre 1969 waren die Amerikaner damit beschäftigt, den ersten Menschen, nämlich Neiil Armstrong, auf den Mond zu schicken. Es war das Jahr des Erfolgs der Forschung, das erste künstliche Herz wurde einem Menschen eingepflanzt. Die Entwicklung der Boeing 747 war abgeschlossen und das französisch-britische Überschall-Verkehrsflugzeug Concorde machte seinen ersten Probeflug. Richard Nixon trat sein Amt als Präsident der USA an. In Paris begannen die ersten Vietnam-Verhandlungen, die aber in diesem Jahr zu keinem Abschluss kamen. Präsident Nixon und der südvietnamesische Staatschef Thiêu geben den Abzug von 25.000 US Soldaten bekannt und weitere 10.000 sollen bis zum Ende des Jahres folgen. Es schien ein Jahr des Erfolgs zu sein und des kommenden Friedens. Die Spalten der South China Morning Post waren gefüllt mit den neuesten Nachrichten und Fortschritten. Wir waren keinesfalls am Ende der Welt, sondern hatten eigentlich den Vorteil, die asiatischen Geschehnisse hautnah mitzuerleben, ob es um die blutigen Grenzzwischenfälle zwischen der Volksrepublik China und der UdSSR am vereisten Ussuri-Fluss ging oder um den Parteitag der chinesisch-kommunistischen Partei, auf dem die Lehre Maos gefestigt wurde und der Verteidigungsminister Lin Biao zum designierten Nachfolger des Parteivorsitzenden Mao Tse-tung proklamiert wurde. Über den Tod Hô Chí Minhs wurde ausführlich berichtet. Das Massaker in dem südvietnamesischen Dorf Mỹ Lai, in dem 1968 über 500 Zivilisten von US Soldaten getötet worden waren, wurde von der amerikanischen Regierung untersucht. Das Jahr 1969 war voller Ereignisse, außer Hô Chí Minh verstarb ebenfalls Dwight D. Eisenhower, der von 1953-1961 Präsident der USA war.

In dieses Jahr 1969 hinein wurde meine so erwünschte Tochter geboren. Nach der 5.000 Jahre alten chinesischen Astrologie war sie im Jahr des Affen geboren. Im Gegensatz zu den Europäern deuteten die Chinesen den Charakter und das Schicksal eines Menschen nicht nach Monaten, sondern nach Mondjahren, die sich aber im Laufe der Zeit unseren Sonnenjahren anpassten. Zwölf Tierzeichen gaben den Jahren ihren Namen. Es gab da eine Legende: Buddha soll eines Tages die Tiere zu sich gerufen haben, aber nur zwölf sind zu ihm gekommen. Zuerst die Ratte, dann der Büffel, der Tiger, der Hase, der Drache, die Schlange, das Pferd, die Ziege, der Affe, der Hahn, der Hund und zum Schluss das Schwein. Jedem Tier schenkte er ein Jahr, dem es seinen Stempel aufdrücken durfte, und so kam es zum zwölfjährigen Rhythmus der chinesischen Astrologie. Die These der chinesischen Astrologie war es, dass alle zwölf Jahre ein ähnlicher Menschentyp geboren wurde.

Meine Tochter kam im Canossa-Hospital auf der Old Peak Road zur Welt, sie wurde um 1:40 Uhr morgens geboren. Ich war nach der Anstrengung der Geburt geschwächt und sah nur noch, wie Dr. Li Xu mir das Baby entgegenhielt. Alle Finger und Zehen waren vorhanden, mit dem Gedanken »Das Kind ist gesund« muss ich wohl eingeschlafen sein. Eine Schwester weckte mich am nächsten Morgen, es war mir schon möglich, mit ihrer Hilfe aufzustehen. Nach dem Frühstück kam Eduard, er war so aufgeregt und wollte das Baby sofort sehen. Ich hielt bald darauf unser erstes Kind zum ersten Mal in meinen Armen. Ein kleines Bündel, 6 ¾ lb. und sie war 19 Inches lang. Denise Simone, diesen Namen hatten wir gemeinsam ausgesucht, hatte einen kleinen feuerroten Flecken auf ihrer Stirn und nur wenige blonde Haare. Ich glaube, ich war die glücklichste Mutter der Welt, hegte aber auch im tiefsten Inneren meines Herzens die Hoffnung, dass mit diesem Kind unsere Harmonie wiederhergestellt sei. Am 16. Januar 1969 wurde ich aus dem Canossa Hospital entlassen. Ich legte Denise in ihre Wiege, die mit einem gelbkarierten Himmel ausgestattet war. Ich hatte sie mit viel Liebe anfertigen lassen, sogar ein kleines weißes Moskitonetz war am Himmel befestigt Es fehlte an nichts, ob es die Babywaage oder der große blaue Teddybär war. Genau dieser große blaue Teddybär spielte in den kommenden Jahren eine große Rolle. Denise wurde von uns sehr umsorgt, man konnte fast annehmen, diese Liebe hätte für ein Leben ausreichen müssen. Als ihre Paten wählten wir Jan und Inge und ein deutsches Ehepaar. Das erste große Fest, das Denise in ihren jungen Jahren erlebte, war das Osterfest. Eduard fotografierte damals noch sehr gerne und sehr viel, ich erinnere mich noch genau daran, dass wir das kleine Baby aufs Sofa setzten, umgeben von Strohkörbchen voll mit buntgefärbten Eiern. Meggy, unser chinesisches Mädchen, liebte die Kleine über alles und war immer recht froh darüber, wenn ich ihr die Kleine überließ, um meinen Ikebana oder Mah-Jongg Stunden nachzugehen.

Der Führerschein

Damals machte ich auch meinen Führerschein, mein Fahrlehrer war ein kleiner Chinese und fuhr einen Morris, ich werde ihn nie vergessen; oft hatte ich den Eindruck, dass er mehr auf meine Beine schaute, als sich damit zu befassen, mir das Fahren beizubringen. In diesen Zeiten musste man in Hongkong 40 Pflichtstunden haben, um überhaupt zur praktischen Prüfung zugelassen zu werden. Ich bestand die schriftliche Prüfung und wurde dann etwas später zum Zwischentest zugelassen. Dieser Zwischentest wurde auf einem speziellen Gelände durchgeführt, bevor man zum »final test« (Abschlussprüfung) auf den Straßen Hongkongs fahren durfte. Ich kann mich noch sehr gut an den »final test« erinnern. Der chinesische Prüfer war sehr streng und er ließ mich – wie konnte es auch anders sein – im gefürchteten Western Distrikt Hongkongs fahren. Die Straßen waren eng, in der Mitte fuhr die berühmte Tram und die 4 Millionen Einwohner schienen sich alle auf einmal hier aufzuhalten. Stinkende Fischstände lagen auf dem Weg und laute Unterhaltungen auf Kantonesisch und im Shanghai-Dialekt waren zu vernehmen, es war also keine Atmosphäre, die auf mich und meine Fahrweise stimulierend einwirkte. Von einem Augenblick auf den anderen kam mir auf der rechten Seite plötzlich die Tram entgegen und ich musste nach links ausweichen. Dass das Auto auch eine Bremse besaß, fiel mir in dem Moment nun wirklich nicht ein. Stattdessen rammte ich einen Rikscha-Fahrer, der seine Rikscha voll mit Apfelsinen geladen hatte. Innerhalb von Sekunden lagen alle Apfelsinen auf der Straße und der grimmige Ausdruck auf dem Gesicht meines Prüfers nahm mir den Rest aller Hoffnung. Wir stiegen beide aus und versuchten, das Gezeter des zahnlosen alten Rikscha-Fahrers zu dämpfen, indem wir uns daranmachten, ihm die Apfelsinen wieder einzusammeln. Offensichtlich hatte ich diese Prüfung wohl nicht bestanden. An der Endstation, dem Police Headquarter, stieg ich hastig aus und wollte mich schnell beschämt davonstehlen, doch der Prüfer rief hinter mir her und fragte, ob ich meinen Führerschein nicht mitnehmen wolle. Ich kam aus dem Staunen nicht mehr heraus. Er hatte sich eine eigene Meinung über den Zwischenfall gebildet, nämlich die, dass der alte Rikscha-Fahrer plötzlich von seinem Weg abgekommen sei und mich gerammt hätte. So kam ich aus dieser Situation recht gut heraus. Meinen Erfolg feierten wir an diesem Abend mit Krimsekt und russischem Kaviar bei Jan und Inge. Von einem russischen Dampfer hatte Jan durch Beziehungen viel Krimsekt und Kaviar erstanden. Denn wo Nacht für Nacht Dschunken lautlos Menschen und Waren aus Rotchina importierten, lagen auch die amerikanischen und russischen Ozeanriesen mit Vergnügungsreisenden an Bord friedlich nebeneinander.

Dass Jan der leitende Direktor einer amerikanischen Bank war, habe ich sicherlich schon einmal erwähnt. Er legte das Geld seiner ausländischen Kunden in ganz Asien an und so kam es, dass er Freunde oder Bekannte sehr oft irgendwelche Gelder von einem Punkt zum anderen bringen ließ. An diesem Abend fragte er mich, ob ich Lust hätte, auf seine Kosten für zwei Tage nach Tokio zu fliegen, um dort bei einem wichtigen japanischen Kunden einen Koffer abzuliefern. Natürlich fragte ich ihn, was sich in dem Koffer befände, er meinte: »Nur ein bisschen Geld, nichts Unerlaubtes.« Der Gedanke, noch in dieser Woche nach Tokio fliegen zu können, begeisterte mich schon, und ich konnte dazu noch eine Nacht im Tokio Hilton verbringen. Dabei würde ich die Gelegenheit haben, die Sogetsu-Schule wieder einmal zu besuchen, ein bisschen auf der Ginza zu bummeln und ein gutes Sashimi zu essen. Bei meinem ersten Sashi-mi-Essen graute es mir noch bei dem Gedanken, rohen Fisch herunterzuschlucken, aber inzwischen war es für mich ein Leckerbissen geworden, an den man sich genauso gewöhnen konnte wie an rohe Austern oder Tantar. Also willigte ich ein, Jans schwarzen Koffer nach Tokio zu schaffen. An diesem Abend sprachen wir auch noch über unsere Südafrikareise, die wir mit Denise zusammen unternehmen wollten. Jan und Inge planten zur gleichen Zeit einen Urlaub auf ihrer Farm in der Nähe von Pretoria und sie erklärten sich dazu bereit, unsere kleine Tochter für zwei Wochen zu beaufsichtigen, damit wir eine Safari genießen könnten.

Ein Geldtransport nach Tokio

Doch an diesem Freitag sollte ich nun erst einmal mit der Cathay Pacific nach Tokio fliegen. Dieses Jahr war wirklich voller Erlebnisse, sodass ich kaum zum Nachdenken kam. Eduard verdiente damals bei der amerikanischen Firma schon ein gutes Geld, aber es war bestimmt nicht der große Reichtum und einen Freiflug nach Japan konnte ich ganz einfach nicht ausschlagen, es war zu verlockend. Schon früher war ich in Tokio immer wieder fasziniert bei dem Gedanken, dass sich dieser Platz schon zweimal von der völligen Vernichtung wieder erholt hatte. Einmal im Jahre 1923, als die Stadt von der größten Naturkatastrophe in ihrer Geschichte heimgesucht wurde, und zum zweiten Mal 1945, als die Amerikaner Brandbomben auf Tokio abwarfen und die Stadt fast dem Erdboden gleichmachten. In diesem Jahr hatte Tokio nun schon fast 12 Millionen Einwohner und der gleiche Mann, der die

Schuld an der Zerstörung trug, hatte es fertiggebracht, die Metropole wieder aufzubauen, nämlich der unscheinbare, göttliche kleine Mann, Kaiser Hirohito. Als ich nun in Tokio landete, ohne von den Zollbeamten nach dem Inhalt des schwarzen Koffers befragt zu werden, suchte ich mir ein Taxi, das mich zu meinem Hotel bringen sollte. Die Taxifahrt vom Flughafen aus verlief - wie in den Metropolen europäischer Länder - durch dicht vernetzten Straßenverkehr. Auch gab es ähnliche Wolkenkratzer wie in Hongkong, und die gleiche Hektik - alles war geradezu enttäuschend vertraut. Das einzig Fremdartige waren die japanischen Reklameschriftzeichen. Ich holte tief Luft, denn ich war wieder einmal im Land des ewigen Lächelns. An der Hotelrezeption fiel mir wieder die natürliche Höflichkeit der Japaner auf, ohne diese Eigenschaft wäre wohl auch das Zusammenleben in einem derart dicht besiedelten Land kaum möglich. Ich fragte nach meiner Reservierung und man führte mich zu meinem Zimmer. Jegliches Gepäckstück, inklusive des schwarzen Koffers, wurde mir aus der Hand genommen und aufs Zimmer gebracht. Mich plagte schon das schlechte Gewissen - ich hatte den Koffer in fremde Hände gegeben, wie leichtsinnig von mir! Doch alles Gepäck stand schon im Raum, als ich eintraf, und der japanische Boy wartete auf sein Trinkgeld. Ich gab ihm ein paar Yen, die ich mir schon in Hongkong besorgt hatte. Er verbeugte sich mindestens drei- oder viermal und ich musste ihn praktisch zwingen, das Geld anzunehmen. Es galt als höflich unter den Japanern, die Annahme eines Trinkgelds erst einmal abzulehnen. Danach verließ der junge Japaner mit noch mehr Verbeugungen und einem japanischen »Danke, danke« das Zimmer. In diesem Moment klingelte das Telefon, es war Jan, der mich aus Hongkong anrief um sicherzugehen, dass ich gut im Hotel angekommen bin und vor allem, um sich zu vergewissern, dass dem schwarzen Koffer nichts passiert ist. Im Übrigen würde mich in Kürze ein Japaner anrufen, der mit mir einen Termin ausmachen würde, um mit einem Kollegen das Geld abzuholen. Nebenbei erwähnte er, ich solle doch alle Jalousien an den Fenstern herunterlassen. Ehrlich gesagt war ich etwas erschrocken über diese Maßnahmen und fragte, wozu das alles gut sein soll. Er meinte nur, dass die Übergabe des

Geldes von keiner Menschenseele beobachtet werden dürfe. Von diesem Moment an kam mir die ganze Aktion ungeheuerlich vor und mich packte die nackte Angst. Wie viel Geld war denn nun in diesem schwarzen Koffer? Der Anruf des Japaners kam direkt nach dem Telefongespräch aus Hongkong. Der Herr sprach ein recht verständliches Englisch. Seine Worte waren kurzgehalten, er sagte nur: »Ich komme gleich und hole das Geld ab.« Ich war sehr aufgeregt, folgte aber Jans Instruktionen, ließ die Jalousien herunter und wartete. Nach etwa einer halben Stunde klopfte es an meiner Zimmertür, ich öffnete und zwei gut gekleidete Japaner mittleren Alters verbeugten sich und sagten, sie wollten die Ware abholen. Ich übergab ihnen den Koffer und war der Meinung, die Sache wäre nun damit erledigt. Aber das schien sie keineswegs zu sein, denn sie öffneten den Koffer und fingen an, das Geld zu zählen. Die Dollars waren in Bündeln sortiert und mit Banderolen umgeben. Sie öffneten jedes Bündel, zählten das Geld und schmissen die Banderolen in die Toilette, um sie dort hinunterzuspülen. Die ganze Aktion dauerte mindestens 45 Minuten, ich hatte nämlich in der Tat, ohne es zu wissen, eine Million US-Dollar von Hongkong nach Tokio gebracht. Mir schauderte und ich wartete nur noch darauf, dass diese beiden Japaner mein Hotelzimmer verlassen würden. Beim Abschied sagte mir der Japaner, der ein ziemlich klares Englisch sprach, ich solle die Toilette bitte noch ein paar Mal abziehen, damit keine Spuren von den Banderolen darin zurück blieben. Niemals zuvor im Leben hatte ich eine solche Angst, ich zitterte vor Aufregung. Hätte ich gewusst, dass ich eine Million US-Dollar von Hongkong nach Tokio transportierte, wäre ich wahrscheinlich nie sicher hier angekommen oder erst gar nicht geflogen, ich hätte lieber auf den Freiflug verzichtet, aber jetzt war es zu spät. Dieser Vorfall war mir aber eine gute Lehre.

An diesem Nachmittag hatte ich nicht mehr den Mut, mich auf Tokios Straßen zu wagen. Die große Angst, dass mich jemand wegen der US-Dollars verfolgen könnte, blieb natürlich nicht aus. Ich ließ mir auch das Abendessen aufs Zimmer bringen. Am nächsten Morgen ging ich nach einer fast schlaflosen Nacht auf die Ginza. In diesem Einkaufsparadies beggnete ich allen Arten von Geschäften, den Bauernfängern an den Straßenecken, die an ihren Ständen wahrscheinlich gestohlene Waren anboten, und einer ganzen Reihe von Preisbrecher-Geschäften, in denen man auf bestimmte Artikel bis zu 40 % weniger bezahlte als in den danebenliegenden gut ausgestatteten großen Warenhäusern. In diesen Kaufhäusern gab es neben den Eingängen meist Auskunftsschalter mit Listen, was auf welchem Stockwerk zu finden war. An den Rolltreppen stand eine junge Japanerin in einem bunten Kimono, die auch Auskunft erteilte. Ich fragte sie nach der Kinderspielzeugabteilung. Hier in der Menge zusammengewürfelter Nationalitäten konnte man sich fast die erste Begegnung zwischen dem Kommodore Matthew Perry im Jahre 1854 und dem Vertragspartner der Japaner in Kanagawa vorstellen. Beim Aufeinandertreffen dieser zwei verschiedenen Welten mussten die Unterschiede der beiden Kulturen deutlich zutage getreten sein. Die Japaner hatten bei dieser ersten Begegnung mit der westlichen Welt sicherlich allen Grund, beunruhigt zu sein. Würde der Westen die sogenannte »höhere Kultur« einführen? Die Japaner überraschten damals die Amerikaner mit den Sumo-Ringkämpfen, während die Amerikaner ihren staunenden Gastgebern eine Show mit schwarzen Sängern anboten. An Geschenken wurden von der amerikanischen Seite Schusswaffen, ein Telegraphenapparat, ein Wörterbuch, Cherry-Brandy und 100 Gallonen Whisky überreicht. Aber, wie man aus der Geschichte weiß, hatte der Shogun die größte Freude an einer kleinen Miniatureisenbahn mit Lokomotive. Als Gegengaben erhielten die Amerikaner kostbare Seide, Goldlackwaren, Keramik und laut Perry fast obszöne Darstellungen von nackten Männern und Frauen, die dem Westen die Liederlichkeit dieses unnahbaren Volks präsentieren sollten. In der Folgezeit verloren die Samurai ihre Vorrechte, die Schwerter und auffallenden Haarknoten verschwanden aus der Öffentlichkeit. Fast hundert Jahre später, im Jahr 1945, zog General Douglas MacArthur in Tokio ein. Für die Japaner wurde der charismatische General quasi ein fast neuer Shogun, dem sie sich sehr schnell unterwarfen. Heute, hier auf der Ginza stehend, in einem der größten Kaufhäuser, empfand ich genau diesen amerikanischen Einfluss, der einst von Kommodore Perry eingeführt wurde.

Alles das, was man anfänglich aus dem Westen eingeführt hatte, konnte man hier erwerben. Wiederum die Begegnung zwischen den beiden Welten, die japanische Gesellschaft hatte inzwischen ihre Abgeschlossenheit abgelegt und öffnete die Schleusen zur westlichen Kultur. Aber das Erstaunliche war, dass ihre traditionellen Fundamente dadurch nicht erschüttert wurden. Sie verdauten ihre Anpassung an den Westen schnell, hielten aber mit einer gewissen lobenswerten Gegenströmung stand, nämlich ihrem traditionellen Theater. Die Teezeremonie und Ikebana wurden wieder beliebt, und die alten Kriegskünste, wenn auch nur auf der Bühne. Selbst hier, in diesem japanischen Kaufhaus gab es neben dem Angebot der westlichen Waren eine Ikebana-Vorführung und den westlichen Touristen weihte man in die Teezeremonie ein. Ich spürte wie die Treue zur japanischen Kultur gepflegt und gefördert wurde, während man auf der andern Seite versuchte, sich dem Westen anzupassen. Das alles zu beobachten war faszinierend, auch mir konnte eine gewisse Verwestlichung nicht entgehen. Die Zeit der Kamikaze-Flieger war vorbei, stattdessen sah man in diesen Tagen die riesigen Familienkonzerne, die Zaibatsu (vermögender Klan), ihre Tätigkeit fortsetzen. Selbst die bekannten Unternehmen, die vor dem 2. Weltkrieg aufgelöst worden waren, strebten im Moment ganz nach oben und waren im Begriff, sich zu riesigen Konzernen zu entwickeln, wie zum Beispiel Mitsui, Mitsubishi und Sumitomo. Was ich an den Japanern immer wieder bewunderte, war das Ziehen klarer Grenzen zwischen der Anpassung an den Westen und der Aufrechterhaltung der eigenen alten Kultur. Diese Grenzen zwischen Alt und Neu konnte man gut mit dem Wassergraben zwischen dem Kaiserlichen Palast und dem neu aufgebauten Marunouchi in Tokio vergleichen. Leider hatte ich nie das Vergnügen, den Palast zu besichtigen, denn er war nur an zwei Tagen im Jahr für die Öffentlichkeit zugänglich, einmal am 2. Januar zu Neujahr und das andere Mal am 29. April, dem Geburtstag des Kaisers.

Für meine kleine Tochter hatte ich eine japanische Puppe gekauft, die mit einem Kimono bekleidet war. Ich wusste, Denise konnte jetzt noch nichts mit diesem Spielzeug anfangen, aber in ein paar Jahren könnte ich ihr aufgrund dieses Souvenirs vom Geldtransport im schwarzen Koffer von Hongkong nach Tokio erzählen. Mein Flugzeug zurück nach Hongkong sollte Haneda Airport erst am späten Nachmittag verlassen. So hatte ich noch genügend Zeit, nach dem Einkaufsbummel eine japanische Mahlzeit einzunehmen. Am südlichen Ende des Ginza-Viertels lag der riesige Tsukiji Zentralmarkt. Hier, direkt am Ufer der Bucht von Tokio, wurde Frischfisch in großen Mengen angeboten. Ich wählte ein kleines Restaurant, um ein paar kleine Häppchen Sashimi zu essen. Der rohe Fisch war verfeinert mit einer Tunke aus Wasabi, senfähnlichem grünen Meerrettich. Für dieses Essen verwendete der japanische Koch Thunfisch, dazu servierte er kalte Reisklößchen, die unter Verwendung von verdünnendem Essig zu länglichen Bällchen geformt waren, die Oberfläche war wiederum mit rotem Fisch garniert. Gestärkt nahm ich ein Taxi zum Hotel und packte dort meine Tasche, um schnellstens mit dem Hoteltransferbus nach Haneda zu fahren. Trotz der aufregenden Übergabe der US-Dollar an die beiden Japaner hatte ich diesen Kurzaufenthalt nun doch etwas genießen können.

Wieder in Hongkong

Der Anflug auf Kai Tak Airport bot wie immer einen faszinierenden Anblick. Unter mir schwebten in einer leichten Brise die dunkel geflickten Stoffsegel einer chinesischen Dschunke. Die Dämmerung war gerade eingetreten, auf dem Wasser spiegelten sich glitzernd die vielen Neonreklamen. Dies war der magische Augenblick für jeden Gweilo, der zum ersten Mal Kai Tak anflog. Die dahingleitenden Lichter der Schiffe und Sampans im Hafen geben jedem das Gefühl, dass das wirkliche Hongkong mit dem hereinbrechenden Abend zu pulsieren begann. Ich war froh, wieder zu Hause zu sein, meine Familie zu sehen. Eduard holte mich mit Denise am Flughafen ab. Die meisten der Hongkong-Ansässigen, so schien es mir damals, schmiedeten Pläne für den Tag, an dem sie Hongkong als ihren Durchgangsaufenthalt wieder verlassen würden, auch wir taten es. Trotzdem schien dieser Ort für so viele Jahre unser Zuhause zu sein. Mit dem Gedanken im Unterbewusstsein, diesen Platz einmal verlassen zu müssen, konzentrierten wir uns wahrscheinlich auf die unverminderten Reize des Ortes. Meine Tochter wuchs in einer Welt der Extreme auf, Reichtum und Armut waren in gleichem Maße vorhanden. Die hängenden Gärten und goldenen Dächer der Terrassenhäuschen auf dem Peak überblickten die leidenden Hütten, die sich in die fernen Hügel hineinfraßen. Wir selbst befanden uns irgendwo in der Mitte. Unser Lebensstil war hoch und sollte in den kommenden Jahren noch ansteigen. Das Firmenboot benutzten wir meistens an den Wochenenden, um die Strände auf Lantao oder Ramma Island anzusteuern. Mit an Bord befanden sich sehr oft neben den persönlichen Freunden auch Geschäftsleuten. Das Essen wurde zu Hause von mir vorbereitet und an Bord von Ah-Tian, dem Kapitän und seinem Bootsjungen serviert. Oftmals entfachten die Herren auch ein Feuer am Strand für ein deftiges Barbecue oder Ah-Tian kaufte in einem der kleinen Fischerdörfchen Fisch und Krabben und bereitete diese in der Bordküche zu. Wochentags fuhr ich oft mit meiner Tochter in unserem VW Käfer in den Hongkong Country Club, in dem wir durch die Firma eine Mitgliedschaft hatten. Zuhause wurde von Meggy gekocht, ansonsten waren wir oft in der Gesellschaft chinesischer Geschäftsfreunde. Es war das herrlichste Leben der Welt, ich kümmerte mich sehr intensiv um meine Tochter, konnte aber gleichzeitig meinen Hobbys nachgehen. Ich ging weiterhin zu den Ikebana-Stunden, besuchte eine Malschule und arbeitete an Eisenskulpturen für Ausstellungen. Aber innerlich musste sich jeder Mensch, der in Hongkong lebte, irgendwie verändern, genauso, wie ich es tat. Die Unzufriedenheit ist schließlich ein ausgesprochen menschlicher Charakterzug. Dieser verflixte Platz mit seiner arroganten Zurschaustellung von großem Reichtum inmitten von Millionen, die sich für das tägliche Brot abrackern mussten, war sicherlich nicht geeignet, eine Zufriedenheit hervorzurufen, weder bei den Reichen noch bei den weniger Glücklichen. Unsere chinesischen Freunde waren oft unermesslich reich, sie besaßen Häuser und Apartments. Die Frauen waren gepflegt von Kopf bis Fuß und es fehlte nie an einem Chauffeur oder an einem mindestens dreikarätigen Diamantring. Dann die aufwendigen Einladungen in die Yacht- oder Cricket Clubs, wo sich die Engländer in ihren weißen Flanellanzügen präsentierten und ihre Damen kostbare Roben trugen. Diese beiden Clubs waren für mich immer der auffälligste Hinweis auf die britische Kolonialherrschaft. Unsere sonntäglichen Frühstücke bei Jan und Inge auf der Veranda des Repulse Bay Hotels waren besonders schön. Unterhalb des Hotels lag der Sandstrand, das Hotel selbst war im Kolonialstil erbaut, es hatte eine riesige überdachte Terrasse, die von leise wehenden Palmblättern umgeben war. Hier auf der Terrasse hatte man das Gefühl, in einer früheren Zeit zu leben, vielleicht sogar in der viktorianischen Epoche. Jan, der schon sehr viel länger in Hongkong lebte als wir, erzählte uns bei einem solchen Frühstück, dass die Repulse Bay in früheren Zeiten einst die Sommerfrische für die wohlhabenden Europäer war. Diese kamen in jenen Tagen noch in ihren Ponykutschen über den Gebirgskamm der Insel Victoria, um genau in diesem Luxushotel ihren Urlaub zu verbringen und um das so berühmte Curryfrühstück einzunehmen. Das Einzige, was davon geblieben war, waren die gut situierten Gäste, die berühmten Filmstars und die Tai-Pan mit ihren Gästen. Jeder, der Hongkong besuchte, wollte einmal auf der Terrasse des Repulse Bay Hotels gegessen haben, das mit so viel alter Geschichte bestückt war. Aber mit den Jahren wurde die Exklusivität der Bucht und des Hotels überlagert von Hochhäusern, die an den Hängen über dem grünen Meer emporschossen.

Inge brachte in diesem Jahr ihr erstes Kind zur Welt, die kleine Elisa. So sollten wir unsere Afrikareise etwas verschieben. Inge entschloss sich zur Geburt in dem neuentwickelten Druckkammerstuhl, der damals eine kleine Sensation war. In späteren Zeiten publizierte man auch ein Buch über diese schmerzlose Geburt, entwickelt von Professor Heyns, Kopf des Departments für Entbindungen und Gynäkologie an der Universität Witwatersrand in Johannisburg (Südafrika). Durch die Geburt der kleinen Elisa verschoben wir unsere Afrikareise auf den

April des Jahres 1971.

1971 – Afrika

Wir verließen Hongkong mit der Fast African Airways und flogen nach Kenia. Unsere Übernachtung war im bekannten New Stanley Hotel in Nairobi gebucht für eine Nacht. Das New Stanley Hotel war eines der ältesten Hotels in Nairobi. Es wurde erbaut im Jahre 1907 und wahrscheinlich kam sein Name von dem Amerikaner Henry Morton Stanley. Dieser suchte im Jahre 1871 den vermissten schottischen Missionar David Livingstone, berühmt wegen seiner herausragenden Leistungen in der Ostafrika-Forschung. Die beiden trafen dann in Ujiji aufeinander. Begleitet von den berühmte Worten Stanleys »Dr. Livingstone, I presume?« (Doktor Livingstone, nehme ich an?) wurde dieser Moment zu einem denkwürdigen Ereignis in der Afrikaforschung. Morton Stanley sonnte sich im Ruhm des großen Retters, doch Dr. Livingstone verkroch sich wieder in die Wildnis, wo er dann auch bald starb. Trotz der vielen Renovierungen bewahrte das New Stanley Hotel immer noch den Flair des Kolonialismus, dazu kam dann noch ein Hauch von Safari-Atmosphäre. Alle Europäer, die wir hier trafen, planten ebenfalls eine der so vielen Safaris. Ich war nie zuvor in Afrika gewesen, hatte aber schon sehr viel über die Mentalität der Bewohner gehört. Meine erste und unvergessliche Begegnung war die mit dem Hotelgärtner, der bei strömendem Regen mit dem Wasserschlauch seinen täglichen Pflichten nachging, nämlich dem Bewässern der Pflanzen. Den starken Regen schien er gar nicht zu bemerken. Am nächsten Morgen saßen wir vor unserem Hotel im Thorn Tree Café und aßen die besten Croissants von Nairobi. Es war allgemein bekannt, dass das Café die besten Croissants servierte, ihr Ruf war selbst bis Hongkong durchgedrungen. Ich war nach der Geburt meiner Tochter in einem Zustand, in dem ich kein Gramm zunehmen durfte. So aß ich während der gesamten Reise immer nur das Frühstück und nahm bis zum Abendessen keinen Bissen mehr zu mir. Vielleicht trachtete ich in dieser Zeit auch stets nach einer gewissen Anerkennung und Zuneigung, die wohl vonseiten Eduards nicht zu oft kam. Obwohl ich sehr schlank war, hatte ich immer das Gefühl, mein Mann hätte es lieber, wenn ich noch etwas abnehmen würde. Seine Gleichgültigkeit machte mich immer wieder unsicher und ich suchte automatisch nach meinen Fehlern, dabei fing ich mit meiner Figur an. Ganz unbewusst war ich schon während dieser Zeit immer recht betrübt darüber, dass ich nicht die Anerkennung bekam, die ich erwartete. Ich handhabe eine Situation oft ganz gegen mein Naturell, nur mit der Absicht, Eduard darauf aufmerksam zu machen, dass ich ihn liebte und dass ich die gleichen Gefühle von ihm erwartete. Aber auch unsere intimsten Stunden waren nicht das, was ich erhofft hatte. Er war der erste Mann, mit dem ich geschlafen hatte, vielleicht war ich ganz einfach zu unerfahren. Es plagte mich immer wieder der gleiche Gedanke, die Sorge, dass ich ihm nicht genügen würde. Wir führten eigentlich ein herrliches Leben in diesem Jahr, doch ich versuchte zu sehr, unsere Beziehung durch das gemeinsamen Planen hochzuhalten und hatte dadurch praktisch schon in jenen Jahren verloren. Diese Gewissheit trug ich wahrscheinlich immer in meinem Unterbewusstsein. Die Fäden des Joss hatten schon damals mein weiteres Schicksal bestimmt.

An diesem Morgen bummelten wir noch mit unserer Tochter durch Nairobi. Eine faszinierende Stadt, wo sonst hatte man auf dieser Welt die Möglichkeit, Löwen, Geparden, Flusspferde, Giraffen und Gazellen gleich hinter den Stadtmauern in freier Wildbahn zu finden. Der Nairobi National Park war zur Stadtseite hin umzäunt, aber ansonsten völlig offen, wie all die anderen Tierreservate. An diesem Tag sollten wir Jan und Elisa am ostafrikanischen Lake Naivasha und nicht, wie ursprünglich geplant, in Südafrika aufsuchen. Sie verbrachten dort mit ihrer Tochter Elisa einen Kurzurlaub in der Safariland Lodge. Denise sollte bei ihnen bleiben, sodass wir unsere Safari genießen konnten. Das riesige parkähnliche Gelände mit viel Grün und hohen alten Akazienbäumen war als Ferieninsel eingerichtet worden, direkt am Lake Naivasha. Der See lag in Kenia, im sogenannten Rift Valley, ein wenig westlich gelegen von Nairobi. Alle Seen im Rift Valley (Ostafrikanischer Grabenbruch) hatten mit der Ausnahme vom Lake Naivasha und Baringo einen hohen Salz- und Sodagehalt und sie waren nicht sehr tief. Dieser See war neben dem Lake Baringo der einzige Süßwassersee des Rift Valley und die Verbindung der Pflanzen und der lebenden Kreaturen war hier so anders als bei den Salzwasserseen. Der See schien die Heimat unzähliger Vogelarten zu sein. Unsere Bootsfahrt auf dem See werde ich sicherlich nie vergessen. Jan liebte es, mit dem Motorboot auf die Jagd nach Wasservögeln zu gehen, ich empfand diese Jagd als ziemlich grausam, denn die Tiere konnten immer gerade noch entwischen. Wir begegneten Goliath-Reihern, Störchen, Eisvögeln, Enten und Adlern, aber leider tauchte kein Flusspferd auf, von denen es hier mindestens 3.000 Stück geben sollte. Jan erzählte uns, dass der See die unmittelbare Umgebung mit Wasser versorgte. Die fruchtbaren Böden in der Nähe waren sehr gut geeignet für die Landwirtschaft und Obstfarmen. Vom Boot aus sahen wir riesige Farmen, die zum Teil noch von Weißen betrieben wurden. Die größte Nelkenfarm der Welt und die einzigen Weingärten Kenias befanden sich hier.

Nach ein paar Stunden hieß es Abschied nehmen von meiner Tochter und den Freunden. Wir fuhren nach Nairobi zurück, um von dort aus unsere Safari zu starten. Über ein Reisebüro hatten wir einen Jeep mit einem Fahrer gemietet, letzterer war auch gleichzeitig unser Führer. Dieser große schwarze Mann lachte gerne, aber ich musste mich sehr schnell auf seine fremdartigen Ausdünstungen einstellen. Sobald wir uns außerhalb von Nairobis Landstraßen befanden, wurden wir in eine Zauberwelt versetzt durch die atemberaubende Weite und Schönheit dieser Natur. Dem Blick boten sich kilometerweite flache Flächen, bedeckt mit den typischen Pflanzen dieses Gebietes, den Mimosengewächsen und riesigen Akazienbäumen und den wichtigsten Savannengräsern, im Hintergrund gebirgige Silhouetten. Vornehme Giraffen, deren Nahrung weit über den Köpfen der anderen Tiere wuchs, verfolgten uns vom Straßenrand her mit ihren Blicken. Dann de wunderschön markierten Impala-Antilopen, deren Bewegungen so sanft und geschmeidig aussahen. Unser Ziel an diesem Tag war die Wild Life Lodge oberhalb des Ngorongoro-Kraters in Tansania. Diese Lodge bestand aus Steinen, verkleidet mit viel Holz, ich verglich sie mit einem großen Schweizer Chalet in den Alpen. Von der riesigen Terrasse aus blickte man hinunter in den Krater, der einen Durchmesser von 23 km hatte. Genau in diesen Krater sollten wir am nächsten Morgen hineinfahren, um die wilde Natur mit allen negativen und positiven Ansichten kennenzulernen. Der Ngorongoro-Krater war ein erloschener Vulkanberg und hatte die stattliche Höhe von 2.460 m. An diesem Abend nahmen wir unser Essen draußen auf der Veranda ein, es war ein herrlich lauer Abend. Eduard bestellte dazu einen Asti Spumante und wir verlebten ein paar wunderbare Stunden. Der italienische Schaumwein stieg uns ganz schön zu Kopf, genauso wie das gewaltige und mysteriöse schwarze Kraterloch. Eduard erzählte mir an diesem Abend, wie es war, als er zum ersten Mal einen Asti Spumante getrunken hatte. Er war dabei fröhlich und gelockert, vergaß seine Arbeit und genoss diesen Augenblick des Gesprächs. Darüber war ich natürlich sehr glücklich, er öffnete sich etwas und seine zutraulichen Worte gaben mir eine gewisse Stärke. Die Weichheit seines Blickes gab mir das Gefühl, von jemandem geliebt zu werden. Am nächsten Morgen fuhren wir mit dem Jeep in den Krater hinein. Wir verließen den dichten Bergwald, passierten das kleine Grabmal, das für Michael Grzimek hier errichtet worden war, der am 10.01.1959 während der Dreharbeiten zu »Serengeti darf nicht sterben« hier mit seinem Flugzeug abstürzte. Vom oberen Ende des Kraters war es uns nicht möglich, irgendein Lebewesen im Krater zu entdecken. Aber ganz unten fanden wir eine Arche Noah und den Garten Eden gleichzeitig. Man bezeichnet den Ngorongoro-Krater auch sehr oft als das Achte Weltwunder und sicher nicht zu Unrecht, denn die Landschaft, die sich uns hier offenbarte, war fast märchenhaft überwältigend. Auf der doch sehr begrenzten Fläche des zum Teil bewaldeten Kraterbodens lebten unzählige Tierarten, die man auf keiner freien Wildbahn annähernd so gut beobachten konnte wie hier. Was wir vom oberen Rand aus fotografiert hatten, waren die umliegenden hohen Berge, das Hochland mit den Vulkankegeln und das Innere der Kraters, dessen Fläche, neben dem Blau des Kratersees, in den Farben Grün bis Gelb bis zu uns herauf leuchtete. Doch hier unten sah alles ganz anders aus. Die Vegetation war teilweise durch die Hitze ausgetrocknet. Die Fläche im Inneren des Kraters schien unendlich zu sein, nach der Enge in Hongkong war dies schon fast unwirklich. Durch unsere Jeep-Fenster konnten wir die Tierwelt beobachten. Zuerst begegneten wir einer Herde Löwen, die Löwendamen beschützten ihre Kinder, die Herren mit ihrer Löwenmähne lagen oft faul auf dem ausgetrockneten Gras, beobachteten dabei unseren Jeep, regten sich aber kaum. Natürlich war es an dieser Stelle nicht erlaubt, aus dem Jeep auszusteigen, die Gefahr lag auf der Hand. So versuchte Eduard dem Fahrer nahezulegen, er möge so dicht wie möglich heranfahren, damit er die Löwen gut fotografieren könne. Aber der Fahrer meinte, wir sollten einen gewissen Abstand halten, um die Tiere nicht nervös zu machen. Hier an dieser Stelle konnten wir einen kleinen Eindruck gewinnen, wie Ostafrika einmal ausgesehen haben mag, bevor die weißen Jäger das Land überfielen. Das unintelligente Abschlachten der Tiere begann im späten 19. Jahrhundert und in der jetzigen Zeit kamen noch die Trophäensammler hinzu, die auf der Suche nach Elfenbein und Rhinozeros-Hörnern waren. Die Gazellen, Zebras und Antilopen auf der endlosen Kraterfläche waren für uns nicht die Hauptattraktion dieses Tages, sondern mehr die Wildtiere, die woanders nicht zu beobachten waren. Allerdings bemerkte ich, dass die Giraffen fehlten, der Grund dafür war, dass sie die Kraterhänge nicht überwinden konnten. Der Anblick einer verletzten Gazelle, die auf dem ausgetrockneten Gras im Todeskampf lag, umgeben von Hyänen und Aasfressern, jagte uns einen leisen Schauder über den Rücken. Die Geier waren nur darauf aus, alles zu verzehren, bis von der Gazelle nichts mehr übrig blieb. Diesen Anblick werde ich nie vergessen. Diese Arche gab vielen Tieren Zuflucht, nur lauerte dort auch das Unheil, der gewaltsame Tod, so wie bei dieser kleinen Gazelle, die von den Wogen der Natur überspült worden war. Hier galt das Gesetz der Natur, ein Leben wurde genommen und eines geboren, wie bei den immer wiederkehrenden Farben eines Regenbogens. Am späten Nachmittag parkte der Jeep genau vor dem

Kratersee Magadi, den ich von der Lodge aus gesehen hatte. Er war von tausenden von Flamingos umgeben, sie waren rosa-weiß getönt und hatten die stolze Größe von mindestens 1,50 m. Diese wunderbaren graziösen Geschöpfe hatte ich in dieser rauen Umgebung bestimmt nicht vermutet. Aber die Tiere hatten den Krater nicht für sich allein, wir begegneten an einzelnen Stellen den eingeborenen Massai, die ihr Vieh hier unten hüteten. Der Führer erwähnte, dass in jenen Tagen, als Tansania noch eine deutsche Kolonie war, sich genau in diesem Krater deutsche Siedler niedergelassen hatten. Das war für uns kaum vorstellbar, denn wer wollte in dieser gefährlichen Umgebung seine Zukunft planen? Den vielen Geheimnissen dieses Kraters nun etwas nähergekommen, war es doch enttäuschend, dieses irdische Wildgehege mit der weiten Natur so schnell verlassen zu müssen. Doch die Sonne mit ihren hellen Flammen war im Begriff, die Erde mit ihren dunklen Adern zu berühren, wir mussten den Krater noch vor Sonnenuntergang verlassen, um weiter an den Lake Manyara zu fahren. Irgendwo auf dieser Strecke passierte es plötzlich, dass der Jeep im Schlamm stecken blieb, gerade unter einem riesigen Baum, auf dem zwei Löwen lagen und gelangweilt auf uns herunterschauten. Der Fahrer versuchte, aus dem Schlamm herauszufahren, aber es gelang ihm nicht. Er holte ein Seil, stieg aus und befestigte dieses, die Löwen immer im Blick, am vorderen Teil des Jeeps. Leider hatte er nicht genügend Kraft, um den Wagen herauszuziehen, sodass Eduard ebenfalls aussteigen musste, um ihm zu helfen. Beide Männer versuchten nun mit aller Kraft, den Jeep aus dem Schlamm zu ziehen, was ihnen auch letztlich gelang. Die Löwen beobachteten uns nur, rührten sich aber nicht von der Stelle. Das waren für mich Momente der totalen seelischen Lähmung, denn was würde geschehen, wenn Eduard und der Fahrer angegriffen würden? Doch nichts dergleichen geschah, Eduard saß wieder neben mir, griff nach meiner Hand und wir fuhren unserem neuen Ziel entgegen. Der Fahrer beruhigte mich, er meinte nur, diese Löwen seien gefüttert worden und sie würden keine Menschen angreifen, wenn sie satt und zufrieden wären. Unser Ziel war an diesem Tag noch das Zelt-Camp am Mount Kilimanjaro. Außer Flusspferden und großen Elefantenherden begegneten uns nur die Eingeborenen in ihren langen Gewändern. Sie schienen glücklich und zufrieden zu sein, sie hatten es sehr gerne, wenn man Erinnerungsfotos von ihnen aufnahm, natürlich gegen entsprechende Bezahlung.

Unser Führer erzählte uns, dass sich viele der Elefanten sehr oft auf das offene Farmland der Eingeborenen verirrten, da das Gebiet des Manyara National Parks sehr beschränkt sei. Wenn sich die Tiere auf dem Farmland befänden, wären sie Freiwild und würden sehr oft abgeschossen, da das Elfenbein eine Menge Geld einbringen würde. Auf Giraffen und Baboons, die großen Paviane mit den Hundegesichtern, trafen wir recht oft. In Arusha selbst besuchten wir einen Eingeborenenmarkt, primitive Stände mit selbstangebautem Obst, Stoffen und Handarbeiten wurden angeboten von den Bewohnern dieses Gebiets. Arusha war eine ehemalige deutsche Garnison, hier konnte man wegen der fruchtbaren vulkanischen Böden gutes Farmland finden und ebenso einige große Kaffeeplantagen.

Kilimanjaro

Die Fahrt ging über Moshi, zurück zu der Grenze Kenias, in das Masai Amboseli Game Reserve, zum Amboseli Safari Camp, das auf einer Höhe von 3.500 m lag. Ein schwarzer Aufseher wies uns eines der vielen grünen Stoffzelte zu. Es war recht einfach, doch die kleine betonierte Terrasse vor dem Zelt mit dem einfachen Tisch, auf dem eine uralte Petroleumlampe stand, machte einen fast gemütlichen Eindruck. Vor uns lag die einzigartige Kulisse des schneebedeckten Kilimanjaro, dessen weiße Kuppe selbst im Abendlicht noch ihren Zauber ausstrahlte. Genau vor dieser Silhouette entstand der Roman von Ernest Hemingway »Schnee am Kilimanjaro«, eine geeignete Landschaft für einen großen Schriftsteller. An diesem Abend konnte ich von der weiteren Umgebung nicht mehr sehr viel erkennen. Das riesige Feuer, das von den Eingeborenen für die Touristen entfacht wurde, verband Himmel und Erde. Ich spürte die Tiefe und die Leere, die zwischen uns und dem gewaltigen Kilimanjaro lag. Eine fast mystische Stimmung füllte den Raum zwischen den Berghängen. Eduard und ich saßen in der ersten Reihe direkt vor dem Feuer, fühlten die Neigungen und Wünsche, die jeder von uns in sich trug, und sprachen wenig. Was auch immer in den späteren Jahren geschah, diese Minuten und Stunden konnte man nie mehr von mir nehmen. Als wir dann später ins Bett gingen, kuschelte ich mich an Eduard, denn die fremdartigen Geräusche, die von draußen zu uns hereindrangen, machten mich ängstlich. Jeder neue Tag auf dieser Reise war für mich wie ein neuer Anfang zwischen zwei Menschen und der ganzen Welt. Am nächsten Morgen wurde ich von einem schrecklichen Krach geweckt, ich öffnete die Zeltplane und entdeckte kleine, niedliche Meerkatzen, die nichts anderes im Sinn hatten, als die Rasierspiegel und andere herumliegende Gegenstände aus den Nebenzelten zu stehlen. Sie schwangen sich damit von einem Zelt zum anderen. Das war unser spaßiger Guten-Morgen-Gruß im Camp des Kilimanjaro. Die Fläche, auf der die Zelte aufgebaut waren, bestand aus einem Boden von mehlfeinem Vulkanstaub, der in jede Ecke drang. Zwei wunderschöne Akazienbäume (Schirmakazien) überschatteten unser Zelt mit ihren weit ausladenden Kronen. Vor uns lag nun der gewaltige Berg, der bei Tageslicht noch gewaltiger aussah. Ein fast perfekt geformter Vulkankegel erhob sich fast senkrecht aus einer Ebene heraus. Dies war sicherlich eine der prachtvollsten Aussichten auf diesem Kontinent. Es überraschte mich gar nicht, dass Hemingway diesen Platz anregend und aufregend fand, denn seine vielen Erzählungen über den Amboseli Park deuten genau darauf hin. Das war der letzte Tag, den wir auf diesem schwarzen Kontinent verbringen sollten. Ich war sehr beeindruckt von dieser unverfälschten und urtümlichen Natur, in der die Bewohner in gutem Einklang mit den Wildbestien lebten. Der Urlaub, den wir hier verlebten, war sicherlich kein Traumurlaub, er war mehr mit einem Hauch von Abenteuer und Aufregung verbunden.

Am nächsten Tag saßen wir schon wieder in einem silbernen Vogel, gemeinsam mit unserer Tochter, um nach neun Stunden in Frankfurt zu landen. In Deutschland blieben wir nur einige Tage, um die Eltern zu besuchen, die sich natürlich sehr auf das kleine Enkelkind freuten, das sie bisher nur auf Fotos gesehen hatten. Ganz unbeschwert ließ ich meine Tochter in der Obhut meiner Mutter zurück, die für ein paar weitere Wochen auf sie aufpassen sollte, während wir unsere geplante Reise fortsetzten.

Nach einem kleinen Skiurlaub in den Bergen fuhren wir nach Venedig. Der Marktplatz von Venedig war wie ausgestorben und ich hatte fast den Eindruck, als wäre der Winterschlaf hier eingezogen, nur die Tauben waren so munter wie immer. Unser nächstes Ziel war Madrid.

Madrid

Eduard sollte sich in Madrid selbst und der näheren Umgebung Baustellen anschauen. Deren Inhaber, Paolo, ein gut aussehender Spanier mittleren Alters, hatte für uns die Hotelzimmer reserviert. Er holte uns vom Flughafen ab, war sehr freundlich, zeigte sich fast überschwänglich vor Freude über unseren Besuch in Madrid. Wir kannten ihn von Hongkong, er hatte dort der Firma meines Mannes im letzten Jahr einen Besuch abgestattet. Wir luden ihn bei der Gelegenheit zu einem chinesischen Essen ein und nun wollte er sich revanchieren, aber ich hatte zu diesem Zeitpunkt noch keine Ahnung, was da auf uns zukam. Es fing an mit der Hotelreservierung. Paolo hatte eine Hotelsuite reservieren lassen, sodass uns mehrere Zimmer zur Verfügung standen. Ein riesiger Blumenstrauß und eine üppige Obstschale waren seine ganz persönlichen Begrüßungsgaben. Wir waren beide überrascht über die fast übertriebene Gastfreundschaft. An diesem Abend wurde noch das Programm für den nächsten Tag besprochen. Eduard sollte schon um sieben Uhr in der Frühe abgeholt werden, um sich die verschiedenen Baustellen anzuschauen und ich bereitete mich schon seelisch darauf vor, diesen Tag alleine in Madrid zu verbringen. Aber alles kam anders als ich es mir dachte. Eduard wurde zu der ausgemachten Zeit abgeholt, aber nicht etwa von Paolo, sondern von einem anderen Angestellten der Firma. Ich war gerade mit der Überlegung beschäftigt, wie ich diesen Tag verbringen sollte, als es an der Zimmertür klopfte. Es war zu meiner Überraschung Paolo, der sich diesen Tag freigenommen hatte, um mir Madrid zu zeigen. Ich war im ersten Moment überwältigt und sehr erstaunt darüber, dass er nicht mit meinem Mann auf den Baustellen unterwegs war, sondern stattdessen für diesen Tag mein ganz persönlicher Stadtführer sein wollte. Doch eigentlich konnte mir nichts Besseres passieren, denn auf diese Art und Weise würde ich die Stadt unter der Führung eines einheimischen Gentleman sicherlich besonders gut kennenlernen. Ob meine Formulierung »Gentleman« auch wirklich zutreffend war, würde ich erst am späten Abend herausfinden. Wir liefen vom Hotel aus, das im Herzen Madrids lag, ein paar Schritte längs des Boulevards Paesi de la Castellan. Dieser fast imperial anmutende Boulevard war, verglichen mit der wilden Natur, die wir in Afrika vorgefunden hatten, eine Anmaßung. Mein erster Eindruck von Madrid war der einer monströsen architektonischen Konstruktion mit dem Hang zum Monumentalen. Die vielen Paläste, von den Habsburgern und den Bourbonen erbaut, bescherten den Spaniern eine pompöse Kapitale: Madrid. Doch was mich eigentlich mehr interessierte war der eigentliche, der alte Charakter dieser Stadt, der Ort, an dem Diego Velázquez und Francisco de Goya ihre Motive fanden, wo es ihnen möglich war, Menschen und Gegenstände in einer ganz bestimmten Atmosphäre zu malen, wo sie den Moment des Lebens einfingen, der gerade vergangen war, und sich mit einer genialen Malerei verewigten. Paolo, der meine Gedanken erraten hatte, führte mich zur Puerta del Sol, zum Beginn der Altstadt mit ihrem ureigenen Charakter, für mich das eigentliche Herzstück Madrids. Mein spanischer Begleiter, der mich eigentlich unentwegt anschaute und mich ab und zu ganz unabsichtlich am Arm berührte, erklärte mir, dass ich mich in einem der Zentren der spanischen Geschichte befände, denn genau hier begann der Aufstand der Einwohner von Madrid gegen die napoleonische Besetzung. Diese politische Revolte hatte Francesco de Goya vom Fenster eines naheliegenden Patrizierhauses aus auf die Leinwand gebracht. Ich war ziemlich begeistert von meinem Stadtführer, denn er zeigte mir genau das, was ich sehen wollte. Wir spazierten durch Jahrhunderte alte Torbögen, sahen malerische Fassaden, gebrechliche Balkone und bepflanzte Dachterrassen. Ich war überwältigt von dem Gefühl, auf den alten Pfaden vergangener Bourgeoisie zu wandeln. Paolo wollte mir noch an diesem Morgen in der Kapelle San Antonio de la Florida die Grabstätte de Goyas zeigen. Goya selbst hatte diese Kapelle einmal ausgemalt. Beim Eintritt in diese Stätte erschrak ich, die Wände waren bemalt mit gaffenden Bürgern, die fast lebendig wirkten und diesen Platz zum ewigen Leben bewogen. Diese Kapelle hatte etwas Totes und gleichzeitig Lebendiges an sich, ich werde nie begreifen können, wie diese beiden Extreme sich nebeneinander vertragen konnten, ohne sich gegenseitig zu erdrücken. Zum Mittagessen lud mich Paolo an einen sehr alten, traditionsreichen Ort ein, in das Café Gijon am Pasco de Recoletos, dem Treffpunkt der Einheimischen. Ehrlich gesagt dachte ich immer noch an die Kapellenfresken von San Antonio, als plötzlich schon die Vorspeise vor mir stand. Mein Freund hatte Schnecken bestellt, eine Spezialität dieser Jahreszeit. Ein Sortiment von kleinen, großen, dicken und dünnen Schnecken wurde aufgefahren, die man mit einer Stecknadel aufpiekste und verspeiste. Der Wein, den Paolo dazu bestellt hatte, war wichtiger für mich als die Vorspeise, denn ich trank ziemlich viel davon, um die Schnecken so schnell wie möglich damit hinunterzuspülen. Ich wollte meinen charmanten Gastgeber keineswegs beleidigen, so war ich am Ende der Mahlzeit eher sehr lustig als satt. Vielleicht war genau das seine Absicht, aber ich konnte es ganz einfach nicht ahnen. Während des Essens schaute ich ihn zum ersten Mal ganz genau an, ein wirklich sehr gut aussehender Mann. Er war nicht der typisch spanische Typ, seine Haare waren eher dunkelblond und er hatte ein sehr schmales, klassisches Gesicht. Ich wagte es, ihn ganz zaghaft zu fragen, warum er Eduard nicht auf die Baustellen begleitet hätte. Er meinte nur charmant, er wäre lieber mit mir zusammen. Irgendwo meldete sich in mir ein warnendes Gefühl, aber mir schien er das Ebenbild eines Gentleman zu sein. Zum

Abschluss dieses Nachmittags sollte ich die Krönung dieses Tages erleben, nämlich bei einem Besuch in der San Francisco el Grande, der größten und attraktivsten Kirche Madrids, und einem anschließenden Besuch im Museo del Prado. Schon beim Eintreten in die Kirche San Francisco el Grande war ich überwältigt, mein Blick war auf die außergewöhnliche Kuppel gerichtet, ich fühlte fast die Sonnenstrahlen, die wie ein durchsichtiges Meer die Göttlichkeit dieser heiligen Stätte untermalten. Paolo erklärte mir, dass diese Kuppel einen Durchmesser von 33 Metern habe, also größer sei als die Kuppel in der St. Pauls Kathedrale von London. Diese Kirche wurde von Karl III. erbaut und später zum Pantheon national erklärt, sie war ebenfalls die Ruhestätte vieler wichtiger spanischer Bürger. Faszinierend war das Gemälde über dem großen Altar von Goya, die Predigt des heiligen Bernhard.

Von dem Plaza de San Francisco aus fuhren wir in die Paseo del Prado. Ich hatte schon viel vom Prado-Museum gehört, es bestand aus mehr als hundert Sälen, die sich über drei Stockwerke verteilten. Es waren sehr viele Gemälde von flämischen Malern ausgestellt, einige Meisterwerke von Albrecht Dürer und Bilder von Greco. Doch Paolo bedeutete mir, dass wir an diesem Nachmittag nur einige Meisterwerke besichtigen könnten und ich entschied mich für die Ausstellungsstücke von Velázquez und Goya. Ihre Heimat war Spanien und vor allen Dingen waren ihre Gemälde der Hauptschatz des Prado. Die Gemälde basierten auf den positiven schönen Gestalten aus der königlichen Familie oder stellten Menschen aus dem Volke dar, wie Goya mit dem Bild »die nackte Maja«. Gerade durch dieses Gemälde erlitt Goya den Verlust der königlichen Gunst. Wer auf diesem Gemälde abgebildet war, blieb immer ein großes Geheimnis. Goya schien ein Intellektueller und ein hoher Würdenträger zu sein, aber mit seinem künstlerischen Schaffen stellte er in schonungsloser Offenheit die Nöte und die Armut in der Gesellschaft dar. Ich war verwirrt und ganz in den Farben und Linien versunken, als mein spanischer Begleiter mich in die Realität zurückrief. Er meinte, es wäre an der Zeit, mich ins Hotel zurückzubringen. Es war noch ziemlich früh, sicherlich wollte er noch in sein Büro zurück, um dort nach dem Rechten zu schauen. Er bestand darauf, mich bis an die Zimmertür zu begleiten, ein besonders aufmerksamer und galanter Typ. Doch als ich die Tür öffnete, machte er keineswegs Halt, er versuchte, mich in seine Arme zu reißen, irgendwie konnte ich ihm entkommen. Er verstand sehr schnell, dass ich nicht gewillt war, den Rest des späten Nachmittags in eine Art Bettaffäre zu verwandeln. Mir wurde langsam klar, dass er sich schon in Hongkong in mich verliebt hatte und nur noch auf unseren Madrid-Besuch gewartet hatte. Er sagte, nun habe er meinen Mann ganz umsonst an die Küste geschickt, hätte er das gewusst, hätte dieser sich auch einige der Baustellen in Madrid anschauen können. Also doch kein spanischer Gentleman, er hatte eine Frau und natürlich auch Kinder, von denen er mir tagsüber erzählt hatte. Nach meiner klaren und deutlichen Absage zu seinem großzügigen Angebot verließ er den Raum, wohl auch etwas beschämt. Eduard kam erst gegen Mitternacht zurück und meinte: »Was bildet sich der Kerl nur ein, er schickt mich an die Küste Spaniens, nur um mir eine kleine, lausige Baustelle zu präsentieren.« Ich erzählte ihm meine Version vom Tag, bis hin zur von Paolo geplanten Schlafzimmeraffäre. Eduard war empört, aber gleichzeitig amüsierte er sich auch über dieses Verhalten. Vor allen Dingen aber war er müde von der langen Reise an die Küste. Dieses Ereignis in Madrid sollte ich auch nie vergessen. Wie unschuldig ich doch in jenen Jahren war und dann hatte ich noch dieses ewige Mitteilungsbedürfnis meinem Mann gegenüber. Jahre später entdeckte ich, dass mein Mann sich eine solche Gelegenheit auch nicht hätte entgehen lassen. Waren wir Frauen denn so verschieden von den Männern oder war nur ich es, die sich geschworen hatte, ihrem Mann die Treue zu halten.

Am nächsten Morgen flogen wir schon in der Frühe nach New York. Paolo holte uns nicht vom Hotel ab, um uns an den Flughafen zu bringen. Ich glaube, er zog es vor, erst einmal unterzutauchen.

New York

Ich freute mich auf den Bummel entlang der 5th Avenue, dem Broadway, der Wallstreet, wo sich die ganze Finanzwelt und die Börse in zahlreichen Hochhäusern versammelte. Doch der nächste Morgen fing schon sehr unheilvoll an. Wir bestellten je ein Ei zum Frühstück und das kostete pro Ei einen US-Dollar, in jenen Zeiten äquivalent zu 4 DM. Eduard war entsetzt, die Preise lagen hoch und der Service war verglichen mit dem in Asien verheerend. Doch wir ließen uns den Morgen dadurch nicht verderben. Wir nahmen ein Taxi und fuhren zu der Statue of Liberty, dem bekanntesten Wahrzeichen New Yorks, eine mächtige Fackelträgerin, ein Leuchtturm in der Form eines weiblichen Standbilds. Sie stand auf der Liberty Island. Erbaut wurde sie im Jahr 1886 von dem aus dem Elsass stammenden Bildhauer Frédéric Auguste Bartholdi. An diesem Morgen war es windig und kühl, unsere nächsten Ziele waren der historische Kern und das Zentrum, nämlich Manhattan.

Auf den Straßen befanden sich sehr viele Schwarze, Puerto-Ricaner und orthodoxe Juden. Die der 5th Avenue war eine Stätte der Eleganz mit allen Anzeichen des höchsten Wohlstands. Die Amerikaner waren vornehm, praktisch nach Geld riechend gekleidet. Unsere Besuche bei Tiffanys und Baks waren atemberaubend, in dieser eleganten Atmosphäre kam ich mir äußerst schäbig vor in meinem einfachen braunen Lederkostüm. Wir passierten Midtown Manhattan, hier befanden sich eine Menge Wolkenkratzer, darunter der Riese unter ihnen, das Empire State Building, ein weiteres Wahrzeichen New Yorks. In der 20. Straße lag nun die New York Public Library, ein weit ausladendes Gebäude im klassizistischen Stil mit zwei steinernen Löwen im Vordergrund. Hier wartete auch schon Ingrid auf uns, eine Freundin aus alten Tagen. Das Wiedersehen war eine große Freude, wir hatten uns mehrere Jahre nicht mehr gesehen. Ihren Erzählungen nach liebte sie diese Stadt, sie hatte viele Freunde verschiedener Nationalitäten gefunden und ihre Arbeit in einer der größten Bibliotheken der Welt machte ihr sehr viel

Spaß. Vor dem Mittagessen führte sie uns erst einmal in das 86. Stockwerk des Empire State Building, natürlich mit dem Aufzug. Unter uns lag das Panorama von Manhattan. Ingrid meinte, dass man an einem wirklich klaren Tag bis zu 120 km Sichtweite hätte, es sei das höchste Gebäude der Welt. Der Architekt war William F. Lamb. Der Bau nahm zwei Jahre in Anspruch, die Eröffnung war im Jahre 1931. Das Empire State Building hatte eine stolze Höhe von 380 m, dazu kam noch eine fast 68 m hohe Spitze mit Antenne, zwei weitere Stockwerke lagen unter der Erde.

Heute merkte man hier nichts mehr von der einst kleinen niederländischen Kolonie mit dem Hauptort »Nieuw Amsterdam« und dem ersten niederländischen Gouverneur Peter Stuyvesant. Die Geschichte hatte Geschichte gemacht und die Ära der amerikanischen Technik und Organisation riss nun die New Yorker im Strom des allgemeinen Fortschritts mit sich. Wir nahmen einen kleinen Imbiss auf der Lower Plaza des Rockefeller Centers, einem Komplex von Büro- und Geschäftshäusern, Restaurants und Vergnügungsstätten. Dieser Komplex war der größte Privatbesitz der Erde, Besitzer waren die Familie Rockefeller und die Columbia Universität. Im Winter, auch noch zu diesem Zeitpunkt, war die Lower Plaza umgeben von einem Eislaufplatz. Mitten in Manhattan, unter freiem Himmel, glitten die Kinder und auch Erwachsene mir ihren Schlittschuhen über das Eis. Nach unserer kleinen Stärkung gingen wir wieder auf die 5th Avenue, um von dort aus die St. Patrick's Cathedral, den Sitz des römisch-katholischen Erzbischofs von New York, zu besichtigen. Die Kathedrale stand mit ihren zwei Türmen mitten zwischen den Hochhäusern Manhattans. Ein sehr imposantes Bauwerk, im Jahre 1858 begannen die Arbeiten an dieser heiligen Stätte und sie zogen sich über 30 Jahre hin, ihr Plan stammte von James Renwick. Die Kathedrale erinnerte mich sehr an gotische Bauten wie den Kölner Dom, den ich als Kind mit meinen Eltern oft besuchte und an die Westminster Abbey in London. Die Kirche schien fast unter den herumstehenden Hochhäusern zu verschwinden, aber eigentlich nahmen gerade ihre gotischen Formen dem Straßenbild die Harmonie. Besonders die aus Frankreich stammende Glasmalerei, die während dieser Jahre die Freskomalerei ablöste, war bewundernswert. Wie oft hörte ich, dass Amerika ohne Kultur sei, dieses empfand ich nicht immer als wahr.

Ich bewunderte wirklich Ingrids Euphorie. Ihr Bemühen, uns alles Wichtige zu zeigen, war enorm. Plötzlich standen wir vor dem Guggenheim Museum, einem der wichtigsten Museen New Yorks. Die Familie von Solomon R. Guggenheim, dem Stifter dieses großzügigen Baus, stammte ursprünglich aus der Schweiz. Sein Vater, Meyer Guggenheim, wanderte Mitte des 19. Jahrhunderts in die neue Welt aus. Er war ein sehr erfolgreicher Industrieller und Philanthrop (Menschenfreund). Sein Sohn Solomon begann schon als junger Mann ein großes Interesse an Gemälden zu entwickeln und wurde zum Sammler, insbesondere avantgardistischer, moderner Kunst. Er gründete die Solomon R. Guggenheim Foundation und beauftragte im Jahr 1943 den Architekten Frank Lloyd Wright, Pläne für ein Museum zu erstellen. Wright galt als der Schöpfer der »organic architecture« (organische Bauweise), er schuf mit seinen Arbeiten die wesentliche Voraussetzung für die Architekten des Weimarer Bauhauses, die nach der Machtübernahme Hitlers in die USA kamen. Das Solomon R. Guggenheim Museum, der modernste und eigenartigste Rundbau New Yorks, entstand nach dem Tode des Stifters in den Jahren 1956-1959. Die Ausstellungen zeigen Werke von zum Beispiel Marc Chagall, Wassily Kandinsky und Paul Klee. Der Stifter war also ein Nachfahre eines Einwanderers, der die Kultur nicht ganz vergaß. Wir hätten Stunden für die Besichtigung in diesem ungewöhnlichen Rundbau gebraucht, aber die Zeit reichte nicht aus, denn wir wollten uns noch den Broadway und China Town anschauen.

Broadway/Hawaii

Der Broadway durchzog Manhattan diagonal vom äußersten Süden bis zum äußersten Norden. Man sagte, er liege an der Stelle eines alten

Indianerpfades. Meine Erwartungen waren zu hoch gewesen, der Broadway war sehr verschmutzt und seltsame Gestalten schienen sich hier in Gruppen zu versammeln. Die Seitenstraßen mit den vielen kleinen Theatern sahen fast aus wie ein Müllabladeplatz. Ich war schon sehr enttäuscht, hier war nichts mehr vom alten Glamour der guten alten Zeiten übriggeblieben. Straßenfeger räumten den Schmutz vor den Theatern weg, der von den letzten Vorstellungen übriggeblieben war. Diese skurrilen Gestalten mit ihren abweisenden Gesichtsausdrücken sagten uns, dass wir hier absolut nichts zu suchen hätten. Es gab keinen Grund, sich hier länger aufzuhalten und wir machten uns auf den Weg nach Chinatown. Ingrid erklärte uns, dass das Chinesenviertel nach dem amerikanischen Bürgerkrieg entstanden sei. Für mich hatte dieser Platz nichts Neues, nichts Besonderes zu offerieren, es hätte ebenfalls ein Teil Kowloons sein können. Die Hauptstraßen waren bestückt mit kleinen chinesischen Kramläden und Restaurants. Dieser chinesische Charakter war so zu spüren, dass man ihn fast einatmete. Er erinnerte mich so an Hongkong, ich verspürte fast ein wenig Angst, denn ich wurde mir darüber bewusst, dass ich in meinem Leben mit dieser Sicht nicht nur auskommen, sondern auch damit übereinstimmen sollte. Es erstaunte mich immer wieder, wie sehr sich das chinesische Volk mit seiner Kultur und Mentalität durchsetzte. Sogar in einem Land wie Amerika, fern von ihrer Heimat, war es ihnen möglich, sich in einem eigenen Stadtteil selbst zu verwirklichen. Wo auf dieser Welt gab es schon eine Germantown? Diese Menschen hatten eine besondere Eigenschaft, sie ließen keine Sekunde verstreichen, ohne zu versuchen, sich aus ihrer Situation herauszuarbeiten. Ihre Kraft erneuerte sich immer wieder, ohne bei uns jemals einen Widerstand zu wecken. Somit war es ihnen möglich, immer das zu tun, was der Augenblick erforderte. Wir Europäer dachten immer nur an das Zukünftige, Asiaten dagegen daran, die Gegenwart, die Sekunde, den nächsten Tag zu bewältigen. Und genau diese Mentalität und Denkweise war dazu geschaffen, die größten Schwierigkeiten und Anstrengungen im Leben zu überstehen. Ich fühlte mich nicht sehr wohl in diesem Viertel, irgendwo wusste ich schon damals, dass meine Anschauung des Lebens nicht mit dieser übereinstimmte.

Am nächsten Tag sollten wir noch weiter nach Cleveland im Staate Ohio fliegen. Der Abschied von Ingrid fiel mir gar nicht so leicht, ich wusste, ebenso, wie ich sie verlassen würde, so würde ich stets alles in meinem Leben hinter mir lassen, ohne Reue, ohne Tränen, mit dem Blick auf das Neue. Als wir in der Subway saßen, dachte ich über die Eindrücke nach, die ich hier in New York gesammelt hatte und ich wusste schließlich, dass ich diese Stadt nicht unbedingt wiedersehen wollte. Sie war ein Schmelztiegel aller möglichen Völker, verbunden mit der großen Finanzwelt und enormem Schmutz. Extreme Gegensätze stießen hier zu krass aufeinander, einerseits die Überlegenheit der Spitzenleute, das rasante Tempo der industriellen Entwicklung und andererseits die vielen armen Menschen, deren Tun überhaupt nicht mehr gefragt zu sein schien und die unter dem Niveau ihrer Möglichkeiten lebten. Eine Stadt der Macht, des Hasses, der Aggression und der Ignoranz. Zu allem Übel regnete es fast auch noch ununterbrochen und ich war froh, dass die Reise weiterging.

Cleveland - Kanada

In Cleveland befand sich der Sitz der amerikanisches Firma meines Mannes, die Stadt war also ein geschäftliches Ziel unserer Reise. Cleveland vermittelte mir keineswegs den Duft einer roten Nelke, dem Zeichen des Staates Ohio. Die Stadt lag am Cuyahoga River, der dort in den Erie-See mündet, und zwar an der Stelle einer alten indianischen Siedlung. Von Cleveland aus besuchten wir die Niagara Fälle auf der kanadischen Seite des Sees. Ein Direktor der Firma begleitete uns mit seiner Gattin. Das war ein sehr nettes Ehepaar, wir kannten sie von einem Besuch, den sie uns in Hongkong abstatteten. Der 900 m breite und 48 m hohe sogenannte Hufeisenfall war schon fast monströs zu nennen. Wir zogen uns alle knallgelbe Regenmäntel an und spazierten unterhalb des Falles herum, ein nicht zu vergessendes Erlebnis. Alle elementaren Kräfte schienen hier in voller Bewegung. Die Chinesen hätten diesen Fall als Zusammentreffen der Gottheiten bezeichnet. Die Niagara Fälle hatten etwas Grenzenloses, keiner konnte den Fluss des Wassers aufhalten, ich fand keine adäquate Definition hierfür. Oberhalb der Fälle nahmen wir in einem Restaurant ein kleines Mittagessen ein. Große Glasscheiben gaben den Blick frei auf die unter uns schäumenden und tobenden Wassermassen. Von den Niagara-Fällen aus ging es weiter nach Louisiana, ein Gebiet am Mississippi, der im Süden in den Golf von Mexiko mündet. Die Ankunft in New Orleans war zusammen mit dem Jazzsound aus dem Autoradio genauso, wie ich es erwartet hatte. Der alte Kern der Stadt erinnerte an die französische Gründungszeit, andere Bauten wiederum an die spätere Übernahme durch die Spanier. Wir wohnten in einem Motel außerhalb der Stadt. Gegen Abend fuhren wir zum Stadtzentrum, um von dort aus mit einer Pferdekutsche das berühmte Vieux Carré (altes Viertel) besser bekannt unter dem Namen French Quarter aufzusuchen. Danach besuchten wir die Bourbon Street, das Zentrum der Nacht- und Jazzlokale. Unser kurzer Besuch in der Preservation Hall war faszinierend. Hier, sagte man, soll angeblich der Dixieland-Jazz entstanden sein, und in diesem Haus hatten viele der ganz großen Musiker ihr Debüt gegeben. In diesen Tagen spielten die Kapellen jeden Abend für die Touristen den New-Orleans-Jazz. Sitzplätze waren kaum vorhanden, wir saßen an der Bar und Eduard, der Jazz über alles liebte, bewegte seine Hände und Füße im Takt der Musik. Ich hatte ihn selten so lebhaft gesehen. Diese Nacht würde ich nicht vergessen, es wurde dann durchgemacht bis in den frühen Morgen. Wir zogen von einem Jazzlokal ins andere und gegen 6 Uhr morgens beobachteten wir die Raddampfer. Spontan entschieden wir uns für ein Sektfrühstück bei Brennan's. Hier wurde Eduard erst einmal mit einem Smoking zur Ausleihe ausgestattet, denn wer hier frühstücken wollte, der musste vornehm erscheinen. Nach unserem nächtlichen Besuch in sämtlichen Jazzlokalen nun also ein vornehmes Frühstück. Am nächsten Tag sollten wir weiter nach Mexiko-City fliegen. Hier wohnte der Patenonkel von Eduard mit seiner Gattin, beide freuten sich schon auf unseren

Besuch. Mexiko war im Osten begrenzt vom Golf von Mexiko und im Westen vom Stillen Ozean. Die Hauptbevölkerung bestand hauptsächlich aus Mestizen (Mischlinge, Nachfahren von Europäern und indigenen Volksgruppen), Indianern und Weißen. Die Landessprache war Spanisch.

Hawaii

Nach einem einwöchigen Aufenthalt in Mexiko City flogen wir weiter nach Hawaii. Auf dem Flughafen von Honolulu auf der Insel Oahu wurden wir von einer charmanten jungen Polynesierin begrüßt, die uns mit einem exotischen Blumenkranz schmückte, den sie uns um den Hals legte. Unser Hotel lag am Diamond Head in Honolulu. Meine Erwartung, leere Strände vorzufinden, wurde mir schon gleich bei der Fahrt zum Hotel genommen. Die Strände waren dekoriert mit den größten Hotelpalästen, die vor allen Dingen um die Gunst der japanischen Gäste wetteiferten. Honolulu schien übersät zu sein mit japanischen Gruppen und ihren Kameras. Unser Hotel war umgeben von einem wunderschönen Park, direkt auf dem schmalen Sandstreifen von Waikiki Beach. Bedingt durch die warmen Meeresströmungen fand man auf den Hawaii-Inseln eine tropische bis subtropische Vegetation. Nach dem noch etwas rauen Klima in Amerika wollten wir uns zuerst einmal in die blauen Fluten stürzen. Das klare, tiefblaue Meer war verlockend und warm. Auch die vielen Menschen verschiedener Nationalitäten, die sich auf der Insel bewegten, konnten nicht ganz die überwältigende Großartigkeit und die üppige mystische Schönheit der Landschaft zerstören. Ich lag neben Eduard im Hotelpark auf einer Liege, die hohen Kokospalmen, die zum Teil bis zu 30 m hoch wuchsen, hatten eine verborgene Gemeinsamkeit mit den schäumenden Wellen des Meeres. Wenn ich die Augen schloss, hörte ich nur noch das leise singende Geräusch der sich im Wind wiegenden Kokospalmblätter und den Anschlag der hereinbrechenden Wellen. Als ich meine Augen aufschlug, sah ich links von mir die Spitze des Diamond Head, die in einigen Wolken versteckt war, und rechts stand Eduard, der mir einen Drink in einer Kokosnuss servierte. Der blaue Himmel und die wunderbar blühende Erde hatten genau das erreicht, was ich während der ganzen Reise ersehnt hatte. Unsere Lust auf ein äußerst sinnliches Liebeserlebnis erstreckte sich über den Rest des Tages. Irgendwie hatte uns die Tropenluft in die Ekstase von Verliebten versetzt. Dazu kam noch die Gastfreundschaft und der Charme der Hawaiianer und dann die Strände, die zum Träumen und Lieben wie geschaffen waren. Die exotische Vegetation, die farbenprächtigen Blüten gaben allem den Touch einer irrealen Wirklichkeit, in der wir uns nur noch mit dem Nichtstun beschäftigen wollten. Unsere Nahrung bestand aus den vielen tropischen Früchten, die auf dem vulkanischen Boden der Insel überall unübersehbar angepflanzt wurden, zum Beispiel Ananas, Zuckerrohr, Papayas und Guavas. Zum ersten Mal aß ich Macadamianüsse, die auf gewaltigen, grünblättrigen Bäumen wuchsen. Zum Frühstück gab es den selbst angebauten Kaffee (Coffee arabica), dazu die äußerst schmackhafte Guava-Marmelade und die vielen Früchte der Insel. Von der Terrasse des Hotels aus konnte man die unzähligen farbenprächtigen Blüten erblicken. Die vielen Arten der Hibiskus-Blüten, überall riesige Bougainvillea, die mit ihrer Farbenvielfalt alles übertönten, dazwischen wilde Bambusorchideen. Diese flüssig ineinander übergehende Farbenpracht passte genau zu den liebenswürdigen Hawaiianern und zu ihrer Sprache, die sich melodisch und freundlich anhörte. Wenn wir nicht beim Sonnen und Träumen am Hanauma Beach von Oahu lagen, besuchten wir auch öfter einmal den International Marketplace, auf dem sich ein großes Sammelsurium von Geschäften, Verkaufsständen und Restaurants befand. Die Geschäfte waren vollgefüllt mit einheimischen Waren. Tagsüber kamen hier die Einheimischen zu traditionellen Tänzen zusammen. Die schönsten Tänze konnten wir im Hotelgarten mit ansehen, dort gab es fast jeden Abend eine Aufführung. Die politische Lage hatte sich beruhigt, es wurde wieder investiert und die Immobilienpreise erhöhten sich um 200 %. Mit dem Wirtschaftswunder kam auch der Wohlstand mehr und mehr und im üppigsten Stil zum Ausdruck.

Hongkong

Meine Mutter brachte unsere Tochter zurück zu uns nach Hongkong. Auf dem Flughafen Kai Tak empfingen wir die beiden. Denise, das kleine Blondschöpfchen, lief uns entgegen, aber immer wieder klammerte sie sich an meine Mutter. Es vergingen Tage, bis sie sich wieder an uns gewöhnt hatte.

Die Zeit, die ich mit meiner Mutter zusammen in Hongkong verbringen konnte, verging viel zu schnell. Ich versuchte, die Tage und Wochen für sie so schön wie möglich zu gestalten, ob bei gemeinsamen Spaziergängen an den vereinsamten Buchten oder beim Schwimmen im Hongkong Country Club. Besonders beeindruckt war sie von den chinesischen und japanischen Restaurants, die wir gemeinsam aufsuchten. Als sie uns wieder verließ, war ich sehr traurig darüber, ich fühlte mich zurückgelassen in einer Welt, die mir doch immer noch fremd war. Aber ganz langsam begann ich mich hier wohlzufühlen, auch sehr durch die Hilfe meiner Tochter, die ja nun hier geboren war. In jenen Tagen dachte ich immer noch, dass wir ein wunderbares Heim hätten und eine Familie wären, des sehr stark zusammenhält. In diesem Jahr hatten wir noch weitere Besuche, nämlich den meiner Schwiegermutter und den von Mark Bay mit Gattin. Damit waren die vielen chinesischen Essen auf den Floating Restaurants in Aberdeen verbunden und die Einkaufsbummel in der Cat Street (die Antiquitätenstraße Hongkongs). Die Cat Street bedeutete für uns und unsere Besucher immer wieder ein faszinierendes Erlebnis. Sie lag im Western Distrikt neben den Straßenhändlern, die an ihren improvisierten Verkaufsständen allen möglichen Trödelkram und alte Münzen verkauften. Diese Umgebung hatte sich schon sehr auf die Touristen, vor allen Dingen die amerikanischen Touristen, eingestellt, die darauf aus waren, ein wertvolles, echtes Porzellanstück für einen lächerlichen Preis zu erwerben. Nur war es inzwischen schon so weit, dass die Einheimischen erkannten, dass man auch mit guten Kopien gutes Geld machen konnte. Wir hatten Interesse an einem Set hauchdünner Tassen aus Eierschalenporzellan. Ich war fasziniert vom Farbenspiel dieser blau-weißen hauchdünnen Objekte, auf deren Oberfläche sich die anderen Antiquitäten spiegelten. Zuerst erklärte uns der Verkäufer in seinem gebrochenen Englisch, es seien Tang Ying-Tassen, benannt nach dem Leiter der kaiserlichen Manufaktur im Jahre 1716. Doch als er nach einer Weile merkte, dass wir Hongkong-Ansässige waren, gestand er, dass es sich nur um gute Kopien handelte. Er war zumindest ehrlich, wir kauften in späteren Jahren einige Objekte von ihm, da wir ihm unser Vertrauen schenken konnten. Den amerikanischen Touristen hätte er diese Tassen natürlich als ganz besondere echte Objekte verkauft. Uns hingegen empfahl er eine kleine weiß-blaue Schüssel. Sie war zart, fast durchsichtig, ihr bemerkenswertes Blau ergab sich durch pulverisiertes Kobalt, das durch eine Bambuspfeife auf die Oberfläche geblasen worden war, danach wurde das Stück glasiert und bei circa 1200 Grad gebrannt. Eine interessante Lektion, in späteren Jahren lernten wir die Beratungen dieses Mannes sehr schätzen. Unseren Dank zeigten wir ihm, indem wir ihm Kunden verschafften, die uns aus Europa oder Amerika besuchten. Sie alle kauften ein gutes altes Stück chinesisches Porzellan und wurden nie enttäuscht. So entstand ein gemeinsames Interesse. Eduard und ich begannen damit, intensiv chinesisches Porzellan zu sammeln. Es handelte sich dabei meistens um blau-weiße Objekte, ob Vasen oder Schüsseln, einige Snuff-bottles (für Schnupftabak). In den späteren Jahren erhöhten sich die Preise so sehr, dass selbst die kopierten Objekte sehr teuer waren.

Das wirtschaftliche Wachstum in den frühen Siebzigerjahren entwickelte sich rapide und diese Zeit war faszinierend für jeden, der schon über Jahre in Hongkong lebte. Der Bauboom war nicht mehr aufzuhalten, Beton und Glas säumten mehr und mehr die großen Geschäftsstraßen. Die Bank of China, dessen stellvertretender Vorsitzender ebenfalls der offizielle Vertreter der Volksrepublik China war, hatte alle Hände voll zu tun, um alle Fremdwährungen, speziell die

Milliarden US-Dollar, in Chinas Zentralbank unterzubringen. Als Gegenwert lieferte China Lebensmittel, Gebrauchsgegenstände und vor allen Dingen Wasser. England hatte immer darauf hingewiesen, dass Hongkong britisches Hoheitsgebiet ist und lediglich zugelassen, dass ein offizieller chinesischer Vertreter in der Kolonie residierte. Aber die Ironie war, dass sich hinter dem offiziellen chinesischen Vertreter ein anderer verbarg, der in der Bank of China saß. Für jeden Hongkong-Zugehörigen war es eigentlich klar, dass die babylonischen Stufen vor dem rotchinesischen Bankgebäude und die wachenden Drachen eine immense Bedeutung hatten. Wir fragten uns oft in jenen Jahren, wie viele Kommunisten wohl unter uns weilten. Natürlich waren sehr viele Chinesen in Hongkong ansässig, die nach der Revolution im Jahr 1949 vom Festland-China fliehen mussten, sie waren nicht die überzeugten Kommunisten, stimmten aber auch nicht mit der englischen Kolonialregierung überein. Trotzdem stellten die chinesischen Kommunisten schon in diesen Jahren einen realen Machtfaktor dar. Sie besaßen viele gut gehende Unternehmen, Banken Kaufhäuser, Versicherungen und Finanzgesellschaften usw. Über die Bank of China liefen die gesamten Deviseneinnahmen der Volksrepublik, also fand in der sogenannten britischen Kronkolonie schon damals ein Ränkespiel statt, hinterhältig betriebene Machenschaften und absichtsvoll angelegte Verwicklungen. Die Rotchinesen waren im Hintergrund Hongkongs ganz stark vertreten. Hongkong und die Briten schienen den Rotchinesen zu dienen, denn Hongkong sollte ungestört weiter funktionsfähig bleiben, der englische Löwe und der chinesische Drache vertrugen sich vorzüglich.

1972 – Alexander kommt auf die Welt

Mein privates Leben mit Eduard konnte nicht besser sein. Als im Jahr 1972 mein Sohn Alexander auf die Welt kam, war unser Glück vollkommen, denn wir hatten uns immer einen Sohn gewünscht. Eduard hatte sich inzwischen selbstständig gemacht und es bestand keine Verbindung mehr mit der amerikanischen Firma. John Kamasoto war in dieser Zeit nur noch ein Konkurrent. Eduard hatte die Chefsekretärin der alten Firma übernommen und einige der besten Ingenieure. Das Anfangskapital wurde von Investoren einer amerikanischen Bank zur Verfügung gestellt, die an Eduard und seine Arbeit glaubten. Eduards neues Büro befand sich im Shell House auf der Queen's Road, in edler Umgebung, mit einem großen Konferenzraum und vielen Angestellten, er war ein großer Tai-Pan geworden. Die Bedeutung dieses Wortes war mir damals noch sehr unklar, doch wie ich bald merken sollte, war das Wort der Inbegriff von Macht und Intrige. Diese neu gebildete Firma bestand aus drei Partnern: Jan, dem Bankier, der die Möglichkeit hatte, das Geld durch seine Investoren zu beschaffen, dann einem Bauingenieur, den Eduard schon von der Hochtief Baustelle in Malaysia kannte und Eduard. Der Bauboom sah sehr vielversprechend aus und natürlich zog Eduard die Großfirmen auf seine Seite, die er durch die amerikanische Firma kennengelernt hatte. Von einer der wichtigsten Firmen bekam er schon 1974 einen der größten Subcontractor-Verträge, die jemals vergeben wurden. Dieser Vertrag umfasste die Installation von Caissons (Senkkästen) und die Basisfundamente für Brücken und Viadukte, ein Teil des Mammutprojekts Tuen Mun Stage 1 (Straßenbauprojekt). Eine spezielle Fundamenttechnik wurde verlangt zur Unterstützung der vielen Brücken und Viadukte, die einen Teil des Highway bildeten. Gebaut wurde das Ganze auf dem Vorgebirge über der Castle Peak Road von Tsun Wan bis zu der rasch wachsenden Satellitenstadt Tsuen Mun. Eduards Firma war eine erfolgreiche und schnell wachsende Firma, spezialisiert in Fundamentbau, Design und Konstruktion. Die Firma hatte ihr Arbeitsvolumen in den letzten zwölf Monaten sehr vergrößert. Da die Bau-Szene nicht mehr zu stoppen war, konnte die Firma sich mit den schon unterschriebenen Verträgen sehr schnell vergrößern und an Kapazität gewinnen. Die Bankkredite wurden großzügig gewährt, da die Banken die schon unterschriebenen Verträge und die daraus zu erzielenden Gewinne als Sicherheit ansahen. Unser privates Leben wurde durch die neue mit Erfolg verbundene Position immer mehr in den Hintergrund gestellt. Eduard erreichte in kürzester Zeit sehr viel, aber es gab kein Halten mehr für ihn, die Expansion wurde zum Hauptziel in seinem Leben. Mein Leben waren die Kinder, denen ich mich ausführlich widmete. Wir zogen in ein wunderschönes Haus in der Sasoon Road, im Pokfulam-Area. Das Haus war im Kolonialstil erbaut, mit einem Gartengrundstück und einer riesigen Terrasse, von der aus wir direkt auf das Südchinesische Meer schauen konnten. Ein Haus, das standesgemäß war und dazu bestimmt, wichtige Geschäftsleute einzuladen und zu bewirten. Man konnte fast sagen, wir hatten innerhalb kürzester Zeit alles erreicht. Eduard bekam einen Auftrag nach dem anderen, ob es um das Abstützen von Felsen für die abgetragenen Berge ging, die man stabilisieren musste, um Hochhäuser darauf zu bauen, oder ob es die Installation von Entwässerungsanlagen war, die in potenziellen Erdrutschgebieten angebracht wurden. Eduards Firma galt etwas in der Szene der großen Baufirmen Hongkongs. Eduards großes Glück war bedingt durch den Bauboom in Hongkong zusammen mit anderen Faktoren, wie zum Beispiel dem großen Vertrauen der gesamten westlichen Finanzwelt. Man konnte fast sagen, dass das Mittelmeer den Ozean der Vergangenheit darstellte, der Atlantische Ozean die Gegenwart und dass der Pazifische Ozean die Zukunft in sich trug. Hongkong war dabei der Mittelpunkt der Region, die sich von Japan bis in den Norden Australiens zog. Ich fragte mich so oft, wieso dieser Teil der Welt trotz der vielen Religionen so erfolgreich sein konnte. Hongkongs wirtschaftliches System reichte vom Kommunismus bis zum Laissez-faire-Kapitalismus, dazu wurden noch einige unterschiedliche Sprachen gesprochen. Um das wirtschaftliche Wachstum aufrechtzuerhalten, benötigte man den ständigen Einfluss der westlichen Technologie, deren Kapital und deren Erfahrung. Hongkong selbst war der Dreh- und Angelpunkt für den Aufschwung, das Wirtschaftszentrum, nur übertroffen von London und New York. Viele große Unternehmen hatten ihr Hauptquartier in Hongkong aufgeschlagen, offensichtlich nicht ganz ohne Grund. Die neuen »China Hands« warteten täglich darauf, dass sich die Türen Chinas öffneten.

Dieses kleine Fleckchen Erde war der größte Exportknotenpunkt in diesen Jahren, wenn es sich um Kleidung, Spielzeug und Uhren handelte. Es lag an der 19. Stelle des Weltexports und das bei einer Einwohnerzahl von nur 4,5 Millionen. Aber es war wirklich nicht immer so leicht, hier zu leben, das ewige rasante Tempo bei der Arbeit konnte einen schon recht wütend machen. Mich machte es oft rasend, dass dadurch das Privatleben fast völlig entfiel, auch bemerkte ich einen langsamen Veränderungsprozess bei Eduard, der nicht nur versuchte, das Tempo einzuhalten, sondern es sogar noch übertrumpfen wollte. Zuerst war es sein Bestreben, in kürzester Zeit das große Geld zu machen. Aber dann kam recht bald sein Pläneschmieden hinzu, es veränderte unser ganzes Leben. Es kam die Zeit, in der ich mich in die Machtspiele nicht mehr hineindenken konnte, da meine eigene Natur eine ganz andere Richtung anstrebte. Nur eines war mir immer klar: Wer in dieser Welt der Schlupfwinkel, der Geheimgesellschaften, der Drogenhändler und der Korruption groß werden wollte, musste selbst ein ganz schöner Intrigant sein. Aber ehrlich gesagt dachte ich nicht zu oft darüber nach, denn ich hatte mein Leben den Kindern und meiner Ikebana-Ausstellung gewidmet.

Dann erlebten wir natürlich auch große Ereignisse in den 1970er Jahren, wie den Untergang der Queen Elisabeth im März 1972, die trotz der Hilfe von vielen Feuerwehrbooten ausbrannte und langsam im Meer versank. Niemand wusste, ob es Sabotage oder Versicherungsbetrug war, wir hörten alle möglichen Stimmen, die scheußliche Dinge flüsterten. Es wurde für uns zu einem Albtraum, dieses einmalige Schiff so elendig untergehen zu sehen. In den vorangegangenen Wochen hatten wir es oft mit unserer Motoryacht passiert. Wie königlich es das Wasser zu beherrschen schien und dann der fatale Niedergang, eine Schande. Es gab noch einen Niedergang, aber eher einen positiven, nämlich den des zweithöchsten Polizeibeamten Kowloons, Peter Fitzroy Godber, dem Korruption nachgewiesen werden konnte. Es wurde der Präzedenzfall der englischen Anti Corruption Campaign. Wir alle wussten, dass die Korruption innerhalb der Polizei sehr stark war, der größte Skandal aber war Godber, in seinem Auto fand man 40.000 US-Dollar versteckt. Leider ließ man ihn während der anschließenden Untersuchung frei und er konnte unerkannt durch die

Kontrolle am Flughafen Kai Tak schlüpfen und fliehen. Seine Flucht war so eilig, dass er nicht mal mehr seine 50.000 Hongkong-Dollar von seinem Konto bei der Bank abholte. Aber wie sich später herausstellte, konnte er diese Summe gut und gerne verschmerzen, denn er hatte schon vorher über eine Million Dollar ins Ausland geschafft. Doch er harrte Pech, denn er wurde von England ausgeliefert und packte aus. Er war nur einer von vielen hohen Polizeibeamten in Hongkong, die sich an Bestechungsgeldern von Bordellen, Spielhöhlen, Zuhältern und Drogenhändlern bereicherten. Ich kann mich noch erinnern, dass während dieser Zeit auch die Schwierigkeiten bei den Bauunternehmen anfingen, denn es wurde langsam gefährlich, zum Beispiel einem Inspektor der Bauaufsichtsbehörde Schmiergeld in die Hand spielen zu lassen. Es war gang und gäbe, dass solch ein Inspektor beide Augen zudrücken würde, wenn das Schmiergeld stimmte. Ich fragte Eduard oft danach, aber er sprach nicht über solche Dinge oder nur wenig. Das Einzige, was ich jemals mitbekam, war etwas von Zahlungen an einzelne Architekten oder etwas über vereinbarten Deals (mündliche Abmachungen) der großen Baufirmen untereinander. So ein Deal sah meistens so aus, dass sich die Firmen untereinander absprachen, wer für welchen Auftrag ein Angebot abgeben würde. Derjenige, der den Vertrag unterzeichnete, zahlte der anderen Firma praktisch einen Anteil aus fürs Nichtbieten.

Etwas anderes berührte mich in diesem Jahr sehr. Meggy, meine langjährige Amah, veränderte sich plötzlich, sie wurde unfreundlich, ging meinen Anweisungen nicht mehr nach und passte nicht so recht auf meine Kinder auf. Als ich dann eines Tages mit einem Blumenstrauß nach Hause kam und sie bat, ihn ins Wasser zu stellen, rührte sie sich nicht und fragte mich, warum ich ihn nicht selbst ins Wasser stellen würde. Ich war darüber so entsetzt, dass ich sie nur noch auf der Stelle entlassen konnte. Tagelang war ich betrübt darüber, bis schließlich Ah-Lien, meine junge Putz-Amah mit der Sprache herausrückte. Meggy hatte ihr Einkommen in den Aktienmarkt gesteckt, spekuliert und gewonnen. Der Hang Seng Index war nämlich in den letzten 15 Monaten gestiegen, von 346,81 HK$ auf 1.774,96 HK$ im

März 1973. Der Hang Seng Index war zu vergleichen mit dem amerikanischen Dow Jones Index und dem englischen Financial Times Index. Da alle Chinesen große Spieler waren, siehe das Mah-Jongg Spiel oder die Macao Spielbar, war die Börsenspekulation während der letzten 15 Monate das spannendste und unerträglichste Glücksspiel für alle Schichten Hongkongs. Für den Kuli, die Amah und sogar für den Manager. Sicherlich hatte ich oft fasziniert beobachtet, wie Schlangen von Menschen auf der Ice-House Street (die Hongkonger Wall Street) auf die letzten Kurse fixiert waren. Die meisten der Aktiengesellschaften besaßen allerdings außer ihrer Briefkastenadresse und ihren Briefbögen kein Vermögen. Mit jeglicher Emission konnte man Geld machen. Die ganze Stadt war wie vom Börsenfieber besessen. Aber das Ganze zerplatzte wie eine Seifenblase am 20. März 1973. Die Zeitungsartikel am nächsten Tag waren voll mit tragischen Geschichten von Leuten, die alles verloren hatten. Der Hang Seng Index war auf fast 190 Punkte gefallen. Natürlich freuten sich alle, die frühzeitig verkauft und einkassiert hatten. Das klassische Beispiel dafür war für mich Meggy, die nun auch heiratete und sich mit ihrem kleinen Vermögen ein gutes Leben leisten konnte. Aber die menschliche Enttäuschung, die ich mit Meggy erlebt hatte, ging mir noch lange nach. Ich hatte immer angenommen, dass sie an unserer Familie hing, an den Kindern, aber nichts dergleichen, sie kam uns nicht einmal mehr besuchen. Meine nächste Kinder- und Koch-Amah war Ah-Dan. Ich wählte sie unter Vielen ganz sorgfältig aus. Ah-Dan war bestimmt schon an die sechzig, sie hatte einen gedrungenen Körperbau und ihr rundes Gesicht strahlte immer. Sie trug einen langen schwarzen Zopf und die typisch schwarz-weiße Amah-Kleidung. Es war schwierig für meine Kinder, Meggy zu vergessen und sie gewöhnten sich nur langsam an Ah-Dan. Wie sich aber dann herausstellte, war sie sehr treu ergeben und übernahm langsam die Kinder und die Küche. Wie gerne hätte ich einmal selbst in der Küche gewirtschaftet und gekocht, aber Ah-Dan hätte dann im Alter noch ihr Gesicht verloren, so nahm ich davon Abstand. Ich freute mich aber immer auf ihren freien Tag, da konnte ich tun und lassen, was ich wollte. Dieses Jahr war auch recht erfolgreich für mich persönlich, ich gewann viele Preise bei den verschiedenen Ikebana-Ausstellungen, ob im Hilton Hotel oder im Garten der City Hall. Es gab einige Zeitungsartikel über mich und meine Skulpturen. Ich war genauso erfolgreich wie Eduard, nur auf einer ganz anderen Ebene. Die Fäden des Joss führten uns ganz langsam auf getrennte Bahnen. Obwohl wir beide sehr stolz aufeinander waren, konnte ich wahrscheinlich nie akzeptieren, wie ihm Geld und Macht ganz allmählich den Touch einer bestimmten chinesischen Denkweise verliehen. Vielleicht hatte auch ich mich verändert. Unsere Kräfte schienen gegensätzlich zu sein. Unsere Gefühle wechselten vom Yin ins Yang. Einmal brach die Kälte aus, das Yin, und dann wiederum erhielten wir die Kraft der Wärme und Liebe, das Yang. Aber in diesem Jahr erfasste mein feminin intuitiver Instinkt doch ganz klar, dass hinter all meinen Zweifeln an Eduard mehr stecken musste. Ich wusste nicht, was es war, aber es dauerte nicht lange, bis ich es auf die härteste Art und Weise herausfinden sollte.

Die im Jahr 1973 etablierte Kommission ICAC (Independent Commission Against Corruption) hatte hart durchgegriffen bei dem Versuch, die Korruption im Hongkong Territorium auszurotten. Die ICAC hatte erfolgreich Polizeiangestellte, Verwaltungsbeamte und Mitglieder des privaten Sektors verfolgt. Das Resultat war, dass Hongkong nicht mehr so korrupt war wie vor ein paar Jahren und dieser Platz war nun bemerkenswert clean, das heißt, er war frei von Korruption. Ich konnte mich immer noch an die Jahre erinnern, in denen wir von den chinesischen Subunternehmern Weihnachtsgeschenke bekamen, das würde nun dem wachsamen Auge des ICAC nicht mehr entgehen. Während die vielen Flüchtlinge aus Rotchina bestrebt waren, sich eine neue Existenz zu schaffen, war Eduard nur mit einem Gedanken beschäftigt: seine Machtposition zu erweitern. Er wollte das Wirtschaftswunder Hongkong voll ausnutzen.

Mein Sohn Alexander, von jeher ein Wonneproppen, der immer nur lächelte und ein außerordentlich glückliches Kind zu sein schien, wuchs langsam heran. Meine Tochter Denise besuchte schon jeden Morgen eine englische Spielgruppe.

Ich erinnere mich noch genau an das wunderbare Weihnachtsfest in unserem neuen Haus in der Sassoon Road in Pokfulam. Obwohl es zu dieser Jahreszeit noch recht warm war, brachten wir mit der echten Blautanne aus Japan und vielen brennenden Kerzen die angemessene Stimmung zustande. Denise bekam ihre langersehnte Barbiepuppe in einem rosafarbenen Kleid und mein Sohn Alexander seine Spielzeugautos. Dieses Weihnachtsfest war wohl eines der letzten glücklichen Feste, die wir zusammen feierten.

1976 – Constantin kommt auf die Welt – Scheidungsabsichten

Mein drittes Kind wurde im Jahre 1976 geboren, Constantin. Er wurde in eine angespannte Situation hineingeboren und dem entsprechend verlief auch seine Geburt.

Er hätte schon etwas früher auf die Welt kommen sollen, aber Dr. Li Xu, der alle meine Kinder auf die Welt brachte, meinte nur, man solle nicht eingreifen, sondern alles der Natur überlassen. So kam es, dass ich am Abend nach der Geburtstagsfeier meiner Tochter (fantastisch arrangiert mit einem chinesischen Zauberer und 25 kleinen Gästen) noch ins Hospital gebracht werden musste, denn die Herzschläge meines ungeborenen Kindes waren nicht mehr zu hören. Mit Spritzen, die die Wehen antrieben, brachte ich meinen Sohn Constantin noch im letzten Moment lebend auf die Welt. Ich entband dieses Mal im Hongkong Sanatorium, das gleich gegenüber der Pferderennbahn in Happy Valley lag. Ich war sehr enttäuscht darüber, dass Eduard während dieser aufregenden Entbindung nicht bei mir war. Aber er hatte »wichtige Geschäftsbesprechungen« am nächsten Tag und zum erste Mal bemerkte ich, dass er mir beim Vorbringen solcher Redewendungen nicht mehr in die Augen schauen konnte. Drei Tage nach der Geburt hatte ich mich genügend erholt, um mit dem Baby nach Hause gehen zu können. Allerdings brachte ich eine Venenentzündung mit, die sich im rechten Oberarm befand. Mein Arm entzündete sich nach ein paar Tagen so sehr, dass ich das Baby nicht mehr halten konnte.

Ah-Dan übernahm das Baby und gab ihm das Fläschchen, auch während der Nacht. Ich hatte erwartet, dass Eduard einmal einspringen würde, aber stattdessen eröffnete er mir, er müsse für eine Woche auf Geschäftsreise nach Tokio. Natürlich war ich sehr traurig darüber, aber »seine Geschäfte gehen über das private Leben«, dachte ich und akzeptierte, was immer er unternahm. Am Tag nach seiner Abreise rief mich seine Sekretärin an, sie bat mich darum, doch einmal ins Büro zu kommen, sie müsse unbedingt etwas mit mir besprechen, es ginge um Eduards Japanreise. Ich hatte an diesem Tag keine Zeit, versprach ihr aber, in den nächsten Tagen hereinzuschauen. Wie ich dann sehr viel später erfuhr, wollte sie mir erzählen, dass Eduard mit seiner Freundin Liza nach Japan geflogen sei. Liza war ein junges chinesisches Mädchen, das er schon seit Jahren kannte und auch seit Jahren schon hatte er ein Verhältnis mit ihr. Sie stammte ursprünglich aus Macao, der portugiesischen Kolonie, lebte aber dann wohl in der Kronkolonie. Doch erst ein halbes Jahr später erfuhr ich von der Geschichte. Die Sekretärin, die ich dann tatsächlich ein paar Tage später im Büro aufsuchte, meinte nur, die Sache habe sich schon erledigt. Sie gab mir die Telefonnummer und den Namen des Hotels in Tokio und meinte nur, ich solle ihm doch nachfliegen. Natürlich flog ich Eduard nicht nach, denn ich musste ja für mein Baby da sein, das erst ein paar Tage alt war. Als Eduard von der Japanreise nach Hause kam, nahm er mich in die Arme und hatte Tränen in den Augen. Ich hatte gerade eine Schallplatte aufgelegt und er fing an, mit mir zu tanzen. Er meinte nur, dass wir das schon so lange nicht mehr getan hätten, was er mir aber wohl in Wirklichkeit sagen wollte, war: »Entschuldige, dass ich mit meiner Freundin in Tokio war und dich hier mit den Kindern alleine gelassen habe.« Von diesem Zeitpunkt an glitt unser privates Zusammenleben immer mehr ins Negative. Eduard kam an keinem Abend mehr vor elf, halb zwölf nach Hause, immer wieder schob er die viele Arbeit vor. Ich ahnte damals nichts von all dem, was sich hinter meinem Rücken abspielte. Oder wollte ich es etwa nicht wahrhaben?

Im Sommer 1977 flog ich alleine mit den drei Kindern und der jüngeren Amah Ah-Lien für einige Wochen nach Deutschland zu meiner

Mutter. Ah-Lien sollte mich dabei unterstützen, die Kinder unter Kontrolle zu halten. Meine größte Sorge war damals, ob es Ah-Lien auch in Deutschland gefallen würde. Ich fürchtete, dass sie Heimweh bekäme und gleich wieder zurück nach Hongkong wollte. Meine Nachbarin und Freundin Violett hatte ich gebeten, sich doch ein wenig um Eduard zu kümmern und ihn ab und zu einmal zum Essen einzuladen. Ah-Dan, die Koch-Amah, die ja noch im Haus war, versprach mir, sich gut um den Master zu kümmern. Ich genoss den Aufenthalt in meinem Elternhaus in den ersten zwei Wochen sehr. Ah-Lien war ganz fasziniert von meinem Heimatort und sie lebte sich sehr schnell ein. Dann, nach zwei Wochen, erreichte mich ein Brief aus Hongkong.

Liebe Frau v. B.

Hiermit möchte ich ihnen mitteilen, dass in ihren Haus in Hongkong eine fremde chinesische Person lebt, dass Ihr Chauffeur Paul die gleiche Person herumchauffiert und Ihr Mann hat ihre langjährige Amah entlassen. Kommen Sie umgehend nach Hongkong zurück.

Der Brief war nicht unterschrieben, er endete mit »Von jemandem, der Sie und Ihre Kinder sehr schätzt«. Meine erste Reaktion war, dass ich in Tränen ausbrach. Ich war sehr bestürzt über diesen Brief. Ich besprach ihn mit meiner Mutter und meiner Schwester, woraufhin meine Schwester mir den Rat gab, das nächste Flugzeug zu nehmen und nach Hongkong zu fliegen. Aber genau das tat ich nicht, ich griff nach dem Telefonhörer, rief Eduard im Büro an und erzählte ihm von dem Brief. Er lachte nur und meinte, diesen Brief solle ich sofort wegwerfen, an der ganzen Geschichte sei nichts Wahres dran. Wie immer vertraute ich ihm auch dieses Mal, ich liebte ihn sehr. Und als er dann noch sagte, er würde in der nächsten Woche kommen, um mit uns zusammen ein paar Tage Urlaub zu verbringen, war ich ganz glücklich und hatte den Brief fast vergessen. Als wir Eduard dann in Frankfurt am Flughafen abholten, schenkte er mir einen riesigen roten Rosenstrauß. Natürlich erwähnte ich den Brief noch einmal, aber wieder sagte er, ich solle die ganze Geschichte vergessen, es sei nichts geschehen, es gebe keine andere Frau. Ich hatte damals noch die Weisheit eines Kindes, dass der geliebten Person immer wieder Glauben schenken wollte. Die Welt sollte für mich in Ordnung sein, aber es gab da einen grundsätzlichen Widerspruch zwischen diesem Brief und meiner Denkweise. Eduard verließ uns nach ein paar Tagen wieder, um nach Hongkong zurückzufliegen.

Alles befand sich in höchster Einheit, die Chinesen nannten es das Tao, und als ich mit den Kindern und Ah-Lien zwei Wochen später auf dem Kai Tak Airport landete, freuten wir uns alle wieder auf unser Zuhause. Paul, der Chauffeur, holte uns vom Flughafen ab und fuhr zu unserem Haus. Ich hatte eigentlich erwartet, dass Ah-Dan uns begrüßen würde, aber sie war im ganzen Haus nicht aufzufinden. Ich dachte zuerst, sie sei zum Einkaufen auf dem Aberdeen Markt, nach einer Weile schaute ich in ihr Zimmer, ihre gesamten Kleidungsstücke waren verschwunden, es war nichts mehr da, was mich an sie hätte erinnern können. Die armen Kinder, sie hatten sich so auf Ah-Dan gefreut und nun war sie wie vom Erdboden verschluckt. Meine Tochter Denise kam weinend aus ihrem Kinderzimmer gelaufen, sie vermisste ihren riesigen blauen Stoffteddybären und es stellte sich heraus, dass alle Stofftiere der Kinder verschwunden waren. Natürlich dachte ich in dieser Situation wieder an den Brief. Demnach hatte Eduard Ah-Dan tatsächlich entlassen. Als Eduard dann kurz nach unserer Ankunft nach Hause kam, fragte ich ihn natürlich sofort, wo Ah-Dan wäre und die Stofftiere der Kinder. Er meinte dazu nur, er hätte Ah-Dan wegen ihrer Unverschämtheit entlassen müssen und die Tiere hätte sie wahrscheinlich auch noch mitgenommen. In dieser Nacht plagten mich Albträume, irgendetwas stimmte hier nicht, Ah-Dan liebte die Kinder über alles. Am nächsten Morgen ging ich sofort zu meiner Freundin Violett, da sie mir versprochen hatte, sich um Eduard zu kümmern. Ich wollte mich geschickt anstellen und fragte sie erst einmal, ob sie Eduard denn einmal zum Essen eingeladen hätte. Sie sagte nur sehr ernsthaft: »Bitte setze Dich, ich muss dir etwas erzählen.« Dann rückte sie ganz langsam und vorsichtig mit der ganzen Wahrheit heraus. »Während du mit den Kindern in Deutschland gewesen bist, ist eine junge Chinesin in dein Haus eingezogen. Ah-Dan war natürlich nicht mit ihr einverstanden und sie wurde von deinem Mann entlassen. Dein Gärtner wurde herumkommandiert von dieser Person, um alle Pflanzen umzustellen, auch er ist nicht mehr erschienen seit dieser Zeit. Eine ganze chinesische Sippe hielt sich teilweise in deinem Haus auf und feierte laute Partys. Und Paul, dein Chauffeur, hatte die Aufgabe, die neue Dame des Hauses herumzufahren. Bei einer anderen Gelegenheit habe ich gesehen, dass die Familie dieses Mädchens alle Stofftiere deiner Kinder mitgenommen hat.«

Zum ersten Mal in meinem Leben war ich wie gelähmt, ich wusste, Violett erzählt die Wahrheit, genau wie es der Brief getan hatte. Ich brach in Tränen aus, sie umarmte mich und versuchte es mit tröstenden Worten. Sie sagte noch, es täte ihr so leid, aber Robert und sie selbst würden sich um mich kümmern. Ich war verzweifelt, wie konnte Eduard derartig lügen und dabei noch seine eigenen Kinder um ihre geliebten Stofftiere betrügen? Ich ging weinend in dieses Haus zurück, welches ich mit so viel Liebe und Hoffnung eingerichtet hatte. Alle Kraft war aus meinem Körper gewichen, alles war aus dem Gleichgewicht geraten. Als dann noch eine Freundin von mir anrief, die ich gebeten hatte, nach meinem Haus zu schauen und sie mir sagte, dass sie durch die großen Glasscheiben Nachtwäsche auf meinem Bett hätte liegen sehen, die mir nie gehören könnte, war ich endgültig am Ende meiner Kräfte.

Als Eduard mich am gleichen Abend so vorfand, gestand er mir die Wahrheit. Ja, er hatte ein Verhältnis mit dieser Liza, schon seit der Geburt meines ersten Sohnes. Er hatte mich schon über vier Jahre betrogen. Damals fragte ich mich fast täglich, wie es möglich war, dass ich drei Kinder von ihm bekommen hatte und er dann doch die Abende und Wochenenden mit einer jungen Chinesin verbrachte. Immer wieder hatte er die enorm viele Arbeit vorgeschoben, sodass ich fast jedes Wochenende mit den Kindern alleine im Country Club verbrachte. Oft war es sogar so, dass wir uns dort um eine gewisse Zeit treffen wollten, Eduard aber nie dort ankam, sodass ich meine Kinder am späten Abend alleine ins Bett brachte und er erst gegen Mitternacht nach

Hause kam. Jetzt wurden mir die Augen geöffnet. Ich dachte immer wieder an all die Ausreden und Lügen der vergangenen Jahre, die wie ein abgedroschener Filmstreifen vor mir abliefen. Ich dachte an die Gespräche mit meinen Freundinnen, die wussten, dass ihre Ehemänner jegliche Chance nutzten, um mit einer Asiatin ins Bett zu gehen, besonders wenn sie auf Geschäftsreisen nach Korea oder Japan flogen. Diese Freundinnen hatte ich immer so bemitleidet und mein Kommentar war stets nur: »Mein Mann würde mich nie betrügen.« Wie sehr die Fäden des Joss mich doch enttäuscht hatten. Ich hatte zwar drei wunderbare Kinder, lebte in einem Haus voller Luxus, fuhr ein 20 Jahre altes Mercedes Sportcabrio, das mit meinen Initialen versehen war, und doch verbrachte ich Monate und Jahre in einer todunglücklichen Situation. Es sollte nun so sein, dass ich die Affäre Eduards nie, nie mehr vergessen konnte. Natürlich fragte ich Eduard auch, wie er dieses Mädchen kennengelernt hätte. Er erzählte mir die Geschichte auch irgendwann mal ausführlich. Sie hatte sich um einen Job bei seiner Firma beworben und wurde dann als kleine Schreibkraft eingestellt. Eines Tages fühlte sie sich während der Arbeitszeit recht krank und Eduard fuhr sie ins Lee Gardens Hotel, indem sie wohl zur Überbrückung ein Zimmer hatte. Als er sie auf das Zimmer brachte, zog sie ihre Bluse aus und Eduard aufs Bett. Eine der ältesten Geschichten der Welt, nur diese war etwas ernster zu nehmen. Er konnte über Jahre hinweg nicht mehr von ihr loskommen, trotz der Kinder, trotz der Ehefrau. Nachdem ich nun die ganze Geschichte kannte und trotzdem bei ihm bleiben wollte, teils der Kinder wegen, teils wegen meiner Liebe zu ihm, konnte ich im Grunde nicht mehr tun, als zu versuchen, ihm zu vergeben.

Doch es kam schlimmer. Bei den ersten anonymen Anrufen, die ich erhielt, hörte ich immer wieder die gleiche Männerstimme, offensichtlich die eines Chinesen. Er sagte: »Wenn Sie Hongkong nicht verlassen, wird eines ihrer Kinder eines Tages verschwunden sein.« Ich erzählte Eduard von diesen Anrufen, er glaubte mir kein Wort, er meinte, ich würde mir das alles nur einbilden. Niemand erfuhr etwas von dieser Sache, ich konnte mich keinem anvertrauen, meine Freundin Inge war in Südafrika und meine Familie in Deutschland. Alleine war ich zu schwach, ich konnte das Vergangene und diese Drohanrufe nicht verkraften. Eines Abends, Eduard war zu Hause, klingelte das Telefon. Ich war in der Nähe und hob ab. Da war wieder diese Männerstimme, die wiederum drohte: »Wenn du nicht aus Hongkong verschwindest, wird sehr bald eines deiner Kinder verschwinden«. Zitternd am ganzen Körper legte ich den Hörer auf und erzählte Eduard von dieser Drohung. Er stand genau neben mir, aber er zweifelte an meine Worten, genau wie vorher. Meine Verzweiflung gewann in diesem Augenblick die Oberhand, ich rannte ins Bad und schluckte sehr viele Tabletten, ich wollte einfach nie mehr in meinem Leben diese Anrufe bekommen, ich wollte meine Ruhe haben und nicht mehr leben. Selbst das Gefühl für die Verantwortung gegenüber meinen Kindern und für die Verpflichtung zum Leben hatte mich verlassen. Alles verschwand langsam und sank in ein tiefes Nichts. Am nächsten Morgen wachte ich im Hospital auf, festgebunden an ein Bett, in einem Zimmer mit mindestens 20 Chinesen. Ich konnte in diesen Tagen keine Chinesen mehr sehen, sie machten mich krank, sie waren für mich der Inbegriff ehrgeiziger, selbstsüchtiger und geldgieriger Monster ohne jeglichen Charakter. Ihre starken egoistischen Kräfte hatten auf mich eingewirkt und ich war ihnen gegenüber feindselig gestimmt, denn sie hatten meinen Seelenfrieden und fast auch mein Leben zerstört. Man hatte am vorhergehenden Abend meinen Magen ausgepumpt, ich sollte leben. Am nächsten Tag wurde ich dann in ein Einzelzimmer gebracht. Eduard besuchte mich und ließ mich immer wieder in dem Glauben, dass er mich liebte. Ganz langsam erneuerte sich meine Kraft, ich fing noch einmal von vorne an. Bald war ich wieder soweit, das zu tun, was der Augenblick erforderte. Ich hatte an Kraft gewonnen, wusste aber auch, dass ich sie im Kampf mit den fremden, störenden Einflüssen sofort wieder aufbrauchen würde. Wie sich herausstellen sollte, war die Familie Lizas für die anonymen Anrufe verantwortlich, denn sie wollten diese halb geschlachtete goldene Gans nicht wieder fliegen lassen. Eduard erkannte nun wohl auch, dass die Bestrebungen von Lizas Familie, mich aus dem Weg zu räumen, diese absichtlichen

Beeinflussungen und Anstrengungen (oder wie immer man dies noch nennen konnte), die sie unternahmen, die Spannungszustände zwischen uns erhöhen und explodieren lassen würden. Eduard versprach mir hoch und heilig, dass er Liza nie mehr wiedersehen würde.

Bali

Ich flog nach all diesen Vorkommnissen mit meiner Tochter nach Bali, um dort ein wenig Erholung zu finden. Wir näherten uns bald der grünen Küstenlinie, auf der sich das Bali Hyatt befand. Eine leichte Dünung wippte in gleichmäßigem Rhythmus auf und ab, das Hotel lag fast direkt am Sanur-Beach. Der leichte Abendwind wehte uns den Geruch der getrockneten Kokosnüsse entgegen. Die Eingangshalle des Hotels war beeindruckend, eine offene Halle, ausgestattet mit den berühmten Schnitzarbeiten und Batiken der Balinesen. Auch bot sich der Blick auf den tropischen Garten, der sich ganz langsam mit dem untergehenden Sonnenlicht in einer unwahrscheinlichen Farbenexplosion mit dem davorliegenden weißen Sand und dem tiefblauen Meer vereinte. An all den Tagen, die wir auf dieser Insel verbrachten, suchte ich immer wieder Vergleiche mit Hongkong. Es gab keine, wir befanden uns in einem Nichts, dem Anfang von Himmel und Erde, dem Ursprung der Natur. Und die Menschen trugen ein tiefes Geheimnis in sich, das Geheimnis, mit dem Nichts glücklich zu sein. Sie schafften es sogar, dieses Geheimnis innerhalb weniger Tage auf mich zu übertragen. Ich vergaß alles während dieser Zeit und wandelte auf den Höhen eines wunderschönen Traums. Dieser war verbunden mit den graziösen Tänzen der Balinesen, den symbolischen Gesten der geheimnisvollen Kultur und der grenzenlosen Bezauberung der naturverbundenen Lebensweise. Die schönsten Momente verlebten wir beim Abendessen unter dem Sternenhimmel mit dem Rauschen der Wellen im Hintergrund und dem fließenden Übergang von Mythos und Alltag. Auf der Bühne vor uns die balinesischen Tänzer, sie traten in prachtvollen Brokatgewändern auf und wir bewunderten das faszinierende Spiel der Gebärden. Der Legong, einer der wunderschönsten und auch einer der klassischsten Tänze, hatte es mir sehr angetan. Dagegen war meine Tochter vollkommen überwältigt vom Kecak-Tanz, es war wohl eine der wildesten Darbietungen, die sie jemals gesehen hatte. Dieser Auftritt beeindruckte sie so sehr, dass sie in der darauffolgenden Nacht nur wilde Laute ausstieß. An jedem Morgen stand ich auf dem Balkon uns sah zu, wie die Sonne über dem Meer aufstieg - diese Insel war schon etwas Besonderes, im Heim der Götter brach wieder ein neuer Tag an. Nach dem Frühstück unternahm ich mit meiner Tochter einen Spaziergang am Strand. In Sarongs gekleidete Frauen waren bereits dabei, in langen Bambusrohren Wasser in ihre Häuser zu tragen. Die Kokospalmen wurden vom frühen Morgenwind berührt und die schaumigen Wellen rollten langsam auf den weißen Sandstrand zu. Meine Tochter wollte ihren ersten Milchshake in der Bar des Hotelpools trinken, ich dagegen wählte einen Saft aus verschiedenen exotischen Früchten. Dabei tauchten schon die ersten braungebrannten Körper der balinesischen Künstler auf, die den Hoteltouristen ihre Ware anboten. Meistens trugen sie Batikstoffe, Malereien und Schnitzereien um den Pool herum. Faszinierend war ihre Verkaufsmethode, sie lächelten fortwährend und gaben ganz einfach nie auf, bis sie etwas verkauft hatten. Mein Blick wanderte zu den umliegenden Bauten, alle waren angelehnt an die typisch indonesische Bauweise. Der Hotelmanager erzählte mir bei einer anderen Gelegenheit, dass die Dorfältesten kein Haus auf ihrem Gebiet zuließen, das höher war als eine Kokospalme, denn das wäre eine Gotteslästerung. Eine sehr erfrischende Ansicht. Es war alles so anders hier, verglichen mit einem Platz wie Hongkong. Bei den Einheimischen hier zählte noch der Glaube, in Hongkong dagegen der Dollar, das Materielle, das den Geist der Chinesen gewissermaßen in Gang setzte. Die Tage in Bali vergingen zu schnell. Wir verließen das Königreich und die Welt der Götter und die Welt von morgen, um in die Höhle des Drachen zurückzukehren.

Noch ein Scheidungsgrund

Während des Rückflugs dachte ich zum ersten Mal wieder daran, dass Eduard ja während unseres Aufenthalts auf Bali dieses chinesische Mädchen hätte treffen können. Als wir auf dem Kai Tak Airport landeten und ich Eduard wiedersah, spürte ich in meinem tiefsten Innern, dass die Faszination für Hongkong ganz langsam bei mir entschwand. Meine Freundin Gabi aus Hamburg kam kurz darauf auf Urlaub nach Hongkong. Ich brauchte in dieser Zeit viel Zuneigung und Verständnis und freute mich sehr auf Gabis Kommen. Manchmal wusste ich nicht mehr, wo ich hingehörte. Die Gesichter der Chinesen, die mich jeden Tag umgaben, konnte ich oft nicht mehr ertragen, da ihre Züge nie verrieten, was sie wirklich empfanden. An der Seite eines Mannes, der nur noch seine Geschäfte im Kopf hatte und immer geschäftiger wurde, wurden die Tage und Nächte zur alleinigen Qual. Der Besuch Gabis munterte mich auf, wir unternahmen recht viel und ich stellte sie meinen Bekannten vor. Doch auch ihre Abreise lag schon wieder wie ein Schatten auf meiner Seele. An ihrem letzten Abend wollte ich sie noch einmal in das Repulse Bay Hotel zum Abendessen einladen. Wir fuhren nachmittags in die Stadt, um Eduard zu fragen, ob er uns begleiten würde. Als wir sein Büro im Shell House betraten, sollten wir zuerst den Schreibtisch seiner Sekretärin Miss Samira Yang passieren und ich fragte sie, ob mein Mann da wäre. Eigentlich zum ersten Mal sah ich bewusst das Gesicht dieser jungen Chinesin. Sie hatte eine sehr schlechte Haut und war klein und unscheinbar. Sie hatte mir schon einmal gegenübergesessen, auf einem Betriebsfest bei einem chinesischen Essen für die Angestellten der Firma. Ich hätte sie nie im Leben als eine Art Konkurrenz angesehen. Eduard war da, er saß hinter seinem großen exklusiven Schreibtisch mit Stößen von Papier und Verträgen vor sich. Auf meine Frage, ob er heute Abend mit uns in das Repulse Bay Hotel gehen würde, meinte er nur, wir sollten uns alleine vergnügen, er sei sehr beschäftigt, es würde noch ein langer Arbeitstag für ihn werden. Natürlich war ich enttäuscht, aber die Freude auf ein angenehmes Essen überwog. Vor dem abendlichen Schmaus fuhren wir in meinem alten Mercedes Cabrio auf den Peak. Ich wollte Gabi noch diesen wunderbaren Blick auf Victoria hinunter als kleines Abschiedsgeschenk vor ihrer Heimreise zeigen. Es war ein herrlicher Abend. Die Sonne ging gerade unter, sie schien als glühender roter Ball mit dem tiefblauen Wasser des Meers zu verschmelzen, im Vordergrund die Wolkenkratzer, deren Grund und Boden kostbarer als Edelsteine war. Die Grundstückspreise hatten schwindelerregende Höhen erreicht, die wiederum schuld an den hohen Mieten waren, die sicherlich noch weiter steigen würden. Die Auktionen der Regierung brachten dem Gouverneur genau den Erlös, den er benötigte, um den Haushalt Hongkongs aus den roten Zahlen zu bringen. Von hier oben sah man nur den Glanz und die Schönheit der Lichter und die unendlich vielen Farben, doch nach all den Jahren, in denen ich die Spitze des Victoria Peak betreten hatte, wurde mir nun auch das hellbraune Granulat unter dem faszinierenden Lichterspiel bewusst. Es war der Drachenschwanz, der unter all diesen bunten Lichtern seinen Todestanz im Sumpf aufführte, die weit verbreitete, immer noch lebendige Korruption, die Geheimbünde (triads), die Vietnamflüchtlinge und die illegalen Flüchtlinge aus Rotchina. Dazu kamen dann noch jeden Sommer die Mörder mit dem ruhigen Auge, die Taifune, die in jedem Jahr vielen armen Bewohnern das Heim wegschwemmten. Ich stand hier ganz ruhig und erkannte das wahre Hongkong. Doch dieser Abend sollte der sein, den ich nicht mit Denken, sondern mit Gabi verbringen wollte. Wir entschieden uns spontan für den Furama Grillroom, statt in das Repulse Bay Hotel zu fahren. Das Restaurant war sehr edel eingerichtet, ein Treff für Geschäftsleute und die High Society Hongkongs. Der Abend verlief amüsant, wir lachten sehr viel und genossen dabei das gute Essen bei Kerzenlicht. Nach dem Essen schlenderten Gabi und ich ganz langsam über die Queen's Road zum Hilton Carpark. Es war recht spät geworden und nur wenige Leute waren auf der Straße. Ein Pärchen lief Hand in Hand vor uns her, sie schienen das gleiche Ziel anzusteuern wie wir. Im Hilton Carpark sollte ich dann entdecken, dass es mein eigener Ehemann war, der mit seiner chinesischen

Sekretärin Hand in Hand das Leben genoss. Meine Freundin Gabi meinte mich beruhigen zu müssen, ich aber trat indessen vor Eduard und meinte nur: »Wir wollen noch einen Drink in der Dragonboat-Bar nehmen, würdest du uns begleiten?« Er verneinte, er müsse noch Miss Yang nach Hause fahren. Da stand ich nun, im unteren Stock des Hilton Carparks, eine Mutter von drei Kindern dieses Mannes, der mir an diesem Abend seine zweite Affäre mit einer Chinesin preisgab. Diese beiden Affären liefen sogar parallel zueinander. Ich war so froh, an diesem Abend nicht alleine zu sein. In der Dragonboat-Bar versuchte Gabi mich zu trösten. Als wir dann endlich in unser wunderbares Haus zurückkamen, wusste ich nun ganz bestimmt, dass der Hongkong-Glamour auf seinem Grunde einen gewissen Touch von Schmutz festhielt. Eduard kam nur kurze Zeit danach ins Haus zurück, ich stellte ihn zur Rede, aber er sah das Ganze wohl nur als einen kleinen Spaß an. Doch mein Stolz war so sehr verletzt, dass all das, woran ich jemals geglaubt hatte, verfiel und sich genau in dieses hellbraune Granulat verwandelte, das ich vom Peak aus erkannt hatte. Ich fasste während dieser Nacht den Entschluss, mich scheiden zu lassen. Es war keine leichte Entscheidung, mich von einem Mann zu trennen, von dem ich drei noch verhältnismäßig junge Kinder hatte und mit dem ich fast 16 Jahre lang verheiratet war. Aber mein Verstand sagte mir, dass solche Affären bei Eduard immer wieder vorkommen würden und dass er die jungen chinesischen Mädchen bevorzugte. In diesem Moment schätzte ich mich glücklich, eine Freundin in der Nähe zu haben. Am nächsten Morgen dachte ich mir auch ein kleines Spielchen aus, ich war sehr verletzt und Eduard und Samira sollten auch etwas von diesem Schmerz abbekommen. In Eduards Büro schikanierte ich Miss Samira Yang damit, einen passenden Karton für mich zu suchen, aber jeder, den sie anbrachte, passte nicht und sie durfte alle nacheinander wieder wegräumen. Vom vergangenen Abend war ihr überhaupt nichts anzumerken, sie lächelte nur. Oh, wie ich anfing, dieses Lächeln zu hassen. Danach gingen Gabi und ich zu Eduard. Da er mir für die erste Affäre mit Liza ein weißes Nerz-Cape mit meinen Initialen geschenkt hatte, war ich sehr gespannt, wozu er bereit wäre, um dieses Mal seine Sünden abzubezahlen. Ich sagte zu ihm: »Ich gehe jetzt zum Juwelier gleich gegenüber und lasse mir einen Diamantring mit Smaragd anfertigen, dazu hätte ich gerne 20.000 HK$.« Eduard war etwas erstaunt, zögerte aber nicht lange und gab mir das Geld. Ich suchte wirklich noch diesen Ring aus, der speziell angefertigt werden musste, den ich aber immer mehr hassen als lieben sollte, denn sein Anblick erinnerte mich immer an den Schmerz von damals. Gleich danach suchte ich eine chinesische Anwältin auf, um die Scheidung einzureichen.

Leider verließ mich meine Freundin Gabi an diesem Abend. Und ich musste mich hier in diesem fremden Land seelisch auf den Kampf mit den weiblichen Schlangenköpfen vorbereiten. Diese Mädchen erinnerten mich immer wieder an eine bestimmte Art von Schlange, die ich in Malaysia beobachtet hatte, falsche kleine Bestien, die sich mit dem Hinterteil aufstellten, dann aber blitzschnell mit dem Vorderteil angriffen.

Zwei Tage später hatte Eduard den von der Anwältin geschickten Scheidungsantrag in seiner Geschäftspost gefunden und gelesen. Er rief mich vom Büro aus sofort zu Hause an. Seine Reaktion: Er wollte wissen, warum ich mich scheiden lassen wolle. Unser Zusammenleben in dem von mir so geliebten Haus war danach eingeschränkt. Wir hatten die Zeit hier im Haus durchaus auch genossen, aber nun wusste ich, sie würde bald zu Ende gehen. Es hatte sich wenig verändert, wir teilten immer noch ein Schlafzimmer, ich liebte Eduard nach wie vor, konnte aber meinen Stolz nun nicht mehr überwinden und diese Scheidung zurücknehmen, obwohl ich oft daran dachte. Dazu kamen noch andere Ereignisse, die meine Entscheidung unterstützten.

1979 – Ein eigener Laden mit Antiquitäten aus Silber – Scheidung

Da ich mich während dieser Zeit sehr überflüssig fühlte und mein Dasein trotz der drei Kinder nicht mehr ausgefüllt war, entschied ich mich, ein Geschäft zu eröffnen in der Annahme, dass mich eine solche Aufgabe von den hässlichen Dingen, die geschehen waren, ablenken würde. Aber was konnte ich schon anfangen, ich hatte nichts gelernt, sehr früh geheiratet und nur immer Kinder bekommen. Aus diesem alltäglichen Kreislauf wollte ich plötzlich heraus, um mir selbst zu beweisen, dass ich auch fähig war, etwas anderes zu leisten. Eine Marktlücke zu dieser Zeit tat sich bei antiquarischem englischen Silber auf und so entschied ich mich, ein Geschäft mit Silberantiquitäten zu eröffnen, im 1. Stock des Hutchison House. Ich würde das wohl einzige derartige Silbergeschäft in Hongkong betreiben. Vor der Eröffnung plante ich die Einrichtung und flog nach London, um dort bei einem renommierten Antiquitätenhändler den Grundstock für meinen Laden einzukaufen. Obwohl ich vorher nie mit altem Silber zu tun hatte, arbeitete ich mich sehr schnell in diese Materie ein. Die Eröffnung des Geschäfts verlief ziemlich aufregend, ich hatte alle wichtigen Leute Hongkongs dazu eingeladen, wie einen hohen Richter und die obersten Bosse der großen Handelsfirmen. Die meisten chinesischen Millionäre waren ebenfalls dabei, sie konnten sich meine Ware leisten wie die armen Chinesen ihren täglichen Fischkopf. Sir Jeffrey, ein Silberfanatiker, der später ein guter Bekannter werden sollte, kam schon einen Tag vor der Eröffnung in meinen Laden, um sich die Stücke anzuschauen. Er sollte mein erster Käufer werden. Ich war so stolz, als der hohe Richter Hongkongs einen Tag vor der offiziellen Eröffnung vier Kerzenleuchter aus der Epoche William IV. von mir kaufte. Er überließ sie mir aber noch für den Eröffnungstag. Für diesen Tag hatte ich zur Zeremonie zwei Fēng-Shuǐ-Männer (»Fēng Shuǐ« bedeutet wörtlich übersetzt »Wind und Wasser«) eingeladen, die in Anwesenheit meiner Gäste die Räumlichkeiten überprüfen sollten und die vorhandenen Dämonen milde stimmen, um so die Gunst der Geister zu erhalten. Es war ein großes Spektakel und sehr beeindruckend. Die Fēng-Shuǐ-Männer unternahmen einen Rundgang durch die beiden Räume, um zu prüfen, ob etwas die unsichtbaren Geister in meiner Nähe stören könnte. Ich war so gespannt auf ihre Meinung; sie rieten mir, ich solle meinen Schreibtisch umstellen und die Verbindungstür von meinem Büro zum Laden hin aushängen, damit die bösen Geister nicht eingesperrt würden. Genau das tat ich, denn so dürfte meinem Geschäftserfolg nun nichts mehr im Wege stehen. Meine Gewähr für Glück und Schutz vor den bösen Geistern hatte ich nun von den beiden Fēng-Shuǐ-Männern, die ja den engen Kontakt mit all den unzähligen Geistern, Göttern und den Dämonen pflegten, bekommen. Mein Erfolg blieb nicht lange aus, ich lernte unzählige Leute aus der gehobenen Klasse kennen. Ich wurde sehr oft eingeladen und bekam in kürzester Zeit die wichtigen Kontakte zu den Finanzhaien Hongkongs. Zu dieser Zeit lernte ich einen Mann kennen, der ein sehr großes persönliches Interesse an mir hatte. Sein Name war sehr bekannt in Hongkong - wieder ein reicher chinesischer Grundstücksmakler und Auktionator. Ich lernte Déwei auf einer seiner Auktionen kennen, die er im gegenüberliegenden Mandarin Hotel veranstaltete. Ich besuchte diese Ausstellung mit einer Bekannten aus München, die noch nicht lange in Hongkong lebte. Zu dieser Zeit war ich immer noch sehr deprimiert, ich konnte es ganz einfach nicht verstehen, dass Eduard mich so betrügen konnte. Generell fühlte ich mich verheerend, zweifelte an meinem Aussehen und hatte wenig Selbstvertrauen. Genau aus diesem Grund trug ich in jenen Tagen die ausgefallensten Kleidungsstücke, färbte meine Haare rot und liebte es, hohe Turbane aus Seidentüchern auf dem Kopf zu tragen. Déwei, der ein fast fließendes Deutsch sprach, lud mich zum chinesischen Essen ein. Als ich Déwei später näher kennenlernte, erkannte ich, dass er den Inbegriff der chinesischen Lust an einem guten Essen darstellte, auch war er Liebhaber eines guten französischen Weins und Sammler alter Rolls-Royces und viktorianischer Schmuckstücke.

Das erste Mittagessen mit ihm war fast ein wenig enttäuschend, ich hatte angenommen, er hätte nur mich alleine eingeladen, aber wir saßen im LokYue Teahouse mit mindestens sechs hohen Herren zusammen. Ich wurde sehr nervös, so viele männliche Wesen hätte ich nun nicht erwartet. Als der Kellner mit den wohlriechenden Bambuskörbchen voller Dim Sum an unseren Tisch kam, ergriff ich die Gelegenheit, um von antikem Silber zu sprechen und gewann dadurch wiederum Kunden. Als ich meine Teigtasche mit Meeresfrüchten verspeiste, meinte Déwei ganz leise und charmant: »Könnte ich Sie heute zum Abendessen einladen?« Ich sagte zu, aber eigentlich gegen meinen Willen, es sollte sich schon bald zeigen, dass ich gegen seine umwerfende charmante Art ziemlich hilflos war.

Seine Art war fast unwiderstehlich, dazu war er ein sehr interessanter Mann, der sowohl in Europa als auch in Asien zu Hause war. Und er schenkte mir wohl genau das, was ich zu dieser Zeit brauchte, nämlich Bewunderung, Liebe, Präsente und einen Hauch der großen, eleganten Welt. Als ich nach dem Essen in der glühenden Mittagshitze stand, war mir durchaus bewusst, dass ich zwar die Scheidung eingereicht hatte, aber noch nicht geschieden war. Vielleicht wollte ich gerade jetzt aus Trotz und verletztem Stolz heraus auch ein Stückchen von dem süßen Kuchen des Lebens abbekommen. Diese Einladung verschaffte mir eine innerliche Genugtuung. Wir trafen uns an diesem Abend zum ersten Mal alleine, an der Pforte des Hilton Hotels. Ein aufregender Moment, seit Jahren war ich nicht mehr alleine mit einem anderen Mann ausgegangen und nun war ich hier mit diesem Mann, der so bekannt war in Hongkong wie kaum ein anderer. An diesem Abend hatte er einen alten Bentley samt Chauffeur dabei. Der indische Sikh riss die Tür des Wagens für mich auf, er schien Déwei sehr gut zu kennen. Ich fühlte mich so klein, so verschüchtert, ich hatte Angst vor einer fremden Berührung. Ganz plötzlich befand ich mich in der ganz großen Traumwelt, hier, mitten in Hongkong. Als dann der Bentley vor dem Peninsula Hotel hielt, wurde die Wagentür wieder aufgerissen, diesmal von dem chinesischen Portier. Wie saßen in dem gepflegten Veranda-Restaurant des Hotels an einem vorbestellten Tisch mit Blick auf die vielfarbigen Lichter im Meer. Eine Nouvelle-Cuisine-Küche verwöhnte uns, zu den Speisen wurde natürlich ein französischer Bordeaux gereicht. In diesem Setting des ehrwürdigen Peninsula-Hotels kam es dazu, dass ich wieder begann zu leben. Eine Ära des Vergnügens, des Verwöhntwerdens und einer neuen unabwendbaren Zuneigung begann ihren Lauf zu nehmen.

Wenn ich von einer neuen Ära spreche, erklärt sich das so: Es geschah plötzlich etwas, was ich nie erwartet hätte. Jemand anderes als mein Mann schickte mir jeden Tag zum Frühstück rote Rosen ins Haus. Ich bewegte mich unerwarteterweise in den besten kreisen Hongkongs und das bedeutete wiederum eine lukrative Infusion für mein Geschäft. Silber, das ich nicht verkaufen konnte, wurde auf den Auktionen von Déwei für mich versteigert. Seine Auktionen wurden immer in den Räumen eines bekannten Hotels durchgeführt, entweder im Mandarin oder im Hilton. Déwei weihte mich in dieses Business ein und ich sollte von da an bei den Auktionen für mein eigenes Silber mitsteigern, zusammen mit den amerikanischen Touristen oder europäischen Hotelbesuchern, um den Preis in die Höhe zu treiben und einen guten Gewinn zu ergattern. Nach der Versteigerung fuhren wir immer mit dem Bentley oder mit einem Ferrari zum Abendessen. Während des Essens wurde dann die Versteigerung besprochen, die regelmäßig gut verlaufen war, und wenn Déwei besonders erfolgreich abgeschlossen hatte, überreichte er mir am gleichen Abend noch ein Geschenk aus dem Bestand der Auktion. Es waren meistens Gegenstände, die ich besonders liebte, wie eine wunderbare Jadekette, Jaderinge oder altes chinesisches Porzellan. Diese Abende waren etwas ganz Besonderes für mich, ob wir bei einem chinesischen Essen saßen oder in einem der europäisch geführten Hotels speisten. Nach dem chinesischen Horoskop war ich ein Hahn, der stolze Hahn, der von seiner Umwelt erwartet, verehrt zu werden. Genau das genoss ich in diesen Tagen und Jahren mit Déwei. Über die degradierenden Affären Eduards kam ich so gut wie nie hinweg, aber während der Zeit mit Déwei fand ich mich selbst wieder. Ich dachte nicht mehr daran, wie schrecklich wohl mein Aussehen war, im Gegenteil, ich fing wieder an, mich selbst zu achten und zu lieben. Alles, was danach noch auf mich zukam, konnte ich hinnehmen, ohne mir die Schuld persönlich zuzuschieben. Ich war so dankbar für diese Freundschaft mit Déwei, denn er brachte es fertig, mich durchzubringen in dieser fremden Welt. Er verwöhnte mich mit Pomp und Liebe und ich sog ihn auf wie ein Heroinsüchtiger.

Bis meine Scheidung durch war, lebte ich noch mit Eduard in Pokfulam. Während dieser Zeit gab es ein weiteres drastisches Ereignis, das ich nie mehr im Leben vergessen würde. Unser Liebesleben war gleich Null, aber wir fanden immer wieder zusammen wegen der drei Kinder. Ich erinnere mich noch an den Sonntag, an dem wir uns im Country Club treffen wollten, aber ich wartete dort mit den Kindern wieder einmal bis zum späten Abend. Doch wie so oft tauchte Eduard nicht auf, es war schließlich nichts Ungewöhnliches für ihn. Schließlich fuhren wir nach Hause. Nach drei Tagen sahen wir Eduard wieder. Er war, wie schon früher, ohne eine Nachricht an mich zu hinterlassen, nach Deutschland gereist, aber dieses Mal nicht geschäftlich. Er gab nie große Erklärungen darüber ab, wo er gewesen ist, doch ein Anruf seines Bruder in unserem Haus zwang ihn wohl dazu, zum ersten Mal in seinem Leben die Wahrheit einzugestehen. Ich hörte Bruchteile dieser Telefonunterhaltung, dann Eduards Worte: »Du kannst diese Frau nicht heiraten, sie ist eine Hure, sie bringt Schande über unsere Familie.« Ich verstand dieses Gespräch nicht und meinte dann nur dazu: »Warum kümmerst du dich so darum, wen dein Bruder heiraten möchte, das ist seine Sache.« Nach diesem Gespräch fragte Eduard mich, wohl aus seinem sehr schlechten Gewissen heraus, ob ich mich immer noch scheiden lassen wolle. Meine Antwort war »Ja« und daraufhin gestand er mir die ganze Geschichte. Er war nämlich mit seiner Freundin Liza in Deutschland bei seiner Mutter gewesen, um sie von dort aus nach England abzuschieben. Während ich ihn vermisst hatte, war er in Deutschland gewesen und hatte mit seiner chinesischen Freundin bei seiner Mutter Zwischenstation gemacht, um sie von dort aus nach England zu verfrachten. Doch während des Aufenthalts bei seiner Mutter war sein Bruder auch dort, der sich in seine Freundin verliebte und sie sogar sofort heiraten wollte. Eduard hatte aber inzwischen herausgefunden, dass genau diese Liza in einem Nachtclub in Macao mit jedem ins Bett ging, der gutes Geld dafür bezahlte. Diese Erzählung war wahnsinnig deprimierend für mich und ich war froh, dass ich die Scheidung eingereicht hatte. Denn Eduard hatte in dieser Zeit ja nicht nur mit einer einzigen Chinesin ein Verhältnis, es bestand sogar ein Vierecksbeziehung: Neben Eduard gab es da mich selbst (die er nur noch selten berührte, und wenn doch, wahrscheinlich nur wegen der gemeinsamen Kinder), und als Hauptakrobatinnen waren da noch die beiden Chinesinnen Liza und Samira.

Ich geriet dann in eine ganz scheußliche Situation, als einige Tage später sein Bruder bei mir im Laden im Hutchinson House eintraf, in Begleitung einer jungen Chinesin, die ich nie zuvor gesehen hatte. Sehr schnell sollte ich herausfinden, dass es genau diese Liza war, die mit meinem Mann über Jahre ein Verhältnis hatte. Geschichten wie »Dein Mann hat dieses Mädchen schwanger gemacht und sie gezwungen, das Kind abzutreiben« wurden mir auf dem speziell angefertigten Silbertablett serviert. In meiner Verzweiflung rief ich Eduard im Büro an, seine zweite Affäre meldete sich am Telefon und stellte mich durch. Nach diesem Gespräch kam Eduard auf schnellstem Wege in mein Geschäft und es kam zu einer heftigen Kontroverse zwischen den beiden Brüdern und dem jungen chinesischen Mädchen. Ich, die Noch-Ehefrau, schien dabei überhaupt nicht mehr zu existieren. Ich rannte aus dem Büro, meine Augen waren mit Tränen gefüllt. Es war kurz vor Mittag, ich holte meine beiden ältesten Kinder von der German-Swiss School ab, die auf dem Peak lag, und fuhr mit ihnen zusammen aus lauter Verzweiflung durch ganz Hongkong. Ich wusste nicht mehr, wohin ich noch fahren konnte, und zu Hause wartete mein kleiner Sohn auf mich. Dieser Tag brachte die endgültig Zerstörung aller meiner Vorstellungen und Prinzipien. Meine ursprüngliche Idee von der Vollkommenheit und höchsten Einheit, von der Gemeinsamkeit der Gefühle zwischen mir und Philipp, sie versank ganz langsam in den Höhen und Tiefen der so wunderbar anzuschauenden Wogen der Südchinesischen See. Das unruhige Meer machte mir an diesem Nachmittag klar, dass das Leben in Phasen verlief. Und ich sollte eine neue Lebensphase beginnen, die Fäden des Joss verlangten es so. Es war so seltsam, dass ich gerade in der darauffolgenden Nacht mit Eduard dieses größte Liebeserlebnis hatte, das ich mir seit Jahren wünschte. Am nächsten Tag sagte er zu seinem Bruder: »Es war in der letzten Nacht besser als je zuvor.« In dieser Nacht hatte ich wohl alles gegeben, all die Gefühle, die ich in mir trug. Ich wusste aber, dass dies das glückliche Ende vor einem komplett neuen Leben bedeutete, denn meine

Gefühle, die Verachtung, der Hass und gleichzeitig die Liebe zu dem, mit dem ich 16 Jahre verheiratet war, würden nie mehr vergehen. Eduard hatte in dieser Nacht auch alles gegeben, wohl aus Mitleid und aus Schuldgefühlen heraus. Wir wurden dann 1979 im Western District Court geschieden. Mir wurden die Kinder zugesprochen, ich zog mit meinen Kindern in die South Bay Road und Eduard zog in das Furama Hotel. Nach all dem, was ich erlebt hatte, brauchte ich ganz einfach die Affäre mit Déwei, der mich geschäftlich unterstütze und mich menschlich schätzte. Meine Reisen nach England, um altes Silber einzukaufen, waren jetzt die Höhepunkte meines Lebens. Déwei plante immer wieder Überraschungen für mich, wie zum Beispiel, dass ich, als ich wieder einmal in London auf dem Heathrow Airport landete, von einem Rolls-Royce abgeholt wurde. Déwei hatte bei Rolls-Royce in London angerufen und darum gebeten, mich mit dem Wagen abzuholen, den er eventuell kaufen wollte.

Hongkong 1979-1981

Doch die Harmonie des Yin-Yang sollte immer wieder gestört werden und mich nie zur Ruhe kommen lassen. Nach der Scheidung hatte ich die größten Schwierigkeiten mit meiner Tochter. Sie war 10 Jahre alt und begriff nicht, warum ihr Vater nun plötzlich woanders lebte. Für sie war ich von nun an die böse Mami, die den Kontakt zu ihrem Papi irgendwie unterbrach. Sie verstand den Hintergrund noch nicht, sie war ganz einfach zu jung. Sie akzeptierte es nicht, dass ihre Eltern getrennt lebten und unternahm die unmöglichsten Dinge, um unsere Aufmerksamkeit auf sich zu lenken. Eines Mittags, als ich aus dem Geschäft nach Hause kam, stand meine Tochter auf dem Fenstersims und gab mir ganz deutlich zu verstehen: »Ich springe jetzt, wenn du mich heute Abend nicht mit in eine Disco nimmst.« Ich war verzweifelt, sie versuchte mit allen Mitteln, mir das Leben zur Hölle zu machen. Natürlich versuchte ich zuerst einmal, sie vom Fenstersims herunterzubekommen, denn wir wohnten im 2. Stock und sie wäre wirklich fast gesprungen. Danach rief sie ihren Papi im Büro an, der ihr versprach, sie in eine Disco mitzunehmen. In jenen Tagen entwickelte meine Tochter die wunderbare Gabe, Mami und Papi gegeneinander auszuspielen. So kam es, dass wir es beide für ratsam hielten, Denise auf ein Internat nach Deutschland zu schicken. Der Tag, an dem wir nach Deutschland flogen, um Denise in die Internatsschule Salem zur Burg Hohenfels zu bringen, war sehr schwierig für mich, denn unsere Familie bröckelte ganz langsam auseinander. Wir übernachteten in Stockach und fuhren am nächsten Tag zur Burg Hohenfels, wo die Unterstufe der Salem-Schüler untergebracht war. Die alten kalten Gemäuer der Burg strahlten alles andere als eine warme Atmosphäre aus und erst Jahre später begriff ich, dass wir Denise nie hierher hätten bringen dürfen, denn wir nutzten die Situation nur aus, um unsere Schwierigkeiten abzuschieben. Allerdings wählten wir das beste Internat, denn Geld war zu diesem Zeitpunkt noch kein Problem. Aber was wir diesem kleinen, zehnjährigen Würmchen damit antaten, dessen waren wir uns wohl nicht bewusst. Wir überließen sie praktisch ihrem Schicksal und flogen nach Hongkong zurück. Das Einzige, was das kleine weinende und schluchzende Mädchen, das wir zurückließen und das ja gar nicht nach Salem wollte, sich wünschte, war ein intaktes Elternhaus. Das aber konnten wir ihr nicht geben. Während der Schulferien flog Denise dann immer nach Hongkong und wenn wir sie gemeinsam vom Flughafen abholten, sah ich zuerst ein großes Schild, auf dem ihr Name stand. Hinter dem Schild, das sie um den Hals hängen hatte, steckte das kleine, traurige Mädchen. Besonders aufregend waren dann die Abflüge von Hongkong nach Europa, recht oft sogar kam es vor, dass wir sie vom Flughafen aus wieder mit nach Hause nehmen mussten, weil sie in Tränen aufgelöst war. Wie froh und dankbar war sie über jede Woche, die sie länger bleiben konnte. Nicht nur, dass sie in jungen Jahren dreimal im Jahr von einem Kontinent zum anderen geschickt wurde, dazu kam noch die seelische Belastung für sie, sich immer wieder von uns trennen zu müssen. Auch ich weinte Tage und Nächte, nachdem meine Tochter wieder abgeflogen war, aber es half alles nichts und ich stürzte mich umso mehr auf meine Geschäfte und konzentrierte mich auf meine beiden Buben. Obwohl ich oft niedergeschlagen war und regelrechte Qualen ausstand, war ich nicht gewillt, der Wahrheit unmittelbar ins Auge zu schauen. Ich brauchte alle Kraft, um mich erst einmal selbst zu retten. Es war ein ganz langsamer Prozess, Vernunft und Argumente halfen mir nicht mehr.

Was mich aufbaute, war das wunderschöne Zusammentreffen mit Déwei und der Erfolg mit meinem Geschäft. Wie stolz war ich, als eines Tages ein Schweizer Hotelier in meinen Laden kam, um mir das gesamte Silberbesteck des ermordeten afghanischen Präsidenten zum Verkauf zu überlassen. Der Diktator war am 28. April 1978 in seinem Palast in Kabul mitsamt seinen Familienmitgliedern und Freunden von Aufständischen erschossen worden. Sein gesamter Nachlass war laut meinem Schweizer Kunden in Kabul auf öffentlichen Auktionen versteigert worden, darunter auch dieses prachtvolle Silberbesteck, das in Deutschland speziell für seinen Clan hergestellt worden war. Zu meinen besonderen Kunden gehörten auch Minister der philippinischen Regierung und Imelda Marcos, die Frau des Präsidenten selbst. Diese kam aber nie persönlich in mein Geschäft, sondern sie sie schickte immer nur ihren Innenarchitekten, einen junger Philippinen, um die 35 Jahre alt. Außer seinem sehr guten Aussehen verfügte er noch über sehr viel Charme und Bildung. Er kam einmal im Jahr nach Hongkong, wohnte im Peninsula Hotel und kaufte Antiquitäten für den Palast der Familie Marcos in Manila ein. Bei dieser Gelegenheit besuchte er mich immer, schaute sich im Laden um, wählte innerhalb einer Stunde die besten Gegenstände aus, schrieb sich die Preise auf und sagte nur: »Schick mir das Ganze ins Hotel.« Über das Geld oder die Bezahlung verlor er kein Wort. Es wäre eine Zumutung für ihn gewesen, wenn ich darüber gesprochen hätte. Eines allerdings machte er mir sehr schnell klar: dass ich meine Preise sehr speziell ausfallen lassen müsse, um Imelda Marcos als Kundin zu behalten. So kam es fast regelmäßig dazu, dass ich meine Kalkulation gerade mal so über meinem Einkaufspreis hielt, nur um die große Imelda in meinem Kundenkreis zu behalten. Aber bei den Summen, die ihr Innenarchitekt einmal im

Jahr in meinem Laden ausgab, konnte ich nicht widerstehen. Ein anderes Mal, Anfang der 80er Jahre, kam ein philippinischer Minister in mein Geschäft, er suchte nach einem Hochzeitsgeschenk aus Silber für den Diktator Marcos und seine Gattin. Ich verkaufte ihm eine wertvolle große viktorianische Silberschale. Der Gedanke, dass mehrere Gegenstände aus meinem Geschäft im Palast der Familie Marcos standen, baute mich auf und ich war besessen von der Idee, mehr zu leisten.

Ich sah Eduard während dieser Zeit regelmäßig, oft mit den Kindern zusammen, manchmal lud er mich auch zum Abendessen ein. Aber immer wieder stritten wir uns und ich konnte nicht umhin, bei jedem Treffen auf seine Affären anzuspielen. Dann kam eines Abends sein Anruf: »Bitte, kann ich zu euch zurückkehren, ich vermisse die Kinder so sehr.« Ich entschied mich, Eduard in der Wohnung aufzunehmen. Und so lebten wir gemeinsam in der South Bay Road - wie eine glückliche Familie. Aber es war nur ein Scheinleben, ich gab meine Beziehung zu Déwei auf, denn mein Gewissen verbot es mir, mit dem einen Mann zu leben und mit dem anderen auszugehen. Zur gleichen Zeit hatte Eduard die größten Schwierigkeiten mit seiner Firma. Die Bank hatte alle Kredite gestoppt und die zu schnell groß gewordene Baufirma wurde zum Konkurs angemeldet. Ich verkaufte meine wirklich wertvollen Schmuckstücke, wie zum Beispiel eine Südseeperle, an der mein ganzes Herz hing. Aber wir brauchten jegliches Geld, um zu überleben. Die Schule meiner Tochter in Deutschland konnten wir nun nicht mehr bezahlen. Glücklicherweise jedoch erbte ich gerade zu dieser Zeit eine gewisse Summe von meinen Eltern; diese genügte, um das Schulgeld weiter zu bezahlen. Dazu kam, dass ich jeden Morgen in meinem Geschäft stehen musste, elegant und lächelnd, um mehr als je zuvor zu verkaufen. Gerüchte über unsere Situation, die sich in Windeseile verbreiteten, machten die Runde. Bekannte und Freunde sprachen mich darauf an. Ich schuf mir dazu meine eigenen Verhaltensregeln, spielte dem Publikum meine Rolle glänzend vor, die Rolle der erfolgreichen Geschäftsfrau, in deren Leben es keinerlei Schattenseiten gab. Abends ging ich dann nach Hause und weinte stundenlang, aber nicht vor den Kindern. In dieser Situation geschah es, dass Eduard plötzlich verschwanden war. Ich hatte keine Ahnung, wo er war. Furchtbare Ängste quälten mich und ich konnte keine Nacht mehr schlafen. Die Buben fragten mich jeden Tag aufs Neue, wo ihr Papi sei und wann er nach Hause kommen würde. Meine Antwort war immer nur: »Er ist auf Geschäftsreise und kommt bald wieder.« Wir hatten zum Leben nur das Geld, das ich tagsüber im Geschäft eingenommen hatte, aber meine hohe Miete war fällig und ich wusste nicht, wie ich sie bezahlen sollte. In der zweiten Woche seiner Abwesenheit kam dann endlich Eduards Anruf. Er meinte nur, ich solle mir keine Sorgen machen. Die Bank habe ihn aus seinem Büro von der Polizei abführen lassen, da sie die annahm, gewisse Gelder seien verschwunden. Man habe ihn nach englischem Gesetz in den Schuldenturm gebracht. Er sei in einem Gefängnis in den New Territories, er würde sich den besten Anwalt nehmen und bald wieder draußen sein. Wenn ich Geld bräuchte, solle ich Miss Yang anrufen. Das war eigentlich ein großer Schock für mich, warum musste ich Miss Yang um Geld bitten? Ich hatte drei Kinder und keinen Pfennig, außer meinen eigenen Geschäftseinnahmen, aber sie schien sein Geld zu verwalten. An dem Tag, an dem ich Eduard in den New Territories besuchte, kam Miss Yang mir entgegen - immer wieder kreuzte sie mit ihrem chinesischen Lächeln meinen Weg. Wieso war sie vor mir bei ihm gewesen? Sie schien nicht mehr aus unserem Leben weichen zu wollen. Als ich dann vor Eduard stand und mit ihm sprach, waren wir durch eiserne Gitterstäbe getrennt. Man hatte ihn zusammen mit Schwerverbrechern und Betrügern eingesperrt. Mich befiel Panik, hoffentlich würde er bald wieder da rauskommen. Doch der Gedanke, dass jeder Mensch auch selbst für sein Schicksal verantwortlich ist, dass Wohl und Leid dem Menschen nicht vorbestimmt sind und dass jeder Mensch dies selbst über sich bringt, ließ mich nicht mehr los. Einige Tage später wurde Eduard von einem der besten Anwälte Hongkongs aus dem Schuldenturm herausgeholt, denn die Bank konnte keine festen Beweise für seine Schuld vorlegen. Meine Miete wurde inzwischen von meinem Jugendfreund John aus England auf mein Konto überwiesen. John war der einzige Freund, dem ich mich anvertraute und ich hatte das große Glück im Unglück, dass es in der

Ferne jemanden gab, der mir und meinen Kindern helfen wollte.

Antiquitäten und das Ende einer Ehe – Rückkehr in die Heimat

Genau wie ich selbst ging auch Hongkong während der letzten Jahre durch sehr viele Wechselbäder. Entwicklungsprogramme wurden forciert, um neue Knotenpunkte zum Wohnen in der Stadt zu errichten, die zu guter Letzt mehr als zwei Millionen Menschen unterbringen sollten. Jenseits der Hügelkette, die das dicht besiedelte Areal von Kowloon von der großen ländlichen Weite der New Territories trennte, wurden drei neue Städte gleichzeitig erschaffen, das größte Projekt dieser Art auf der Welt. Die drei Städte – Tsuen Wan, Tuen Mun und Sha Tin – waren eigenständige Gemeinden, die die Bewohner mit Wohnungen, Krankenhäusern, Schulen, Einkaufszentren und Annehmlichkeiten versorgte, sogar eine leichte Industrie wurde etabliert. Diese neuen Städte bedeuteten die größte soziale Errungenschaft in der Geschichte Hongkongs. Dieses ehrgeizige Programm veränderte das Gesicht der New Territories, einem Land, das mit einer Fläche von 730 km² von Kowloon bis zur Grenze Chinas reichte. Die Planungen und Konstruktionen dieser neuen Städte wurden vom Public Works Departement (PWD) ausgeführt und überwacht. Trotz Eduards guter Kontakte zum PWD, zu den Architekten und den vielen konsultierenden Ingenieuren, wurde seine Firma geschlossen. Dadurch litten sicherlich viele der kleinen Subunternehmer, die sich vertraglich an Eduards Projekte gebunden hatten. Mit dem Konkurs der Firma wurden sie wahrscheinlich nur geringfügig oder überhaupt nicht abgefunden. Da ich wieder mit Eduard zusammenwohnte, nahm die Bank wohl an, dass unsere Scheidung ein Arrangement war. Ich werde wohl den Tag, an dem der Gerichtsvollzieher kam und alles, aber auch alles pfändete, nie im Leben vergessen können. All die Antiquitäten, an denen ich so hing und die wir über Jahre hinweg mit so viel Liebe gesammelt hatten, wollte man mir nun auch nehmen. Durch diese Stücke hatte ich eine Fülle von Wissen erworben und sie vermittelten mir bestimmte ästhetische Erlebnisse. Ich war im Begriff, alles zu verlieren, zuerst meinen Mann an eine Chinesin und dann noch meine Kunstgegenstände an den chinesischen Gerichtsvollzieher. Was mir eigentlich während dieser Zeit noch blieb, waren meine drei Kinder und die wenigen Freunde, die noch übriggeblieben waren. Das Tao meinte es in diesen Tagen nicht gut mit mir, das Gesetz der Natur hatte wohl bestimmt, dass ich nur noch leiden sollte. Doch das Tao änderte sich wiederum und nach zwei Wochen stellte sich dann heraus, dass ich mit dem Konkurs nichts zu tun hatte. Der Gerichtsvollzieher entfernte die kleinen Aufkleber von den Antiquitäten, weil diese mir aufgrund der rechtskräftigen Scheidung als Eigentum zustanden. Eduard hatte inzwischen einen Job bei einer französischen Baufirma angenommen und ich hegte im tiefsten Innern die Hoffnung, dass wir nun wieder ganz von vorne anfangen könnten. Die große Firma, seine eigentliche Macht, hatte er verloren, und die Zeit im Schuldenturm schien ihn verändert zu haben. Nur wusste ich nicht, dass er mit der Gründung einer neuen Baufirma das Wiederherstellen seiner Macht in die Wege geleitet hatte.

Monate später fand ich durch Zufall einen Vertrag der neu gegründeten Firma in seiner Schublade. Mein Gefühl riet mir, ich müsse diesen Vertrag durchlesen und siehe da, der Besitzer dieser Firma war ein gewisser oder eine gewisse S. Yang. Die Firma war schon vor längerer Zeit registriert worden. Ich war entsetzt über sein Schweigen. Warum hatte er mich nun wieder betrogen? In dieser verzweifelten Situation fuhr ich zu der Firmenadresse, die Firma lag fast genau gegenüber des Macao-Ferry Piers. Als ich die Büroräume betrat, schockierten mich zwei Tatsachen: Miss Samira Yang saß dort und triumphierte und es lagen wunderschöne Teppiche auf dem Boden. Es war unglaublich, Eduard hatte gerade seinen Konkurs hinter sich gebracht, wir hatten finanzielle Sorgen und seine Geliebte saß als die neue Firmenbesitzerin vor mir. Aus der kleinen Schreibkraft war nun plötzlich etwas geworden. Auf meine Frage »Was machst du hier und wem gehört diese Firma?« antwortete sie mit kühlem Lächeln: »Diese Firma gehört mir und dein

Mann arbeitet hier.« Ganz langsam begriff ich und Tränen schossen mir in die Augen. Ich hatte mich darauf eingelassen, statt des wirklichen Namens des Scheidungsgrunds (S. Yang) einen andern Namen anzugeben, da Eduard mich darum gebeten hatte, dann folgte der Konkurs und bald danach die Neugründung der Firma unter dem Namen seiner Sekretärin. Er hatte ein Spiel mit mir getrieben und ich war, wie schon so oft, die Verliererin. Konnte man bei ihm überhaupt gewinnen? Ich hatte ihn wieder bei mir aufgenommen und trotzdem zeigte er keinerlei Hemmungen, mich immer weiter zu betrügen. Eduard pflegte seine Begierden und verstrickte sich dabei immer mehr. Er liebte aufregende Spiele und die damit verbundenen Machtgefühle. Aber je schärfer mein Verstand an diesem Nachmittag arbeitete, desto schärfer erkannte ich, was vorging. Ich stellte Eduard zur Rede, fragte, wie es sein könne, dass Samira diese Firma besitze? Er meinte nur, es sei eine rein geschäftliche Abmachung. Und wie immer hatte er auch dieses Mal Überzeugungskraft. Im tiefsten Innern wusste ich schon lange nicht mehr, welchen Weg ich eigentlich gehen wollte. Ich hatte drei Kinder von einem Mann, der mich immer wieder betrog, und aus der Verzweiflung heraus hatte ich einen Weg gewählt, der mich zu meinem eigenen Erfolg führen sollte. Doch eines wusste ich genau; auch wenn wir uns immer wieder einigermaßen versöhnten, es würde aus unserer Geschichte heraus immer ein Rest von Groll gegen ihn in mir bleiben, den ich nie mehr überwinden könnte. Ich dachte in jenen Tagen oft daran, Hongkong zu verlassen, und doch war ich immer wieder so fasziniert von diesem Fleckchen Erde, ich konnte mich einfach nicht losreißen. Wie viel sollte ich noch aushalten, umgeben von einem Clan durchtriebener Hongkong-Chinesen, die alle nur das Beste für sich herausholen wollten? Doch die negativen Gedanken schob ich immer wieder zur Seite, konnte sie aber eigentlich nie mehr im Leben vergessen, so, wie den bittersüßen Geschmack eines eingemachten Lotusstängels.

Irgendwie gelang es mir doch, trotz harter Zeiten, den geschäftlichen Durchbruch zu erreichen. Im Oktober 1982 organisierte ich zum ersten Mal eine Antiquitätenausstellung im Hilton Hotel. Zwei bekannte Händler aus London brachten zu dieser Ausstellung enorme Mengen von altem Silber und Schmuck nach Hongkong. Es wurde die erste Ausstellung dieser Art in Hongkong überhaupt. Sie war ein ausgesprochener Erfolg und mein Gewinn durch die Provisionen war höher als ich es mir jemals erträumt hatte. Daraufhin wählte man mich einen Monat später, also im November 1982, im »Hongkong Tatler« zur Geschäftsfrau des Monats. Es war eine ganz besondere Ehre, von diesem Magazin als hervorragende Persönlichkeit der Geschäftswelt ausgezeichnet und publiziert zu werden, außerdem förderte es den Geschäftsumsatz. Wie gut ich mich fühlte, war unbeschreiblich, all die Telefonanrufe von Bekannten und die Gratulationen in Form von wunderbaren Blumensträußen. Zu dieser Zeit kam mein langjähriger Freund John aus England zu Besuch nach Hongkong. Der Freund, der mir in schlechten Zeiten geholfen hatte, damit ich finanziell überlebte und nicht aus dem Luxusflat geworfen wurde während Eduard im Schuldenturm saß. Ein lieber Mensch, dem ich viel verdankte. Er war die Güte in Person, aber leider war ich damals noch nicht bereit, eine neue Bindung einzugehen. Da Eduard wieder bei mir wohnte, behandelte ich John eher kühl und abweisend, vielleicht nur, weil ich unser Familienleben retten wollte.

Dann war da auch immer noch Déwei, der ständig versuchte, mich einzuladen. Aber ich lehnte seine Einladungen immer ab, weil ich genau wusste, was passieren würde, wenn ich mich in seiner Nähe befände. Er hatte damals immer noch eine große Macht über mich. Ich werde nie den Tag vergessen, an dem ich Déwei einige Silbergegenstände für seine kommende Auktion in sein Büro brachte. Seine Sekretärin verließ das Büro gerade, um eine Mittagspause einzulegen und wir waren nach vielen Monaten zum ersten Mal wieder alleine. Und nun geschah innerhalb weniger Minuten genau das, wovor ich furchtbare Angst hatte. Sein Charme und seine Liebeserklärungen überwältigten mich und ich verlor die Haltung. Nun versuchte ich, von ihm loszukommen, indem ich ihn überhaupt nicht mehr sah. Eduard hatte wohl bei S. Yang die gleiche Absicht, aber ihm gelang es einfach nicht, sich von ihr loszureißen, er war ja auch tagtäglich mit ihr zusammen und sie schien ihm unentbehrlich geworden zu sein. Ihre nächtlichen Anrufe waren fast an der Tagesordnung. Eduard verteidigte diese Anrufe pausenlos mit immer neuen Argumenten. Es schien ihn nicht im Geringsten zu stören, dass ich mich ständig aufregte, er legte diese Tatsache eiskalt zu den Akten.

Unser letzter Versuch der Versöhnung war dann eine unter normalen Umständen wunderbare Schiffsreise von Jakarta nach Singapur, gemeinsam mit den Kindern. In Jakarta übernachteten wir im Mandarin Hotel in der Jl. Thamrin. Den ersten Abend verbrachten wir an der Pool-Site bei einem Barbecue - die laue Luft, die wunderbar blühende Natur - es war eigentlich ein genialer Ort für Verliebte. Der wundersame Geruch der Cengkek (Gewürznelke) lag in der Luft. Ich sog diesen Duft tief ein, er war voller Mystik und ich verspürte den Wunsch, wieder das alte Glück mit Eduard erleben zu können. Aber wie es sich schon an diesem Abend herausstellen sollte, war es für ihn das Wichtigste, in Hongkong anzurufen, um sich nach den Geschäften zu erkundigen. In der Annahme, dass er auf der Pearl of Scandinavia, dem Luxusschiff, mit dem wir am nächsten Morgen im Hafen von Jakarta auslaufen würden, alle Geschäfte einmal vergessen könnte, hatte ich mich sehr getäuscht. Selbst von diesem Schiff aus stand er in ständiger Verbindung mit Miss Yang. Er widmete sich zwar den Kindern, aber ich war das lästige Übel, das er während der ganzen Reise nicht einmal anfasste. Er zog es vor, bei den Kindern zu schlafen, und jeden Abend stellte ich mir die gleiche Frage: Warum kann ich nicht bei ihm sein, warum will er mich nicht? Als wir in Singapur die Pearl of Scandinavia verließen, wusste ich, dass wir nicht mehr zueinanderfinden würden. Ich hatte ihn wieder aufgenommen, aber in seinem tiefsten Innern konnte Eduard sich nicht mehr von der Art und Mentalität dieser Chinesin trennen. Es war zu spät, er war verfallen, nämlich dem, was an der Oberfläche sanft und liebenswürdig erschien - doch sah er auch die Seele, die aus hartem Granit geformt war? Wie oft hatte ich in den vergangenen Jahren miterlebt, dass sich europäische Männer von ihren Frauen und Kindern trennten, um sich mit solch einer steinharten chinesischen Märchenfigur zu vereinen.

In diesem Jahr verlebten wir unser letztes Weihnachtsfest in Hongkong. Es war eigentlich kaum ein Familienfest, trotz der wunderbaren Edeltanne aus Japan. Für mich führte es zur endgültigen Entscheidung für die weitere Zukunft. Eduard zog es vor, den späten Abend mit seiner Geliebten zu verbringen und es wurde für uns das traurigste Fest, das wir jemals erlebten. Eduard legte mir dann auch im nächsten Monat dar, dass er die teure Miete für unsere Wohnung nicht mehr zahlen könne. Aber auf der anderen Seite war es ihm möglich, zwei Familien zu unterhalten. Inzwischen wurde mir immer wieder zugetragen, dass Eduard ständig in Begleitung von Miss Yang gesehen würde. Ich fühlte mich so degradiert und in meinem Stolz verletzt, dass ich mich dazu entschied, mein Geschäft und meine Freunde hier aufzugeben und nach Deutschland zurückzukehren. Es war keine einfache Entscheidung, aber ich musste damals wählen zwischen einem ewigen Kampf mit S. Yang und meinem Stolz. Der Unterschied zu einer überlebensbedürftigen Chinesin an einem Platz wie Hongkong ist, dass der Stolz in ihrem Fall entfällt, sie hat keinen und kämpft ihren Kampf durch bis ans bittere Ende. Ich, die stolze Europäerin, war nicht dazu erzogen worden, bis auf Messers Schneide zu kämpfen. Ich zog den Rückzug nach Europa vor, zusammen mit meinen Kindern. Er, der Mann in der Mitte, nämlich Eduard, stahl sich zuerst einmal aus der Affäre. Er ließ seine Familie abreisen und blieb in der Höhle des Drachen. Er versprach »Wenn ich erst einmal genug Geld gemacht habe, komme ich zu euch nach Deutschland.«

Mein letztes Fest in Hongkong war das chinesische Neujahrsfest im Jahre 1983 mit dem endlosen Lärm der chinesischen Bewohner, den vielen Orangenbäumchen, den Pfirsichblüten und Blumen, die gerade um diese Jahreszeit zu blühen begannen. Am auffälligsten waren die rosa blühenden Pfirsichzweige der Bäumchen, die in den New Territories gezüchtet wurden. Überall in den Geschäften und Wohnungen sah man die kleinen Orangenbäumchen, sie waren das Symbol für Glück. Die chinesische Lust am Essen feierte immer wieder in Hongkong ihre üppigsten Triumphe. Nie fehlten die rundlichen Teigtaschen am Ende eines Mahles, die Jiǎozi, die das lange Leben und die Erneuerung symbolisierten, eine saisonale Delikatesse. Dieses letzte chinesische Neujahrsfest nahm ich besonders bewusst auf, ich ging mit den Kindern in den Victoria-Park, wo jährlich eine Art von Jahrmarkt stattfand. Meinen Kindern bereitete der Rummel immer eine besonders große Freude, ihre kandierten Früchte mampfend posaunten sie ihr »Kung Hei Fat Choy« (Sei fröhlich und werde reich) heraus. Dieser fast schon kommerziell anmutende Ausspruch war charakteristisch für Hongkong. Alle Chinesen wünschten sich den Reichtum, darum dieser so überaus ausgeprägte Ehrgeiz. Es ging immer um die Vermehrung des Kapitals und die Fäden des Joss sollten mit allen Mitteln entsprechend gesteuert werden. Ob Betrug oder Korruption - oder wie in meinem Fall die Zerstörung einer Ehe - alle Tricks, die möglich waren, wurden angewandt. Die »lái zhī«, Umschläge mit Geld, die im Freundes- und Familienkreise herumgereicht werden, bedeuteten wörtlich übersetzt »Zugewinn«. Hongkong war kein Platz für Gefühlsduseleien, jemand der zu human war, sollte sich früher oder später verabschieden müssen. Teile der Bevölkerung Hongkongs waren wie Raketen, die sich in einem ständigen Aufstieg befanden. Um in diesem Aufstieg zu verweilen, musste man kalt und hart sein. Das Bambusgerüst Hongkongs war sehr kompliziert aufgebaut, angefangen bei den hohen englischen Regierungsbeamten bis hin zu der unterschiedlichen Gesellschaft in den Mid-Levels. Das Gerüst trug die Last einer komplexen, aber doch flexiblen Menschenmasse, deren chinesische Bewohner zwei Ziele hatten: das Überleben und das Ansammeln eines gewissen Reichtums in kürzester Zeit.

Als die Möbelpacker Mitte des Jahres 1983 meine gesammelten chinesischen Antiquitäten einpackten, wusste ich, dass dies meine ewigen Erinnerungsstücke bleiben würden. Denn alles andere, die Erlebnisse, die Leute und sogar Eduard sollte ich von nun an versuchen zu vergessen. Aber dieses Vergessen wurde über die nächsten Jahre hinweg ein noch größerer Kampf, ich sollte immer wieder feststellen, dass man den größten Teil seines Lebens nicht einfach ablegen kann wie ein getragenes Kleidungsstück.

Ich machte mich bereit, mit meinen Kindern die Reise nach Deutschland anzutreten. Bei unserem Abflug von Kai Tak Airport hatte ich kaum noch Gefühle. Dieser Ort, der mir einmal so viel bedeutete, hatte in den letzten Monaten seinen Glanz zunehmend verloren. Die Gefühllosigkeit hier, die Habgier, die Grausamkeit und Korruption triumphierten über die landschaftliche Schönheit und die angenehme Lebensqualität. Ein Mensch, der so eingestellt war wie ich, würde hier nie glücklich werden, da menschliche Gefühle keine Rolle mehr spielten. Mir kamen die Worte Laotses in den Sinn, die besagten, dass die Harten und die Starken die Gesellen des Todes sind - aber er kannte wohl diesen Ort Hongkong noch nicht, denn hier standen die Harten und Starken mitten im Leben. Auch seine Worte, dass des Himmels Tao zu fördern ist, ohne zu schaden, trafen auf diese Insel nicht zu, es wurde regelmäßig jemand verletzt und betrogen und nur die Gewinner standen hoch im Kurs. Laotses Gedanken vom Lebenssinn wurden in der Kronkolonie ins Gegenteil verkehrt, ich hatte fast den Eindruck, man schätzte ihn hier nicht so sehr. Würde man seine Worte mehr schätzen bei der zu erwartenden Übernahme durch das kommunistische China im Jahre 1997? All das ging mir durch den Kopf als ich abflog und unter mir ein letztes Mal das Südchinesische Meer liegen sah. Vielleicht hatte ich sogar die richtige Entscheidung getroffen, denn wer wusste, was geschehen würde nach der Machtübernahme der Kommunisten. Es waren darüber verschiedene Meinungen zu hören. Meine eigene Meinung dazu war, dass Hongkong unter der britischen Herrschaft bis zum Ende der geborgten Zeit überleben würde. Denn dieser Platz überlebte viele Krisen. Und nicht nur das, er blühte nach jeder Krise wieder auf. Ob der Ost-Wind über den West-Wind herrschen würde oder ob es umgekehrt wäre, der Verkehrsstau unter dem Hafentunnel wäre immer noch da. Die letzte Frage war eigentlich noch, für wen ist Hongkong noch etwas wert und wie viel? Dieses ausgeliehene Fleckchen Erde lebte nur noch in geborgter Zeit. Genau diese Frage würden die kommunistischen Chinesen vom Festland zu ihrer eigenen Zeit mit ihren eigenen Ideen beantworten. Sicher aber war, dass sie es keineswegs eilig hatten damit, denn sie würden Hongkong sicherlich verschonen, wegen der goldenen Gans, die die imponierenden Devisen-

Eier legte. In Hongkong war alles möglich, Laotses Worte wurden verdreht und die Kommunisten brachen mit ihrer Idee und akzeptierten es wegen des kalten, harten Cashs. Mein ganz persönlicher Wendepunkt kam schon vor dem Jahr 1997, der Grund war die nicht vorhandene Harmonie mit der Menschlichkeit an diesem Ort. Gleichzeitig fragte ich mich natürlich, wie es in Deutschland sein würde. Wie würde ich mit der dortigen Mentalität zurechtkommen? Auch hier musste ich als Fremde und Eindringling wieder ganz von vorne anfangen. Aber ich hatte es immerhin mit dem Mutterboden zu tun, auf dem ich geboren wurde.

Dank und Anerkennung

Meinen Dank und meine Anerkennung möchte ich den Freunden geben, die mir halfen, in Deutschland wieder Fuß zu fassen. Aber vor allen Dingen danke ich von ganzem Herzen und mit meiner ganzen Liebe meinen drei Kindern Denise, Alexander und Constantin. Ohne sie hätte ich es niemals geschafft, wieder eine gewisse Ordnung in mein Leben zu bringen. Sie pflanzten neue Keime auf deutschem Boden und die Pflanzen gediehen und wurden nie ausgerissen, die Spuren der Vergangenheit konnten hier endgültig verblassen.

*"In ewiger Liebe, deine Kinder
Alexander, Denise und Constantin"*
(von links nach rechts)

Lied meines Lebens
Erlebte Zeitgeschichte 1928 bis 1968

Die Liebe zur Musik begleitet Hildegard Forkel Schadow durch ihr bewegtes Leben. Ein Leben, das besonders eng mit deutscher Geschichte im 20. Jahrhundert verwoben ist. Die Autorin wuchs als Halbjüdin und jüngstes von neun Geschwistern auf einem Gut in Westpreußen auf. Im Spannungsfeld von Zeitgeschichte und persönlichem Erleben schildert sie neben persönlichen Schicksalsschlägen auch die zahlreichen schönen und bewegenden Momente eines ereignisreichen Lebens.

Die Repressalien unter der Nazidiktatur, die Flucht aus der Heimat und der Neubeginn in der ehemaligen DDR werden ebenso eindrücklich beschrieben wie Studentenzeit, Ehe, Familienleben und schließlich - als Witwe mit fünf Kindern - die Flucht und der Neubeginn im Westen.

Heute lebt die Autorin als Heilerin und Malerin in Lübeck.

434 Seiten. Paperback. 16,80 Euro. ISBN 978-3-897747-75-3